Ein Himmlischer Antrag

Unvergessliche Heiratsanträge

JENNIE GOUTET

KAPITEL 1

August 1812

„Ich wage zu behaupten, dass wir innerhalb der nächsten Stunde ankommen werden. Im Pelican versicherte man uns, dass wir Avebury bis zwei Uhr erreichen müssten, was, wie ich sagen muss, eine willkommene Abwechslung zu diesem schrecklichen Gerüttel sein wird. Ich schwöre, meine Zähne lösen sich aus ihren Höhlen."

Miss Anna Tunstall warf ihrer unansehnlichen Begleiterin einen Seitenblick zu, selbstverständlich nicht in der Erwartung einer Antwort, denn sie hatte in den vergangenen drei Tagen für all ihre Bemühungen nur wenig zurückbekommen.

Ihre wortkarge Begleiterin hatte jedoch noch das Überraschungsmoment auf ihrer Seite und brachte mehr als eine einsilbige Erwiderung zustande. „Am besten schließen Se das Fenster, Miss, denn in dieser Gegend treiben sich Wegelagerer 'rum. Die sind schneller, als man gucken kann."

Die Verärgerung über die lange Reise aus London mit einer schweigsamen jungen Frau, deren Verständnis von Hygiene bestenfalls dürftig war, trieb Anna zu einer Erwiderung an.

„Wenn Straßenräuber unterwegs sind, wird das Schließen des Fens-

1

ters die Gefahr nicht abwenden. Meine Güte, Beatrice, endlich sprichst du. Wie nett von dir, mich mit einem Gespräch zu erbauen, aber wenn du glaubst, mich mit deinem düsteren Gesicht zu erschrecken, hast du weit gefehlt."

Beatrice, die als Reisebegleiterin angestellt worden war und die Anna nicht gekannt hatte, ehe sie gemeinsam losfuhren, schien zu glauben, dass sie mit der Warnung ihre Pflicht gegenüber ihrer Herrin getan hatte. Sie verfiel wieder in Schweigen, zog die abgenutzte Reisetasche aus Stoff enger an ihre Brust und blickte nach oben, wo das ausgefranste gelbe Tuch auf die samtene Decke der gemieteten Kutsche traf. Annas Bruder, Stratford, Earl of Worthing, hatte ihnen für die Reise eine Kutsche geliehen, die jedoch auf der letzten Etappe einen Achsbruch erlitten hatte. Anna hatte es für das Beste gehalten, eine andere Kutsche zu mieten, anstatt ihre Ankunft zu verzögern, indem sie auf die Reparatur der Kutsche wartete.

Anna richtete bei Beatrices mürrischem Beitrag den Blick gen Himmel und erlaubte sich den Luxus einer inneren Schimpftirade. *Emily Leatham, ich werde dich dafür umbringen, dass du mir eine solche Kreatur als Reisebegleitung aufgebürdet hast.* Schnell gewann ihr Humor die Oberhand und Anna wandte sich dem Fenster zu, während ein Lächeln ihre Wangen umspielte. *Wenn ich nicht vorher Beatrice umbringe.*

Anna hatte niemanden, mit dem sie ihre privaten Scherze teilen konnte. Es war das erste Mal, dass sie länger als einen Nachmittag von Phoebe, ihrer Zwillingsschwester, getrennt war, und sie begann, ihre sanfte Art mehr zu schätzen. Phoebe war immer ein nüchternes, sanftes Geschöpf gewesen. Anna konnte sich ihren Höhenflügen und ihrem Humor hingeben und Phoebe bremste sie, wenn dieser Humor sie zu weit trieb. Anna seufzte. Ohne Phoebe würde sie ihre Zunge selbst im Zaum halten müssen. Wie verantwortungsvoll sie nun würde sein müssen.

Doch es war die Reise wert, um Emily Leatham zu sehen – die lustige, unbeschwerte Emily –, die ebenso viel Unfug im Kopf hatte wie Anna. Sie hatten in ihrer ersten Londoner Saison durchaus Wege gefunden, sich zu amüsieren, ehe Emilys Mann sie sich schnappte. Ein zusätzlicher Vorteil dieses Besuchs war, dass Anna den tristen vier Wochen entkam, in denen sie mit ihrer Tante Shae Karten spielen, den

Armen Schweinefleisch in bedeckten Körben bringen oder ihren Bruder zu seinen Pächtern begleiten würde, wie es sich für den neu ernannten Earl of Worthing gehörte.

Selbst die Vorbereitungen für die Hochzeit ihres Bruders versprachen kein Vergnügen, wenn es wahrscheinlicher war, dass man ihr Schweineschwarten reichte, als dass man sie bat, das Hochzeitsfrühstück zu planen. Phoebe war schon immer die Fleißige gewesen und hatte Anna gedrängt, Emily zu besuchen, womit sie ihr auf ihre sanfte Art mitteilte, dass Anna zwar vermisst, aber nicht gebraucht werden würde, eine Wahrheit, die sowohl erleichternd als auch schmerzhaft war. Emily hatte für Annas Besuch zwar keine größeren Leckerbissen versprochen als das, was ein Dorf auf dem Lande bieten konnte, doch zumindest kannte niemand dort Anna und man würde nichts von ihr erwarten. Nein, selbst ohne Phoebes tröstende und beständige Präsenz hatte Anna gut daran getan, nach Avebury zu gehen.

Ein scharfes Geräusch zerriss die Luft und Beatrice stieß einen Schrei aus. Anna drehte sich erschrocken um, mehr wegen der Reaktion des Dienstmädchens als wegen des ursprünglichen Geräusches. Beatrice hatte ihren früheren Einwand dagegen, aus dem Fenster zu schauen, vergessen und spähte nun hinaus, um die Quelle des Aufruhrs zu sehen.

„Es is' genau das, wovor ich Se gewarnt hab, Miss", sagte Beatrice. „Die Räuber sind gekommen."

Anna hatte keine Zeit, die Bedeutung von Beatrices Worten zu verarbeiten, ehe ein Schuss die Kutsche an der Oberseite der Seitenwände durchschlug und durch das Dach wieder austrat. Das war viel zu nah für Annas Geschmack und das Herz begann ihr in der Brust zu hämmern. Sie neigte nicht zu Angstzuständen, worauf sie sehr stolz war, aber dies hier rüttelte sogar an ihrer Sensibilität und Dunkelheit drohte, ihr die Sicht zu nehmen.

Bleib ruhig, sagte Anna sich. Sie holte tief Luft und glättete ihren Rock, während sie wartete.

Die Kutsche war inzwischen zum Stehen gekommen. Draußen schrien Männer, doch Anna konnte kaum verstehen, was sie sagten, ehe die Tür auf Beatrices Seite aufgerissen wurde.

„Raus mit dir, Dirne."

Die massige Gestalt eines Mannes versperrte den Eingang. Er war von durchschnittlicher Größe, trug braune Kleidung und ein Halstuch über dem Gesicht und hatte außer einem stechenden Geruch keine differenzierbaren Merkmale. Mit einem kräftigen Ruck zerrte der Mann Beatrice aus der Kutsche, woraufhin sie stolperte und auf Hände und Knie fiel. Dann wandte er sich Anna zu und starrte sie so lange an, bis sie durch seinen stummen Blick verunsichert war.

Mit fester Stimme fragte sie: „Nun, Sir, muss ich auch aussteigen?"

Der Mann lachte, ein unangenehmes Geräusch, das Anna Angst einjagen würde, wenn sie es zuließe. „Ja. Es sei denn, du willst, dass ich dich zusammen mit der Sitzbank zerlege."

Anna streckte ihre Hand nach dem Türgriff zu ihrer Linken aus, doch der Mann schüttelte den Kopf.

„Nee, Frollein – los. Du kommst hier raus."

Das bedeutete, sich auf den Feind zuzubewegen und Anna schluckte nervös, während sie gehorchte. Zum Glück trat der Mann von der Kutsche weg, als sie über den Sitz rutschte.

„Du." Er winkte dem Kutscher mit der Pistole. „Du stellst dich zu den Frolleins, und wenn de brav wie 'n Lamm bist, lass ich dich am Leben."

Der Fahrer der Mietkutsche leistete der Aufforderung Folge und stellte sich neben Beatrice, den Blick auf seine Stiefel gerichtet. Anna gesellte sich zu den beiden, ihr Blick war beherrscht. Ein zweiter Wegelagerer richtete seine Pistole auf die Gruppe. Der erste durchwühlte den Wagen und schnitt die Sitzbänke auf, um nach verstecktem Schmuck zu suchen, den es natürlich nicht gab. Dies war ein gemietetes Fahrzeug.

Er konnte kein sehr kluger Räuber sein, wenn er *das* nicht erkannte.

Etwas bewegte sich in den Bäumen zu Annas Linken und der zweite Wegelagerer drehte sich um, um zu sehen, was ihren Blick auf sich gezogen hatte. Die Ablenkung reichte dem Kutscher, um die Flucht zu ergreifen und sie sah erstaunt zu, wie er einen Haken um die Pferde schlug und in den Schutz der Bäume rannte, wo der Räuber nicht auf ihn zielen konnte. *Nun, was sagt man dazu.* Anna hatte ihrem Bruder versichert, dass sie keine männliche Begleitung brauchen würde – nicht, dass er dafür Zeit gehabt hätte, da er in Worthing zu tun hatte und seine ganze Aufmerksamkeit auf seine bevorstehende Hochzeit und die Flitterwochen gerichtet war. Nun, ohne den Schutz ihrer Familie, wurde Anna bewusst, wie verletzlich sie war und sie begann zu zittern. Noch bevor der Dieb seine Suche beendet hatte, war der Kutscher im Wald verschwunden.

„Was is' los?" Der Straßenräuber steckte seinen Kopf aus der Kutsche. Mit einem Blick auf seinen Komplizen und dann auf die beiden Frauen lachte er. „Er hat euch im Stich gelassen, was? Ha! Feigling." Der Räuber schwang sich die Stufen hinunter, seine weichen Lederstiefel kamen lautlos auf der Straße auf. „Es is' nichts zu finden. Sie müssen in deinem Koffer versteckt sein."

Der Wegelagerer trat neben Anna und hob ihr Kinn, während der andere dort den Waldrand absuchte, wo sie geglaubt hatte, eine Bewegung gesehen zu haben. „Es sei denn, du trägst se am Körper." Er fuhr mit einem Finger ihr Kinn entlang und Anna versteifte sich, hielt seinem Blick aber stand. Zum ersten Mal in ihrem unbekümmerten Leben spürte sie, wie ihr kalte Angstschauer über den Rücken liefen.

„Sie sind im Koffer", sagte sie, stolz darauf, ihre Stimme gleichmäßig zu halten.

Vielleicht würde er mit dem Schmuck zufrieden sein, was für sie kein großer Verlust wäre. Sie hatte gut daran getan, ihre wertvollsten Stücke zu Hause zu lassen und wenn dadurch persönlicher Schaden abgewendet werden konnte, würde sie den Verlust in Kauf nehmen. Die ganze Zeit über hatte Beatrice kein Wort gesagt, doch bevor er zu den Koffern ging, die hinten auf der Kutsche festgeschnallt waren, deutete der Dieb mit dem Finger auf sie.

„Du. Öffne die Koffer."

Beatrice ließ ihr Bündel fallen und folgte ihm zum Wagen, wo sie mürrisch begann, die Gurte des Koffers zu lösen.

„Du siehst aus wie 'ne Trickserin, Mädchen", sagte der Dieb. „Was hältste davon, dein Los mit mir zu teilen?"

Beatrice schniefte und arbeitete an einem hartnäckigen Knoten, bis er sich löste. „Du hast nichts, was ich brauche. Ich kenn solche wie dich und weiß, wie das Leben mit dir is'. Ich hab meinen Platz in der Küche und den würd' ich nich' verlassen."

Der Dieb zuckte mit den Schultern. „Wie de willst, Mädchen."

Die Koffer, nun von den Gurten befreit, lagen für den Räuber zum Durchwühlen offen. Anna sah, wie ihre Unterwäsche in alle Richtungen geschleudert wurde und ihre Angst verwandelte sich in Wut.

„Passen Sie auf, was Sie mit meinem Besitz machen", sagte sie. „Sie brauchen nur die Wertsachen. Es ist nicht nötig, meine Sachen durch die Gegend zu werfen."

„Dann such du den Tand." Der Räuber hielt in seinem Stöbern inne. „Was haste gemacht? Haste se unten in'n Koffer gelegt? Nich' sehr zugänglich."

Anna verschränkte die Arme. „Ich werde niemandem zu meinen Wertsachen verhelfen. Nehmen Sie sie, aber wenn Sie bitte auf meine Sachen achtgeben wollen."

Der Räuber lachte wieder, diesmal mit echter Erheiterung. „Ich treff' nicht oft so 'ne feine Dame wie dich." Er hob ihr zusammengefaltetes Gewand an sein Gesicht. „Seide."

Nachdem er alles aus dem Koffer geworfen hatte, fand er immer noch keine ihrer Wertsachen. Anna war so erstaunt, dass sie sich nicht davon abhalten konnte, näher heranzutreten. Der Straßenräuber nahm sie in Augenschein und wirkte zufrieden, dass ihre Überraschung echt war. Er wandte sich an Beatrice.

„Ich glaub, ich weiß, wo die Klunker geblieben sind." Er schnippte mit den Fingern. „Weib, du wirst mit mir verschwinden."

Beatrice stampfte mit dem Fuß auf. „Nein, das werd ich nich'."

Der Dieb packte sie am Unterarm und zerrte sie dorthin, wo ihre Pferde an einem Baum angebunden waren, doch Beatrice ließ sich nicht beruhigen. Sie kreischte und wehrte sich, was sein Vorankommen stark behinderte, während sie weiterhin in kurzen Schüben schrie. Anna sah besorgt zu und fragte sich, ob sie versuchen sollte, dem Mädchen zu helfen oder zu fliehen. *Wo war denn nun der Beutel mit ihren Juwelen und Münzen? Hatte Beatrice sie an sich genommen?* Anna überlegte, wie wenig sie in einer solchen Situation ausrichten konnte und wollte gerade in die Kutsche springen, um eine Waffe zu holen – *ihren Sonnenschirm?* – als sich eine Hand von hinten um sie schlich, ihre Arme in einen schraubstockartigen Griff nahm und ihr den Mund zudrückte. Wie hatte sie nur vergessen können, dass sie zu zweit waren?

„Ja, Püppchen", murmelte er in ihr Ohr. „Du wirst jetzt schön ruhig mitkommen." Lichtblitze zuckten hinter ihren Augenlidern, als ihre Angst immer größer wurde. Anna warf einen Blick auf die Bäume vor ihr und suchte verzweifelt nach Hilfe. Sicherlich würde jemand kommen. Es *musste* einfach jemand kommen. Sie befanden sich in der Nähe einer öffentlichen Straße und mit ihren Schreien konnte Beatrice Tote wecken. Trotz der Drohung des Mannes schrie Anna – oder versuchte es –, doch es war vergeblich.

Das Beste, was sie zustande brachte, waren ein paar gedämpfte Schreie, die inmitten des Wimmerns zu hören waren.

Plötzlich hörte Anna eine andere Stimme. Sie gehörte zu keinem der beiden Räuber. „He, Ambrose." Sie spürte, wie der Wegelagerer sich überrascht umdrehte und sie mit sich zog. Anna hatte gerade noch Zeit, sich über den Neuzugang in ihrer Gruppe zu wundern, ehe sie spürte, wie sich die Luft neben ihrem Kopf bewegte.

Alles wurde schwarz.

KAPITEL 2

Henry Aston, der bei seinen Freunden – nicht jedoch bei seiner Familie – als Harry bekannt war, verließ die Ställe. Er führte ein Zugpferd, das einen einfachen Karren zog. „Ganz ruhig, Bursche", beruhigte er das Tier, während er es zwischen den engen Zaunpfählen hindurchführte. „Du warst erst heute Morgen draußen, aber du musst dich erneut für mich anstrengen." Er rieb die Flanke des Pferdes und fügte hinzu: „Ich weiß, du denkst, dass die beiden da drin nicht wissen, wie gut sie es haben, aber ich versichere dir, dass sie sich nach einem guten Lauf sehnen. Sie sind nur nicht für diesen Wagen geeignet."

Harry sprach schlicht, doch seine Kleidung zeugte von einem Mann mit moderaten Mitteln und er hatte die leichten, anmutigen Bewegungen eines Gentlemans. Der Wagen war beladen mit Dingen aus seiner Küche, die seine französische Köchin, Mrs. Foucher, gerne zubereitet hatte, und er wusste, dass sie es ihm nicht verübeln würde, wenn er einige ihrer besseren Gerichte an die Armen des Dorfes verschenkte. Harry hatte keine berühmte Köchin – niemand aus der hohen Gesellschaft würde ihm einen Besuch abstatten und versuchen, ihm die Köchin abzuwerben. Mrs. Foucher war mit ihrer Familie während des Vertrags von Amiens ausgewandert und vom früheren

Pfarrer empfohlen worden. Harry betrachtete sie als einen der vielen Segen seiner derzeitigen Lebenssituation.

Harry stieg auf den Sitz und schnalzte mit der Zunge, um das Tier dazu aufzufordern, die Straße, die durch Avebury führte, zu nehmen. Heute war er nicht auf dem Weg zum Allinthridge Estate oder Durstead Manor. Er wollte in die entlegenen Gebiete mit den bescheidenen Pächterhäusern und dann weiter zu den Hütten, in denen Diebe und Wilderer hausten. Harry war entschlossen, ihren argwöhnischen Empfang zu durchbrechen, denn er war überzeugt, dass es etwas Gutes bei ihnen zu finden gab, wenn er es nur hervorlocken konnte.

Die hügelige Landschaft trug viel dazu bei, die morgendliche Aufregung zu lindern, die durch den Erhalt des Briefes seiner Mutter entstanden war, in dem ihm eine weitere geeignete Frau empfohlen wurde. Jegliche Hoffnung, dass er der Aufmerksamkeit seiner Mutter in Bezug auf seine Eheschließung – oder das Fehlen einer solchen – entgehen könnte, indem er London verließ und sich andernorts niederließ, hatte sich schnell zerschlagen. Er war seit acht Monaten in Avebury, und heute hatte er den achten Brief von ihr erhalten, diesmal mit der Drohung, sich mit Lady Janes Familie zu arrangieren – die recht angenehm war und über zwanzigtausend pro Jahr verfügte –, wenn er sich nicht selbst bemühen würde. Harry seufzte. Er würde sich eine Frau suchen, wenn der richtige Zeitpunkt gekommen war. Seine Mutter sollte nicht glauben, dass geeignete Frauen vom Himmel fielen. *Ich hätte die Religion wechseln und Priester werden sollen*, dachte er in einem seltenen Anflug von Zynismus.

Durch einen Gruß von links drehte Harry sich auf seinem Sitz um. Er blinzelte in die Mittagssonne und sah das fröhliche Gesicht von Mabel Mayne, der Frau des Gutsbesitzers, die mit ihrer kleinen Tochter Amabel spazieren ging.

„Guten Tag, Mr. Aston."

„Hallo, Mrs. Mayne." Mit einem ernsten Nicken zu dem siebenjährigen Mädchen sagte er: „Und Ihnen einen guten Tag, Miss Mayne. Wie geht es Ihnen heute Nachmittag?"

Das Mädchen kicherte und machte auf Geheiß ihrer Mutter errötend einen Knicks. Ihre Mutter antwortete. „Mr. Mayne hat verspro chen, Ihnen einen Teil des gepökelten Rindfleischs und der Beeren aus unserer Ernte zu bringen. Er hat seinen Zehnten nicht vergessen."

„Richten Sie Ihrem Mann meinen Dank aus und sagen Sie ihm, ich würde mich immer freuen, ihn zu sehen. Und wenn er für eine Partie Schach bleiben kann, umso besser."

Abgesehen von den Grillen waren ihre Stimmen die einzigen Geräusche an diesem schwülen Nachmittag. Harry dachte wieder einmal, wie glücklich er sich schätzen konnte. Gute Menschen, eine schöne Landschaft, eine edle Berufung – ganz abgesehen davon, dass seine Familie in diesem Punkt anderer Meinung war. Er konnte sich nicht mehr wünschen als das, was ihm bereits zuteilgeworden war.

„Sie fahren wieder nach Haggle End, nicht wahr?" fragte Mrs. Mayne. „Wir haben ihnen etwas von der Laugenseife, die wir letzte Woche hergestellt haben, vorbeigebracht und haben uns den neuen Schulraum angesehen. Die Fortschritte, die sie bereits gemacht haben ... nun ja, es tut gut, das zu sehen."

„In der Tat. Und das, obwohl erst das Fundament gelegt wurde. Ehe man sich versieht, werden sie das Stroh für das Dach weben." Harry schenkte ihr ein breites Lächeln. „Und die Seife wird genau das Richtige sein, um die eher Saumseligen zur Ordnung zu ermuntern. Ich danke Ihnen für Ihre Sorge um die Armen. Das macht Ihnen große Ehre."

„Nun, wir können nicht erwarten, dass Sie die Last allein tragen, vor allem, wenn Sie keine Frau haben, die Ihnen zur Seite steht. Manche Besuche sind besser für eine Frau geeignet."

„Ich kann nicht mit Ihnen streiten, Mrs. Mayne. Ich weiß es zu schätzen." Harry zog seinen Hut. „Wenn Sie meine Eile verzeihen wollen, doch ich muss weiter, damit ich Zeit habe, alle in der Straße dort und darüber hinaus zu besuchen. Ich habe etwas von dem Ragout mitgebracht, das Mrs. Foucher zubereitet hat, und ich glaube, es wird denjenigen, die nichts zu essen hatten, sehr willkommen sein."

Nachdem er sich von der Frau des Gutsbesitzers verabschiedet hatte, wollte Harry das Tempo erhöhen, was das Pferd widerwillig tat. Es war Sommer und der Tag würde lang werden, doch es gab Teile des Waldes, in denen er sich nicht gerne zu spät am Tag aufhielt. In den wenigen Monaten seit seiner Ankunft hatte er bereits an seine Freunde im Parlament geschrieben und auf den Straßenabschnitt hingewiesen, der häufig von Wegelagerern überfallen wurde. Es musste etwas unternommen werden, um die Durchreisenden zu schützen. Heute war er gut vorbereitet und hatte keine Angst, aber warum sollte er Probleme provozieren, wenn er es vermeiden konnte?

Harrys Besuche in den verfallenen Strohhütten erfüllten das Ziel, das er sich gesetzt hatte; er machte Fortschritte dabei, ihr Vertrauen zu gewinnen und es gelang ihm, sowohl die Waren als auch seine Fürsorge für sie in einem sorgfältig ausbalancierten Zeitplan zu überbringen, der es ihm ermöglichte, so viele Familien wie möglich zu besuchen. Als er seine Runde beendete und die Straße entlang zu den Hütten und Schuppen fuhr, die die Ärmsten von Haggle End beherbergten, erblickte er einen vertrauten und willkommenen Anblick.

„Tom, was führt dich hierher?", rief er und wandte sich an die schlichte Gestalt, die er sonst eher in der Nähe des Pfarrhauses zu sehen pflegte, obwohl er wusste, dass der Mann seine Wurzeln in diesem Viertel hatte. Tom Wardle half Harry bei der Pflege seines Viehs und der Bewirtschaftung seines kleinen Grundstücks.

Tom zuckte überrascht zusammen, als er Harry so weit außerhalb des Dorfes traf, obwohl er Harrys Grund dafür kannte. Harry hatte nie ein Geheimnis daraus gemacht, dass er Haggle End in der Hoffnung aufsuchte, die weniger Begünstigten der Gesellschaft in eine gesündere Lebensweise zurückzuführen. Toms erschrockene Reaktion erinnerte ihn an sein früheres Vergehen, als Harry ihn damals eingestellt hatte. Monatelang hatte Toms Gesicht eine Mischung aus Schuld und Unwürdigkeit gezeigt, nachdem Harry beschlossen hatte, ihm den Diebstahl zu verzeihen und ihn einzustellen. Er hatte jedoch nie verschlagen ausgesehen, sonst hätte Harry ihm nicht getraut.

„Ich dachte, ich seh mal, wie ich helfen kann. So wie Se mich immer ermutigen." Tom nahm seinen Hut ab und neigte den Kopf, während er sich zur Seite drehte, dem Tom Wardle von vor sechs Monaten so ähnlich.

Harry lächelte und wünschte sich, dass der Mann sich wohlfühlte. Tom wusste, dass es ihm erlaubt war, nach Haggle End zu kommen, wann immer er wollte, solange seine Arbeit im Pfarrhaus beendet war. Harry drängte nicht auf das Thema, doch ehe er weiterfuhr, sagte er:

„Wenn du im Haus vorbeischaust, wirst du möglicherweise sehen, dass Mrs. Foucher dir etwas Ragout für dein Abendessen aufgehoben hat."

Als Harry die bescheidenen Behausungen von Haggle End verließ, war er noch immer mit Toms seltsamem Verhalten beschäftigt. Er vertraute ihm voll und ganz, fragte sich jedoch, ob sein Diener eine Sorge hatte, die er nicht mit ihm teilen wollte. Tom hatte große Fortschritte gemacht, seit Harry ihm angeboten hatte, seinen zweifelhaften Beruf gegen einen ehrlichen einzutauschen, aber offenbar musste er noch weitere Fortschritte machen.

Harry fuhr weiter in Richtung der Zeltreihe, die sich eine halbe Meile weiter im Wald befand und verließ die befestigte Straße, um den dunkleren, schmaleren Pfad zu nehmen, der sich durch die Bäume schlängelte. Als er an eine Weggabelung kam, sah er eine Kutsche vor sich, die zur Seite gezogen worden war und gerade noch in der Lichtung der Bäume zu sehen war. Er blinzelte und wunderte sich über das, was wie Gegenstände aus der Kutsche aussah, die überall auf dem Boden verstreut lagen.

Es ist genau, wie ich befürchtet habe. Harry gab den Gedanken an weitere Besuche auf und lenkte seinen Karren von der Straße auf die Lichtung vor ihm. Seine Besorgnis wuchs, als er eine junge Frau entdeckte, die bewusstlos im Gras am Wegesrand lag.

Harry verschwendete keine Zeit, sprang vom Wagen und lief zu der leblosen Gestalt. Er ließ sich neben ihr auf die Knie fallen und tastete sie auf Verletzungen ab. Er konnte nicht viel erkennen, ohne ihr die Haube abzunehmen, doch als seine Finger die Seite ihres Kopfes berührten, zuckte sie zusammen. Er hielt nur kurz inne, nahm die Frau in seine Arme – ihr weicher, blumiger Duft durchdrang seine Sinne – und trug sie zum hinteren Teil seines Karrens, wo er sie ablegte. Er kletterte auf die Ladefläche des Wagens, zog seinen Mantel aus und schob ihn flach unter ihren Kopf. Sie stöhnte und formte unartikulierte Worte. Ihre Augen waren noch immer geschlossen.

Während Harry über sein weiteres Vorgehen nachdachte, hörte er einen unerwarteten Gruß.

„Es is' gut, Sie zu sehen, Herr Pfarrer."

Außer einem kurzen Blick auf die Szene bei seiner Ankunft hatte Harry nicht darauf geachtet, ob er allein war. Nun hob er den Kopf und begegnete dem Blick eines stämmigen Mannes in einer schlichten Weste und einer braunen Hose, die über seine Stiefel gekrempelt war.

Harry verwarf schnell den Gedanken, dass es sich um den Dieb handeln könnte, weil der Mann ihn so direkt ansah. Er glaubte, diesen Mann schon einmal in Haggle End gesehen zu haben, und blinzelte von seiner knienden Position zu dem Gesicht hoch, das die Sonne verdeckte. „Eli Smith, nicht wahr?", sagte er schließlich.

„Ja. Ich hab nur die Pferde beruhigt, weil se nervös sind."

„Smith." Harry warf einen Blick auf die Pferde, die weiter hinten auf der Lichtung an einem Baum angebunden waren und runzelte die Stirn. „Ich verstehe. Wenn die Pferde immer noch aufgeregt sind, muss der Raub erst vor kurzem stattgefunden haben. Hast du gesehen, wer seine Hand im Spiel hatte? Wo sind die Leute, die bei ihr waren? Sie kann nicht allein unterwegs gewesen sein."

Eli Smith hob die Schultern in einer schicksalsergebenen Geste. „Ich habe se auf dem Heimweg gefunden. Da lag se, wie ein Baumstamm."

Harry betrachtete das Mädchen, das offensichtlich aus gutem Hause war. Sie trug ein weiches Reisekleid aus Leinen und eine kleine, adrette Schute, unter der sorgfältig frisierte blonde Strähnen sichtbar waren. Abgesehen von ihrer Kleidung war die Frau leichenblass. „Wie ist sie in Ohnmacht gefallen?" fragte Harry, obwohl er einen Verdacht hatte. In der Nähe der Stelle, an der sie gefallen war, gab es keinen Stein, der sie hätte niedergestreckt haben können.

Smith verzog das Gesicht, als dächte er nach, zuckte aber nur mit den Schultern.

„Nun, dann", sagte Harry. „Ich bringe diese Frau besser in Sicherheit. Ich gebe dir eine Krone, damit du auf ihre Sachen aufpasst, bis ich ein paar Männer finde, die sie nach Durstead bringen, wo ich sie hinbringen werde. Bist du einverstanden? Du darfst niemanden in die Nähe der Sachen lassen und sie auch selbst nicht anrühren."

„Ich hab nichts gegen ehrliche Arbeit. Ich danke Ihnen, Sir."

„Nun denn", meinte Harry und richtete seinen Blick wieder auf die junge Frau. „Ich werde sogleich jemanden schicken."

KAPITEL 3

Harry stieg auf den Karren und nahm die Zügel in die Hand. Vorsichtig wendete er das Gefährt, wobei er darauf achtete, den Karren nicht mehr als nötig zu erschüttern. Auf der Straße angekommen, erlaubte er seinem Pferd, das Tempo zu erhöhen. Das Gespann kam dort besser voran, trotz der Furchen in der Erde, die von den vergangenen Regenfällen herrührten.

„Wenn es Ihnen nichts ausmacht, Sir."

Harry erschrak beim Klang der schwachen Stimme und blickte hinter sich, während er an den Zügeln zog. Er sprang vom Fahrersitz und lief los, um zu sehen, wie er der Frau helfen und vielleicht herausfinden konnte, was geschehen war. Er war jedoch nicht auf den Anblick vorbereitet, der sich ihm bot, als er über die Seite des Wagens spähte. Dort erblickte er das schönste Paar himmelblauer Augen, das er je gesehen hatte und sein Herz setzte einen Schlag aus.

„Wenn es Ihnen nichts ausmacht, Sir. Wo um Himmels willen bringen Sie mich hin? Und muss das auf solch eine marode Art und Weise geschehen?"

Harry musste sich vorbeugen, um zu hören, was sie sagte, aber er erkannte das Aufblitzen schwarzen Humors in ihrer schwachen Stimme. „Sie wurden überfallen, Miss, ich denke das wissen Sie, und sind in Ohnmacht gefallen." Er schenkte ihr ein beruhigendes Lächeln. „Ich bringe Sie nach Durstead Manor, da es am nächsten liegt."

„Genau der Ort, zu dem ich wollte", murmelte die junge Frau und schloss für einen kurzen Moment die Augen. Harry stützte sich mit den Ellbogen auf die Seite des Karrens und sie legte ihre Hand auf seinen Arm und fügte hinzu: „Ich werde nie ohnmächtig, Sir. Sie müssen sich irren. Aber mir tut der Kopf furchtbar weh. Es waren Wegelagerer..." Die Augen noch immer geschlossen, zog sie die Brauen zusammen und biss sich auf die Lippe.

Harry bemerkte ihre Angst und erklärte ihr schnell seine Absicht. „Ich glaube, man hat dabei nachgeholfen, dass Sie das Bewusstsein verlieren. Ich werde tun, was ich kann, um herauszufinden, wer dahintersteckt."

Die junge Frau öffnete ihre Augen wieder, legte ihre Hand auf die Seite des Karrens und hielt sich fest. Auf ihre Geste hin rannte Harry um den Karren herum und sprang auf die Ladefläche, so dass er sie von hinten anheben konnte. Er hielt nun ihren Arm mit einer Hand fest und schob die andere unter ihren Rücken, um sie in eine sitzende Position zu bringen. Sie roch nach dem Flieder, der in seiner Kindheit vor der Küche des Hauses gewachsen war, und sie drehte sich zu ihm um, ihre Augen auf einer Höhe mit seinen.

Für Harry war jeder Gedanke verflogen. Als die Frau bewusstlos gewesen war, hatte er sich nur darauf konzentriert, ihr so schnell wie möglich die nötige Hilfe zukommen zu lassen. Mit offenen Augen erwachte die Frau zum Leben, und Harry war fasziniert. Ihre Schönheit ging über die zarten Gesichtszüge und die großen Augen hinaus. Es waren die Intelligenz und der Humor in diesen Augen, die ihn in ihren Bann zogen. *Hier ist eine Seele von unergründlicher Tiefe*, dachte er.

Sein Arm lag noch immer um sie und ihr Gesicht war nur wenige Zentimeter entfernt. Er räusperte sich und versuchte ein Lächeln. „Ich fürchte, es gibt niemanden, der uns einander vorstellen kann."

Die Frau schien weder durch die Vertrautheit seines Armes um sie verunsichert noch durch seine Nähe beeinträchtigt zu sein. *Nur mein Herz, überschlägt sich gleich in meiner Brust*, dachte er.

Sie antwortete: „Wenn wir Durstead Manor erreichen, können wir

Mrs. Leatham bitten, uns einander vorzustellen. Und dann werden Sie erfahren, dass ich Miss Anna Tunstall bin.“

„Miss Tunstall“, erwiderte er und prägte sich den Namen ein. *Anna.* „Ich bin erfreut, Ihre Bekanntschaft zu machen. Mein Name ist Aston, und ich schlage vor, Sie hier in eine bequemere Sitzposition zu bringen. Wir werden die Reise in einem leichteren Tempo fortsetzen.“

„Ich danke Ihnen für Ihr freundliches Angebot, Mr. Aston, doch ich würde es vorziehen, aufrecht auf dem Sitz neben Ihnen zu sitzen. Ich werde nicht so rücksichtslos sein, wieder in Ohnmacht zu fallen.“

„Ich enttäusche Sie nur höchst ungern, Miss Tunstall, aber ich glaube nicht, dass Sie bereit sind, mit mir vorne zu sitzen. Ich wäre versucht, während der ganzen Fahrt meinen Arm um Sie zu legen, damit Sie nicht wieder fallen. Es ist besser, Sie bleiben hier im Wagenbett.“

„Um von einer Seite des Gigs auf die andere geschleudert zu werden? Wirklich, Mr. Aston. Ich setze mich zu Ihnen nach vorne.“ Sie versuchte aufzustehen, wurde jedoch sofort blass und musste sich wieder setzen.

Trotz seiner Sorge, dass Miss Tunstall ernsthaft verletzt worden sein könnte, bemühte sich Harry, dem Drang zu widerstehen, über ihre eigensinnige, wenn auch falsch eingeschätzte Entschlossenheit zu lächeln. Der Drang erwies sich jedoch als zu stark für ihn, denn sein Herz schlug wie wild und sein Kopf waberte von einer Anziehungskraft, die sich in etwa so angenehm anfühlte, wie von einem Blitz getroffen zu werden. Seine Mundwinkel verzogen sich zu einem Grinsen. *Ich werde noch selbst ohnmächtig.*

„Wie erfreulich, dass Sie sich über meine Situation amüsieren“, meinte Miss Tunstall mit einem fragenden Blick.

Dies ernüchterte Harry sogleich. „Ich versichere Ihnen, dass ich keinerlei Humor an Ihrer Situation finde. Nun ja“, fügte er gewissenhaft hinzu, „nur ein ganz klein wenig, und das betrifft eher mich selbst. Mein einziges Anliegen ist, dass Sie sich wohlfühlen. Und ich konnte sehen, dass Sie ein zu wenig blass waren, um sich neben mich auf die Bank zu setzen. Lassen Sie mich jedoch den Mantel zurechtrücken, damit Sie mehr Polster haben, wenn Sie sitzen.“ Er tat dies und fügte hinzu: „Ich würde auch mein Halstuch ablegen, wenn ich der Meinung wäre, dass es genug Polsterung böte, um Ihren Kopf zu schützen und den Mangel an Weichheit auszugleichen. Aber ich fürchte, das wird es nicht, also werden wir langsam fahren."

Miss Tunstall ließ sich mit dem Rücken zum Fahrersitz nieder, den Mantel hinter sich, um sich abzustützen. Als sie solcherart positioniert war, rückte sie ihren Rock so zurecht, dass er ihre Knöchel bedeckte.

„Wenn Sie nur die Kleidung eines Londoner Gentlemans trügen, dann hätten wir aus ihrem Halstuch sogar eine Hängematte machen können. Nun erkenne ich die Nachteile des Landlebens, denn Sie tragen nur ein dürftiges Halstuch."

Harry stand noch neben ihr, da warf er den Kopf zurück und lachte. Als sie ihre klaren Augen zu den seinen hob und er den Schimmer von Humor darin antworten sah, wusste Harry, dass das Ende seiner Junggesellenzeit gekommen war. Es war um ihn geschehen.

DIE TÜR FLOG AUF, als Anna auf Durstead Manor ankam, und sie konnte Emily sehen, die so schnell zu ihr eilte, wie es ihr Zustand zuließ.

„Ich habe auf dich gewartet, weil ich befürchtete, dass etwas geschehen sein könnte, und nun ... o je! Ich sehe, ich hatte richtig vermutet. Mr. Aston, was ist geschehen, und wie sind Sie da hineingeraten?"

Trotz eines Schwindelgefühls hielt sich Anna an der Seite des Wagens fest und zog sich auf die Füße. Mr. Aston ließ nicht zu, dass sie den hinteren Teil des Karrens erreichte, ehe er aufsprang und darauf bestand, ihr beim Aussteigen zu helfen. Es war ihr nicht unangenehm, diese Aufmerksamkeit zu bekommen und sie mochte den robusten Eindruck, den er vermittelte. Er war kein Stadtmensch mit Buckram-Polsterung, der Muskeln imitierte. Er war wahrscheinlich in Oxford ausgebildet worden; er drückte sich gut genug dafür aus. Aber er war eindeutig im Handel tätig und hatte keine Angst vor Arbeit. Anna erlaubte ihm, ihr zum Rand des Wagens zu helfen. Bevor sie darüber nachdenken konnte, wie sie auf dem Boden gelangen sollte, war er schon wieder hinuntergesprungen – der Mann war überall – und hatte sie an der Taille hochgehoben, um sie auf festen Boden zu setzen.

„Guten Tag, Mrs. Leatham. Ich war auf dem Weg nach Haggle End und musste feststellen, dass ihre Kutsche überfallen worden war. Der Kutscher war nirgends zu sehen und offenbar war auch ihre Begleiterin verschwunden." Er blickte Anna fragend an, denn sie hatte ihm nicht erzählt, wie sie gereist war. Sie nickte.

„Miss Tunstall war ohnmächtig", fuhr er fort, „ich fürchte, ein Schlag auf den Kopf war dafür verantwortlich." Mr. Aston hielt ihren Arm, als sie zum Haus gingen. Offensichtlich war er entschlossen, sie sicher ins Haus zu bringen und obgleich sie es grundsätzlich verabscheute, sich wie ein Invalide zu fühlen, empfand sie seinen festen Griff und den vagen Duft von Seife, der ihm folgte, als angenehm.

„Oh, meine Liebe", hauchte Emily. „Du musst einen solchen Schreck bekommen haben. Hat der Wegelagerer etwas mitgenommen?"

„Nun – Beatrice", sagte Anna. „Ich bin mir allerdings nicht sicher, ob ich Beatrice oder den Straßenräuber bemitleiden soll. Ich kann nicht sicher sein, dass sie nicht zusammenarbeiten."

Emily gab nur mit einer gerunzelten Stirn zu verstehen, dass sie verstanden hatte, als sie an Annas Seite kam, um neben ihr zu gehen. „Deine Juwelen also?"

„Er hat sie nicht..."

„O Gott sei Dank", meinte Emily.

Mr. Aston meldete sich zur gleichen Zeit zu Wort. „Ich dachte nicht daran zu fragen. Was für ein Glück."

„Nein", korrigierte Anna. „Denn jemand hatte sich schon bei der letzten Poststation mit ihnen davongemacht. Zumindest muss ich das annehmen, denn ich hatte sie im Gasthaus eingepackt, aber sie waren nicht zu finden, als der Straßenräuber den Koffer durchsuchte."

„Das muss aufhören", rief Mr. Aston aus. „Diese *Besuche* von Wegelagerern." Sein Arm spannte sich vor Empörung, als er ihr die Steinstufen hinauf und ins Haus half.

Anna schüttelte den Kopf. „Unter den Juwelen waren keine wirklich wertvollen Stücke – nichts von großem sentimentalem oder finanziellem Wert, doch ich werde mehr Geld brauchen. Ich werde Stratford schreiben müssen."

„Ich bin nur dankbar, dass du hier und unversehrt bist. Hattest du mir nicht versprochen, dass dein Bruder dir neben Beatrice noch eine Begleitung mitschicken würde?" fragte Emily.

Anna verzog das Gesicht. „Ich habe abgelehnt."

Emily geleitete sie ins Wohnzimmer, wo Mr. Aston Anna half, auf dem Sofa Platz zu nehmen. Sein Gesicht zeigte eine Mischung aus Sorge und Missbilligung. „Ihr Bruder hätte darauf bestehen sollen. Es gehört sich nicht für eine Dame, allein zu reisen."

„Aber ich war nicht allein", erwiderte Anna mit hochgezogener Augenbraue. „Ich hatte Beatrice. Und den Kutscher."

Mr. Aston presste die Lippen aufeinander und Emily lächelte und schüttelte den Kopf. „Mr. Aston, ich glaube, Lord Worthing war seiner Schwester nicht gewachsen. Abgesehen davon, dass er weiß, wie stur seine Schwester sein kann"– Emily warf Anna einen liebevollen Blick zu – „ist er voll und ganz damit beschäftigt, sein Anwesen in Ordnung zu bringen und sich auf seine Hochzeit vorzubereiten, die für September angesetzt ist. Auch ich trage Schuld, denn ich war mir der Gefahr auf diesen Straßen bewusst und hätte selbst an Lord Worthing schreiben sollen, um ihn zu bitten, einen Vorreiter anzuheuern."

„Nein. Du hast es nur für angebracht gehalten, mir Beatrice zu leihen." Anna warf ihrer Freundin einen langen, leidenden Blick zu.

„Oje", war alles, was Emily darauf erwiderte.

„Ich muss Sie verlassen." Mr. Aston wandte sich an beide Frauen, doch sein Blick verweilte auf Anna. „Ich möchte dafür sorgen, dass Ihr Koffer und Ihre Kutsche abgeholt werden. Und ... vielleicht sollte man auch einen Arzt zu Ihnen schicken."

„Nein", erwiderte Anna, während Emily zustimmend nickte.

„Dann werde ich mich auf den Weg machen. Ich werde Ihre Koffer noch heute senden lassen, sollte dies möglich sein." Mr. Aston verbeugte sich und mit einem weiteren Lächeln, das Grübchen zeigte, war er verschwunden.

Emily setzte sich neben Anna. „Ich bin Beatrice nie begegnet, aber ihre Cousine Florence sagte, sie sei vertrauenswürdig. Glaubst du, sie hat mit den Räubern gemeinsame Sache gemacht?" Anna zuckte mit den Schultern. Schon diese kleine Bewegung bereitete ihr Kopfschmerzen.

„Ich werde mit Florence sprechen müssen", fuhr Emily fort. „Sie muss über die Situation informiert werden."

Nachdem sie über die Ereignisse des Nachmittags sinniert hatte, stand Emily schließlich auf und ging zur Klingel. „Ich werde nach Tee läuten, meine Ärmste. Du musst furchtbare Kopfschmerzen haben."

Nachdem der Tee serviert worden war, setzte sich Emily auf den Stuhl neben dem Sofa und betrachtete Anna schweigend. Anna hatte sich endlich in die bequemen Kissen fallen lassen. In ihrem Kopf drehte sich alles.

Emily verschränkte die Hände im Schoß. „Wie findest du unseren Mr. Aston?", fragte sie schließlich.

Anna war gewiss nicht bereit, ihre Gedanken zu Mr. Aston mitzuteilen, wenn sie selbst bei ihren privaten Überlegungen nur das Gefühl aufbringen konnte, den Mann *wahrzunehmen*. Sie blinzelte. „Kein Betteln um Einzelheiten des Raubes? Nur: ‚Wie findest du unseren Mr. Aston'?"

Emily lachte. „Ich möchte wirklich alles wissen und ich bin dankbarer, als du ahnen kannst, dass du in *Sicherheit* bist." Sie ergriff Annas Hand. „Aber ich muss gestehen, dass deine unerwartete Begegnung mit Mr. Aston mich neugierig macht, denn ich hatte schon vor deiner Ankunft daran gedacht, dich ihm vorzustellen. Ich wollte wissen, was du von ihm hältst, weil *ich* dachte, er könnte eine interessante Bekanntschaft für dich sein."

„Ist er nicht Landwirt? Oder im Handel?" fragte Anna verblüfft. Obwohl sie das Gefühl hatte, dass diese Frage für sie nicht so wichtig war wie sein Aufenthaltsort. Er war nicht in London, also gab es nichts weiter zu besprechen. Dennoch machte ihr widerspenstiger Geist von sich aus weiter. Vielleicht würde sie sich nicht für einen Landwirt interessieren, doch für einen Mann im Handel ... Ihr Vater war im Handel tätig und ein Adliger gewesen. Ein Landwirt − nun, der könnte am Ende des Tages nach Schwein stinken, obwohl Mr. Aston nicht nach Schwein stank. Er stank ganz und gar nicht. Er war...

Solide. Das Wort kam ihr unaufgefordert in den Sinn.

„Er ist kein Landwirt und auch nicht im Handel tätig. Er ist ein

Gentleman", sagte Emily mit einem schelmischen Lächeln, das Anna nichts Gutes verhieß. Sie wusste, welche Art von Ärger Emilys Lächeln bedeuten konnte.

„Welch ein Glück für ihn", entgegnete Anna, die nicht wusste, was sie sonst sagen sollte. Um das Schweigen zu überbrücken und vielleicht auch, um ihre Verwirrung zu überspielen, fügte sie hinzu: „Er war nicht wie ein Gentleman gekleidet. Und er fuhr den derbsten Wagen."

„O nein." Emily hob ihre Augen in einstudierter Unschuld. „Er mag es nicht, sich über die Dorfbewohner zu stellen."

„Das war nicht zu übersehen", gab Anna zurück. Als Emily keine weiteren Informationen bot, fügte sie hinzu: „Er ist also Landbesitzer?"

„Das ist er nicht", sagte Emily. Sie stand plötzlich auf und ging zum Schreibtisch, um eine Zeitschrift zu holen, doch Anna ließ sich nicht täuschen. Sie erkannte das Lachen, das sich in der Stimme ihrer Freundin verbarg.

Anna blickte gen Himmel. „Ich bin sicher, dass du es mir irgendwann sagen wirst, aber da wir noch viele andere Dinge zu besprechen haben – wie zum Beispiel mit vorgehaltener Waffe überfallen zu werden – *was* macht Mr. Aston, wenn er Gentleman, aber kein Landbesitzer ist?"

Emily nahm Platz, ihre Augen strahlten vor Belustigung. „Mr. Aston ist unser Pfarrer."

KAPITEL 4

Der Pfarrer! Anna hätte mehr Enthusiasmus empfunden, wenn er Kaufmann gewesen wäre. Oder gar Landwirt. Sie hegte eine tiefe Abneigung gegen Geistliche, da diese im Allgemeinen fromme, mürrische Männer waren. Oder Heuchler. Sie fragte sich, was davon auf Mr. Aston zutraf.

Emily beobachtete sie mit einem amüsierten Gesichtsausdruck, vermutlich weil sie Anna gut genug kannte, um genau zu wissen, was diese dachte. „Ich habe mich gefragt, wie du die Nachricht aufnehmen würdest", sagte Emily. „Aber eins kann ich dir sagen. John hält große Stücke auf ihn und Mr. Aston ist anders als jeder andere Pfarrer, den ich bisher kennenlernte. Ich glaube, du wirst feststellen, dass er mehr zu bieten hat, als man auf den ersten Blick sieht."

„Mr. Aston ist für mich nicht von Belang."

„Natürlich nicht."

Anna ließ sich von Emilys spröder Stimme nicht täuschen.

ANNAS KOFFER WURDE ihr noch am selben Abend zurückgebracht, und zwar von einem Landwirt, so wie es aussah, und nicht von dem berühmten Pfarrer der Stadt. Stattdessen hatte sie das zweifelhafte Vergnügen, vom Arzt untersucht zu werden, der sich über ihre ausgezeichnete Konstitution wunderte und ihr eine rasche Genesungszeit von zwei Monaten voraussagte. Er stellte ihr für alle Eventualitäten eine Reihe von Medikamenten zur Verfügung und verordnete ihr zwei Wochen lang absolute Bettruhe, wenn sie nicht schwer erkranken wollte. Diese Auflagen ignorierte Anna prompt, obwohl sie zweimal Kopfschmerzpulver einnahm und sich generell langsamer bewegte, als sie es gewohnt war. Ihre Schwindelanfälle verschwanden nach drei Tagen.

Allein in ihrem bezaubernden Schlafzimmer mit Blick auf die Wiese, dachte Anna an Beatrice und fragte sich, was aus ihr geworden war. Emily hatte Beatrices Cousine, ein Küchenmädchen auf Durstead Manor, befragt, die unbeabsichtigt Annas Reisearrangement besiegelt hatte, indem sie erwähnte, dass ihre Cousine am selben Tag aus London ankommen würde, doch sie konnte kein Licht auf Beatrices Verschwinden werfen. Florence schaute nur verwirrt und schuldbewusst drein, was nach Annas Meinung bei den unteren Rängen nicht ungewöhnlich war. Obwohl Beatrice eine höchst unangenehme Reisebegleiterin gewesen war, wünschte Anna ihr nichts Schlechtes, und ihr letzter Blick auf die junge Frau ließ ihr nicht viel Hoffnung.

Letztendlich war Anna nicht geneigt, sich über Dinge zu sorgen, die sie nicht ändern konnte, und widmete ihre Gedanken den weniger angenehmen Aufgaben, die vor ihr lagen. Sie sorgte dafür, dass die gemietete Kutsche zum Gasthaus zurückgebracht wurde und schickte einen Brief an ihren Bruder Stratford, um ihn über die gebrochene Achse und den Verlust ihres Geldes zu informieren. Anna legte ihre Feder nachdenklich nieder und beschloss schließlich, ihn nicht mit der Angelegenheit des Raubes zu belästigen, sondern ihn nur zu bitten, mehr Geld zu schicken. Er konnte das auffassen, wie er wollte. Warum sollte er sich darüber aufregen, wenn die Angelegenheit im Grunde genommen ohne größeren Schaden ausgegangen war?

Die Woche war mit so viel erzwungener Ruhe verbracht worden, dass Anna schließlich darauf bestanden hatte, dass Emily ihr erlaubte, sich zu bewegen, wie sie es wünschte. Ihr erster Ausflug außerhalb von Durstead Manor war die Kirche. Nachdem sie Mr. Aston fünf Tage lang nicht gesehen hatte, wollte Anna am Sonntagmorgen keine Neugierde eingestehen. Aber sie kleidete sich in ein weißes Musselin-Kleid mit blauer Borte, von dem sie wusste, dass es zu ihrem Teint passte, und traf sich mit Emily zum Frühstück.

„Ich vermisse meine Kämme", sagte sie und strich sich vorsichtig über die empfindliche Stelle ihres Kopfes. „Du sagtest, wir würden jemanden haben, der den Diebstahl untersucht?"

„Mr. Aston sagte, er würde Mr. Mayne bitten, sich die Sache anzusehen. Er ist unser Gutsherr und der Friedensrichter des Dorfes", sagte Emily. „Er wird dafür sorgen, dass die Angelegenheit bis zum Ende verfolgt wird."

Nachdem sie ihren Teller an der Anrichte gefüllt hatte, setzte sich Anna zu Emily an den Tisch. „Und nun werden wir deinen Mr. Aston in seinem Element sehen", sagte sie mit einem Blick auf Emily, die sich gerade ihr zweites Brötchen schmierte. „Ist das für das Baby oder für dich?"

„Ich habe dir gesagt, dass du mich vor mir selbst retten musst, doch das erst morgen. Heute bin ich viel zu ausgehungert." Emily schob sich einen Bissen in den Mund.

„Das sehe ich, doch zum Glück für John ist der einzige Bereich, der größer wird, deine Körpermitte. Du würdest nicht wollen, dass er zurückkommt und dich so völlig verändert vorfindet."

„John wird sich über jeden Zustand freuen, in dem er mich vorfindet, solange ich einen Erben zur Welt bringe." Emily löffelte Marmelade auf einen weiteren Bissen, und dieser folgte dem ersten.

„Es könnte ein Mädchen sein, weißt du." Anna hob die Augenbrauen.

„Wäre das nicht schön? Sag John nur nicht, dass ich mir das erhoffe. Er will sich zuerst das Anwesen sichern."

„Du musst natürlich einen Sohn bekommen", sagte Anna, „aber eine Tochter wird Wachstum bringen." Sie fummelte mit ihrem Messer herum, ehe sie ihr Brot in die Hand nahm und es mit Butter bestrich. „Also ... Mr. Aston. Dauern seine Predigten ewig, so wie die eines jeden Pfarrers, der sein Geld wert ist?"

„Seine Predigten sind eigentlich recht gut. Der Einzige, der einschläft, ist Mr. Banbury und der ist sechsundachtzig Jahre alt, man möge ihm verzeihen."

„Ein lebhafter Prediger also. Zieht er hin und her, um seinen Vikar in einer anderen Pfarrei abzulösen, in welcher er sich noch seinen Lebensunterhalt verdient? Oder geht er nur einmal im Jahr hin, um Vorstandsmitglieder zu wählen?"

„Mr. Aston ist kein Pluralist. Er hat keine andere Gemeinde. Er sagte, er ziehe es vor, eine zu haben, in der er in das Dorf investieren kann, anstatt den Zehnten von mehreren zu kassieren und sie ohne Führung oder in den Händen eines armen stotternden Narren zu lassen." Emily lachte. „Nein, den letzten Teil hat er nicht gesagt. Aber ehe der vorherige Pfarrer in den Ruhestand ging, hatte er hier ein ganzes Jahr lang einen Vikar eingesetzt, der keine zwei verständlichen Worte zusammensetzen konnte. Und seine Predigten dauerten bis weit nach Mittag. Avebury kann sich sehr glücklich schätzen, Mr. Aston als Pfarrer zu haben, das kann ich dir versichern."

Anna schnupperte, goss Sahne in die kobaltblaue Kaffeetasse und rührte den duftenden Inhalt mit einem kleinen Silberlöffel um. „Dennoch, Mr. Aston will mir nicht wie jemand erscheinen, der sich für die Kirche entscheiden würde."

„Du gibst also zu, dass du dich für unseren Pfarrer interessierst", meinte ihre Freundin mit hochgezogenen Augenbrauen und ein erfreutes Lächeln umspielte ihre Lippen.

„Du tust mir Unrecht", sagte Anna. „Ich habe kein Interesse an deinem Pfarrer. Kannst du dir ein trostloseres Leben vorstellen? Du musst jeden Sonntag immer wieder eintönig reden und nett zu allen sein – den Leuten hinterherlaufen und sie um dein Einkommen anbetteln. Nein, danke." Vor Annas geistigem Auge tauchte ein Bild von Mr. Aston auf, wie er neben ihr hockte, seine humorvollen, braun-goldgesprenkelten Augen auf sie gerichtet. Seine widerspenstigen Locken hatten das Verlangen in ihr geweckt, sie zu berühren und zur Seite zu streichen. „Ich kann mir nicht vorstellen, warum jemand auf diese Art seinen Lebensunterhalt bestreitet."

„Natürlich weil jeder seinen Lebensunterhalt bestreiten muss. Aber ich denke, Mr. Aston hat sich dafür entschieden, weil ihm die Kirche am Herzen liegt und er gute Absichten für das Dorf und seine

Bewohner hat. So sehr du dich auch bemühst, ich weiß, dass Mr. Aston dein Interesse geweckt hat, und es ist nicht falsch, dass du deine Aufmerksamkeit in diese Richtung lenkst."

Der Lakai trat ein, und Emily gab ihm ein Zeichen. Anna durfte nicht das letzte Wort haben. „Wir werden in zehn Minuten abfahrbereit sein. Lass den offenen Phaeton vorfahren. Anna, ich muss hochlaufen und mein Täschchen holen. Ich treffe dich in zehn Minuten am Vordereingang."

Sich selbst überlassen, ließ Anna zu, dass sich die Gedanken an Mr. Aston wieder einschlichen. Er hatte sich um alles gekümmert. Er hatte sie sicher zu Emily gebracht und sich dann daran gemacht, ihren Koffer und ihr Hab und Gut von der Straße zu holen. Um Himmels willen. Er musste gesehen haben, wie ihre Schnürleiber und Unterkleider verstreut auf der Straße lagen. Anna spürte, wie sich ihre Wangen erhitzten, eine Reaktion, die ihr fremd war, und stand plötzlich auf. Sie spannte ihren Kiefer an und ging zur Tür. *Ich werde nicht mit neunzehn anfangen, zimperlich zu sein*, dachte sie. *Nun ja. Und wenn er etwas Unterwäsche gesehen hat? Sicherlich hat er Schwestern oder etwas dergleichen.*

Die Kutsche wurde vorgefahren und Anna kletterte auf den Sitz neben Emily. Ihre Freundin fuhr, sagte, dass sie das so lange tun würde, bis sie gezwungen sei, ein Baby zu tragen, und der Stallknecht ritt hinterher. Der Rasen roch noch nach frisch gemähtem Gras von der Arbeit der Gärtner am Vortag, und die Sommersonne wärmte Annas Arme und Beine durch den dünnen Stoff. Sie atmete ein. „Es ist wunderschön hier, Emily. Obwohl ich mich hier nie niederlassen könnte, kann ich verstehen, warum es dir gefällt."

„Danke, dass du zu Besuch gekommen bist." Emily hielt die Zügel in ihrer linken Hand und drückte Annas Hand mit der rechten. „Nun, da John weg ist, brauchte ich dich. Und obwohl ich froh bin, dass meine Mutter bis zur Geburt im September bei mir bleibt, machst du diesen Sommer erträglich. Ich werde nur noch zwei Wochen mit mir selbst zu tun haben. Du wirst heute alle wichtigen Leute kennenlernen. Die Familie des Gutsherrn ist entzückend – Mr. und Mrs. Mayne, die eine siebenjährige Tochter, Amabel, und George haben, der nächstes Jahr das King's College besuchen wird. Sie haben nichts Einschmeichelndes an sich. Dann ist da noch die Familie Rigby, die ich dir vorstellen werde. Sie sind wahrscheinlich die beste Familie nach Lord und Lady Allinthridge und unserer. Von den Rigby-Töchtern ist die Einzige, die ich mag, Hester. Ihre jüngere Schwester, Marianne, gilt als Schönheit und wird mit Sicherheit eine glänzende Partie machen, wenn sie nächsten Frühling in die Gesellschaft eingeführt wird, doch sie ist kokett. Hester ist freundlich."

„War Hester in der letzten Saison in London?" erkundigte sich Anna.

„Ja, in den letzten zwei Jahren, doch sie fand keinen Ehemann. Ich weiß nicht, warum nicht, abgesehen von der Tatsache, dass sie von zurückhaltender Natur ist. Natürlich wollte John nicht, dass ich die ganze Saison über in London bin, also waren Hester und ich nicht oft zusammen. Ich glaube, sie ist in unseren Pfarrer verliebt", sagte Emily mit einem verschmitzten Lächeln.

„Nun, wenn sie zurückhaltend ist, wäre sie die ideale Kandidatin für eine Pfarrersfrau", gab Anna mit heller Stimme zurück. „Mr. Aston hat Glück, dass er nicht weit entfernt suchen muss." Sie öffnete ihren Sonnenschirm, um ihr Gesicht vor der Sonne zu schützen.

„O nein", erwiderte Emily mit einer verdächtig unschuldig klingenden Stimme. „Ich glaube nicht, dass Mr. Aston ihre Wertschätzung erwidert." Sie sprachen nicht weiter über dieses Thema, als sie den Phaeton an den Anbindevorrichtungen vorbei zu den Ställen fuhren.

Nachdem sie ihre Kutsche in die Hände des Stallknechts übergeben hatten, schlossen sich Emily und Anna der Menschenmenge an, die sich vor den geschlossenen Türen der Kirche versammelt hatte. Anna war überrascht von dem Lärm und dem Treiben vor der Kirche.

„Wollen sie nicht hineingehen? Ich habe noch nie so einen Aufruhr vor einem Sonntagsgottesdienst gesehen."

„Du hast Mr. Aston noch nicht predigen hören." Emily lachte leise. „Ich glaube, durch ein Missgeschick sind die Türen immer noch verschlossen. Komm, wir müssen Lord und Lady Allinthridge unsere Aufwartung machen. Die Gemeinde verdient sich bei ihnen ihren Lebensunterhalt."

Emily blieb vor einem gutaussehenden älteren Ehepaar stehen und wartete, bis sie einen Nachbarn begrüßt hatten. „Guten Morgen, Lord

Allinthridge, Lady Allinthridge. Erlauben Sie mir, Ihnen meine liebe Freundin Miss Anna Tunstall vorzustellen. Sie ist diesen Monat bei mir zu Gast."

Lady Allinthridges Schönheit war ihr bis ins mittlere Alter gefolgt, und ihr schlanker Körperbau verriet eine Kraft, die jeden Gedanken an Verwöhntheit widerlegte. Das kantige Gesicht ihres Mannes mit der breiten Statur wirkte einschüchternd, doch er war seiner Frau eindeutig zugetan und wandte sich ihr zu, wann immer sie sprach.

„Mrs. Leatham erzählte uns, dass Sie kommen würden. Wir haben in zwei Wochen eine Dinnerparty geplant und hoffen, dass Sie kommen werden."

„Wie freundlich von Ihnen", antwortete Anna. „Emily sprach davon und ich würde mich sehr freuen, zu kommen."

Das Grollen der Menge wurde lauter, als Mr. Aston in einer stattlichen Carrick mit passendem Pferdegespann auf das Kirchengelände fuhr. Er übergab die Zügel einem Stallknecht und sprang hinunter, wobei die Bewegung nicht von der kirchlichen Robe behindert wurde, die seitlich eingenähte Schlitze hatte und die hellbraune Hose darunter enthüllte. „Guten Morgen", rief er, ungeniert ob der Verbeugungen der Jungen und jungen Männer. „Ich weiß, Sie werden mir meine Verspätung verzeihen, wenn ich Ihnen erzähle, dass die Sau von Mr. Barnsworth an meiner Türschwelle auftauchte und Gefallen an meinen Hortensiensträuchern fand."

Die Menge lachte, und Mrs. Barnsworth, eine verblichene Frau in einem adretten Musselin-Kleid, flatterte hervor und sagte: „O Himmel, Herr Pfarrer, Mr. Barnsworth hat Ihnen doch sicher gesagt, dass er sie als Zehnten vorausschicken würde."

Mr. Aston ergriff ihre Hände, seine Augen leuchteten vor guter Laune. „Ich habe keine Nachricht erhalten, bin Ihnen aber dennoch sehr dankbar für Ihr Geschenk. Ich würde ihr vielleicht eine andere Diät als Hortensien vorschlagen, aber – wo ist Mr. Barnsworth heute?"

„Er ist an der Gicht erkrankt, Mr. Aston und bedauert, dass er dem Gottesdienst heute Morgen nicht beiwohnen kann", antwortete sie ernsthaft.

„Sagen Sie ihm, dass er gut daran getan hat, zu Hause zu bleiben, solange es ihm so schlecht geht", sagte Mr. Aston. „Und ich werde ihn morgen unbedingt besuchen." Er wandte sich an einen der jungen Männer. „George, sei bitte so gut und schließe diese Türen auf. Hier sind die Schlüssel."

Mr. Aston reichte den Jungen, die zur Begrüßung aufgereiht standen, die Hand und wandte sich dann an Lord Allinthridge und seine Frau. „Ein Pfarrer, der zu spät kommt, macht Ihnen keine Ehre", sagte Mr. Aston mit einem entwaffnenden Lächeln.

Lord Allinthridge konnte seine strenge Miene unter einem solch offenen, fröhlichen Blick nicht bewahren. „Nun ja, es ist nie zuvor geschehen und man kann darüber hinwegsehen. Ich muss sagen, wie froh ich bin, dass Sie ausnahmsweise ein vernünftiges Fahrzeug fahren."

Mr. Aston lachte unverhohlen. „Soll ich Ihnen dann gestehen, dass das Rad meines Karrens brach, ehe ich den Stall verlassen hatte? Ich hatte keine andere Wahl, als die Carrick zu nehmen."

Lord Allinthridge ließ sich zu einem Lächeln verleiten. „Es war also nicht nur die Sau. Ich hatte keinen Anteil an Ihrem kaputten Gig, doch vielleicht war es die Vorsehung. Ihre Pferde brauchen dringend Auslauf." Der strenge Landbesitzer zwinkerte Mr. Aston tatsächlich zu und wandte sich um, um seine Frau am Arm zu nehmen und sie in die Kirche zu führen.

Mr. Aston drehte sich leicht um, bis er Anna sah, und seine Augen weiteten sich. Das Lächeln, das seine Augen nie zu verlassen schien, wurde von zwei tiefen Grübchen auf beiden Seiten seines Mundes begleitet.

„Miss Tunstall." Er verneigte sich und hob den Kopf, seine Augen die ihren suchend. „Ich nehme an, Sie sind..." Er hielt kurz inne, da ihm aufging, dass sie vielleicht nicht wollte, dass ihr Missgeschick allgemein bekannt wurde. „...gut ausgeruht nach Ihrer Reise."

Er wartete auf ihre Antwort, doch zum ersten Mal in ihrem Leben war Annas Zunge von der Wirkung einer Persönlichkeit wie betäubt. Sie konnte nur nicken. Er hielt ihren Blick noch ein paar Sekunden lang fest und sein Lächeln wurde breiter, ehe er sich ihrer Freundin zuwandte.

„Guten Morgen, Mrs. Leatham." Er sprach rasch und verbeugte sich, als ob ihm gerade erst aufgegangen wäre, dass er sie zuerst hätte begrüßen müssen. Ohne einen weiteren Blick auf Anna schritt er durch die Kirchentüren.

Anna fühlte sich ein wenig enttäuscht, als ob er die Sonne mitgenommen hätte, als er durch die Kirchentür trat. Sie folgte ihm und war froh, dass Emily ihren Arm um sie gelegt hatte. Nun würde der Gottesdienst beginnen und Mr. Aston würde jemand anderes werden. Er würde der Pfarrer sein – eine seltsame, religiöse, dröhnende Stimme, die ganz und gar nicht zu der robusten Person passte, deren Gesicht sie nach ihrem Ohnmachtsanfall begrüßt hatte. In eine für sie nicht ganz angenehme Erinnerung versunken, folgte sie Emily den Gang hinunter.

Ehe sie die Kirchenbank betrat, blieb Anna kurz stehen. „Emily, sag nicht, dass das deine Kirchenbank ist? Sie ist so weit hinten."

Emily nickte. „Ja, in gewisser Weise. Komm, setz dich. Es ist dieser Mr. Aston ... wie soll ich es erklären? Obwohl wir jedes Recht haben, unsere Plätze in der ersten Reihe zu kaufen, wie es unsere Eltern und Großeltern taten, ermutigt er diejenigen von uns, die dazu in der Lage sind, die vorderen Plätze an die schwächeren Gemeindemitglieder abzugeben, unabhängig von ihrem sozialen Status. So können sie die Predigt besser hören und im Winter ist es dort wärmer. Es ist recht unorthodox und du wirst sehen, dass nicht alle dem Vorschlag des Pfarrers folgen." Sie nickte in Richtung der Allinthridges und einer anderen Familie, die sich gerade auf den Weg zum Altar machte.

„Dies sind die Rigbys. Ich habe dir von ihnen erzählt. Ihnen ist ihr Ansehen im Dorf wichtig, mit Ausnahme von Hester", flüsterte Emily. „John schätzte Mr. Astons Ansinnen jedoch und beschloss, dass wir hier hinten sitzen sollten."

Anna schaute sich um und hatte das Gefühl, dass sie über sein sonniges Lächeln hinaus viel über diesen unorthodoxen Pfarrer nachdenken musste. Die Kirche war voll und tatsächlich mischten sich die Ärmeren unter den Gemeindemitgliedern bis zu einem gewissen Grad mit den Wohlhabenderen. Als Anna sich ganz umdrehte, sah sie, dass auch die hintersten Reihen mit den Ärmsten gefüllt waren. Sie flüsterte: „Diejenigen, die ganz hinten sitzen, sind nicht nach vorne gebeten worden."

Emily folgte ihrem Blick und drehte sich nach vorne um, ehe sie mit leiser Stimme antwortete. „Ehe Mr. Aston kam, war der hintere Bereich leer. Er hält es für wichtig, die Gemeinde vor dem Risiko von Krankheiten zu schützen und diejenigen, die in extremer Armut leben, sitzen nicht mit dem Rest der Gemeinde zusammen. Aber er bietet ihnen hinterher etwas zu essen, da er weiß, dass sie vielleicht die ganze Woche nichts zu essen haben." Sie hielt mit einem spröden Lächeln inne und blinzelte ein paar Mal. „Ich ziehe dich mit ihm auf, aber wir sind alle stolz auf unseren Pfarrer."

Anna sah sie erstaunt an. Sie wusste, dass ihre Freundin zu tiefen Emotionen imstande war, sonst wären sie sich nie so nahegekommen, doch sie war es nicht gewohnt, Emily derart viel Gefühl zeigen zu sehen. Sie hatten sich beim Tee trinken und Flirten während der Londoner Saison angefreundet. Sogar auf ihrer Hochzeit hatte Emily gelacht und gescherzt, während ihr Verlobter sie mit liebevoller Belustigung beobachtete. Tiefere Emotionen waren verborgen worden.

Emily bemerkte Annas Verwirrung und sagte: „Ja, ich bin gefühlsduselig, seit ich ein Kind erwarte. Du wirst schon sehen. Es ist unvermeidlich, glaube ich."

Der Gottesdienst wurde mit Gesang eröffnet. Da es keine Orgel gab, stand Mr. Aston auf, hob die Hände und begann mit klarer Stimme die Hymne anzustimmen. Anna erhob sich mit der Gemeinde. Sie sang mechanisch und beobachtete dabei die Menschen um sie herum. Sie kannte den Text, war jedoch noch nie inmitten solcher Begeisterung in einer Kirche gewesen. Nach der Hymne leitete Mr. Aston die Liturgie und selbst dabei gelang es ihm, den Worten, die sie seit ihrer Kindheit gemurmelt hatte, mehr Bedeutung zu verleihen. Seine Stimme erklang lauter als die der anderen. „Wie es war im Anfang, jetzt und immerdar, und von Ewigkeit zu Ewigkeit. Amen."

Mr. Aston hielt den gesamten Gottesdienst ohne die Hilfe eines Hilfspfarrers ab. Gerade als Anna dachte, er müsse vor Erschöpfung die Stimme verlieren, hielt er eine kurze Predigt über den Bericht von Elija am Berg Karmel. „Brüder, wenn ihr auf eure eigene Stärke, euren Reichtum, eure Stellung in der Gesellschaft vertraut, stützt ihr euch dann nicht auf Götzen? Und welche Macht haben diese Götzen, euch zu helfen?"

Mit ernstem Gesichtsausdruck führte er sie zu dem Vers, in dem

Elija die Baalspropheten des Königs verspottete. „Ruft lauter! Baal ist doch Gott", las Mr. Aston mit lauter Stimme, wobei er mit dem Finger in der massiven, ledergebundenen Bibel entlangfuhr, die auf der Kanzel lag. „Er könnte beschäftigt sein, könnte beiseite gegangen oder verreist sein..." Er blickte von seiner Lektüre auf und der ernste Ausdruck auf seinem Gesicht wurde durch lachende Augen humorvoll. „...vielleicht schläft er und wacht dann auf."

Anna wurde von einem Geräusch erschreckt, das sie noch nie in einer Kirche gehört hatte: Lachen. Sie schaute sich um. Fast alle waren nicht nur hellwach, sondern lächelten auch. Sie wandte sich nach vorne und blickte auf den Mann, der die trübe Menge zum Leben erweckt hatte.

Der Auszug brachte Mr. Aston in den hinteren Teil der Kirche, und obwohl es eine Schlange gab, um ihn zu begrüßen, schien niemand es eilig zu haben, hinauszueilen. Kleine Gruppen von Menschen stellten sich im Kirchenschiff zusammen, schüttelten einander die Hände und tauschten Neuigkeiten aus.

„Anna, ich möchte dir Mrs. Rigby und ihrer Tochter Miss Hester Rigby vorstellen." Emily deutete mit einem Nicken auf Anna. „Das ist Miss Tunstall."

Anna drehte sich um, um die beiden zu begrüßen und musterte Hester genau, um zu sehen, wie sie sich als Ehefrau von Mr. Aston machen würde. Miss Rigbys Gesicht war eher lang, obwohl ihr Gesichtsausdruck angenehm war. *Sie ist nicht hübsch genug für ihn*, entschied Anna. Obwohl Mr. Aston ein Geistlicher war, war er doch in erster Linie ein Mann und musste diese Dinge bemerken. Schade für Miss Rigby.

„Wie geht es Ihnen?"

Mrs. Rigby ließ ihrer Tochter keine Zeit zu antworten. „Willkommen in Avebury. Wir sind keine große Stadt, doch wir haben dennoch bis zu zwanzig junge Paare für die Landtänze und noch mehr, wenn wir Partys mit Beckhampton zusammenlegen. Wir hoffen, dass Sie sich uns am Freitag anschließen werden." Mrs. Rigbys Worte waren angenehm, enthielten jedoch eine leichte Herablassung, die Anna nicht gefiel.

„Es wäre mir ein Vergnügen", antwortete Anna mit einem knappen

Lächeln. „Wo auch immer Emily hingeht, werde ich ihr natürlich folgen."

Marianne Rigby hatte mit George Mayne, dem Sohn des Gutsbesitzers, der die Kirchentüren geöffnet hatte, geflirtet, gesellte sich aber zu ihnen, als sich die Schlange nach vorne bewegte.

„O Emily", rief sie mit lebhafter Stimme. „Das ist deine Freundin, von der du gesprochen hast? Ich freue mich sehr, Sie kennenzulernen. Emily sagte Ihnen sicher, dass ich Marianne Rigby bin und ich weiß, dass Sie Anna Tunstall sind. Ich werde im September zwei Monate in London sein, um Freunde zu besuchen, und vielleicht treffen wir uns dort auch."

Marianne schien nicht wahrzunehmen, dass sie noch in der Kirche waren – nicht genug, um ihre Stimme zu senken–, doch sie hatte eine Lebendigkeit an sich, an der Anna nichts auszusetzen hatte. Sie fragte sich, warum Emily gesagt hatte, sie bevorzuge Hester.

„Mit Vergnügen", antwortete sie Miss Marianne. Dann wandte sie sich in einem Versuch, Hester Rigby aus ihrer Schüchternheit hervorzulocken und sie besser einschätzen zu können, an die ältere Schwester. „Miss Rigby, werden Sie diesen Herbst auch in London sein?"

Miss Rigby antwortete ohne Scheu. „Ja, auch ich werde in London sein, obwohl meine Besuche in London für mich eine größere Herausforderung darstellen als für meine Schwester."

Als Miss Rigby so offen und natürlich sprach, musste Anna zugeben, dass sie der Frau nicht gerecht geworden war. Sie beugte sich zu Anna hin. „Hatten Sie eine angenehme Reise nach Avebury?"

Die Frage kam unerwartet und Anna wusste nicht, was sie antworten sollte. Sie wollte nicht, dass die Einzelheiten des Überfalls auf ihre Kutsche bekannt wurden. Die Schlange hatte sich jedoch vorangeschoben und so blieb ihr eine Antwort erspart, denn sie stand nun vor Mr. Aston und sah ihn direkt an. Sie hatte vorher nicht bemerkt, dass sie gleich groß waren, doch er wirkte nicht klein. Sein kräftiger Körperbau verlieh ihm eine Stärke, die ihn größer erscheinen ließ, als er war.

„Miss Tunstall, ich hoffe, Sie haben den Gottesdienst genossen. Wir haben die ganze Woche über mehrere Gemeindeveranstaltungen, zu denen Sie herzlich eingeladen sind."

Annas Kehle schnürte sich bei dem Gedanken an eine Reihe von Gemeindeveranstaltungen zur Unterhaltung zusammen. Ihr Gesichtsausdruck musste dem eines gefangenen Tieres geglichen haben, denn Mr. Astons Augen funkelten vor Vergnügen. Hatte er sie provoziert? Sie konnte keine Antwort geben, denn er hielt sie mit einem rätselhaften Lächeln gefangen.

Schließlich schien er Mitleid mit ihr zu empfinden und sagte: „Es gibt auch einige gesellschaftliche Einladungen, die jede Woche verschickt werden, und ich bin sicher, dass ich Sie auf einer von ihnen treffen werde. Vielleicht bei der Party der Rigbys am Freitag.“

Anna nickte stumm. Noch immer verunsichert und ein wenig verlegen, trat sie die Flucht an.

KAPITEL 5

Als Harry die letzten Gemeindemitglieder begrüßte, sah er Mrs. Leatham mit ihrem Gast davonfahren. Miss Tunstall lehnte sich an ihre Freundin, ihre Hauben aneinander, ehe sie sich lachend voneinander lösten. Es war keine Zeit gewesen, sie über die Maßnahmen zu informieren, die nach ihrem Angriff auf der Straße ergriffen worden waren und der Gottesdienst am Sonntagmorgen war auch nicht der rechte Ort, um dies zu tun. Er würde Durstead Manor noch vor der Dinnerparty der Rigbys einen Besuch abstatten und musste nur noch entscheiden, welcher Tag der beste war. Vielleicht würde er am Dienstagmorgen hingehen, damit er nicht zu eifrig aussah.

Aber er war eifrig.

„Aston. Freust du dich nicht, uns zu sehen?"

Harry drehte sich um und war erstaunt, hier eine solch vertraute Stimme zu hören, doch seine Ohren hatten ihn nicht getäuscht. Es war in der Tat Julian Cranfield. Und war das Sir Lewis Faure bei ihm? Ah, jetzt ergab es einen Sinn. Harry erinnerte sich daran, dass Sir Lewis irgendwo in Wiltshire ein Jagdschloss besaß.

„Du ziehst wohl durch das Land, Jules?" Harry hob die Brauen, als er ihnen gegenüberstand.

Julian Cranfield war ein Dandy und hatte in Aussicht, von einem kinderlosen Onkel ein nicht unbedeutendes Vermögen zu erben. Er kleidete sich gern so, wie es sich dafür gehörte, trug die kunstvollsten farbigen Westen und präsentierte jede Art von Ring, Anhänger und Monokel, die man besitzen konnte, meist alles auf einmal. Und da sich sein Onkel, was Jules als einen bewussten Schlag empfand, als wackerer als erwartet erwies und sich hartnäckig ans Leben klammerte, fand sich Julian häufig alternativlos wieder, bevor er seine bescheidene vierteljährliche Auszahlung beziehen konnte.

Da Harry dies wusste, fügte er hinzu: „Wie ich sehe, ist es dir gelungen, die Sympathie von Lewis hier zu gewinnen." Er umarmte die beiden mit einem spielerischen Nicken. „Das ist auch gut so. Du bist wahrscheinlich sogar zu pleite, um dir Kutschgeld zu erbitten."

„Du tust mir Unrecht, Harry", antwortete Julian mit einem verletzten Blick. „Selbst wenn die finanzielle Lage schwierig ist, werden zwei Monate auf dem Lande genau das Richtige sein, um mich wieder herzustellen, und die Gläubiger können mich hier nicht finden." Julians nächste Worte zauberten ein ironisches Lächeln auf Harrys Gesicht. „Ich habe mehr Verstand, als du mir zutraust."

„Und ich weniger, so scheint es", warf Sir Lewis mit einem gutgelaunten Achselzucken ein. „Ich werde immer hereingelegt. Doch ich hatte Recht, dass wir dich hier finden würden."

„Wo sonst an einem Sonntagmorgen?" entgegnete Harry.

„Wer waren die beiden prachtvollen Geschöpfe, die gerade weggefahren sind? Ich hatte nicht erwartet, hier jemanden zu entdecken, außer einem Haufen Bauerntrampel." Julians Blick folgte der Kutsche, die aus dem Blickfeld verschwand. „Eine kam mir bekannt vor, doch ich sah nur ihr Profil."

„Niemand, der dich interessieren könnte", schoss Harry etwas zu schnell zurück. „*Mrs.* Leatham unterhält ihre Freundin."

„Deren Name ist?" fragte Julian und schielte immer noch nach der Kutsche in der Ferne.

Harry runzelte die Stirn. „Du wirst sie wahrscheinlich nicht kennen. Miss Anna Tunstall."

Julian pfiff. „Nicht kennen? Na und ob! Sie ist die Schwester des neuen Earl of Worthing – Du weißt schon, Stratford Tunstall, der von seinem Onkel geerbt hat? Miss Anna Tunstall ist der lebhaftere Zwilling, der so rätselhaft spricht, dass man nicht sicher sein kann, ob sie sich nicht über einen lustig macht", fügte er etwas naiv hinzu. „Ich bin nur überrascht, dass sie sich von ihrer Schwester getrennt hat."

Harry zuckte zusammen. „Zwilling?"

„Eineiig", bestätigte Julian mit einem bedeutungsvollen Nicken. „Es gibt *zwei* dieser Schönheiten, aber die ältere Miss Phoebe Tunstall ist die angenehmere von beiden. Sie hatten zwei Saisons und keine von ihnen wurde weggeschnappt."

„Zu wählerisch' so sagt die adlige Gesellschaft, glaube ich", fügte Sir Lewis hinzu und studierte seine Fingernägel. Harry wusste, dass Lewis nicht viel Wert darauf legte, was die Gesellschaft sagte.

Miss Marianne hatte ihre Schwester von ihren Eltern weggeführt und in die Nähe von Harrys Freunden gelenkt. Sie ließ ihren Fächer fallen. Weder Julian noch Sir Lewis schienen es zu bemerken, obwohl Harry dachte, dass der Trick auf sie abzielte. Ergeben ging Harry nach vorne, um ihn zu holen. „Miss Marianne", rief er hinter ihr hervor. „Ich glaube, Sie haben das fallen lassen."

Sie drehte sich um und legte in einer geübten Geste eine Hand auf ihr Herz, ihre Augenlider flatterten in Richtung seiner Freunde. „Ach, Mr. Aston, danke. Ich habe nicht achtgegeben." Ihre ältere Schwester warf verstohlene Blicke in Harrys Richtung und hatte seit ihrer ersten Begegnung noch immer keinen vollständigen Augenkontakt hergestellt. Miss Rigby schien weniger überheblich zu sein als ihre Schwester, doch sie sprach in seiner Gegenwart kaum zwei Worte. Sie war eine unerklärlich schüchterne Frau.

„Haben Sie Freunde zu Besuch, Mr. Aston?" erkundigte sich Miss Marianne, ziemlich offensichtlich. „Ich hoffe, sie wissen, dass sie am Freitagabend bei uns willkommen sind. Ich kann Ihnen noch zwei Einladungen zukommen lassen."

Julian begutachtete Miss Marianne, die recht hübsch war. „Aston, ich glaube, du hast versäumt, uns bekannt zu machen. Das sollte sofort nachgeholt werden."

Harry gehorchte. „Miss Rigby, Miss Marianne Rigby, bitte erlauben Sie mir, Ihnen meine Freunde vorzustellen, Mr. Julian Cranfield und Sir Lewis Faure, der eine Jagdloge hat in..." Er warf einen fragenden Blick auf den ruhigeren Gentleman, der sogleich antwortete.

„In Beckhampton.“

„In Beckhampton“, wiederholte Harry und drehte sich dann überrascht um. „Ich wusste nicht, dass du so nah bist.“

„Ich war seit Weihnachten nicht mehr hier und du hast diese Anstellung erst im Januar erworben“, antwortete Sir Lewis. „Ich hatte vor, zu schreiben, doch das schien mir eine lästige Angelegenheit zu sein, wenn du es früher oder später ohnehin herausfinden würdest.“

Harrys Gesicht verzog sich zu einem Grinsen. „Nun denn, Lewis, du bist mein Gemeindemitglied.“ Er klopfte ihm auf die Schulter.

Lewis warf ihm einen komischen Blick zu und Julian fügte sein Scherflein hinzu. „Harry wollte mit dir über den Zehnten sprechen.“

„Nichts dergleichen“, sagte Harry. „Ich wollte mit dir über deine Seele sprechen.“

Er lachte, als er Julians erschrockenen Gesichtsausdruck sah. „Hab keine Angst, Jules. Du bist in Sicherheit. Ich weiß, wann etwas die menschlichen Fähigkeiten übersteigt.“

Miss Mariannes Unterlippe schob sich vor, als das Geplänkel ohne sie weiterging. „Ich werde mit Mama sprechen. Ich bin mir sicher, dass sie zusätzliche Einladungen für Freitagabend hat.“

„Ihre Diener, Miss Marianne.“ Julian verbeugte sich schwungvoll, worauf Miss Marianne mit einem schüchternen Lächeln antwortete. Miss Marianne knickste und Julian sah ihr nach, wie sie davoneilte.

Harry murmelte: „Versucht, euch hier zu benehmen. Ich kann keine Wölfe in meiner Herde gebrauchen.“

„Aber, Harry“, protestierte Julian.

Miss Rigby war vor ihnen stehengeblieben. „Sir Lewis, ich glaube, wir haben Ihnen zu verdanken, dass die Scheune der Callmans nach dem Brand wieder aufgebaut wurde.“ Sie sprach mit einer Gewissheit, die deutlich machte, dass sie die Antwort bereits kannte.

Sir Lewis schien ob der Aufmerksamkeit peinlich berührt zu sein, doch er stellte sich der Situation. „Ja, Miss Rigby, ich wurde auf die Notwendigkeit aufmerksam gemacht und die Lösung war einfach genug.“

„Ich danke Ihnen“, antwortete Miss Rigby. „Diese Familie ist mir ein besonderes Anliegen.“ Sie machte einen effizienten Knicks und ging. Harry beobachtete ihren Abgang mit Verwunderung. *Das ist mehr, als sie in all den Monaten, die ich sie kenne, mit mir gesprochen hat.*

HARRY WARTETE bis elf Uhr am Dienstagvormittag, obwohl er in aller Herrgottsfrühe aufgestanden war. Er wusste nicht, ob Miss Tunstall eine Langschläferin war, doch er vermutete, dass sie es sein könnte, und er wollte sie nicht treffen, wenn sie nicht auf Besucher vorbereitet war. Er spannte das Fuchspaar vor seine Carrick und verspürte ein schlechtes Gewissen, weil der Karren, der nun wieder repariert war, normalerweise gut genug für seine Gemeindemitglieder war. *Ich versuche, sie zu beeindrucken.* Er runzelte die Stirn. *Das ist nicht gut. Sie sollte mich als den einfachen Mann akzeptieren, der ich bin.* Trotzdem fuhr er mit der Carrick bei dem Haus der Leathams vor.

Nur Mrs. Leatham saß im Morgenzimmer. Auf Harrys Begrüßung und seinen suchenden Blick durch den Raum sagte sie: „Anna ist spazieren gegangen, es ist ein solch schöner Morgen. Es war mir etwas zu warm, um sie in meinem Zustand zu begleiten, aber ich bin mir sicher, dass sie gerne mit Ihnen spazieren geht, wenn Sie sie suchen wollen. Sie wird sich nicht weit vom Garten entfernt haben und kann wahrscheinlich auf dem offenen Weg gefunden werden, der über die Wiese führt."

Harry blieb noch ein paar Minuten, um sich nach dem Befinden von Mrs. Leatham zu erkundigen und zu erfahren, ob sie Nachricht von Captain Leatham erhalten hatte, ehe er ihren Vorschlag aufgriff. Er hätte länger bleiben sollen, denn Mrs. Leatham hatte verkniffen ausgesehen. Er fragte sich, ob es die Unannehmlichkeit ihres Zustands waren oder ob sie einfach ihren Mann vermisste und sich in diesem Moment niedergeschlagen fühlte. Vielleicht war es besser, wenn er nicht in ihre Privatsphäre eindrang. Aber was geschehen war, war geschehen, und er beschleunigte seine Schritte, weil er sich darauf freute, Miss Tunstall zu sehen.

Außer einem der Gärtner war niemand im Garten und auch auf dem Weg durch die Wiese war niemand zu sehen. Sicherlich würde sie sich nicht im Wald herumtreiben, nach dem, was ihr zugestoßen war, obwohl er annahm, dass das Waldgebiet so nahe am Herrenhaus keine Gefahr darstellte und sie das wissen musste. Harry ging darauf zu und bemerkte beim Näherkommen den Schäferhund, der am Fuße eines Baumes am Waldrand saß und seinen Blick auf etwas in den Ästen gerichtet hatte.

O Gott, nicht etwas, sondern jemand. Hatte sich Miss Tunstall erschreckt oder verletzt? Harry beschleunigte sein Tempo und stieß einen schrillen Pfiff aus. Der Hund, der erkannte, dass der Ruf ihm galt, ließ von seiner Beute ab und rannte auf Harry zu, der sich hinunterbeugte und ein strenges „Nein!" ausstieß, ehe er nachgab und dem Hund den Kopf tätschelte, um zu zeigen, dass ihm vergeben war. Als Harry sich dem Baum näherte, löste der entnervte Gesichtsausdruck von Miss Tunstall auf ihrem Sitzplatz ein Lachen in ihm aus, das er herausließ, als er sah, dass sie unverletzt war.

„Es scheint, dass Sie für immer mein Ritter sein werden." Miss Tunstall saß mit dem Arm um den Baumstamm und hatte die Knöchel unter sich gekreuzt. Harry hielt seinen Blick auf ihr Gesicht gerichtet.

„Eine Rolle, die ich gerne übernehme", antwortete er. „Sind Sie verletzt?"

„Nur mein Stolz. Um mich noch mehr zu demütigen, werde ich Sie bitten müssen, mir hinunterzuhelfen", sagte Miss Tunstall. „Ich habe mein Kleid bereits zerrissen."

Sie saß auf einem niedrigen, dicken Ast und musste an den Baumknollen hochgeklettert sein, wahrscheinlich in großer Angst. Harry streckte seine Hände nach oben. Nach einigem Zögern trat Miss Tunstall auf den unteren Ast und ließ sich von dort in seine Arme fallen. Er fing sie knapp oberhalb der Taille auf, und ohne die Absicht, den Anstand über Bord zu werfen, trug er die Hauptlast ihres Gewichts, während er sie an sich zog. Einen Moment lang stand er fassungslos da, während ihr Körper sich an seinen schmiegte, ehe er zur Besinnung kam und sich zurückzog. Er glaubte zu sehen, wie sie errötete, und vielleicht war er nicht der Einzige, der beeinträchtigt war.

Verzweifelt bemüht, zu einem angemesseneren Thema zurückzukehren, verschränkte Harry die Hände hinter dem Rücken und wandte sich dem Haus zu. „Waren Sie auf dem Rückweg?"

„Das war ich nicht, doch nach dem schmachvollen Ende meines Spaziergangs wäre es wohl besser gewesen." Miss Tunstall schüttelte ihren Rock aus und nahm ihren Platz an seiner Seite ein. „Wessen Hund war das? Wissen Sie das?"

„Ich glaube, es ist der von Mr. Harmon. Er ist ein übereifriger Schäferhund und dachte wahrscheinlich, Sie seien ein verirrtes Schaf."

„Mr. Aston, das ist wenig schmeichelhaft." Miss Tunstalls strenger Tonfall wurde durch ihre bebenden Lippen widerlegt. Der Hund hatte einen Klumpen von zweifelhafter Substanz untersucht und kam nun schwanzwedelnd zu ihnen herübergelaufen. Sie rückte näher an Harry heran.

„Sind Sie in der Nähe von Hunden nervös?", fragte er, während er ihre Hand ergriff und sie in seinen Arm gleiten ließ.

„Ganz und gar nicht. Wir hatten nur einen schlechten Start." Miss Tunstall blieb stehen, als sich der Hund näherte, zog ihren Handschuh aus und streckte ihre Hand aus, um ihn zu begrüßen.

Harry wartete, bereit, einzugreifen, doch er wusste, dass der Hund es nicht böse meinte. Als das Tier das Interesse verlor, rannte es davon, und sie gingen schweigend den Weg entlang. Er könnte Miss Tunstall fragen, wie ihr der Gottesdienst am Sonntag gefallen hatte, aber das würde so aussehen, als wäre er auf Komplimente aus. Oder es könnte den Anschein erwecken, dass er sich zu sehr für ihre Religiosität interessierte, was er zugegebenermaßen auch tat, auch wenn es ihn nichts anging. Weder das eine noch das andere war das Richtige.

„Haben Sie sich von dem Vorfall bei Ihrer Ankunft vollständig erholt?", fragte er mit einem Seitenblick. Ihr Profil war seiner Meinung nach vollkommen, mit einer Nase, die ihre Oberlippe auf eine Weise nach oben zog, dass sie darum bettelte, geküsst zu werden. Er wandte sein Gesicht nach vorne. Es war nicht angemessen, so zu denken.

„Weiß irgendjemand im Dorf davon?" fragte Miss Tunstall und hob ihren Blick zu ihm. Ihre Wimpern waren lang und dunkel für jemanden mit solch blonden Haaren. Er war fasziniert von der Art, wie sich diese Wimpern über ihren bezaubernden Augen öffneten und schlossen. Einen Moment lang vergaß Harry vor lauter Herzklopfen, dass sie eine Frage gestellt hatte, und war verlegen, als er antworten sollte. Erst später wurde ihm klar, dass sie seiner eigenen

Frage ausgewichen war. Vielleicht sprach sie nicht gerne über sich selbst.

„Abgesehen von mir", antwortete Harry, „niemand außer Eli Smith, einem Dienstmädchen, das mir beim Einsammeln Ihrer Habseligkeiten und beim Packen Ihres Koffers geholfen hat, und zwei anderen Männern, die die Kutsche und die gemieteten Pferde zum nächsten Postamt gebracht haben. Sie sind diskret, das versichere ich Ihnen."

Er hatte das Bedürfnis gehabt, die Hilfe eines seiner Dienstmädchen zu erwähnen, um ihr die Peinlichkeit zu ersparen zu denken, dass er ihre Sachen durchwühlt hatte. Es stimmte, er hatte einige Gegenstände gesehen, die vornehme junge Frauen verbargen und da er keine Schwestern hatte, war er von dem Geheimnis dieser Gegenstände fasziniert.

„Ich bin erleichtert. Sie sagten Emily, dass die Angelegenheit untersucht werden würde. Glauben Sie, dass ich eine Chance habe, meine Sachen zurückzubekommen?"

„Ich habe eine Antwort auf meine Anfrage erhalten. Squire Mayne, unser Friedensrichter, hat mich darüber in Kenntnis gesetzt, dass die Bow Street Runners in einem ähnlichen Fall in einer nahe gelegenen Stadt ermitteln. Ich glaube, dass sie danach hierherkommen werden. Die Wegelagerer haben letzten Monat einen Earl überfallen und sind der Pferdepatrouille solchermaßen entkommen, dass man der Meinung war, der Sache sei mit einer ordentlichen Untersuchung besser gedient, weshalb die Runner hinzugezogen wurden." Miss Tunstalls Arm spannte sich an seiner Seite an.

„Wenn Sie möchten, kann ich anwesend sein, wenn sie mit Ihnen sprechen", sagte Harry.

Miss Tunstall nickte. „Ich wäre Ihnen sehr dankbar. Ich bin daran gewöhnt, mich für ziemlich weltgewandt zu halten, doch diese Reise hat mir gezeigt, dass ich ein behütetes Leben führe. Ich beginne zu erkennen, wie unerfahren ich bin."

„Nein." Harry erinnerte sich daran, wie sie nach einem Schlag auf den Kopf darum gekämpft hatte, sich aufzusetzen und wie sie trotz ihres Unwohlseins scherzte. „Sie haben den unglaublichsten Mut, den ich je bei einer jungen Dame sah."

„Haben Sie Schwestern?", fragte sie.

Er schüttelte den Kopf und sie lächelte. „Ich glaube, das ist der Grund. Wir sind ein eigenwilliges Geschlecht, Mr. Aston. Sie kennen wohl nicht viele junge Damen, besonders wenn Sie schon lange Pfarrer sind."

„Ah." Harry hob eine Augenbraue. „Aber wissen Sie, ich war nicht immer Pfarrer."

KAPITEL 6

Anna wandte sich Mr. Aston überrascht zu. „Ich vermute eine mysteriöse Vergangenheit. Das kommt zutiefst überraschend. Wissen Ihre Gemeindemitglieder davon?"

Mr. Aston lachte und führte sie mit einer fließenden Bewegung um einen Stein auf dem Weg herum. Anna war an die geübten Bewegungen der Galanterie von Mitgliedern der feinen Gesellschaft gewöhnt, doch seine schien eher ein Schutzinstinkt zu sein. Das Bewusstsein durchströmte sie und eine nicht identifizierbare Sehnsucht stupste ihr Herz an. Das Gefühl war höchst unangenehm. Sie zog es vor, dass ihr Herz unversehrt blieb.

„Meine Gemeindemitglieder wissen nur sehr wenig über mein früheres Leben und das bevorzuge ich auch", erwiderte Mr. Aston.

Als sie sich ihm erstaunt zuwandte, fügte er hinzu: „Nein, nein, es ist nicht, wie Sie denken. Ich habe nichts, wofür ich mich schämen müsste. Ich möchte nur nach meinen eigenen Verdiensten als Pfarrer und als Mensch beurteilt werden."

Sie war nicht überzeugt und das musste er ihr angesehen haben, denn er lachte wieder, wobei die beiden Grübchen seinem hübschen Gesicht einen jungenhaften Ausdruck verliehen. „Ich bin zwei Jahre lang einem Arzt gefolgt, weil ich überzeugt war, dass die Medizin das

Richtige für mich wäre, zur völligen Verzweiflung meiner Eltern, wie ich hinzufügen möchte. Im Alter von dreiundzwanzig Jahren hatte ich einen Sinneswandel, wurde Diakon und assistierte einem Pfarrer in einer Londoner Gemeinde, ehe ich ein Jahr später die Weihe erhielt."

„Und Ihre Eltern finden Ihr Leben in der Kirche akzeptabler?" fragte Anna und überlegte, was ihn zu diesem Wechsel bewogen hatte.

„Wohl kaum", antwortete er. „Ich glaube, sie zögen es vor, wäre ich adliger Landwirt."

„Nun, das ist ein ehrenwerter Beruf, wenn man das Glück hat, sich ein kleines Anwesen zu sichern, das genügend Einkommen abwirft." Anna wandte sich dem Weg zu, der zurück zum Herrenhaus führte, und es widerstrebte ihr, das Gespräch mit Mr. Aston zu beenden. Er ließ ihren Arm los, damit sie vor ihm gehen konnte, als der Weg schmaler wurde.

„Ich bitte um Verzeihung, wenn ich übermäßig fromm klinge, Miss Tunstall, aber alle Berufungen sind ehrenwert." Mr. Aston sprach mit großer Ernsthaftigkeit und es erinnerte sie daran, dass er trotz seiner entspannten Art und seiner Fähigkeit, in den meisten Situationen Humor zu finden, seine eigene Berufung sehr ernst nahm. Wie ungewohnt etwas Derartiges für sie war.

Mr. Aston fuhr fort: „Ich bin dem Arzt gefolgt und lernte viel, was mir in meiner Rolle als Geistlicher nützlich ist. Manchmal ist der Arzt nicht in der Lage, sich um seine Patienten zu kümmern, weil er in einer benachbarten Stadt unterwegs ist. Ich kann dann für die kleineren Dienste einspringen, vor allem für die Ärmeren der Gemeinde."

„Und sorgt der Arzt für die Armen so bereitwillig wie für die, die sich leichter erkenntlich zeigen können?" Anna dachte daran, wie aufmerksam der Arzt gewesen war und wie fröhlich er eine große Anzahl von Medikamenten verschrieben hatte – *um seine Rechnung aufzubessern*, dachte sie.

„Zum Glück für die Harmonie in unserer Beziehung tut er das." Mr. Aston wandte sich ihr zu. „Und Sie zeigen, welche Aufrichtigkeit Ihrem Herzen innewohnt, wenn Sie so etwas fragen."

Anna riss ihre Augen weit auf. „Verleiht mir nicht solche edlen Eigenschaften. Ich versichere Ihnen, Sie liegen weit daneben."

Mr. Aston hob die Hände, um den Treffer zu bestätigen. „Das ist nicht der Fall", versicherte er ihr. „Wie ich sehe, sind Sie ziemlich von sich selbst eingenommen."

Ehe sie das Zucken seiner Lippen wahrnehmen konnte, ergriff er erneut ihren Ellbogen und geleitete sie über einen kleinen Steg, der über den Bach ging und zum Herrenhaus führte.

Anna musste lachen. „Vielleicht irgendwo dazwischen. Weder altruistisch noch egoistisch."

„Und vielleicht liege auch ich irgendwo zwischen Altruismus und Egoismus. Man hat mir sicherlich beides vorgeworfen, denn ich finde, so sehr es auch angebracht ist, seine Eltern zu ehren, so konnte ich doch ihre Wünsche für meinen Beruf nicht erfüllen. Dennoch möchte ich zur Verteidigung meines früheren und jetzigen Berufs folgendes sagen: Sowohl ein Arzt als auch ein Pfarrer arbeiten auf dasselbe Ziel hin – zu heilen. Ich habe mich nur entschieden, mein Leben der Heilung zu widmen, die länger andauert."

Bald erreichten sie die Eingangstür. „Hm", sagte Anna, nicht ganz zufrieden. Es war zwar in der Tat fromm gewesen, aber sie konnte nicht über ihn lachen. Mr. Aston war niemand, dem sie erlauben konnte, in ihr Herz vorzudringen. Davon war sie fest überzeugt. Doch als er ihre Hand in die seine nahm und sich über sie beugte, stupste diese Geste erneut ihr Bewusstsein an. Sie fand ihn anziehend, auch wenn ihr Verstand ihr das Gegenteil einreden wollte. Es war ein Glück, dass sie nicht länger als ein paar Wochen in Avebury bleiben würde. Mr. Aston bereitete ihr weit mehr Unbehagen, als gut für sie war.

„Dann wünsche ich Ihnen einen guten Tag." Anna reichte ihm die Hand.

„Guten Tag", antwortete er, verbeugte sich über ihre Hand und wandte sich zum Gehen, als hätte er nur darauf gewartet, entlassen zu werden. Er ging auf die Ställe zu, wo ein Stallbursche seine Pferde herausführte.

Das verwirrte sie. Obwohl Anna das Gespräch beendet hatte, ließ die plötzliche Bereitschaft von Mr. Aston dem zu folgen, sie glauben, dass sie sich vielleicht geirrt hatte, als sie sein Interesse wahrnahm.

Umso besser, dachte sie. Aber in ihren Gedanken spielte sie das Gespräch durch und gab ihm mehr Gewicht, als sie zugeben wollte.

Als Anna das Haus betrat, spürte sie sofort eine Veränderung in der Atmosphäre. Das Haus war so still wie ein Grab. Anna war seit genau einer Woche hier und die Räume waren immer von Licht und frischer Luft durchflutet gewesen, während die Diener hin und her eilten. Ehe Anna zu ihrem Spaziergang aufgebrochen war, hatte sie bemerkt, dass Emily nicht ganz sie selbst zu sein schien. Nun war Anna entschlossen, sie aufzusuchen und die Ursache dafür zu ergründen.

Sie fand Emily im Morgenzimmer bei zugezogenen Vorhängen.

„Meine Liebe", sagte Anna und ging hinüber, um die Vorhänge aufzuziehen und die herrliche Sonne in den Raum strömen zu lassen. „Was hat dich in eine solche Finsternis gestürzt?" Sie nahm gegenüber von Emily Platz.

Emilys Gesicht war weiß, als sie Annas Blick begegnete. „Ich habe die seltsamste Vorahnung, Anna." Ihre Stimme war kaum mehr als ein Flüstern.

Anna war im Allgemeinen unbeeindruckt von den Vorahnungen und Hirngespinsten, die die Leute zu haben glaubten, doch Emilys bleiches Gesicht und ihr düsterer Tonfall jagten Anna einen Schauer über den Rücken. Vielleicht rührte Annas Angst daher, dass Emily immer so sorglos gewesen war wie sie selbst, und die Veränderung in ihrem Verhalten bedrohlich wirkte. Vielleicht war es auch nur die Gefahr, die Anna in ihrem eigenen Herzen spürte, wo ein Nachgeben undenkbar wäre, doch sie konnte das ungute Gefühl nicht so leicht abschütteln, wie sie es sich gewünscht hätte.

„Unsinn", erwiderte sie mit fester Stimme. „So etwas gibt es nicht. Welche Vorahnung glaubst du denn gehabt zu haben?"

Emily zupfte an den Fransen der Decke, die sie über ihre Beine geworfen hatte. „Irgendetwas ist mit John geschehen."

„Das kannst du nicht wissen." Anna rüttelte leicht an Emilys Arm und zwang sie, ihr in die Augen zu blicken. „Du musst an deine Tochter denken und deine Gedanken auf etwas Positives richten. Vorahnungen sind nur Gefühle, sie sind keine Beweise."

Anna sah ein Aufblitzen der Erkenntnis in Emilys Augen, als hätten ihre Worte ins Schwarze getroffen. Sie drängte darauf. „Warum läutest du nicht nach Tee und triffst dich dann mit der Köchin, um das Abendessen zu besprechen, wie du es immer tust? Du musst aufstehen und etwas *tun*, wenn du nicht in einen Anfall von Niedergeschlagenheit stürzen willst. Wo wir gerade dabei sind..."

Anna konnte nicht glauben, dass sie etwas Derartiges vorschlug, obwohl sie wusste, dass es bedeuten würde, Familien aus dem Dorf zu unterhalten, die kein Interesse an ihr hatten. „Warum veranstalten wir nicht unsere eigene Party? Oder wir könnten ein Mittagessen im Freien an einem der nahe gelegenen Ausflugsziele planen. Ist Stonehenge sehr weit weg?"

Wie Anna gehofft hatte, schien Emily bei der Vorstellung wieder zu Kräften zu kommen. „Ich hatte nicht vor, so kurz vor meiner Niederkunft eine Party zu geben, aber ein Picknick ist eine sehr gute Idee. Ich glaube, ich kann es noch schaffen, wenn es bald stattfindet", sagte Emily, und der dumpfe Ausdruck in ihren Augen wich. Anna beobachtete die Verbesserung mit Genugtuung.

„Das ist genau das Richtige", entschied Emily, nachdem sie die Menümöglichkeiten für ihr Picknick besprochen hatten. Sie stand trotz ihres wachsenden Bauchs mit nur wenig Schwierigkeiten auf. „Du hast recht, Anna. Ich werde solche lächerlichen Gefühle abschütteln, denn das ist alles, was sie sind. Ich rufe die Köchin, damit sie mir Brot und Obst bringt, denn es ist fast zwei Uhr und ich bin ausgehungert."

Die Bow Street Runners trafen schließlich am Freitag ein, dem Tag, an dem die Abendgesellschaft der Rigbys stattfinden sollte – eine Party, auf die sich Harry sehr freute, da er Miss Tunstall dort sehen würde. Er hackte gerade neben Tom Wardle das Gemüsebeet in dem kleinen Garten, als er die beiden ärmlich gekleideten Männer sein Grundstück betreten sah. Tom musste auf einen Blick erkannt haben, wer sie waren, denn er zuckte nervös zusammen – eine instinktive Reaktion auf Männer mit Autorität, dessen war Harry sich gewiss. Er streckte die Hand aus, um Tom zu beruhigen, ehe er nach vorne ging, um sie zu begrüßen.

„Meine Herren", rief er mit freundlicher Stimme. „Ich glaube, ich weiß, warum Sie hier sind. Warum besprechen wir unsere Angelegenheiten nicht drinnen? Und da Sie eine heiße Fahrt hinter sich haben, werde ich wohl nach Erfrischungen läuten.“

Der stämmige Herr antwortete. „Ein kühles Nass würde mir sehr gut passen. Jimmy hier bekommt Tee.“

Harry war nicht übermäßig verärgert über ihren Mangel an Respekt; er hatte seine Gründe dafür, dass er höflich bleiben wollte. Er betrat sein Haus, während die beiden Männer hinter ihm hergingen. „Wir haben zwei Besucher, Mrs. Foucher, und benötigen etwas von Ihrem selbstgebrauten Bier und eine Kanne Tee.“

Die junge Köchin verließ den Raum, um Harrys Anweisungen zu folgen, und Harry führte den Weg in die Bibliothek.

„Wenn Sie beide sich setzen wollen?“ Er wandte sich an seine Gäste. „Wir haben auf Ihre Ankunft gewartet. Ich muss Sie fragen, woher Sie wussten, dass Sie hierherkommen sollten, wo doch Mr. Mayne den Brief geschickt hat.“

Der Schwerere von ihnen schien der Sprecher der beiden zu sein. „Ich heiße Walt Meade, und das hier ist Jimmy Howe. Diese Rüpel haben in einer Woche drei andere Kutschen zerschossen, und wir hatten alle Hände voll zu tun, wie man so schön sagt. Wir waren bei Mrs. Leatham, und sie sagte, wir sollten den Pfarrer aufsuchen, weil Sie Miss Tunstall entdeckt hätten.“

Harry fühlte einen Anflug von Enttäuschung darüber, dass er nicht da gewesen war, um Miss Tunstall bei ihrem Gespräch zu unterstützen. Rasch beschloss er, sie noch vor heute Abend aufzusuchen, um zu sehen, wie es ihr ergangen war.

„Was möchten Sie wissen? Wie kann ich Ihnen helfen?“

Mr. Meade nahm das Glas, das ihm der Diener reichte, und trank einen großen Schluck, ehe er sich den Mund am Ärmel abwischte.

„Da es auf der King's Road in dieser Gegend viele Raubüberfälle gab, haben wir Grund zu der Annahme, dass es sich bei dem Täter um jemanden handelt, der sich in dieser Gegend auskennt. Wir haben uns gefragt, ob *Sie* eine Idee haben.“ Er warf Harry einen scharfen Blick zu und tippte mit dem Finger an seine Nase. „Vielleicht öffnen die Gemeindemitglieder den Mund bei ihrem Pfarrer. Vielleicht wissen Sie, wer schuldig ist.“

„Meine lieben Herren“, sagte Harry mit einer hochgezogenen

Augenbraue. „Sie können kaum erwarten, dass ich das Vertrauen meiner Gemeindemitglieder mit Füßen trete und Sünden offenbare, die unter vier Augen gebeichtet wurden."

Meade schien durch den Vorwurf nicht verlegen zu sein. „Nun, wir *hatten* gehofft, wie man vielleicht sagen könnte..."

Harry schüttelte den Kopf. „Das würde ich nie tun." Nach einem Augenblick des Nachdenkens fügte er hinzu: „Doch ich kann Sie in dieser Hinsicht beruhigen. Niemand hat mir gegenüber jemals etwas Derartiges gestanden. Wenn es sich also tatsächlich um einen Einheimischen handelt – und wie ich meine eigenen Gemeindemitglieder kenne, fällt es mir schwer, so etwas zu glauben –, dann hat er mir die Tat nicht anvertraut."

„War jemand in der Nähe, als Sie ... wenn ich so sagen darf, über die Kutsche gestolpert sind?"

Meades Worte lösten in Harry Überraschung aus – und einen Anflug von Schuldgefühlen –, denn Harry kannte die Versuchung, etwas zu verbergen. Er wollte seine Gemeindemitglieder schützen und sie nicht den Gesetzeshütern ausliefern, die aussahen, als hätten sie selbst gerade erst das dunkle Gewerbe verlassen.

Harry antwortete zögernd. „Eli Smith war vor mir da. Ich glaube nicht, dass er etwas mit dem Überfall zu tun hatte." Er war sich nur halb bewusst, dass er es versäumt hatte, Tom zu erwähnen, dessen Weg er kurz zuvor gekreuzt hatte. Doch Tom war *technisch gesehen* nicht am Tatort des Raubes gewesen.

Mr. Howe kritzelte den Namen in sein Notizbuch, und Harry fragte: „Was hat Miss Tunstall gesagt, als Sie sie nach Einzelheiten gefragt haben?" Es war ein Ablenkungsversuch, aber Harry konnte dem Verlangen, ihren Namen auszusprechen, nicht widerstehen, als ob er sie damit in seine Nähe bringen würde.

„Der Gutsherr gab unsere Fragen weiter, und Miss Tunstall gab ihm beim Verhör eine Beschreibung des Mannes."

Mr. Meade tauschte einen Blick mit seinem Partner aus. „Sie sagte, dass die Gesichter der Männer wegen der Tücher verborgen waren, und dass es einen dritten Mann gab, der nicht bei den anderen gewesen war. Er hat einen von ihnen ‚Ambrose' genannt, ehe sie sozusagen unschädlich gemacht wurde. Der Mann, der den Arm um sie gelegt hatte, roch nicht sehr gut, sagte sie, aber was wir mit *dieser* Information anfangen sollen, kann ich *nicht* sagen."

Harry konnte sich fast vorstellen, wie sie es sagte, und trotz seiner Sorge musste er sich ein Lächeln verkneifen. „Ein dritter Mann, sagen Sie? Denkt sie, das er derjenige war, der ihr den Schlag versetzt hat?"

Die Männer nickten, sagten aber nichts weiter. Harry sah sich gezwungen zu fragen: „Haben Sie denn irgendwelche Hinweise, meine Herren? Wissen Sie, was mit dem Dienstmädchen geschehen ist, das weggetragen wurde? Den Juwelen von Miss Tunstall?"

Jimmy Howe, ein kleiner, adretter Mann, schloss die Mappe, in der er sich Notizen gemacht hatte, und sprach seine ersten Worte. „Das kann man so nicht sagen. Wir fanden den Kutscher, als er gerade eine Postkutsche zurück nach London besteigen wollte. Er gab eine bessere Beschreibung des Straßenräubers ab, doch er hatte sich aus dem Staub gemacht, ehe er sehen konnte, wie der zweite Mann Miss Tunstall behelligte und wusste nichts von dem dritten."

Mr. Howe steckte das Notizheft in seinen Mantel, und Harry wunderte sich, dass nicht Mr. Howe der Sprecher war, da er eindeutig der Gebildetere von beiden war.

Mr. Howe schien Harrys Gedanken zu lesen, denn er schenkte ihm ein kurzes Lächeln, ehe er sich in seinem Stuhl nach vorne beugte. „Ich ziehe es vor, dass Mr. Meade spricht, bis ich Zeit hatte, die Leute einzuschätzen und herauszufinden, was ihre Eigenheiten und ihre gedankenlose Sprache verraten."

„Und da wir uns in Calne aufhalten", fügte Mr. Meade mit gesenkter Stirn hinzu, „haben wir reichlich Gelegenheit zu beobachten."

Harry spürte Misstrauen in ihren verstohlenen Blicken und in allem, was sie nicht verrieten – wenn nicht Misstrauen in ihn, dann zumindest in die Unschuld seiner Gemeindemitglieder. Dem hatte er nichts hinzuzufügen, und wie es schien, auch nichts Neues zu erfahren.

Er stand auf. „Sie wissen, wo Sie mich finden, wenn Sie weitere Hilfe benötigen." Er hielt inne. „Nun, solange es nicht mit meiner Verpflichtung gegenüber der Kirche kollidiert."

Mr. Meade und Mr. Howe standen ebenfalls auf und folgten Harry nach draußen, wo sie sich verabschiedeten. Harry lehnte sich an die offene Tür und beobachtete, wie sie ihre Pferde losbanden. Es waren also insgesamt drei Männer gewesen. Zwei, die Miss Tunstall angegriffen hatten, und einer, der später hinzugekommen war und der ihr anscheinend den Schaden zugefügt hatte. Seltsam, dass sie bei der Schilderung des Vorfalls nicht die Anzahl der Personen erwähnt hatte und dass einer von ihnen später dazugekommen war. Andererseits musste Harry zugeben, dass die Anziehungskraft ihn zu sehr aus dem Konzept gebracht hatte, um sich nach weiteren Einzelheiten zu erkundigen.

Harry rieb sich das Gesicht in den Händen. Er musste klaren Kopfes darüber nachdenken. Wer war Ambrose? Hatte Harry sich in der Annahme geirrt, dass Eli Smith unschuldig war? Frustriert drehte er sich um, holte seinen Hut und seine Handschuhe und machte sich auf den Weg nach Durstead Manor.

Als er die Ställe durchqueren wollte, stieß er mit Tom Wardle zusammen und streckte seine Hand aus, um ihn aufzuhalten. „Die Runner glauben, dass jemand von hier bei dem Überfall geholfen hat. Es gab einen dritten Mann, der nicht bei den ersten beiden war. Was hältst du davon?"

„Nun, Sir." Tom begegnete Harrys Blick nicht ganz, doch das war nichts Ungewöhnliches. Seit Tom in Harrys Umfeld aufgetaucht war, schien er das Bewusstsein oder die Schuldgefühle seiner Vergangenheit nie abschütteln zu können. „Ich glaub, unser Dorf ist so ehrlich wie jedes andere."

„Ich stimme dir zu", meinte Harry. „Und das habe ich den Runnern auch gesagt. Aber ich glaube nicht, dass sie damit zufrieden sind, und ich vermute, dass sie in der Gegend bleiben werden. Vielleicht wollen sie sogar mit dir sprechen."

Harry wandte sich der Straße zu und wollte unbedingt das Herrenhaus erreichen, ehe es zu spät war. Sicherlich würden sich Emily und Anna bald für die Dinnerparty umziehen, wo er hoffte, sie wiederzusehen.

„Mir, Sir?" Auf Toms nervösen Tonfall hin drehte sich Harry um.

„Nun, dir in dem Sinne, dass du für mich arbeitest, und ich derjenige war, der den Vorfall entdeckt hat. Du kennst die Gegend und die Leute gut, und du warst nicht weit vom Tatort entfernt. Vielleicht hast du etwas gesehen, als du in Haggle End warst?" Harry formulierte Letzteres als Frage, aber Tom schüttelte bereits den Kopf.

„Nein, Sir. Ich hab nichts gesehen."

Harry hielt inne, Tom still auffordernd zu gestehen, falls es etwas zu gestehen gab. Er hatte oft genug über Vergebung gepredigt, der Mann sollte keine Angst haben. Harrys Blick schien Tom zu einer Antwort zu bewegen, denn er scharrte mit seinem Stiefel in der Erde und begegnete Harrys Blick.

„Ich habe nur Angst davor, dass die Männer in dieser Gegend Ärger machen. Gerade jetzt, wo sich die Dinge zu ändern beginnen."

Harry konnte das nachempfinden. *Genau* das gleiche Problem beunruhigte auch ihn, vor allem, weil die Zahl der Kirchenbesucher noch nie so hoch gewesen war. Sie konnten keine Wegelagerer gebrauchen, die sich in der Nähe niederließen und die schwächeren Mitglieder der Gemeinde zu einem Leben als Verbrecher verleiteten.

Er verabschiedete sich von Tom und überlegte, wie er sie in seiner nächsten Predigt dazu auffordern könnte, dem Bösen zu widerstehen und Gutes zu tun. Er ging zu Fuß weiter, bis er Durstead Manor erreichte. Als er vor dem Türklopfer stand, zögerte er und fragte sich, ob er in die Privatsphäre der Frauen eindringen würde, da er sie genauso gut an diesem Abend nach dem Besuch der Runner fragen konnte. Er tröstete sich mit dem Gedanken, dass sie sicher nicht wünschen würden, etwas so Privates in der Öffentlichkeit zu besprechen.

Der Butler ließ ihn sofort ein und sobald Harry den Raum betrat, suchten seine Augen Miss Tunstall. Mrs. Leatham erhob sich und ging ihm entgegen.

„Sie haben vielleicht die Nachricht gehört, dass die Bow Street Runners hier zu Besuch waren? Mr. Mayne brachte sie her und blieb, um Miss Tunstall eine direkte Befragung zu ersparen."

„Man sagte mir, Sie hätten sie nach ihrem Besuch zu mir geschickt. Ich wünschte, ich wäre hier gewesen, um Ihnen beiden behilflich zu sein, obwohl ich froh bin, dass der Gutsherr hier war." Harry richtete seinen Blick wieder auf Miss Tunstall. „Ich hatte gehofft, dass zumindest Ihre Juwelen nach einer Woche gefunden würden. Aber offenbar gab es eine Reihe von Raubüberfällen, die ihren Besuch bis jetzt verzögert haben.“

Mrs. Leatham hatte ihren Platz wieder eingenommen und forderte Harry auf, den Platz näher bei Miss Tunstall einzunehmen. Sie war es, die den Gesprächsfaden wieder aufnahm. „Ich bin nicht so besorgt um meine Juwelen. Ich habe nur auf diese Reise mitgenommen, wovon ich mich trennen könnte, denn man muss realistisch sein.“

„Das ist klug. Ich würde nicht wollen, dass Sie über den Verlust von etwas Wertvollem verzweifeln.“

„Nein.“ Miss Tunstall verschränkte die Hände im Schoß. „Der Wert war nicht sehr groß, obwohl ich sie natürlich gerne zurückhaben möchte. Ich wünsche mir nur, dass die Diebe gefasst werden, um anderen ein unangenehmes Schicksal zu ersparen.“

„Die Runner werden so lange nachforschen, bis sie eine vielversprechende Spur haben – daran zweifle ich nicht.“ Harry rieb sich das Kinn. „Sie denken, dass ihnen jemand von hier geholfen hat, was ich nur schwer glauben kann.“

„Unmöglich“, erwiderte Mrs. Leatham.

„Das habe ich ihnen auch gesagt“, antwortete Harry, stimmte Mrs. Leatham zu und schenkte ihr ein anerkennendes Lächeln. Sie war erst drei Monate vor ihm nach Avebury gekommen, doch ihr Mann war hier aufgewachsen, und sie hatte sich sein Haus und seine Leute schnell zu eigen gemacht.

Harry richtete seinen Blick auf Miss Tunstall und fragte sich, ob sie jemals dasselbe tun könnte. Könnte sie London verlassen und ein ruhiges Leben in Avebury führen? Er war sich nicht sicher. Stille legte sich über den Raum und Harrys Gedanken schweiften ab zu der Frage, wie er die bezaubernde Miss Tunstall dazu verleiten könnte, ihren Aufenthalt zu verlängern.

„Mr. Aston“, sagte Mrs. Leatham. „Werden Sie an der heutigen Zusammenkunft teilnehmen?“

Er richtete seine Aufmerksamkeit rasch wieder auf sie. „Ja, ich würde es nicht verpassen wollen. Und Sie? Werden Sie gehen?“ Harry wusste, dass er, gegen seinen Willen, begierig klang.

„Wir haben die Absicht zu gehen, Mr. Aston.“ Mrs. Leatham lächelte ihn verschmitzt an. „Wir könnten sogar pünktlich sein, wenn wir uns umziehen dürfen." Harrys Blick flog zu der Ormolu-Uhr auf dem Kaminsims.

„Gütiger Himmel." Er sprang auf. „Das habe ich nicht bemerkt." Er sah, wie die Augen von Miss Tunstall amüsiert funkelten. „Ich bin nur gekommen, um Sie von ihrem Besuch im Pfarrhaus zu unterrichten, doch ich werde sogleich gehen, denn ich sehe, dass es viel später ist, als ich gedacht hatte."

Die beiden Frauen standen da, zu wohlerzogen, um etwas zu sagen, was sein Unbehagen noch verstärkte, doch Harry litt trotzdem. Es war viele Jahre her, dass er ein schüchterner Schuljunge gewesen war. Als er Durstead Manor verließ, fühlte er sich jedoch genau so.

KAPITEL 7

„Nun." Emily sprach das Wort betont aus und Anna ignorierte die gewichtige Bedeutung in dem Blick, der es begleitete und ging stattdessen auf die Tür zu.

Emily ließ sich nicht beirren und ging im Gleichschritt neben Anna her. „Wie nett von Mr. Aston, dass er dafür gesorgt hat, dass wir von den Bow Street Runners nicht allzu sehr belästigt werden. Er hätte sich sehr wohl heute Abend auf der Party nach unserem Wohlbefinden erkundigen können."

Anna zuckte mit den Schultern. „Ich bin sicher, dass Mr. Aston viel zu rücksichtsvoll ist, um ein solch heikles Thema in der Öffentlichkeit anzusprechen. Er verlässt sich sicher auf seine Ausbildung als Pfarrer, um uns angemessen zu betreuen."

Warum *war* Mr. Aston gekommen? Nur, um sie zu sehen, wie Emily zu glauben schien, oder weil er fürchtete, sie zu sehr aufzuregen, wenn er in der Öffentlichkeit darüber sprach? Sie fügte hinzu: „Nicht, dass er uns wirklich geholfen oder uns nützliche Informationen gegeben hätte. Er konnte nur sagen, dass sie ihre Nachforschungen fortsetzen würden, was wir bereits wussten. Mr. Mayne hat die Angelegenheit fest im Griff. Es ist ja nicht so, dass Mr. Aston Verbindungen zu wichtigen

Personen hätte, die dafür sorgen könnten, dass die Angelegenheit ordnungsgemäß erledigt wird."

Anna drückte die Türklinke und ging in den Korridor. „Dann wäre er wirklich hilfreich."

„Anna", tadelte Emily sanft, als sie in ihre Zimmer gingen, um sich anzuziehen. „Deine Erwartungen sind zu hoch."

Anna weigerte sich, sich für den örtlichen Pfarrer besondere Mühe zu geben und benötigte nicht lange, um sich anzukleiden. Während der Stallknecht die Pferde holte, betrachtete sie Emily genauer, deren Abendkleid eng anlag und eine immer größer werdende Mitte zeigte. „Meine Liebe, bist du dir über deinen Entbindungstermin sicher? Du siehst aus, als könntest du jeden Augenblick niederkommen."

„Der Arzt sagte, es ist im September so weit, also muss es so sein. Auf jeden Fall kann ich nicht zulassen, dass John die Geburt seiner Tochter verpasst."

Anna lächelte. „Nein, das kannst du nicht. Auch wenn er überzeugt ist, dass es ein Sohn ist. Wann gedenkt er zurückzukehren? Ich hoffe, ehe du das Haus nicht mehr verlassen kannst. Werden sich unsere Besuche überschneiden, was meinst du?"

„Es ist möglich. Für den Fall, dass meine Entbindung vor der Ankunft meiner Mutter oder John stattfindet, werde ich *dich* bitten, dich im Entbindungsraum um mich zu kümmern. Du darfst meine Hand halten." Daraufhin lachte Emily schelmisch. „Du bist so leicht zu durchschauen, Liebste. Hab keine Angst. Ich weiß, dass das unpassend wäre, und außerdem geht es über das hinaus, was du ertragen könntest. Meine Mutter wird eine Woche nach deiner Abreise eintreffen, falls das Baby sich entschließt, früher zu erscheinen. Und John hoffte, er würde im September hier sein und ich glaube, das wird er auch."

„In jedem Fall", fuhr Emily fröhlich fort, alle Anzeichen ihrer ehemals düsteren Vorahnung verschwunden, „erwarte ich jeden Moment eine Nachricht von ihm, dass sein Schiff in Portsmouth angelegt hat. Er wird dann sicher genauere Nachricht über seine Rückkehr schicken, falls er nicht in der Zwischenzeit persönlich erscheint."

Anna folgte Emily in die Kutsche und nahm ihr gegenüber Platz. „Dann müssen wir nur daran denken, uns zu amüsieren. Es soll ein

Abend der Freude und des Vergnügens werden. Weißt du schon, wer teilnehmen wird?“

„Oh – du meinst, wer außer Mr. Aston teilnehmen wird?“ Emilys Lippen verzogen sich.

„Ich denke überhaupt nicht an Mr. Aston“, wehrte Anna ab. „Warum sollte ich auch? Du musst wissen, dass ich viel zu träge und gesellschaftssüchtig bin, um eine solche Verbindung in Erwägung zu ziehen.“

„Und doch halte ich seinen Wunsch nicht für aussichtslos.“ Emily ließ einen leichten Singsang in ihre Stimme einfließen.

Anna schniefte. „Ich habe noch nie erlebt, dass du so unempfänglich für Vernunft bist, doch wenn es sein muss, gib dich nur falschen Hoffnungen hin.“

DAS HAUS der Rigbys war größer, als Anna von einem Landhaus, das kein Landsitz war, erwartet hatte. Es war ein solider, quadratischer Bau, der aus vollendet gehauenen grauen Steinen errichtet worden war. Auf beiden Seiten der Eingangstür befanden sich vier Doppelfenster und es gab ein zweites Stockwerk, das eine exakte Kopie war. Beim Eintreten wurden Anna und Emily in den Ballsaal zu ihrer Linken geleitet, wo sich eine Empfangsreihe in den Flur erstreckte.

Anna beugte sich vor, um Emily etwas zuzuflüstern. „Ich verstehe, warum die Rigbys ein solches Theater machen. Dies ist ein sehr schönes Haus.“ Emily hatte nur Zeit, ihr einen beredten Blick zuzuwerfen, ehe sie vor ihren Gastgebern standen.

„Mrs. Leatham, Miss Tunstall.“ Mrs. Rigby nickte erhaben. „Ich glaube, Sie kennen Sir Lewis Faure und Mr. Cranfield, die aus London zu Besuch sind.“ Sie wies in Richtung der beiden Herren, die gerade im Ballsaal standen und Anna erschrak bei den Namen, die der Londoner Gesellschaft oft genug über die Lippen kamen.

„Ja, unsere Wege kreuzen sich häufig in London. Was machen sie denn hier?“ Anna musste sich nicht lange fragen, denn sobald Mr. Cranfield sie entdeckte, stieß er Sir Lewis an, der stehengeblieben war, um mit Miss Rigby zu sprechen.

Miss Marianne rief Anna von ihrem Platz in der Empfangsreihe aus zu. „Miss Tunstall, wenn Sie Probleme haben, Partner zu finden, brauchen Sie sich nur an mich zu wenden." Sie warf einen kurzen Blick auf Mr. Cranfield und Sir Lewis. „Ich werde gerne dafür sorgen, dass Sie keinen der Tänze auslassen, denn ich kenne hier jeden."

Anna begann zu glauben, dass sie Miss Marianne inzwischen besser einschätzen konnte.

„Sie sind zu freundlich." Ihr Lächeln an Miss Rigby fiel ihr leichter, vor allem, als sie meinte, einen Ausdruck der Verzweiflung auf ihrem Gesicht zu entdecken. Emily und Anna betraten den Ballsaal, wo sie sich zu den beiden Londoner Gentlemen gesellten.

Mr. Cranfield machte eine ausladende Verbeugung und sein blumiger Duft überwältigte Anna. „Miss Tunstall, stellen Sie sich meinen Schock vor, Sie hier in Avebury vorzufinden. Ich hätte nicht gedacht, dass Sie sich so weit von London entfernt aufhalten würden – oder ich dachte, Sie hätten alle Hände voll zu tun, um Worthing bei den Hochzeitsvorbereitungen zu helfen." Mr. Cranfield klopfte mit seinem Gehstock auf den Boden und ließ seinen Blick über die Versammlung schweifen. „Es gibt nichts zu tun, außer weiterzumachen, nun, da die Gerüchteküche um Miss Daventry zu brodeln aufgehört hat."

Annas Lippen verzogen sich zu einem schmalen Strich. Mr. Cranfield hatte sich auf ihre künftige Schwägerin bezogen, deren Ruf von der gesamten Londoner Gesellschaft zu Unrecht verleumdet worden war, bis Anna eingeschritten war. Sie wusste besser als jeder andere, warum die Gerüchteküche aufgehört hatte, Beleidigungen über Eleanor zu produzieren, und sie konnte sich die Genugtuung nicht verkneifen, nach dem Schicksal der beiden Hauptverursacherinnen zu fragen.

„Und haben Sie Miss Price gesehen? Oder Miss Broadmore? Sie waren höchst hartnäckig in ihren Behauptungen." Anna lächelte lieblich.

Trotz Sir Lewis' warnendem Blick fuhr Mr. Cranfield munter fort. „Nun, da Sie es erwähnen; es ist seltsam. Sie haben sich beide ziemlich überstürzt aus der Gesellschaft zurückgezogen. Miss Prices Familie beschloss, zu einem ausgedehnten Besuch auf ihr Anwesen in Cardiff aufzubrechen, ohne die Absicht, unmittelbar zurückzukehren. Und Miss Broadmore hat ganz plötzlich eine Ehe geschlossen."

Er zupfte mit einem verwirrten Gesichtsausdruck abwesend an seinen Hemdspitzen. „Sie war immer höchst pingelig, was Heiratskandidaten angeht. Ich weiß gar nicht, warum Miss Broadmore sich mit Mr. Ponsonberry zufriedengeben sollte."

„Mr. Ponsonberry? In der Tat." *Wie tief die Mächtigen gefallen sind*, dachte Anna mit Genugtuung. Das war genau die Art von Nachrichten, die sie vermisst hatte, seit sie London verlassen hatte. Mr. Ponsonberry war ein schüchternes, formbares Geschöpf, doppelt so alt wie Judith Broadmore, und es war unwahrscheinlich, dass er jemals Furore in der „feinen Gesellschaft" machen würde. Es war auch keine Überraschung, dass Harriet Price sich zu fliehen gezwungen gesehen hatte, als ihr eigenes Intermezzo mit John Fortescue, einem der Lebemänner der Gesellschaft, ans Licht gekommen war. Harriets und Judiths gemeinsamer Versuch, den Ruf von Eleanor Daventry zu zerstören – Eleanor, die Annas Bruder zu heiraten beschlossen hatte – konnte nicht gelingen, nachdem Anna beschlossen hatte, sich für Eleanors Sache einzusetzen. Es bedurfte nur ein paar ausgesuchter Worte in die richtigen Ohren.

Es war ein äußerst effektiver Gegenangriff. Genau wie erwartet, dachte sie. *Ich bin dafür geschaffen, die Gesellschaft anzuführen.*

„Wer ist Mr. Ponsonberry?" Die fröhliche Frage von Mr. Aston, der sie mit seinem offenen Blick fixierte, holte Anna in die Gegenwart zurück – in eine Gesellschaft, die weit entfernt war von Londons bösartigem Netz. Obwohl sie ihn erst vor ein paar Stunden gesehen hatte, beschleunigte sich ihr Puls, als sie sich umdrehte und ihn erblickte.

Dennoch schüttelte sie den Kopf und antwortete: „Niemand von Bedeutung", und schenkte ihm ein kurzes Lächeln, um ihren Worten den Stachel zu nehmen. Es war undenkbar für sie, Mr. Aston besondere Aufmerksamkeit zu schenken, wenn Londoner Beaus in Avebury waren.

Anna wandte sich wieder an Mr. Cranfield und Sir Lewis und fragte: „Was hat Sie in dieses Dorf geführt? Wie haben Sie es überhaupt gefunden?"

„Das könnte ich Sie auch fragen", erwiderte Mr. Cranfield. „Lewis hier hat eine Loge in der Grafschaft, und ich bin gekommen, um mich ein wenig abzulenken." Sein Blick ruhte zuerst auf Miss Marianne und dann auf Anna. Er lächelte fade. „Ich hätte nie gedacht, dass ich mich so glücklich ablenken kann."

Miss Marianne, die noch immer in der Empfangsreihe stand, warf eifersüchtige Blicke auf ihre Gruppe. Anna seufzte innerlich. *Mr. Cranfield wird eines Tages ein schönes Anwesen erben, doch er hat keine zwei Gedanken, die er aneinander reiben kann. Sie können ihn haben.*

Mr. Aston trat vor und füllte den kleinen Raum zwischen Mr. Cranfield und Anna aus, bis sie gezwungen war, ihn zu bemerken. Mit einer Stimme, die härter klang als sie je von ihm gehört hatte, sprach er Mr. Cranfield an.

„Bist du mit Mrs. Leatham bekannt?"

Anna fragte sich, ob hinter diesem strengen Ton Eifersucht steckte, als seine Frage in ihr Bewusstsein drang. *Emily!* Mit einem schuldbewussten Zusammenschrecken erinnerte sich Anna an ihre Freundin, die geduldig an ihrer Seite gestanden hatte und die sicherlich einen Sitzplatz und etwas zu trinken benötigte.

„Ah, ja", warf Anna ein, die ihren Lapsus unbedingt wieder gutmachen wollte. „Erlauben Sie mir, Ihnen Mrs. Leatham vorzustellen, bei der ich zu Gast bin. Sie war früher Miss Emily Randall, die Tochter des Sekretärs des Premierministers, und ist jetzt mit John Leatham verheiratet, einem Fregattenkapitän auf dem Mittelmeer." Sie schenkte den beiden Herren aus London ein strahlendes Lächeln.

„Sehr erfreut, Ihre Bekanntschaft zu machen", sagte Mr. Cranfield.

Miss Rigby, die sich aus der Begrüßungsreihe, die nun die Nachzügler empfing, gelöst hatte, berührte Sir Lewis leicht am Arm. Ihr leises Gemurmel war kaum zu hören. „Captain Leatham interessierte sich auch für unser Projekt, eine Schule in Haggle End zu eröffnen. Haben Sie mit ihm darüber gesprochen?"

Sir Lewis schüttelte den Kopf und beugte sich vor, um Miss Rigby zu antworten.

Annas Augen verengten sich bei diesem Wortwechsel. *Wenn Miss Rigby nicht achtgibt, könnte sie ihren Verehrer vergraulen. Ich glaube nicht, dass Mr. Aston der Typ ist, der die Zuneigung seiner Verlobten teilt.*

Noch während Anna diesem Anfall von Kleinlichkeit frönte, musste sie sich insgeheim eingestehen, dass sie nicht nur nicht eine Minute lang glaubte, dass Miss Rigby mit Sir Lewis flirtete – oder dass Mr. Aston ein Auge auf Miss Rigby geworfen hatte –, sondern dass es in Annas Herz ein Ziehen gab, ein Ziehen des Bewusstseins, das sie sich fragen ließ, ob Mr. Aston ein Auge auf *sie* geworfen hatte.

Offenbar dachte er gar nicht an Anna, denn Mr. Aston leistete den Dienst, an den sie hätte denken müssen.

„Mrs. Leatham, darf ich Sie zu einem der Stühle in der hinteren Ecke begleiten? Ich glaube, dort werden Sie etwas von der frischen Luft spüren, und ich werde Ihnen ein Glas Limonade bringen.“

„Das würde ich lieber als alles andere tun.“ Emily legte ihre Hand auf Mr. Astons Arm und lächelte Anna auf eine liebenswürdige Weise an, die Annas Schuldgefühle nur noch verstärkte. Sie gingen an das andere Ende des Raumes und Anna zwang sich, sich wieder den beiden Londoner Gästen zuzuwenden.

„Werden Sie den ganzen Sommer bleiben?“ fragte Anna die Männer. „Wann fahren Sie zurück nach London?“

„Ich nehme an, dass wir bis Oktober hierbleiben werden, denn dann könnte es in London etwas zu tun geben, nicht wahr, Lewis?“ Mr. Cranfield stupste seinen Freund an, der ein zustimmendes Gemurmel von sich gab.

„Ich hoffe, wir werden das Vergnügen haben, uns häufig zu begegnen“, sagte Sir Lewis.

„Der Sommer in Avebury scheint noch vielversprechender zu werden als im letzten Jahr“, sagte Miss Rigby. „Bereits jetzt gibt es keinen Mangel an geplanten Partys und angesichts der Anzahl der Einladungen, die seit Ihrer Ankunft verschickt wurden, glaube ich, dass wir Ihnen zu danken haben.“

Anna lächelte über Miss Rigbys leisen Humor, von dem sie dachte, dass nur Sir Lewis ihn wahrgenommen hatte.

Annas Blick wanderte zu Mr. Aston, der sich mit Lord Allinthridge unterhielt. Obwohl Mr. Aston nichts weiter als ein Landpfarrer war, hatte er es geschafft, die Londoner Gentlemen in seinem maßgeschneiderten schwarzen Mantel und einer weißen Krawatte, die geschmackvoll unter seinem hübschen kantigen Kinn gebunden war, in den

Schatten zu stellen. Sie zwang sich, sich wieder dem eigentlichen Thema zuzuwenden. „Es wird mir ein Vergnügen sein, dessen bin ich sicher."

Miss Marianne hatte den Flirt mit einem der Nachzügler beendet und verlor keine Zeit, sich in die Runde zu begeben.

„Miss Tunstall, wie ich sehe, haben Sie unsere Gäste kennengelernt", sagte sie. „Mr. Cranfield, der Tanz wird nach dem Servieren der Sandwiches beginnen. Ich hoffe, Sie werden bereit sein, allen geeigneten Damen beizustehen. Und Sie auch, Sir Lewis."

Mr. Cranfield hatte die spiegelnden Glasscheiben in der Tür entdeckt und betrachtete sich darin. Sir Lewis beglückwünschte Miss Marianne zu den Musikern und fragte, ob es sich um die Gruppe handele, von der er gehört habe, dass man sie in Calne anheuern könne.

Annas Aufmerksamkeit schweifte wieder ab, als sie die Gesichter im Raum betrachtete, und sie landete schließlich bei Mr. Aston, der an einem Steinbogen lehnte. Sein Blick war auf sie gerichtet. Die Plötzlichkeit seines Blickes schoss wie ein Blitz durch sie hindurch und sie wandte sich schnell ab.

Zu seiner Rechten saß Emily und unterhielt sich mit Lady Allinthridge. Anna warf einen Blick zurück auf Mr. Aston, um festzustellen, dass er seinen Blick nicht abgewandt hatte. Als sich ihre Blicke trafen, stieß er sich von der Wand ab und richtete sich auf. Anna hatte ein merkwürdiges Gefühl, wenn er sie so anblickte. Sie war fest entschlossen, nicht zu ihm zu gehen.

Doch ihre Füße machten sich wie von selbst auf den Weg durch den Raum. *Ich werde mich von seiner Anwesenheit nicht abschrecken lassen*, versuchte Anna sich selbst zu überzeugen. *Ich möchte lediglich mit Emily und Lady Allinthridge sprechen. Ich werde keinen besonderen Versuch unternehmen, mit ihm zu sprechen.*

Anna spürte Mr. Astons Blicke auf dem ganzen Weg durch den Ballsaal, bis sie Emily erreichte. Ohne ein Wort wandte sie ihm den Rücken zu, während sie neben Emily Platz nahm und darauf wartete, dass diese ihr Gespräch beendete.

Die ganze Zeit über spürte sie die Kraft von Mr. Astons Blick.

Endlich hielt Emily in ihrem Gespräch inne und sah Anna besorgt an. „Du scheinst aufgebracht zu sein, meine Liebe. Stimmt etwas nicht?"

Mr. Aston war gekommen, um sich an Annas Seite zu stellen, so dass sie nicht ausdrücken konnte, was sie mehr als sonst aus der Fassung brachte – nicht, dass sie überhaupt etwas über Mr. Aston gesagt hätte, selbst wenn außer ihr und Emily niemand im Raum gewesen wäre. *Wie albern ich doch bin.*

„Nein, nein, mir geht es sehr gut", antwortete sie. „Warst du nicht erstaunt, Sir Lewis und Mr. Cranfield hier zu sehen?"

„Ich wusste, dass Sir Lewis hier Besitz hat, weil er meinen Mann im letzten Herbst aufgesucht hat. Mr. Cranfield war mir vor heute Abend noch nicht begegnet, doch ich hörte natürlich von ihm. Er ist doch der Gast von Sir Lewis, nicht wahr, Mr. Aston?"

Mr. Aston trat vor. „Das ist er in der Tat. Sie sind Freunde von mir aus Harrow und Oxford, und wir haben unsere Bekanntschaft in London erneuert."

Sie sind Freunde von Mr. Aston? dachte Anna schockiert. Sie hatte nicht gewusst, dass die Herren sich vor dem heutigen Abend begegnet waren – oder dass Mr. Astons Rang ihm erlaubte, solche Bekanntschaften für sich zu beanspruchen.

Mr. Aston sah Anna aufmerksam an. „Wie gut kennen *Sie* sie?", fragte er.

Anna ignorierte die Frage; die Antwort war nicht sehr interessant. Sie kannte sie, wie sie alle Gentlemen der Gesellschaft kannte – auf einer rein oberflächlichen Ebene, obgleich sich das natürlich ändern konnte, sobald sie beschloss, dass die Bekanntschaft mit jemandem es wert war, weiter verfolgt zu werden. Das konnte jeder sein ... außer Mr. Aston.

Stattdessen sagte sie: „Wenn Sie sie aus London kennen, wundert es mich, dass sich *unsere* Wege dort nicht kreuzten."

„Ich war nicht zur gleichen Zeit in London wie Sie, fürchte ich." Mr. Aston lächelte auf seine entwaffnende Art. „Und als ich dort war, war ich nicht viel in der Gesellschaft. Ich war zu der Zeit in der Lehre."

Emily und Lady Allinthridge hatten ihr Gespräch beendet und Annas Nacken begann zu schmerzen, weil sie zu Mr. Aston aufblickte.

Dennoch verfolgte sie das Gespräch, das für sie von einigem Interesse war.

„Vermissen Sie es? In der Gesellschaft zu verkehren? Es gibt dort viele Ablenkungen." Ihr Blick senkte sich, als sie sich umsah. „Und das hier ist ein solch abgelegener Ort."

Mr. Aston wartete, bis Annas Blick zurückkehrte und zog ihn an, als wären sie die einzigen beiden Menschen im Raum. Emily hatte sich abgewandt und beugte sich nun vor, um Lady Allinthridge etwas zu fragen, so dass Mr. Aston und Anna etwas Privatsphäre hatten.

„Nein, ich bin hier glücklich." Plötzlich sagte er: „Miss Tunstall, würden Sie mit mir im Zimmer umhergehen? Ich fürchte, diese Art der Unterhaltung ist unangenehm für Sie, weil Sie immer zu mir aufschauen müssen. Doch es gibt keine Stühle, die ich herübertragen könnte, um mich neben Sie zu setzen."

Anna legte ihre Hand in die Armbeuge, die er nach unten beugte, und erlaubte ihm, ihr beim Aufstehen zu helfen. *Bei ihm ist es keine einstudierte Galanterie*, dachte sie, als sie die Absicht in seinem Blick sah. *Er tut es aus echtem ritterlichem Gefühl, glaube ich.*

Mr. Aston zog sie näher an sich heran, als sie sich durch die Menge bewegten. Die Hitze seiner Gegenwart, wie seine Augen strahlten, wenn er sie auf sie richtete, ließen jeden rationalen Gedanken verschwinden. Es war ein Gefühl der Hilflosigkeit, das sie dazu brachte, auf jemanden losgehen zu wollen – insbesondere auf Mr. Aston.

„Ich wusste schon immer, dass ich ein Mann des Landes bin", sagte Mr. Aston. Es schien nicht so, als würde ihre Nähe ihn beeinträchtigen. „Es war nie meine Absicht, ein Herr der Gesellschaft zu sein. Ich genieße die Gesellschaft meiner Freunde, doch was die endlosen Bälle und Veranstaltungen angeht, so etwas kann ich nicht ertragen."

„Kein Gedanke an die Politik also? Die Politik ist eine interessante Berufung. Man kann die Regierung und die Gesellschaft gleichermaßen antreiben, manchmal im Verlauf einer einfachen Hausparty."

Anna hatte ihre Stimme wiedergefunden, doch kaum waren die Worte ausgesprochen, spürte sie, dass sie sich auf gefährliches Terrain begab, denn es würde den Anschein erwecken, als ob es sie interessierte – als ob das, was Mr. Aston mit seinem Leben anfing, irgendeinen

Einfluss auf ihre Zukunft hätte. Der Samen der Frustration, der allein durch die Tatsache aufgegangen war, dass Anna von diesem Mann beeinträchtigt wurde, schlug Wurzeln, als sie sah, wie sie die Fähigkeit verloren hatte, ihren Verstand zu konsultieren, ehe sie sprach.

„Ich mag in meiner frühen Laufbahn irregeleitet gewesen sein", erwiderte er, „doch ich glaube nicht, dass ich für etwas anderes bestimmt bin als für die ministerielle Arbeit. Ich tue es nicht, weil sich mir kein anderes Leben böte. Ich tue es, weil ich es gerne möchte."

Mr. Aston deutete auf die Paare, die auf der Tanzfläche standen, als sei er sich ihrer Antwort sicher, ehe er die Frage stellte. „Es bildet sich gerade ein Set. Möchten Sie mit mir tanzen?"

Anna blickte zu Emily hinüber, die sie beobachtet hatte und deren klugem Blick nichts entging.

„Es wäre mir ein Vergnügen", antwortete Anna und verzog den Mund zu einer strengen Linie. Was sollte sie sonst tun? Sie konnte ihn nicht abweisen, denn sie hatte noch keine Tänze vergeben. Zudem, so musste sie sich verärgert eingestehen, war er sicherlich der interessanteste Tanzpartner in diesem Raum.

Sie und Mr. Aston nahmen ihre Plätze in der Reihe ein, und als die Musik einsetzte, waren sie nicht mehr in der Lage, sich zu unterhalten. Jedes Mal, wenn sich ihre Hände berührten, fing er ihren Blick ein, und sie konnte dem Funken der Anziehung, der daraus entstand, nicht widerstehen.

Doch nun, da sie von dem intimen Gespräch befreit war, blieb Anna Zeit zum Nachdenken. Sie konnte prüfen, was in ihrem Herzen vorging. *Ich bin eindeutig nicht daran interessiert, meine Bekanntschaft mit Mr. Aston zu vertiefen. Er verkehrt nicht in der Gesellschaft. Das hat er selbst gesagt. Kannst du dir das vorstellen? Ein Leben in diesem kleinen Dorf, um die Armen zu versorgen?* Sie erschauderte.

Mr. Astons Schritte waren anmutig, als er sich mit ihr am Arm drehte, und seine Aufmerksamkeit galt nicht nur ihr, sondern auch dem anderen Paar, mit dem sie tanzten. Anna erinnerte sich nicht einmal an ihre Namen.

Die Musik endete und Mr. Aston blieb stehen und verbeugte sich vor ihr. Als er sie von der Tanzfläche führte und sie von Mr. Cranfield und Sir Lewis wegbrachte, zog er sie wieder dicht an sich und zwar auf eine intime Art und Weise, gegen die sie sich wehren wollte, jedoch nicht die Stimme fand, um es zu tun.

„Miss Tunstall", sagte er, als sie sich Emilys Sitzplatz näherten, „ich werde Sie diese Woche aufsuchen."

Er fragte nicht, ob er das dürfte. Er nahm ihr Einverständnis einfach als selbstverständlich hin, als wäre sie eines seiner Gemeindemitglieder und er ihr kirchlicher Hirte.

Ich werde beschäftigt sein. Ich werde unterwegs sein. Ich glaube nicht, dass das eine kluge Idee ist. Annas ganzes Wesen hätte sich auflehnen müssen, doch sie konnte nur zustimmend nicken. „Mit Vergnügen, Mr. Aston."

Was für ein Dummkopf.

Von sich selbst angewidert kehrte Anna zurück, um sich neben Emily zu setzen, die nun allein war. Es blieb keine Zeit, über Annas Gefühlsaufruhr nachzudenken, denn sie wurde sofort zum nächsten Tanz aufgefordert und dann zu den fünf folgenden. Es konnten nicht sehr viele Tänze sein, da nicht viele verfügbare Herren anwesend waren, aber sie wurde um jeden einzelnen gebeten.

Miss Rigby, so stellte sie fest, war zweimal von Sir Lewis und schließlich von Mr. Aston aufgefordert worden. Anna runzelte die Stirn. *Vielleicht findet er ja doch Gefallen an ihr.*

Als es an der Zeit war zu gehen, wandte sie sich dankend der Haustür zu. Insgesamt war es eine eher fade Party gewesen.

KAPITEL 8

Während Anna und Emily auf der Eingangstreppe darauf warteten, dass der Kutscher die Kutsche brachte, hakte Anna ihren Arm bei Emily ein.

„Wie wundervoll, *zwei* Londoner Gentlemen bei uns zu haben", sagte Anna. „Mr. Cranfield ist höchst unterhaltsam, findest du nicht auch?" Das war Annas Versuch abzulenken und wenn sie besserer Stimmung gewesen wäre, hätte Emily ihn durchschaut.

Emily gab ein unverbindliches *Hmm* von sich, und Anna versuchte es erneut. „Als wir zusammen an der frischen Luft waren, erzählte Lady Allinthridge mir, dass er im letzten Jahr nicht weniger als fünf Kammerdiener entlassen hat, weil sie nicht in der Lage waren, die Stiefel zu seiner Zufriedenheit zu polieren."

„Ein höchst kurzweiliger Herr", antwortete Emily leidenschaftslos.

Wegen des Fehlens der Fröhlichkeit, die ihre Scherze für gewöhnlich begleitete, fragte Anna sich, ob sich Emily vielleicht wirklich so sehr verändert hatte. Sie konnte sich die Frage nicht verkneifen: „Vermisst du hier nicht die Gespräche und die Fröhlichkeit der feinen Gesellschaft?"

Emily drückte ihren Arm. „Ich vermisse John."

Nun war es an Anna zu schweigen. Die Aufrechterhaltung einer tapferen Fassade verlangte Emily viel ab, dachte Anna. Es war nicht leicht, sie aufrechtzuerhalten. Nach einer Minute des Schweigens schaute Emily Anna im schwachen Licht der Laternen an, ihr Humor schien wiederhergestellt, zumindest für den Moment.

„Du warst in ein Gespräch mit unserem Mr. Aston vertieft", sagte Emily.

Anna warf Emily einen eingeübt geduldigen Blick zu. Das war das Problem, wenn man eine beste Freundin hatte, die alles mitbekam, selbst wenn sie melancholisch war.

„Ich wollte nur höflich sein." Als die Stille sich ausdehnte, fügte sie hinzu: „Nichts weiter." Im Schatten konnte Anna das Lächeln, das auf Emilys Lippen lag, eher spüren als sehen, doch sie ignorierte es.

Schließlich erschien die Kutsche, der Lakai öffnete die Tür und half ihr beim Einsteigen. Anna half Emily dann auf ihren Sitzplatz.

„Ich habe mich auf etwas gesetzt", rief Emily aus. „Hier ist etwas."

Anna griff nach dem Gegenstand auf dem Sitz und entdeckte ein vertrautes grünes Samttäschchen. „Das sind meine Juwelen!", rief sie aus und band die Seidenfäden auf. „Und meine Münzen. Es fehlt nichts. Wer könnte das gefunden haben, und woher wusste er, dass er es hierherlegen musste?" Die Vorstellung, dass ein Fremder sie so leicht aufspüren könnte, jagte ihr einen Schauer über den Rücken.

Die Kutsche schlingerte vorwärts und Emily öffnete das Fenster, um hinauszurufen. Die Kutsche kam sofort zum Stehen, und der Lakai erschien an der Tür. „Ja, Ma'am?"

Emily, die den Beutel selbst untersucht hatte, fragte: „Martin, wir haben das auf dem Sitz gefunden. Hast du jemanden gesehen? Warst du die ganze Zeit bei der Kutsche?"

„Ja, Ma'am. Das heißt, ich glaube..."

Emily durchbohrte ihn mit ihrem Blick. „Martin, ich werde dich nicht tadeln, doch sag mir bitte, wie lange du den Wagen unbeaufsichtigt gelassen hast und ob du jemanden gesehen hast, der sich ihm genähert hat."

Die Schultern des Stallknechts sanken in sich zusammen. „Ich bin immer bei der Kutsche, außer wenn ich Peggy in der Küche besuche. Da ist er vielleicht gekommen, Ma'am."

Emily seufzte. „Nun", sagte sie, „ich denke, wir können jetzt sicher sein, dass der Dieb etwas über Avebury weiß, wenn er wusste, dass er das Diebesgut in unsere Kutsche legen könnte und wir wissen, *wann* der Dieb seine Gelegenheit hatte. Doch die Frage ist nun, warum?"

AM NÄCHSTEN MORGEN, als Anna und Emily fast schweigend frühstückten und beide in Gedanken versunken waren, brachte der Diener Briefe auf einem Silbertablett herein. Emily nahm ihren und entließ den Diener, nachdem er Anna einen Brief übergeben hatte. Annas Brief war von ihrer Schwester Phoebe, und sie öffnete ihn mit eifrigen Händen.

Meine liebste Anna,

Wie war deine Reise nach Avebury? In deinem letzten Brief hast du erstaunlich wenig Einzelheiten erzählt, und ich erwarte, dass du etwas ausführlicher wirst. Sicherlich gibt es mehr zu erzählen als von Beatrice Slyfeels mürrischer Art und den ungelüfteten Laken im Posthaus. Wie geht es Emily?

Grüße sie von mir und sage ihr, dass wir sehnsüchtig auf Nachrichten über das gesegnete Ereignis warten.

Wie du dir vorstellen kannst, sind wir hier in Worthing in heller Aufregung, da wir uns auf die Hochzeit von Stratford und Eleanor vorbereiten. Allerdings ist etwas sehr Unerfreuliches passiert. Erinnerst du dich an das Kleid, das Eleanor anprobiert hat – das Kleid, von dem wir alle fanden, dass es ihr perfekt steht? Nun, eine von Mr. Purcells Ziegen brach aus und wanderte in unseren Garten, als Eleanors Hochzeitskleid gerade zum Trocknen hing. Und sie fraß das Kleid, kannst du dir das vorstellen! Die Ziege, meine ich. Hör auf zu lachen, ich weiß, dass du das tust, denn es ist alles sehr tragisch. Wie schade, dass das geschehen musste, nachdem all die Perlen eingenäht worden waren. Ich weiß, dass du dich selbst dazu beglückwünschst, dass du eine andere Beschäftigung gefunden hattest, so dass du nicht bei der Perlenstickerei helfen konntest; denn dann wäre deine ganze Arbeit umsonst gewesen. Und nun ist es nur unsere. Eleanor hat das Debakel mit großer Geistesgegenwart gemeistert, doch wir werden nun in großer Eile ein neues Kleid anfertigen lassen müssen.

Glaube aber nicht, dass wir dafür nach London fahren. Tante Shae ist erkrankt und bat mich inständig darum, mich ganztägig um sie zu kümmern, damit sie Hoffnung auf Besserung hat, und sie fügte hinzu, dass du ihr zuliebe nicht zurückeilen sollst, da sie die Ruhe zu schätzen weiß. Sie ist sicher, dass du dich freuen wirst, deinen Besuch bei deiner lieben Freundin noch ein paar Wochen zu verlängern, während sie ihre Genesung vorantreibt. Eleanor ist, wie du weißt, keine große Rednerin, und ob Tante Shae sich auf die Last deines Geschwätzes bezieht, überlasse ich dir zu entscheiden.

Anna konnte die neckischen Worte ihrer Schwester hören und wusste, dass sie versuchte, den Schlag zu mildern, dass Anna nicht erwünscht war. Der Brief ging weiter.

Ich fürchte jedoch, dass ich traurig sein werde. Es ist praktisch, dass Eleanor im Haus ihrer Tante wohnt, damit sie für die Hochzeitsvorbereitungen in der Nähe sein kann, doch ich fühle mich verpflichtet, ihr jede Unterstützung zukommen zu lassen, die ich unserer zukünftigen Schwägerin geben kann. Mrs. Bailey hat im Dorf jemanden gefunden, der die Aufgaben übernimmt, die ich nicht mehr erledigen kann – du kennst ja alle meine lieben Projekte –, und was Tante Shae angeht, so ist meine Zeit ziemlich mit Vorlesen ausgefüllt, wenn ich nicht gerade alle Hochzeitsdetails so dosiert vorbringe, dass sie nicht das Bedürfnis hat, aus dem Bett zu eilen, was ihr zum Nachteil gereichen würde. Nicht, dass sie jemals das Bedürfnis gehabt hätte, für irgendetwas aus dem Bett zu eilen, nicht einmal für ihre eigene Hochzeit, wenn man den Erzählungen unserer Mutter Glauben schenken darf...

Anna lachte.

„O je." Emily hatte ihren Brief vor sich ausgebreitet, die Augenbrauen besorgt zusammengekniffen.

„Was ist geschehen?" fragte Anna.

„Ich habe schlechte Nachrichten", meinte Emily, als sie endlich aufblickte. „Meine Mutter hat mir geschrieben, dass sie nicht so früh kommen kann, wie sie es geplant hatte. Vielleicht nicht einmal zur Geburt. Die Kinder meiner Schwester haben sich mit Scharlach angesteckt und Mutter befürchtet, die Infektion mitzubringen." Sie seufzte. „Ganz zu schweigen davon, dass sie bleiben und meiner Schwester helfen muss, die in solchen Situationen nicht sehr nützlich ist. Die arme Charlotte."

Anna studierte Emily, während ihre Gedanken rasten. „Willst du damit sagen, dass du keinerlei Hilfe haben wirst, sobald ich fort bin? Wann, sagtest du, soll Captain Leatham zurückkehren?"

„John sagte nur, es würde so früh im Herbst sein, wie er es

einrichten kann, und versprach, mir mehr Informationen zu schicken, sobald er sie hat. Ich bin nur überrascht, dass ich noch keine Benachrichtigung erhalten habe. Ich sollte jeden Moment eine Nachricht von ihm erhalten, da sie in Portsmouth angelegt haben müssten. Es wird eine Erleichterung sein, ihn wieder auf englischem Boden zu wissen, obgleich seine Pflichten ihn noch zwei Wochen dort halten werden, bevor er sich auf den Weg zu mir in den Norden machen kann."

Emily runzelte die Stirn und schaute wieder auf den Brief ihrer Mutter. „Natürlich sorge ich mich um die Kinder meiner Schwester, doch der Gedanke, dass meine Mutter nicht hier sein wird, um mir beizustehen, stimmt mich traurig."

Anna hatte den beunruhigenden Verdacht, dass das Schicksal mit ihr spielte. Wie sonst ließe sich erklären, dass am selben Tag ein Brief für sie selbst eintraf, in dem stand, dass ihre Anwesenheit in Worthing nicht erforderlich sei und ein weiterer für Emily, der zeigte, dass Anna unbedingt bleiben müsse? Sie versuchte, Zeit zu gewinnen.

„Sagt deine Mutter nicht, wann sie eventuell kommen kann?"

Emily schüttelte den Kopf. „Ich bin mir nicht einmal sicher, ob sie es weiß. Ich glaube, dass diese Fälle mehrere Wochen andauern, insbesondere, weil sie abwarten, wer noch daran erkrankt. Meine Mutter hatte es als Kind, doch meine Schwester nicht. Natürlich muss der Zustand meiner Schwester Vorrang haben, doch ich weiß nicht, wie ich den Mut finden soll, das Wochenbett allein durchzustehen." Sie schaute Anna mit besorgtem Blick an.

Anna war alles andere als überzeugt von dieser Entscheidung, erwiderte jedoch impulsiv: „Ich kann hierbleiben."

Emily betrachtete Annas Gesicht, ehe sie den Kopf schüttelte. „Nein. Ich weiß, wie sehr du dich danach sehnst, nach Worthing und dann nach London zurückzukehren, und wie schwierig es war, dich zu überreden, an einen derart abgelegenen Ort wie Avebury zu kommen." Sie zeigte den Anflug eines Lächelns. „Das kann ich nicht von dir verlangen."

„Aber ich werde nicht mehr nach London fahren, da meine Tante krank ist und nicht dorthin reisen kann. Ich werde nur noch nach Worthing fahren, um bei den Hochzeitsvorbereitungen zu helfen."

Anna warf einen Blick auf den Brief mit der sauberen Schrift ihrer Schwester. „Doch ich glaube, diese sind bei Phoebe in guten Händen."

Hier zu bleiben wäre ein Opfer, doch vielleicht kein so großes, wie zum Haus ihres Bruders zu fahren, wo Phoebes fähige Präsenz überall gefragt war und Annas überhaupt nicht – ganz zu schweigen davon, dass sie flüstern und auf Zehenspitzen umhergehen müsste, um Tante Shae nicht zu stören. Wenigstens konnte sie bei Emily wirklich von Nutzen sein, auch wenn das bedeutete, viel länger in einem Dorf auf dem Land zu bleiben, als sie ursprünglich gehofft hatte.

„Aber du wirst es als sehr langweilig empfinden, hier zu sein, und ich werde es nicht von dir verlangen." Emily schüttelte entschieden den Kopf. „Ich werde Lady Allinthridge bitten mich öfter zu besuchen. Und Hester auch. Mir wird es schon gut ergehen."

Da Anna es nicht übers Herz brachte, auf etwas zu bestehen, von dem sie alles andere als überzeugt war, dass sie es tun wollte, schwieg sie. Sie las den Rest von Phoebes Brief, doch die Stille im Raum fühlte sich schwer an.

„Ich nehme an, ich sollte diesen Brief beantworten und dann können wir vielleicht einen Spaziergang machen." Anna wusste, dass ihre Stimme künstlich fröhlich klang, doch sie verdrängte alle Schuldgefühle, nicht darauf bestanden zu haben, ihre Hilfe anzubieten. Emily stimmte dem Spaziergang zu, und Anna flüchtete in ihr Schlafzimmer.

Nach der Bewegung, die Emilys Stimmung höchst zuträglich gewesen war, saßen sie im Morgenzimmer, als die Glocke läutete und Besuch ankündigte. Miss Rigby trat zuerst ein, gefolgt von Sir Lewis und Mr. Cranfield. Emily richtete sich auf, um sie zu begrüßen und erlaubte den Herren, sich über ihre Hand zu verbeugen, dann über die von Anna.

„Hester", rief Emily und schenkte ihr ein warmes Lächeln. „Seid ihr gemeinsam gekommen?"

„Es war reiner Zufall", gab Miss Rigby zurück. Und dann fügte sie mit einnehmender Offenheit hinzu: „Um ganz offen zu sein, kam ich vorbei, um über den gestrigen Abend zu sprechen." Ihre Augen funkelten, als sie einen Blick mit Emily und Anna wechselte. „Nun können wir nicht mehr *frei* darüber reden."

Mr. Cranfield setzte sich auf Emilys Einladung hin und Sir Lewis tat es ihm nach. „Sie können über alles reden, was Ihnen beliebt, Miss Rigby", sagte Mr. Cranfield, „doch ich wage zu behaupten, dass die Kleider der Damen und sogar die Westen der Herren sehr zu wünschen übrig ließen. Man kann wohl nicht erwarten, dass Avebury in Sachen Mode mit London mithalten kann, nehme ich an."

Sir Lewis wechselte einen amüsierten Blick mit Miss Rigby und sagte: „Ich erkläre Ihre Party zu einem Erfolg, Miss Rigby. Ich hätte nicht damit gerechnet, in einem Dorf auf dem Lande eine solch vielfältige Gesellschaft anzutreffen. Der Ballsaal, so groß er auch ist, war voll."

„Ich bin froh, dass Sie so denken. Sie sind an die Londoner Gesellschaft gewöhnt und deshalb ist Ihr Lob höher zu bewerten." Miss Rigby errötete leicht. „Vor Sonntag hatte ich Sie noch nie in Avebury gesehen, obwohl ich von Ihrer Verbindung zu dieser Gegend hörte. Wie lange haben Sie schon die Jagdhütte in Beckhampton? Halten Sie sich häufig dort auf oder ziehen Sie London vor?"

Im Gegensatz zu Mr. Cranfield, der die Schultern hängen ließ, saß Sir Lewis aufrecht auf seinem Stuhl, in einer Haltung, als wäre er für jedes erdenkliche Projekt bereit.

„Mein Vater erwarb die Jagdhütte, sie ist also schon seit Jahrzehnten in der Familie. Ich bin meist in London anzutreffen und erst seit sie vor zwei Jahren an mich fiel, begann ich, die Ruhe und Einsamkeit des Landes aufzusuchen." Er lächelte freundlich, als er sich Miss Rigby zuwandte. „Obwohl ich bisher nicht oft nach Avebury gekommen bin, wird sich das nun, da Mr. Aston hier ist, sicher ändern."

Anna beobachtete Miss Rigbys erwiderndes Lächeln und fragte sich einen Augenblick lang, ob sie sich höhere Ziele als den Landpfarrer gesetzt hatte. Doch Anna musste ihr gegenüber fair sein, nun, da sie anfing, sie besser kennenzulernen. Miss Rigby kam ihr nicht wie jemand vor, der einem Mann nachstellte, nur weil er einen Titel hatte oder reich war. *Wie der vorliegende Fall!* dachte Anna, als die Erkenntnis sie traf. *Mr. Aston hat weder einen Titel noch ist er wohlhabend und er gefällt ihr.*

Emily legte ihre Hand auf den Rücken und bewegte sich auf ihrem

Stuhl. Es war eine unbewusste Geste, die Anna verriet, dass der Besuch anstrengend für sie war.

„Dieses Dorf wächst einem in der Tat ans Herz", sagte Emily. „Hätten Sie mir noch vor zwei Jahren gesagt, dass ich einmal woanders als in London leben würde, hätte ich es wohl kaum geglaubt. Es war meine Zuneigung zu Leatham, die es mir ermöglichte, nicht nur hierher zu ziehen, sondern dies auch gerne zu tun. Ein verbundenes Herz kann viele Veränderungen verkraften." Emily warf Anna einen vielsagenden Blick zu, den diese ignorierte.

„Und Sie, Mr. Cranfield?" Anna lächelte ihn an. Ganz gleich, wie affektiert er war, sie war sich seiner Unterstützung für ihre eigene Ansicht sicher. „Wie gefällt Ihnen das Dorf Avebury? Ich glaube, Sie sind genauso süchtig nach der Londoner Gesellschaft wie ich."

„Oh, ich finde, dass eine kleine Auszeit auf dem Land für eine kurze Zeit nicht so sehr schmerzt, wie man denken könnte. Aber ich werde froh sein, nach London zurückzukehren, sobald meine Auszeit abgelaufen ist. Ich habe den Tipp bekommen, dass Schultz ein neues Muster für einen Fahrumhang mit *achtzehn* Falten ausprobiert!"

Als Anna Emilys Blick begegnete, fiel es ihr schwer, eine ernste Miene zu bewahren und sie war dankbar, dass der Butler in diesem Moment eintrat. Er stellte sich vor seine Herrin und Anna, die am nächsten war, konnte die kaum hörbaren Worte verstehen.

„Ein Reiter kam mit einer eiligen Nachricht." Der Lakai übergab Emily einen versiegelten Brief.

Ein Blick auf die Handschrift und Emilys Hände begannen zu zittern. Sie stand auf und schaffte es, ihre Stimme ruhig zu halten, als sie sprach. „Meine Herren, Hester, ich hoffe, Sie werden mich entschuldigen, während ich mich dem hier annehme. Anna, würdest du dich bitte um unsere Gäste kümmern?"

Anna nickte und versuchte, die Vorahnung, die in ihrem Herzen aufstieg, zu verdrängen. Sie wusste, dass eilige Briefe selten gute Nachrichten enthielten. Ob aus geübter Konversation oder aus reinem Egoismus, Mr. Cranfield lenkte das Gespräch auf einen jungen Verwandten von Lady Allinthridge, den er kannte und der ganz London mit seiner jüngsten Eskapade in Aufruhr versetzt hatte. Anna versuchte, ihm zu folgen, doch ihre Gedanken waren bei ihrer Freundin. Hatte Emilys Mutter wieder unheilvolle Neuigkeiten geschrieben? Ging es um Johns Schiff?

Nachdem Mr. Cranfield aufgehört hatte zu sprechen, trat eine Stille ein und Miss Rigby biss sich auf die Lippe. Schließlich beugte sich Sir Lewis vor, seinen Hut in der Hand, und er und Miss Rigby standen gleichzeitig auf.

„Ich sollte besser gehen", sagte Miss Rigby. „Ich bin zu Fuß gekommen und ich glaube, es wird regnen."

Mr. Cranfield stand auf, als sie es tat, machte aber keine Anstalten zu gehen. Sir Lewis hingegen war hilfreicher.

„Miss Rigby, vielleicht darf ich Sie in meiner Carrick fahren. Jules, macht es dir etwas aus, zu warten? Du könntest zu Astons Haus gehen und dort auf mich warten. Es ist nicht weit weg."

Zum Glück schien Mr. Cranfield endlich bereit zu sein, aufzubrechen. „Selbstverständlich. Ich bin sicher, Harry hat nichts anderes zu tun und wird sich freuen, uns zu sehen, nicht wahr?"

Sie verabschiedeten sich von Anna und sie eilte in die Bibliothek, wo Emily saß und über dem zerknüllten Brief in ihren Händen weinte.

„Was ist geschehen?" Als ihre Freundin nicht antwortete, kniete Anna neben ihr nieder. „Emily, sag mir, was geschehen ist. Ich muss es wissen. Wie kann ich dir sonst helfen, wenn ich es nicht weiß?"

Emily hielt ihr den Brief hin, und Anna versuchte, ihn zu glätten und die schiefen Zeilen zu entziffern, die in winziger Schrift geschrieben und mit Tränenspuren übersät waren. Sie konnte nicht verstehen, warum es so vieler Worte bedurfte, um eine niederschmetternde Nachricht zu übermitteln. Schließlich blickte Anna auf. „Leathams Schiff ist verschwunden." Emily nickte.

„Emily, das ist noch lange kein hoffnungsloser Fall." Anna erhob sich und legte ihren Arm um Emilys Schultern. „Dieser Brief zeigt nur auf, dass das Schiff die *Marmion* nicht an ihrem Treffpunkt getroffen hat. Das bedeutet nicht, dass es verloren ist. Ich meine ... es bedeutet nicht, dass *alles* verloren ist. Meine Liebe, du darfst die Hoffnung nicht aufgeben."

„Es *gibt* keine Hoffnung", jammerte Emily. „John hätte es nicht zugelassen, dass ich mich sorge. Er hätte eine Möglichkeit gefunden, mit mir zu kommunizieren. Alles ist verloren." Sie begann wieder zu weinen, und bei diesem Geräusch überkam Anna ein Gefühl des Grauens. Das war nichts, was sie mit ein paar gut platzierten Worten im richtigen Ohr beheben konnte.

Nachdem sie zehn Minuten lang versucht hatte, Emily zu trösten, und sich dabei völlig hilflos fühlte, durchquerte Anna den Raum und öffnete die Tür, was die Dienerschaft draußen in helle Aufregung versetzte. Eine Dienerin eilte rasch herbei, um mit besorgter Miene ihre Bitte entgegenzunehmen. Als das Teeservice kam, trug Anna das Tablett zum Tisch. Sie schenkte eine Tasse ein, die sowohl Milch als auch einen zusätzlichen Löffel Zucker enthielt und reichte sie Emily.

„Ganz gleich, was geschieht, Liebste, du musst stark für dein Baby sein. Trink."

Emilys Augen starrten leer vor sich hin und Anna legte einen Arm um ihren Rücken und hielt ihr die Tasse an die Lippen. „Trink. Du verdirbst dir nur dein Kleid, wenn du deine Lippen nicht öffnest, und ich weiß, wie sorgfältig du auf das Sparen bedacht bist."

Ihr trauriger Versuch zu scherzen, löste keine Reaktion aus, obwohl Emily gehorchte. Nachdem Emily einige Schlucke getrunken hatte, stellte Anna die Tasse ab und nahm Emilys Hände in die ihren und rieb sie. „Ich werde dir helfen. Du bist nicht allein."

Es schien, als hätte Emily nicht zugehört, doch schließlich richtete sich ihr Blick auf Annas Gesicht und nickte.

Irgendwoher muss ich die Kraft nehmen, um dies zu tun, dachte Anna, als ein dumpfes Pochen hinter ihren Augen einsetzte. *Es könnte das Schwerste sein, was ich je getan habe.* Trotz ihrer Ängste musste Anna an der Hoffnung festhalten und Emily dazu bringen, es ihr gleich zu tun. Nur so konnte sie diesen Tag und jeden weiteren überstehen. Vielleicht war das Schiff nur vom Kurs abgekommen und es war ein Brief unterwegs, der das Missgeschick erklären sollte.

Das war es, worauf Anna sich konzentrieren würde.

KAPITEL 9

Harry schritt in seiner Bibliothek auf und ab. Sie war der einzige Luxus, den er sich gönnte, denn er scheute keine Kosten für Bücher und den gemütlichen Sessel, in dem er sie las. Die Bibliothek verschaffte ihm normalerweise Ruhe, egal wie aufreibend seine klerikalen Pflichten von Zeit zu Zeit waren.

Doch nicht heute. Miss Tunstall hatte sich bei der Soirée der Rigbys nicht so gerne in seiner Gegenwart aufgehalten, wie er es sich gewünscht hätte. Abgesehen davon, dass sie sich in seine Richtung bewegt hatte, nachdem sich ihre Blicke auf dem Ball begegnet waren – was als Ermutigung gewertet werden konnte, nicht wahr? –, hatte sie nahezu gewillt gewirkt, ihn aus dem Gespräch auszuschließen, als sie Jules an ihrer Seite hatte. Und insgesamt war sie in ihrem Gespräch etwas steif gewesen.

Er hielt in seinen Schritten inne. *Vielleicht, wenn sie wüsste, wer ich bin.*

Nein!

Harry hatte sich nie dazu herabgelassen, seine familiären Verbindungen zu nutzen. Er war noch nicht einmal in Versuchung geraten, dies zu tun. Im Gegenteil, er verabscheute solcherlei Verhalten.

Warum also war er plötzlich bereit, ein Leben voller ehrenhaftem Verhalten fortzuwerfen für ... für ... *eine Seele von unergründlicher Tiefe?*

Er schüttelte den Kopf und setzte seinen Weg fort. Das hatte er jedenfalls gedacht, als er das erste Mal in Miss Tunstalls offene Augen blickte – dass sie eine Seele von unergründlicher Tiefe hatte. Vielleicht hatte er sich geirrt. Vielleicht waren ihre Augen einfach nur schön und blau. Doch normalerweise war er kein solch schlechter Menschenkenner.

Ein Klopfen an der Tür unterbrach Harrys fruchtlose Grübeleien. Vermutlich war es Mr. Banbury, der ihm versprochen hatte, ihn zu besuchen, und Harrys Angebot, zu ihm zu kommen, abgelehnt hatte. Es war Stolz, der den älteren Mann dazu veranlasste, in seine Kutsche zu steigen und eine Reise anzutreten, die für ihn wahrscheinlich etwas unangenehm war, aber Harry konnte ihn nicht einfach abweisen.

Eine vertraute Stimme drang an seine Ohren. „Ich werde mich einfach selbst hineinlassen. Harry wird nichts dagegen haben." *Jules.*

Harry schritt auf die Tür zu und öffnete sie, bevor der Lakai Julian ankündigen konnte. Er war genau der richtige Mann, um sich von einem Problem abzulenken, für das es keine rechte Lösung gab. Cranfield war nicht gerade dafür bekannt, ein tiefgründiger Gesprächspartner zu sein.

„Allein?" rief Harry aus, als er ihn sah. „Wo ist Lewis? Ich dachte, du kennst dich in Avebury nicht aus."

Julian spähte durch die Vordertür. „Es hat nicht angefangen zu regnen, doch Miss Rigby schien zu glauben, dass Regen drohte. Lewis begleitet sie nach Hause, falls es regnen sollte. Ich bin von Durstead Manor *herübergelaufen*, wenn du das glauben kannst."

Er sah auf seine Stiefel hinunter und schnalzte mit der Zunge. „Wir haben am Morgen Miss Tunstall und äh ... Mrs. Leatham besucht." Er folgte Harry in die Bibliothek und nahm alles mit einem Blick in Augenschein. „Kleiner, als du es gewohnt bist, wage ich zu behaupten. Doch das schien dich nie zu stören. Ich kann nicht behaupten, ich würde es verstehen."

Bei der Erwähnung von Miss Tunstalls Namen setzte Harrys Herz einen Schlag aus. Ein Anflug von Eifersucht folgte. Harry hätte sie heute beinahe besucht, hatte es jedoch für zu früh gehalten. Er wollte Julian fragen, wie es ihr heute Morgen ging, aber er wusste, dass er sich mit dem Anblick, den sie gestern Abend geboten hatte, zufriedengeben musste.

Dennoch konnte er nicht umhin, zu fragen: „Wie gut kanntest du Miss Tunstall in London?"

Julian zuckte mit den Schultern. „So gut wie jede andere, nehme ich an. Sie hat den Ruf, eine scharfe Zunge zu haben und die meisten Herren ziehen es vor, sie auf Distanz zu genießen."

„Und du?" Harry konnte nicht anders, als zu fragen, obwohl er wusste, dass er sich damit auf gefährliches Terrain begab. Julian war *keine* Seele von unergründlicher Tiefe, doch derart dumm war er nun auch wieder nicht.

Wie Harry befürchtet hatte, richtete Julian einen scharfen Blick auf ihn. „Halte dich fern, Harry."

„Was? Warum?" Harry stotterte eher, als dass er die Worte sprach, während Julian den Kopf schüttelte.

„Sie ist nichts für dich. Sie denkt nur an die neueste Mode und, so wage ich zu behaupten, an sich selbst."

Mutig, dass das von dir kommt, dachte Harry.

Unbeeindruckt fuhr Julian fort. „Ihre Zwillingsschwester, Miss Phoebe Tunstall, würde vielleicht besser zu dir passen. Sie gehört zu der sanftmütigen Art von Mädchen. Könnte Miss Anna nicht weniger ähnlich sein. Bitte sie, dich Miss Phoebe vorzustellen", sagte Julian, erfreut über seine Idee.

Harry war weniger begeistert. Das Geräusch der Räder von Sir Lewis' Kutsche, die vor der Haustür vorfuhr, ersparte ihm die Anstrengung, Begeisterung zu zeigen. Er warf einen Blick aus dem Fenster und sah Sir Lewis, der dem in der Nähe stehenden Stallknecht die Zügel übergab, ehe er den Weg entlangschritt.

„Harry!"

Harry erwartete ihn an der Haustür und fragte sich, woher die Dringlichkeit in seiner Stimme rührte. Könnte es sein, dass Miss Rigby etwas zugestoßen war?

„Harry", sagte Sir Lewis, als er bei ihm ankam. „Ich nehme nicht an, dass diese Intelligenzbestie daran gedacht hat, dich davon in Kenntnis zu setzen, dass Mrs. Leatham, wie es scheint, einen eiligen

Brief erhalten hat." Er nickte Julian zu. Sein Tonfall war zwar neckisch, doch sein Gesichtsausdruck war es nicht. „Miss Rigby und ich befürchten, dass es schlechte Nachrichten sind. Ich versprach ihr, dich aufzusuchen, doch ich versichere dir, ich hätte es auch ohne ihr Drängen getan."

Warum Harry sofort an Miss Tunstall dachte, wusste er nicht, doch er brauchte keine weitere Ermutigung, um aufzubrechen.

„Ich danke dir, dass du mir die Nachricht überbracht hast. Mrs. Foucher wird für euren Komfort sorgen. Wartet nicht auf meine Rückkehr. Ich muss gehen." Harry ergriff auf dem Weg zur Tür seinen Hut und seinen Stock, schirrte seine Carrick an und machte sich schnell auf den Weg zu den Leathams.

Als er Durstead Manor erreichte, zögerte der Butler, ihn einzulassen, was Harry nicht überraschte. Vielleicht aus Rücksicht auf Harrys Stellung im Dorf sah sich Forester gezwungen zu erklären. „Es ist nur so, dass meine Herrin einen beunruhigenden Brief erhalten hat, und ich fürchte, sie wird niemanden empfangen."

Harry nickte. „Ich bin mir dessen bewusst. Ich möchte nicht in ihre Privatsphäre eindringen, doch ich möchte jemandem, der unter meiner Obhut steht, meine Dienste als Pfarrer anbieten. Wenn Sie Miss Tunstall von meiner Anwesenheit in Kenntnis setzen, kann sie entscheiden, ob Mrs. Leatham imstande ist, mich zu empfangen."

Der Butler ließ ihn eintreten und ging dann in das Morgenzimmer. Harrys Vorschlag führte zu einem besseren Ergebnis, als er hätte vorhersagen können. Schon bald kam Miss Tunstall zu ihm in die Eingangshalle.

ANNA SCHLÜPFTE durch die Tür und ging den hallenden Korridor entlang, um Mr. Aston zu begegnen. Sobald er sie sah, ging er vorwärts, und als sie ihn erreichte, nahm er ihre Hände in seinen warmen, festen Griff.

Anna schöpfte Kraft aus seiner Berührung und sagte: „Mr. Aston, wollen Sie nicht mit mir nach draußen gehen?" Anna hatte das Gefühl, als könnte sie es drinnen keinen Moment länger aushalten. Es hatte zwar noch nicht zu regnen begonnen, doch das Wetter war nicht vielversprechend. „Mrs. Leatham geht es im Augenblick nicht gut. Wir werden nicht weit gehen."

Mr. Aston folgte ihr nach draußen, wo die grauen Wolken wie von einem lebhaften Wind getrieben über den Himmel zu ziehen schienen. Sie und Mr. Aston gingen nebeneinander über den Kiesweg entlang der Hecken. Nach ein paar Minuten des Schweigens sagte er: „Ich hoffe, Sie werden mir umgehend sagen, was geschehen ist. Sir Lewis stattete mir auf dem Weg von hier zurück einen Besuch ab und sagte, er befürchte, dass es schlechte Nachrichten gegeben habe."

„Ich bin mir nicht sicher, ob sie schlecht sind oder diese sich nur verzögern", erwiderte Anna langsam. „Emily erhielt einen eiligen Brief von ihrer Cousine, in dem steht, dass das Schiff von Captain Leatham nicht zum vereinbarten Termin eingetroffen ist und niemand etwas von ihm gehört hat. Er sollte bei seiner Ankunft bei Emilys Cousine Halt machen, ehe er nach Norden gefahren wäre. Zu dem Zeitpunkt, als sie den Brief schrieb, hatte das Schiff meines Erachtens bereits Wochen Verspätung – mehr, als erklärt werden könnte. Ihre Cousine glaubt nicht, dass es sich um eine Laune handelt oder dass sie beschlossen haben, woanders hinzufahren, denn selbst die örtlichen Marineoffiziere zeigten sich überrascht. Und Emily hat keinen Brief von Captain Leatham erhalten, in dem eine Änderung seiner Pläne angekündigt wird. Tatsächlich hat sie seit Monaten keinen mehr erhalten."

Mr. Aston runzelte die Stirn. „Wie hat Mrs. Leatham die Nachricht aufgenommen?"

„Ich will Ihnen nicht verheimlichen, dass die Sorge sie übermannt hat." Anna strich mit den Fingern leicht über die Buchsbaumhecken zu ihrer Rechten und spürte deren fedrige Berührung. „Sie weinte eine Zeit lang, und ich habe ihr ein paar Schlucke Tee eingeflößt, die sie zu beleben schienen. Ich ließ sie schlafend zurück, glaube ich."

„Haben *Sie* das Gefühl, dass es Grund zur Sorge gibt?"

Anna zuckte leicht mit den Schultern. „Ich bin niemand, der zur Sorge neigt", antwortete sie. „Aber es ist ja auch nicht mein Mann, der auf See ist. Es ist leicht, nur positive Gedanken zu hegen, wenn es nicht um unser eigenes Wohlbefinden geht."

Das einzige Geräusch war das Knirschen ihrer Füße auf den Kieselsteinen. Anna wartete darauf, dass Mr. Aston etwas sagte, und hoffte, dass er nicht irgendeine absurde Behauptung darüber aufstellen würde, dass alles in Ordnung sei – oder noch schlimmer, dass alles sicher verloren sei.

Mr. Aston blickte zu den Bäumen auf der anderen Seite des Gartens, ehe er ihren Arm nahm und ihn in den seinen legte, als ob sie sich schon viel besser kennen würden, als sie es tatsächlich taten. Mr. Aston hatte die unglückliche Angewohnheit, sie zu überrumpeln. Anna konnte sich nicht dazu durchringen, sich von ihm zu lösen, obwohl sie das Gefühl hatte, dass sie es sollte. Seine Berührung war in der Tat sehr beruhigend.

„Ich glaube, wir dürfen nicht verzweifeln, bis es sichere Nachrichten gibt, und wir müssen alles tun, was in unserer Macht steht, um Mrs. Leatham Laune aufzuhellen." Mr. Aston begegnete Annas Blick direkt. „Sie sagte mir, dass ihre Mutter bald eintreffen wird. Wissen Sie, wann sie erwartet wird?"

Anna schüttelte den Kopf und unterdrückte einen Seufzer. „Das ist wirklich bedauerlich. Emilys Mutter würde ihr viel mehr Kraft spenden als ich. Emilys Nichte und Neffe sind an Scharlach erkrankt. Ihre Mutter will Emilys Schwester nicht allein lassen, und sie fürchtet auch, dass sie, wenn sie herkommt, die Krankheit mitbringen könnte, was tödlich sein könnte."

Anna seufzte. „Ich fürchte, sie wird für einige Zeit niemanden bei sich haben, vielleicht nicht einmal bei der Geburt."

Mr. Aston nahm die Nachricht auf. „Ich bewundere die Klugheit ihrer Mutter. Scharlach ist recht ansteckend, und ihre Mutter tut vollkommen recht daran, ihren Besuch zu verschieben. Ich werde mich erkundigen, ob Lady Allinthridge jemanden im Dorf empfehlen kann, der sich um sie kümmert, während sie auf ihre Entbindung wartet – jemanden, der ihr als Begleiterin dienen kann."

Er hielt inne und schien dann seine Worte sorgfältig zu durchdenken. „Können Sie Ihren Aufenthalt in Avebury nicht verlängern?"

Anna spürte die Wärme seines Armes an ihrem und wusste tief in ihrem Inneren, dass sich hinter seiner gespielten Gleichgültigkeit ein höchst echtes Interesse an ihrer Antwort verbarg. Sie wagte es nicht, ihn anzusehen, spürte aber, dass auch er ihrem Blick auswich.

„Ich wüsste nicht, wie ich gehen könnte. Nicht jetzt", sagte Anna schließlich.

Sie spürte, wie sich sein Arm neben ihr anspannte, und blickte ihm rechtzeitig ins Gesicht, um zu sehen, wie das Lächeln von seinen Lippen verschwand. Er räusperte sich.

„Avebury wird von Ihrer Anwesenheit profitieren, denke ich, ebenso wie Mrs. Leatham", sagte Mr. Aston. „Ihnen wird es nicht an Gesellschaft mangeln, während Sie sich um sie kümmern."

„Das ist sehr freundlich von Ihnen", antwortete Anna. „Ich fürchte, Krankenschwester zu spielen, wird meine gute Laune strapazieren. Es ist eine Sache, bei einem Vergnügungsbesuch die Zeit abzuwarten, Tee zu trinken und an Soiréen teilzunehmen. Eine ganz andere Sache ist es, Emily durch die Angst und den möglichen Kummer über den Verlust ihres Mannes zu begleiten."

„Ich habe volles Vertrauen in Ihre Fähigkeiten", sagte Mr. Aston, hob die Hand gen Himmel und prüfte seinen Handschuh, um zu sehen, ob es tatsächlich zu regnen begann. Er lenkte ihre Schritte zurück zum Haus. „Tatsächlich kann ich mir niemanden vorstellen, der für diese Aufgabe besser geeignet wäre. Hinter Ihrem Humor verbergen sich tiefe Gefühle und Sie neigen nicht zur Hysterie. Ich denke, Mrs. Leatham kann sich glücklich schätzen."

Dieses Kompliment war zu direkt für Anna und sie ließ ihre Hand rasch aus seinem Arm gleiten. „Ich glaube, wenn die Rigbys und Allinthridges von der Situation erfahren, werden wir einen Weg finden, Emilys Gedanken abzulenken."

Mr. Aston schien sowohl ihr Bedürfnis nach Freiraum als auch nach einem Themenwechsel zu akzeptieren. „Sie werden gut versorgt sein", sagte er. „Es gibt da noch ein anderes Thema: Ich habe einen Brief von Mr. Howe erhalten, dem Bow Street Runner, der Sie besucht hat. Er sagte, dass es auf der Straße, die nach Beckhampton führt, einen weiteren Überfall gegeben hat, und dass man der Sache nachgeht. Sie werden sich in der Nähe einquartieren und er verspricht, uns Bescheid zu geben, sobald er mehr Informationen hat."

„Oh! Das erinnert mich an etwas." Anna drehte sich plötzlich zu ihm um, so dass sich ihre Gesichter fast berührten und ihre verräterischen Gedanken wurden von der Vorstellung durchflutet, wie es wohl wäre, sein markantes Kinn zu küssen. Sie zog ihren Kopf rasch zurück. „Als wir gestern Abend von der Rigby-Party zurückkamen, entdeckte ich den Beutel mit meinen Juwelen und Münzen auf dem Sitz unserer Kutsche. Sie waren alle da."

„Tatsächlich? Haben Sie Ihren Fahrer dazu befragt?" Mr. Aston schien ihre abschweifenden Gedanken nicht zu bemerken, denn sein Tonfall war natürlich, ein Umstand, für den Anna zutiefst dankbar war.

„Emily tat dies sofort. Der Fahrer sagte, er sei nur zu seinem ... Interesse in die Küche gegangen und habe bei seiner Rückkehr nichts Verdächtiges bemerkt." Sie näherten sich nun dem Haus und obwohl die Wolken stillhielten, spürte Anna, wie der Wind zunahm.

„Das ist in der Tat interessant. Ich kann es nicht enträtseln." Mr. Aston zog die Brauen zusammen und fingerte an dem Griff seines Gehstocks herum. „Es fällt mir schwer, die Motivation des Diebes für die Rückgabe der Juwelen zu ergründen, es sei denn, er hatte Schuldgefühle."

„Das dachten wir auch", sagte Anna und blieb stehen, um ihn anzusehen. „Ich weiß nicht, ob wir die Bow Street Runners zurückrufen sollten."

„Nein." In diesem Punkt war Mr. Aston entschieden. „Es gibt immer noch diesen letzten Akt des Straßenraubes zu untersuchen, ganz zu schweigen von der Gewalt, die Ihnen angetan wurde. Selbst wenn jemand Reue empfindet, muss er seine Reue durch seine Taten zeigen. Wenn weitere Raubüberfälle begangen werden, bedeutet das, dass nichts gelernt oder entschieden wurde."

„Nun gut", meinte Anna. „Wir werden abwarten, was sie herausfinden."

Es folgte ein weiteres Schweigen, und es schien, als ob Mr. Aston ebenso wenig bereit war zu gehen wie sie. Wohin würde sie zurückkehren? In einen Haushalt, der von Verzweiflung geprägt war. Das Bewusstsein zwischen ihnen wuchs, als sie alles ansahen, nur einander nicht, und Anna begann, sich von der Anspannung erdrückt zu fühlen.

„Ich glaube, ich muss..."

„Ich werde Mrs. Leatham nun nicht belästigen", sagte Mr. Aston gleichzeitig und brach damit sehr zu Annas Erleichterung den Bann dessen, was sich gefährlich nach Anziehung anfühlte. „Nach dem, was Sie mir erzählt haben, ist Mrs. Leatham nicht in der Lage, Besucher zu empfangen, auch nicht solche, die ihr vielleicht helfen wollen."

„Im Moment nicht. Nein, ich glaube, Sie haben recht." Dann bedauerte sie ihre Ungeduld, ihn gehen zu sehen, und fügte hinzu: „Aber ich hoffe, Sie werden bald kommen und selbst mit ihr sprechen. Vielleicht finden Sie leichter Worte des Beileids und der Unterstützung als ich."

„Ich werde morgen auf jeden Fall kommen." Mr. Aston verbeugte sich und ging. Und weil er in die andere Richtung blickte und nicht bemerken konnte, dass ihr Blick wanderte, konnte Anna tun, was sie vorher nicht gewagt hatte: sich an dem Anblick seiner Schultern weiden, die breit genug zu sein schienen, um jede Last zu tragen, die auf ihn zukommen würden, einschließlich ihrer.

Er setzte seinen Hut auf und ging über den Weg, um seinen Stallknecht zu suchen.

KAPITEL 10

Am nächsten Tag kehrte Mr. Aston nicht zurück. Emily wurde immer verzweifelter und zum ersten Mal in Annas Leben gab es keine rechte Lösung. Sie war ratlos, was sie tun sollte. Sie schickte einen Brief an ihre Schwester, um sie von ihrer späteren Abreise zu unterrichten, wies die Dienerschaft an, ihren gewohnten Tätigkeiten nachzugehen und bemühte sich, Emilys Laune zu heben.

Anna hatte noch nie erlebt, dass Emily so tief in die Verzweiflung stürzte, doch etwas Derartiges hatten sie auch noch nie gemeinsam durchstehen müssen. Ihre ganze Welt hatte aus Lachen und Partys bestanden, wie Anna es bevorzugte. Es war nicht so, dass Anna keinen Kummer kannte. Ihre Mutter war gestorben, als sie sechzehn war, und die Lücke, die sie hinterließ, konnte nicht gefüllt werden. Mrs. Tunstall war von der feinen Gesellschaft als ihrer Aufmerksamkeit unwürdig erachtet worden, weil ihre Familie ihr Vermögen im Handel gemacht hatte. Doch Annas Mutter war würdevoll und sanft gewesen – eine Frau von großem Wert –, und ihr Vater hatte keine Gelegenheit ausgelassen, ihre Tugenden hervorzuheben. Phoebe kam ganz nach ihrer Mutter.

Dann, kurz ehe Stratford aus dem Krieg nach Hause kam, hatte Anna auch noch ihren Vater verloren. Sie biss sich auf die Lippe bei der Erinnerung an diese dunklen Tage. *Daran* durfte sie nicht denken. Anna hatte ihren Vater immer besonders gerngehabt und alle sagten, sie käme nach ihm. Er war verspielt gewesen und seine sanften Sticheleien waren so subtil, dass man sich nie sicher sein konnte, ob man selbst das Ziel war. Stratford war in seiner Schulzeit auch so gewesen, doch er war in eine Rolle gedrängt worden, die er nicht mochte, und musste die Last des Unterhalts eines weitläufigen Anwesens, den Verlust seiner geliebten Eltern und das Wohlergehen seiner Zwillingsschwestern tragen. Anna war froh, dass er Eleanor gefunden hatte. Es waren nicht all die Neckereien von Anna gewesen, die ihm ein Lächeln auf die Lippen zauberten. Das hatte Eleanor erreicht.

Doch Emilys Trauer war anders als alles, was Anna bisher gekannt hatte. Wie konnte man den Verlust – oder den möglichen Verlust; man durfte die Hoffnung nicht fahren lassen – seines Ehemanns mit Gleichmut ertragen? Annas Herz trauerte zusammen mit ihrer Freundin. Also öffnete sie die Vorhänge, bestellte heißes Wasser für den Tee, sprach mit der Köchin darüber, was sie zum Abendessen zubereiten sollte, und las Emily vor, die kein einziges Wort zu hören schien. Das einzige Mal, als sie versuchte, ihrer Freundin ein Gespräch zu entlocken, stöhnte Emily nur. „John."

Anna, allein im Morgenzimmer, wollte es sich nicht eingestehen, doch sie sehnte sich danach, dass Mr. Aston heute kommen würde. *Damit er ihr in der Rolle des Pfarrers beistehen konnte.* Es war zu viel, um zu akzeptieren, dass es etwas mehr sein könnte, dass seine Anwesenheit etwas Beruhigendes haben könnte, nach dem sie sich sehnte.

Nun aber. Anna stand plötzlich auf. *Ich verfalle selbst in Melancholie, das darf nicht sein.*

Das Klopfen an der Tür ließ ihr Herz wie wild schlagen. *Mr. Aston.* Sie musste sich zurückhalten, nicht zur Tür zu eilen und sie zu öffnen, was nur zeigte, wie dringend sie Gesellschaft brauchte. Weil sie eine wohlerzogene junge Frau war, wartete Anna, bis Forresters Schritte die Tür erreichten. Er öffnete sie und verkündete: „Miss Rigby."

Anna gab acht, sich ihre Enttäuschung nicht anmerken zu lassen. „Ich freue mich sehr, dass Sie gekommen sind", sagte sie und bedeutete Miss Rigby, neben ihr auf dem Sofa Platz zu nehmen. „Emily ruht sich gerade in ihrem Zimmer aus, doch ich bin sicher, dass sie sich über Ihren Besuch freuen wird."

Hester Rigby zog ihre Handschuhe aus und nahm ihre Haube ab und legte sie neben sich auf das Sofa. „Ich weiß nicht, welche Art von Nachricht Emily in ihrem Brief erhielt, doch ich muss zugeben, dass sie mich verunsicherte. Wenn es kein Vertrauensbruch ist, sagen Sie mir bitte, was geschehen ist. Emily ist eine Freundin für mich, seit Captain Leatham sie nach Avebury gebracht hat."

Anna antwortete nicht sofort. Sie hatte nicht die Gewohnheit, anderer Leute Neuigkeiten preiszugeben, vor allem nicht bei jemandem, den sie so wenig kannte. Stattdessen fragte sie: „Sie sind allein hier? Hat Ihre Schwester Sie nicht begleitet? Machen Sie Besuche nicht gemeinsam?"

Miss Rigby lächelte ein wenig. „Am Samstag ist meine Schwester nicht mitgekommen, weil sie noch im Bett lag. Sie hat die Angewohnheit, die Stadtzeit beizubehalten, ganz gleich wo wir sind. Heute aber wäre sie sicher gekommen, wenn nicht Mr. Cranfield meinen Vater aufgesucht hätte. Mr. Cranfield betrat das Morgenzimmer nicht, solange ich noch dort war, doch ich glaube, Marianne wartet dort, in der Hoffnung, ihm zu begegnen."

„Und Sie nicht?" erkundigte sich Anna. „Empfangen Sie nicht gerne Besuch?"

Miss Rigby zuckte mit den Schultern. „Ich war auf dem Weg zu den Ställen, als er kam. Meine Mutter schickte einen Diener, um mich zurückzurufen, doch ich bat den Stallknecht zu sagen, dass ich bereits fort sei. Das war nicht schwer zu bewerkstelligen. Er weiß, wie sehr ich es liebe, zu reiten und an die frische Luft zu gehen, wann immer ich kann und wie wenig ich es mag, im Morgenzimmer zu sitzen und darauf zu warten, dass ein Herr erscheint." Sie beendete ihren Satz mit einem starken Anflug von Ironie, den Anna nicht umhinkonnte, zu wertschätzen.

„Ich bin sicher, dass es nicht lange dauern wird, bis es alle wissen", sagte Anna, die schließlich beschlossen hatte, dass man Miss Rigby vertrauen konnte, „doch ich bitte Sie trotzdem, es nicht früher als nötig zu verkünden. Ich habe das Gefühl, dass Sie es für sich behalten werden. Emily hat seit mehreren Monaten nichts mehr von ihrem

Mann gehört. Ein oder zwei Monate hätten sie nicht sehr beunruhigt, denn sie weiß, wie unberechenbar die Gelegenheiten sind, dass er sich zu melden vermag. Doch dann traf ein Brief von ihrer Cousine mit der Nachricht ein, dass das Schiff seinen Treffpunkt in der Nähe der Meerenge von Gibraltar nicht wie geplant erreicht hat. Emily ist außer sich vor Sorge."

Miss Rigby nahm diese Nachricht auf und strich ihre Handschuhe neben sich glatt. „Ihre Mutter wird bald hier sein, glaube ich."

Anna schüttelte den Kopf. „Nein, ich fürchte nicht. Ihre Mutter kümmert sich um Emilys Nichte und Neffen, die an Scharlach erkrankt sind. Emily hat niemanden, der herkommen wird." Nach einem kurzen Ringen mit sich selbst fügte sie hinzu: „Ich versprach zu bleiben."

Es klopfte erneut laut an der Haustür, und Anna hatte keine Gelegenheit, herauszufinden, wie Miss Rigby darauf reagiert hätte. Sie warteten schweigend, bis Forrester ins Morgenzimmer kam, diesmal zögernd, ehe er über die Schwelle trat. „Tom Wardle, der Diener von Mr. Aston, ist hier und möchte mit Ihnen sprechen, Miss. Was soll ich ihm sagen?"

Anna war überrascht, dass Mr. Aston jemanden an seiner statt geschickt hatte. Neugierig folgte sie dem Butler dorthin, wo Tom stand und den Blick nach unten gerichtet hatte. Sie nickte ihm zu, damit er sprach, was er auch tat, wobei er seinen Hut an der Krempe festhielt und ihn mit einer nervösen Geste in langsamen Kreisen drehte. Er war wirklich eine seltsame Kreatur.

„Miss – verzeihen Sie meine Anmaßung – ich muss Ihnen sagen, dass Mr. Aston heute nicht kommen kann. Eines der Gemeindemitglieder, Mr. Murris, hat nicht mehr lange auf der Welt. Der Pfarrer lässt sein Bedauern ausrichten, doch ich bin mir sicher, dass er kommen wird, sobald es ihm möglich ist." Nachdem er seine Nachricht überbracht hatte, trat Tom einen Schritt zurück.

„Bitte danken Sie Mr. Aston von mir", sagte Anna und wartete darauf, dass Forrester ihn hinausbegleitete. Sie ging zurück in den Salon und fühlte sich lächerlich enttäuscht. Natürlich brauchte ein Gemeindemitglied, das im Sterben lag, seinen Pfarrer. Doch das tat sie auch. Oder vielleicht brauchte *sie* ihn nicht. Sie brauchte niemanden. Aber Emily brauchte ihn und er würde heute nicht kommen.

Anna zwang sich zu einer ruhigen Miene, ehe sie das Morgenzimmer betrat. Sie verspürte keine Lust, ihr Herz auf der Zunge zu tragen.

„Es ist nur so, dass eines von Mr. Astons Gemeindemitgliedern im Sterben liegt und er deshalb heute nicht kommen kann. Um sich um Emily zu kümmern", fügte Anna hastig hinzu, aus Angst, Miss Rigby könnte die Wehmut aufschnappen, von der Anna überzeugt war, dass sie in ihrer Stimme zu hören war.

Miss Rigbys Augen zeigten Besorgnis. „Sagte Tom, welches Gemeindemitglied im Sterben liegt?"

„Mr. Morris, glaube ich", antwortete Anna, nahm Platz und bemühte sich, eine optimistische Fassade aufrechtzuerhalten. Sie würde die Last der Niedergeschlagenheit des Haushalts allein tragen müssen.

„Das kommt nicht überraschend, nehme ich an. Doch seine Familie tut mir leid." Miss Rigby faltete die Hände in ihrem Schoß und dann herrschte Schweigen. Die Luft im Raum begann, trotz Miss Rigbys Gesellschaft, einen bleiernen Aspekt anzunehmen. Es schien, als sei das ganze Dorf verflucht. Erst wurde Captain Leatham vermisst und nun starben die Dorfbewohner weg. Anna nahm einen tiefen Atemzug.

„Dieser Tom Wardle ist ein seltsamer Kerl. Er sieht einem nicht in die Augen. Ich weiß, dass einige niedere Bedienstete solche Neigungen haben, doch man gewöhnt ihnen diese normalerweise ab. Tom scheint überhaupt keine Ausbildung genossen zu haben." Sie hatte dies als eine müßige Bemerkung gemeint, doch Miss Rigby ging darauf ein.

„Es gibt tatsächlich eine Geschichte hinter Toms Anstellung", sagte Miss Rigby. „Ich weiß, dass Mr. Aston nicht möchte, dass dies allgemein bekannt wird und nur ein paar Familien wissen davon. Ich weiß es nur, weil ich Familien in Haggle End helfe, wo Tom gut bekannt ist."

Miss Rigby holte tief Luft und teilte die überraschende Nachricht mit. „Tom war einst mit Straßenräubern im Bunde und brach in Mr. Astons Haus ein, um ihn zu bestehlen."

Anna war überrascht, wollte aber nicht gleich ein Urteil fällen. Miss Rigby fuhr fort.

„Mr. Aston ertappte ihn auf frischer Tat, als er sein Haushaltssilber stahl und anstatt ihn den Behörden zu übergeben, was den sicheren Tod oder Abschiebung bedeutet hätte, drängte er Tom, sich einen ehrenwerteren Beruf zu suchen. Als Tom ihm sagte, dass es keinen gäbe, versprach Mr. Aston, ihn einzustellen und kein Wort über den Vorfall zu verlieren. Wenn jemand davon weiß, dann nur, weil Tom es den Leuten erzählt hat, nicht Mr. Aston. Diejenigen in Haggle End, die Tom kennen, waren von seiner Verwandlung am meisten schockiert. Sie hatten bereits geglaubt ihn an ein Leben als Verbrecher verloren zu haben.“

„Dass Mr. Aston eine solche Wiedergutmachung anbietet, *ist* ungewöhnlich, selbst für einen Pfarrer. Oder ich wage zu sagen, besonders für einen Pfarrer“, sagte Anna.

Miss Rigby lächelte, doch ihre Geschichte war noch nicht zu Ende. „Ich war an dem Tag da, als er zu seinen Nachbarn, den Callmans, ging, weil ich Medizin für ihren Jüngsten hatte. Tom marschierte herein und verkündete, dass er von keinem Geringeren als dem Pfarrer von Avebury eingestellt worden sei. Alle im Haus lachten ihn aus, aber er versicherte ihnen, dass es wahr sei.“

Miss Rigby lächelte leicht bei dieser Erinnerung. „Es ist jetzt sechs Monate her, dass Mr. Aston Tom eingestellt hat, und Tom scheint sich prächtig zu machen. Er hat nicht alles von seiner natürlichen Schüchternheit oder vielleicht auch Scham verloren. Doch das liegt nicht daran, dass Mr. Aston nicht versucht hat, ihn zu ermutigen.“ Miss Rigby warf Anna einen Blick zu, als wollte sie sagen: *Na, was sagen Sie dazu?*

Anna war gerührt von dieser Geschichte. Wenn es etwas gab, das sie nicht ertragen konnte, dann war es jemand, der sich schnell auf die Fehler oder Schwächen eines anderen stürzte und ihn in Stücke riss. Wäre es der Pfarrer ihrer Londoner Gemeinde gewesen, war sie sicher, dass er Tom nicht nur bei den Behörden angezeigt, sondern ihn auch vor den Bürgern der Stadt verunglimpft hätte.

Sie vermutete, dass Miss Rigby darauf wartete, dass sie etwas sagen würde, doch Anna wollte ihre innersten Gedanken nicht preisgeben.

Sie sagte lediglich: „Ihr Pfarrer scheint gut für sein Amt geeignet zu sein."

„Er ist ein guter Mann." Miss Rigby ergriff ihre Haube und Handschuhe und stand auf. „Ich fürchte, ich habe Ihre Güte zu lange strapaziert. Ich muss jetzt zurückgehen. Wie ich meine Mutter und meine Schwester kenne, werden sie sich mit Mr. Cranfield kurz unterhalten haben, und er wird jetzt schon weg sein, so dass ich tun kann, was ich will."

Anna erhob sich ebenfalls und bedauerte beinahe, dass sie Miss Rigby gegenüber so wenig entgegenkommend gewesen war. Sie brauchte Freunde, solange sie hier war, und sie wollte sich nicht zu sehr auf Mr. Aston stützen, weil sie befürchtete, dass er einen falschen Eindruck davon erlangen könnte, wie es um ihr Herz bestellt war. Das war es jedenfalls, was sie glauben wollte. Sie konnte sich nicht zu denken gestatten, dass ihr eigenes Herz in Gefahr war.

Es schien, dass Miss Rigby Annas wahrscheinlichste Verbündete für eine Freundschaft war. Es gab natürlich noch Lady Allinthridge, doch die war viel älter. Anna mochte sich nicht anmaßen, sie zu besuchen, ohne dass Lady Allinthridge vorher zu Besuch gewesen war. Mrs. Mayne war von zurückhaltender Natur, und sie war auch älter als Anna. Mit mehr Wärme, als sie seit Miss Rigbys Ankunft gezeigt hatte, sagte Anna: „Ich danke Ihnen, dass Sie gekommen sind. Ich bin mag nicht so einladend wie Emily sein, doch ich weiß Ihren Besuch zu schätzen. Wenn Sie es nicht zu aufdringlich finden, dürfen Sie mich Anna nennen."

Miss Rigby schenkte ihr ein mitfühlendes Lächeln. „Mit Vergnügen. Und ich bin Hester. Ihre Situation ist nicht einfach, Anna. Ich werde so oft oder so wenig kommen, wie Sie wünschen."

Anna überraschte sich selbst, indem sie sagte: „Ich würde mich über Ihre Gesellschaft freuen, wenn Ihre Mutter Sie entbehren kann."

Als Hester sich verabschiedete, presste Anna die Lippen zusammen, um nicht noch mehr zu sagen, was nach Verzweiflung klingen könnte. Wie sehr sie Phoebe vermisste.

KAPITEL 11

Harry hatte sich um alle Einzelheiten für den armen Mr. Morris gekümmert. Es war vielleicht eine Gnade für ihn, diese Welt zu verlassen, denn er hatte schon einige Zeit gelitten. Harry nahm die Sterbesakramente vor, obwohl er Mr. Morris nicht gut genug kannte, um sicher zu sein, dass sie wirksam waren. Mr. Morris hatte seit Harrys Ankunft in Avebury keinen Fuß in seine Kirche gesetzt. Doch Mr. Morris hatte um die Sterbesakramente gebeten und Harry würde selbst dem unwürdigsten seiner Gemeindemitglieder den kleinsten Akt des Glaubens nicht verweigern.

Die Sakramente, die Vorbereitungen für die Beerdigung und andere Details hatten Harry zwei Tage gekostet. So sehr seine Gedanken auch bei der Familie Morris und ihrem Leid waren, so sehr brannte er darauf, Miss Tunstall zu sehen. Dennoch verbrachte er seinen ersten freien Vormittag damit, zusammen mit Tom die Felder zu bestellen, um den Boden nach dem übermäßigen Regen, den sie erhalten hatten, umzuwälzen. Harry wusste, dass er tat, was nötig war, doch seine Gedanken kreisten um die Frage, wann er sich losreißen könnte, um Durstead Manor einen Besuch abzustatten.

Gerade als Harry die letzte Reihe bearbeitete, kam Squire Mayne durch den Garten auf ihn zu. Obwohl ein Besucher normalerweise ein willkommener Anblick gewesen wäre, verspürte Harry einen Anflug von Verärgerung. Er wollte nicht, dass seine Abfahrt nach Durstead behindert wurde.

Mr. Mayne rutschte beinahe im Schlamm aus, ehe er sich wieder aufrichten konnte. „Mr. Aston, erzählen Sie mir nicht, dass Sie es sich zur Gewohnheit machen, sich Ihre Hände auf diese Weise schmutzig zu machen."

Harry lehnte sich auf seine Hacke und lächelte. „Werden Sie deswegen schlecht von mir denken? Nein, um die Wahrheit zu sagen, ich bin nur an den Tagen hier draußen, an denen ich das Gefühl habe, dass es eine unfaire Belastung für meine überarbeiteten Diener ist. Ich allein trage die Schuld, wenn ich mich weigere, genügend Leute einzustellen, um das Anwesen komfortabel zu führen." Er lächelte Tom an, der seine Arbeit nur unterbrochen hatte, um vor dem Gutsherrn den Hut zu ziehen. Tom wusste wirklich nicht, wie man lächelte. Das war eines von Harrys Zielen für seine Rehabilitation.

„Gut, gut", gab Mr. Mayne zurück. „Ich mag Gentlemen, die keine Angst vor Arbeit haben. Ich habe noch nicht viele getroffen." Ohne große Vorrede kam er zum Grund seines Besuchs. „Ich erhielt einen Brief von Mr. Howe, dem Runner. In der Nähe von Calne gab es wieder einen Raubüberfall. Es ist der fünfte, seit Miss Tunstalls Kutsche überfallen wurde, doch dieses Mal gab es einen Mord. Die Wegelagerer scheinen immer rücksichtsloser zu werden."

Zu Harrys Rechten trat Tom einen Schritt vor, als ob er zuhörte. Harry sah, dass er bei der Nachricht blass geworden war.

„Diesmal fanden die Runner eine gravierte Pistole am Tatort, die nicht dem Getöteten gehört – einem Mr. Thompson, der offenbar auf dem Weg nach Swindon war, als er überfallen wurde. Er wurde in die Brust geschossen." Mr. Mayne schaute finster drein und schüttelte den Kopf. „Ich hoffe, die Männer, die dafür verantwortlich sind, werden gehängt."

Harry erwiderte etwas Angemessenes und der Gutsherr fuhr fort. „Ich weiß nicht, welche Art von Unachtsamkeit den Wegelagerer dazu veranlasste, zu fliehen und seine Pistole zurückzulassen. Tatsache ist, dass die Wertsachen des Mannes noch da zu sein schienen und Mr. Howe glaubt, dass der Räuber gestört wurde. In jedem Fall haben die

Runner nun die Pistole und das wirft sicherlich ein anderes Licht auf den Fall.“

„Wem gehört sie?“ fragte Tom. Die Worte schienen wie von selbst aus ihm herauszusprudeln. Harry blickte ihn überrascht an. Es war nicht Toms Art, vor Leuten zu sprechen, die er als über ihm stehend betrachtete.

„Sie war leicht zu identifizieren, weil der Waffenhersteller aus der Gegend stammt.“ Der Gutsherr richtete den Rest seiner Worte an Harry. „Die Pistole gehört einem Lord Ramsworth. Ah ja“, erklärte der Gutsherr. „Unser berüchtigter Vicomte, der nichts für sein Anwesen oder seine Pächter getan hat und sie in den Händen eines abwesenden Verwalters zurückließ, so dass ganz Haggle End zu einer Brutstätte von Armut und Laster geworden ist.“

Mr. Mayne blickte finster, ob der Perfidie fauler Stewards und sah dann auf, als ihm die Bedeutung seiner Worte bewusst wurde. „Deine Anwesenheit ausgenommen, Tom. Du leistest hier gute Arbeit.“

Tom murmelte etwas Unverständliches. Er war wieder der schüchterne Diener, der sich nicht zu sprechen getraute.

Harry fragte: „Und was werden die Runner jetzt tun? Haben sie über ihre nächsten Schritte gesprochen?“

„Sie wollen in Haggle End ermitteln, so glaube ich. Ich denke, sie werden in diesem Gebiet bleiben, um nach Spuren zu suchen.“

Die Nachricht ließ Harry innehalten. Es schien nur logisch, dass die Runner ihre Bemühungen hierher konzentrieren würden. Und doch hatte Harry Fortschritte dabei gemacht, einigen der Familien zu helfen, ein neues Leben zu beginnen, insbesondere den jüngeren. Er wollte nicht, dass die Gesetzeshüter das prekäre Gleichgewicht von Wiedergutmachung und Rechtschaffenheit, das er zu erreichen versuchte, störten.

„Ich danke Ihnen, dass Sie gekommen sind, um mir diese Neuigkeit persönlich mitzuteilen“, sagte er dem Gutsherrn. „Sie ist von großer Bedeutung, da sie das ganze Dorf betrifft.“

Mr. Mayne räusperte sich. Er war ein schroffer Mann, dem Sentimentalität fremd war. Zum Glück war seine Frau mitfühlend genug, um seine Ecken und Kanten abzumildern und praktisch genug, um sich nicht an seiner unverblümten Ausdrucksweise zu stören. „Ich würde

Sie nicht über das, was Ihre Gemeinde betrifft, im Unklaren lassen. Ich heiße gut, was Sie dort zu tun versuchen." Damit verabschiedete sich der Gutsherr von ihm und ging, die Hand zum Gruß hebend.

Harry reichte Tom seine Hacke. „Kannst du das für mich wegräumen? Ich muss noch fort und ich bin längst überfällig." Er eilte hinein und rief nach heißem Wasser, während er an seinem Halstuch zupfte.

„MR. ASTON IST HIER, um Sie zu sehen", verkündete der Butler. Anna dachte, sie müsste vor Erleichterung weinen. Endlich war er hier.

Was war nur über sie gekommen? Sollte sie eine solch leichte Eroberung sein? Und dabei dachte Anna stets, ihr Herz würde immer unberührt bleiben. Schließlich waren zärtliche Gefühle kein notwendiger Bestandteil für eine glänzende Partie.

„Führen Sie ihn herein", wies Anna den Diener an und legte ihr Buch auf das Sofa neben sich.

Sie stand auf, als Mr. Aston durch den Raum schritt, um sie zu begrüßen, ihre beiden Hände in seine nahm und fragte: „Wie geht es Mrs. Leatham?"

Anna tadelte seine Unverschämtheit nicht und lachte auch nicht über seinen Sinn für Dramatik, wie sie es bei jedem anderen Mann getan hätte – unter vier Augen, versteht sich. Sie konnte nur die Wärme, die sie bei seinem Anblick durchflutete, und seine festen Hände, die die ihren ergriffen, wahrnehmen.

„Ich werde Sie zu ihr bringen", sagte Anna, deren Stimme nicht so fest war, wie sie es sich gewünscht hätte.

Sie führte ihn zu dem Morgenzimmer, in dem Emily jeden Tag ein paar Stunden verbrachte, weil es nach Süden ausgerichtet und von Sonnenlicht durchflutet war.

„Wurde der Arzt gerufen?" fragte Mr. Aston, als ihre Schuhe über den glatten Parkettboden klapperten.

Anna blieb stehen und drehte sich mit großen Augen zu ihm um. „Es ist mir nicht eingefallen nach dem Arzt zu schicken. Das hätte es aber tun sollen, nicht wahr? Jemandem, der auch nur ein Minimum an gesundem Menschenverstand hat, würde es einfallen."

Mr. Aston schenkte ihr ein Lächeln statt eines bösen Wortes. „Sie sind nicht oft krank, nicht wahr?" Als sie den Kopf schüttelte, fügte er hinzu: „Die meisten Leute denken nicht daran, einen Arzt zu holen, wenn sie selbst eine Krankheit oder ein Unglück ohne viel Aufhebens überstehen."

Anna entfuhr ein kleiner Seufzer, als sie wieder weiterging und nach der Türklinke zum Morgenzimmer griff. „In meiner Familie hält man mich nicht für besonders nützlich, wenn es um praktische Dinge geht. Entweder ist das ein tief verwurzeltes Familienvorurteil, oder mir fehlt tatsächlich die Fähigkeit dazu. Doch ich habe es immer als einfacher empfunden, solcherlei von anderen erledigen zu lassen, wenn sie dazu entschlossen sind."

„Ich werde Dr. Carson bitten, Emily zu besuchen. Er kann feststellen, ob sich die Erschütterung in irgendeiner Weise auf ihr ungeborenes Kind ausgewirkt hat." Ehe Anna die Türklinke herunterdrücken und das Zimmer betreten konnte, legte er ihr die Hand auf den Arm. „Ich habe es bereits gesagt, doch erlauben Sie mir, mich zu wiederholen. Mrs. Leatham kann sich glücklich schätzen, Sie hier zu haben. Ich selbst würde mich für ein solches Arrangement entscheiden – wenn ich eine Frau wäre", fügte er hastig hinzu, wobei er verdächtig errötete.

Mr. Aston griff nach vorne und öffnete die Tür, dann trat er wieder zurück, wahrscheinlich weil er erkannte, wie unpassend es war, sie in ein Zimmer zu führen, in dem eine Frau unpässlich war – und das in einem Haus, das nicht sein eigenes war.

Anna war versucht zu lächeln, als sie den Raum betrat, doch es war leicht, den Drang zu unterdrücken. Seine Worte erweckten etwas in ihr. Sie wollte ihn auslachen, weil er dazu neigte, die Maske der höflichen Gesellschaft abzulegen, aber sie konnte es nicht. Er war zu aufrichtig, um ihn auszulachen.

„Emily, Mr. Aston ist da." Anna führte den Weg zum Sofa, auf dem Emily saß, nun aufrecht statt bequem und gekleidet, um Gäste zu empfangen.

Mr. Aston wartete nicht auf eine Einladung von Anna, sondern ging hinüber, zog einen Stuhl mit Gittermuster vor Emily und setzte sich ihr gegenüber.

„Mrs. Leatham, Sie haben einen Schock erlitten", begann er mit einer Freundlichkeit und Reife in der Stimme, die nicht zu seinen jugendlichen Locken passte. „Ich möchte Sie jedoch daran erinnern, dass noch nichts über den Verbleib Ihres Mannes bekannt ist. Ich werde tun, was ich kann, um Ihnen zu helfen alle Eventualitäten zu meistern. Fühlen Sie sich bereit, es zu versuchen?"

Emilys Augen quollen über vor Tränen, doch sie nickte.

„Gut", sagte Mr. Aston und verschränkte seine Hände, als wolle er sie auf Taten vorbereiten. „Ihre erste Priorität muss das Baby sein, das Sie in sich tragen. Ich kenne Ihr Herz zu gut, um daran zu zweifeln, dass Sie alles in Ihrer Macht stehende tun werden, um dieses Kind sicher auf die Welt zu bringen. Ich glaube, Dr. Carson wird mich dabei unterstützen, doch wir wollen nichts vom Schröpfen oder irgendetwas hören, das Ihre Kräfte schwächt. Sie müssen alle Mahlzeiten zu sich nehmen, auch wenn es nur ein wenig ist, und Sie müssen an der frischen Luft spazieren gehen. Wir hatten in letzter Zeit ein wenig Sonne, das wird sicher helfen. Miss Tunstall..."

Er wandte sich Anna zu, die die Wirkung seiner Worte auf ihre Freundin beobachtet hatte. Emily wirkte allmählich lebendiger, und ein Funke der Entschlossenheit trat in ihre Augen, in denen zuvor nur Stumpfheit gelegen hatte.

„Wollen Sie dafür Sorge tragen, dass die Routine in diesem Haus so weit wie möglich aufrechterhalten wird? Öffnen Sie die Vorhänge und lassen Sie das Sonnenlicht hereinströmen. Sorgen Sie dafür, dass die Mahlzeiten zu den üblichen Zeiten stattfinden. Wenn ich nicht irre, tun Sie all dies bereits. Und wenn Sie Mrs. Leatham überreden können, Sie bei Spaziergängen zu begleiten, dann tun Sie das bitte."

„Wenn ich kann", erwiderte Anna mit hochgezogener Augenbraue und einem Lächeln auf den Lippen, denn sie begann zu glauben, dass alles möglich war.

Die Augen von Mr. Aston funkelten. „Ich zweifle nicht daran, dass Sie alles tun können, was Sie sich vornehmen."

Ohne eine Pause zu machen, wandte er sich wieder an Emily. „Die Heilige Schrift spendet sowohl Trost als auch ungeheure Kraft, also darf ich Sie daran erinnern, sie nicht zu vernachlässigen. Ich bin schließlich Ihr Pfarrer."

„Ja, Mr. Aston", antwortete Emily, obwohl ihre Stimme demütig klang. Das war eine weitere Seite an ihr, die Anna nicht kannte.

Anna konnte nicht so sehr beruhigt werden, wie sie es sich gewünscht hätte, denn es schien, als war das Licht der Hoffnung in Emilys Augen so rasch erloschen, wie es gekommen war. *So schnell? Was für zerbrechliche Geschöpfe wir Menschen doch sind*, dachte Anna.

„Und lassen Sie eine Rückkehr zu Ihrem Humor und Optimismus sehen. Dafür sind Sie bekannt, Mrs. Leatham. Geben Sie sich nicht den Sorgen hin. Wir kennen den Ausgang von Leathams Reise noch nicht, und jeder Tag hat genug eigene Probleme."

Daraufhin lächelte Emily zum ersten Mal seit fünf Tagen. Zu Annas Überraschung füllten sich bei dem Anblick ihre eigenen Augen fast mit Tränen. Sie blinzelte sie weg. Wann war sie derart weinerlich geworden?

Mr. Aston lehnte sich zurück. „Ich könnte..."

Er zögerte, und Anna fragte sich, was ihm so schwer fiel auszusprechen. Abgesehen von der kurzen Verwirrung, die er gezeigt hatte, ehe er den Raum betrat, schien er in jeder Situation immer zu wissen, was er zu sagen hatte.

„Ich könnte möglicherweise weitere Informationen über Ihren Mann erhalten. Ich habe Verbindungen zur Navy. Ich werde einen Brief schreiben und sehen, was ich herausfinden kann", sagte er.

„Das würde mich freuen", flüsterte Emily.

Verbindungen? Wen könnte ein Landpfarrer denn in der Royal Navy kennen?

Mr. Aston ließ Anna keine Zeit, weiter darüber nachzudenken. Er stand auf und verbeugte sich vor Emily. „Ich möchte meinen Besuch kurz halten, denn ich weiß, dass es ermüdend sein kann, Gäste zu empfangen. Ich verspreche jedoch, häufig zu Besuch zu kommen. Miss Tunstall, hätten Sie die Freundlichkeit, mich hinauszubegleiten?"

Die hatte sie in der Tat. Nachdem sie Mr. Aston in den letzten Tagen ganz und gar nicht gesehen hatte, überraschte sie ihr Verlangen, Zeit in seiner Gesellschaft zu verbringen. Sie gingen in Richtung Korridor, und Anna, darauf bedacht, über etwas anderes zu sprechen als über die sich möglicherweise abzeichnende Tragödie von John Leatham, sagte: „Ihre letzte Saison in London war also das Jahr, ehe ich in die Gesellschaft eingeführt wurde. Sonst wären wir uns vielleicht begegnet."

Mr. Aston nickte. „Das wären wir möglichweise. Ich war jedoch sehr darauf bedacht, zu gehen. Ich hatte bereits begonnen, mich nach einer Stelle auf dem Land umzusehen. Im ersten Jahr besetzte ich eine freie Stelle in Bristol für einen in die Jahre gekommenen Pfarrer, der Schottland bereisen wollte, solange er noch etwas Jugend in sich trug. Danach nahm ich eine weitere befristete Stelle in Bath an. Und als diese Stellung zu Ende ging, wurde mir diese Stelle angeboten. Ich schätze mich sehr glücklich, dass ich sie bekommen habe."

„Vermissen Sie London nicht?" fragte Anna in einem Ton, von dem sie hoffte, dass er nicht zu aufdringlich klang. „Es ist schließlich der Ort, an dem sich alles abspielt. Dort werden die neuesten Ideen entwickelt, die neueste Mode wird präsentiert. Dort treffen sich die interessantesten Menschen."

„Da muss ich Ihnen widersprechen", erwiderte Mr. Aston, als sie in den Sonnenschein hinaustraten. Er half ihr mit einer leichten Berührung am Arm die breite Treppe hinunter und führte sie auf den Weg durch die Gärten, der weiter hinten auf die öffentliche Straße traf.

„Alles Interessante, was man über die menschliche Natur erfahren möchte, kann man in einer kleinen Stadt ebenso gut lernen wie in einer großen. In einer solchen Zusammensetzung von Stadtbewohnern kann man jede neue Idee oder neue Denkweise kennenlernen. Es fehlt nur an Mode, nicht an Ideen."

„Ich glaube, da irren *Sie* sich, Mr. Aston", sagte Anna und bereitete sich auf eine freundliche Diskussion vor. „Neue Ideen? Welche neuen Ideen können denn von Leuten kommen, die sich stets mit denselben Leuten treffen, stets dieselben Gesichter sehen? Das ist undenkbar. Aus diesem Grund ist das Dorfleben so festgefahren." Sie provozierte ihn auf eine neckende Weise, war sich jedoch bewusst, dass sie ihn herausforderte, das zu widerlegen, was sie für wahr hielt.

„Was ist mit Leuten wie Mrs. Mayne, der Frau des Gutsherrn, die nur durch die Lektüre von Hannah Mores *Practical Piety* ... oh, verdrehen Sie nur die Augen, meine liebe Miss Tunstall, doch haben Sie das Buch gelesen? Es brachte Mrs. Mayne auf die Idee, eine Lehrklasse für die Mädchen von Haggle End zu gründen, um ihnen die

Pflichten eines Dienstmädchens beizubringen, damit sie Hoffnung auf eine Anstellung haben. Dies führte zu Mr. Maynes Idee, eine Schule in den ärmsten Vierteln des Dorfes zu gründen, wo die Zukunft der Kinder bestenfalls aus Armut, schlimmstenfalls aus Diebstahl besteht. Ich brauchte also bei meiner Ankunft lediglich ein Projekt unterstützen, das bereits in vollem Gange war. Ich fordere Sie auf, jemanden zu finden, der derart zu neuen Ideen inspiriert ist, wie Mrs. Mayne."

Mr. Aston schenkte ihr ein neckisches Lächeln. „Und Mrs. Mayne versicherte mir, dass sie nie einen Fuß außerhalb von Wiltshire gesetzt hat. Oh, Theorie mag man in London finden, doch das Herz vermutlich nicht."

„Ja, ich habe Hannah More gelesen. Wer hat das nicht?" gab Anna zaghaft und etwas zweideutig zurück. Mrs. Mores Werke über Nächstenliebe und Güte hatten etwas in ihr berührt, doch das wollte sie nicht zugeben.

Sie fuhr fort. „Nur weil es Verstand gibt, heißt das nicht, dass es kein Herz gibt. Die Schwester von Lady Raymond hat genau das Gleiche getan. Vielleicht keine Schule, doch sie nahm fünf Waisenjungen auf, die Schornsteine putzen sollten und deren Zukunft nicht vielversprechender war als die der aufstrebenden Diebe in Haggle End. Sie übergab sie ihrem Stallknecht, der ihnen Arbeit verschaffte, sobald sie das richtige Alter erreicht hatten, und überwachte ihre Fortschritte. Die Jungen sind jetzt in drei anderen Haushalten neben dem ihrem beschäftigt. Und wenn ich Sie daran erinnern darf, dass man in London nicht so leicht Platz findet, um sie unterzubringen, wie auf dem Lande, und doch fand Lady Raymond einen Weg."

Mr. Aston verschränkte beim Gehen die Hände hinter dem Rücken und ein Lächeln umspielte seine Mundwinkel, was sie ärgerte. Wahrscheinlich verriet sie mehr von ihrer Meinung über das Thema Wohltätigkeit, als ihr grundsätzlich lieb war.

„Außerdem", fuhr Anna hartnäckig fort, „erkannte Lady Raymond bei einem der Jungen eine besondere Vorliebe für Zahlen und sie überließ ihn nicht der Obhut der Stallburschen. Sie dachte, dass sie aus einem solch begabten Jungen einen Verwalter machen könnte – oder zumindest einen Schulmeister, an dem sich andere, die in Arbeitshäusern leben, ein Beispiel nehmen könnten. Ich fordere Sie also auf zu behaupten, dass es in London kein Herz gibt."

Etwas blitzte in Mr. Astons Augen auf, als er sich ihr zuwandte. Eine Herausforderung? Nein, es sah eher nach Genugtuung aus, so als hätte sie nur etwas bestätigt, was er bereits über sie wusste. Der bewusste Blick und das langsame Lächeln, das er ihr schenkte, ließen Annas Herz pochen.

„Ich wage es nicht, Ihnen zu widersprechen", sagte er sanft. „Doch ich könnte auch entgegenhalten, dass nur weil es hier auf dem Lande Herz gibt, das nicht bedeutet, dass es keinen Verstand gibt. Mrs. Mayne ist nicht auf diese Idee gekommen, indem sie andere nachgeahmt hat, die das Gleiche tun. Sie ist von sich aus auf diese wohlwollende Idee gekommen, einfach weil sie sich von der Literatur, die sie gelesen hat, inspirieren ließ. Und sie ist eine einfache, wenn auch vornehme Frau vom Lande."

„Ich habe nie behauptet, dass Frauen vom Land keinen Verstand haben", sagte Anna und blieb stehen, um ihn anzusehen.

„Aber Sie haben es gedacht."

Anna schwieg. Sie konnte die Wahrheit in seinen Worten nicht leugnen. Mr. Aston begegnete ihrem Blick, ehe er weiterging. Irgendwie waren sie, ohne dass sie sich dessen bewusst war, schon ein Stück weit gegangen und hatten fast die öffentliche Straße erreicht.

„Kommen Sie", sagte er. „Wir werden uns wahrscheinlich nicht ganz einig werden."

Anna musste das letzte Wort haben – um Boden zurückzugewinnen, den sie in ihrem freundschaftlichen Streit verloren zu haben glaubte, obwohl sie nicht sagen konnte, ob es an der fehlenden Logik oder an dem fehlenden Schutz ihres Herzens lag.

„Ich glaube, Sie waren nicht lange genug in der Gesellschaft, um das Gute in den Menschen der hohen Gesellschaft zu sehen, und sind deshalb entschlossen, Ihr Leben in Abgeschiedenheit zu leben."

Sie warf ihm beim Gehen einen Seitenblick zu, und Mr. Aston verzog zustimmend den Mund – zumindest glaubte sie, dass es Zustimmung war. Dieses Gespräch warf ihre ganze Selbstzufriedenheit über den Haufen. Anna spürte, wie sie ihn zu ihrem Standpunkt drängte, doch warum sollte sie das tun? Er blieb stehen und drehte sich wieder zu ihr um, seine braunen Augen auf die ihren gerichtet.

„Miss Tunstall, ich gebe zu, dass ich der Gesellschaft nicht zugeneigt bin und möglicherweise Vorurteile gegen diejenigen habe, die sie lieben. Dennoch hoffe ich, dass Sie während Ihres Aufenthaltes hier eine andere Seite des Landlebens kennenlernen werden, die Ihnen besser gefallen wird. Es ist etwas in Ihnen...“

Mr. Aston griff nach ihrer Hand und sie erschrak über die Berührung, obwohl sie Handschuhe trug. Er war kühn und sie war es nicht gewohnt, auf diese Weise geführt zu werden. Doch er gab ihr keine Gelegenheit, sich zu wehren, denn er legte ihre Hand einfach auf seinen Arm und ging weiter. Dabei zog er sie dicht an sich heran und ihre Schritte passten sich einander vollkommen natürlich an. Sowohl seine Worte als auch die Wärme seiner Anwesenheit an ihrer Seite schlugen Risse in ihren Schutzwall.

„Ich sehe etwas Reines in Ihnen, Miss Tunstall, auch wenn Sie mich vom Gegenteil überzeugen wollen. Sie haben nicht die oberflächliche Eitelkeit der feinen Gesellschaft.“ „Schreiben Sie mir keine erhabenen Eigenschaften zu, welche ich nicht besitze“, begann Anna.

Mr. Aston hob die Hand und schüttelte den Kopf. „Nein. Sie haben eine Tiefe, die ich bei den Frauen, die ich in London treffe, nicht oft wahrnehme. Tatsächlich bei Frauen, die ich ganz gleich wo treffe, sei es in der Gesellschaft oder außerhalb. Das weckt in mir nur den starken Wunsch, sie hervorzulocken.“

Er blieb stehen und drehte sich wieder zu ihr um, unbewegt. Sie standen so da, bis es schien, dass sie gefangen gehalten wurde. Sie konnte ihn weder dazu auffordern, weiterzugehen, noch konnte sie sich wieder in Richtung Haus wenden. Mr. Astons Augen waren auf gleicher Höhe wie ihre. Nun war es an der Zeit, sich zurückzuziehen. Ihm zu sagen, dass er anmaßend war. Ihm zu sagen, dass er die falsche Beute verfolgte.

Anna konnte nichts sagen und das Schweigen dauerte so lange an, dass es durch die Nähe zwischen ihnen bleischwer wurde. Sie befürchtete, dass sie sich küssen würden und ihr Herz klopfte unruhig, als er seine Hände auf ihre Arme legte. In dem Moment, als er einen Schritt nach vorne machte, atmete sie scharf ein, als ob sie nach Luft schnappen würde.

Er zog sich rasch zurück und eine Kutsche kam um die Kurve. Mr. Aston zog sie von der Straße, um sie passieren zu lassen.

Sie kehrten in unausgesprochenem Einvernehmen zum Haus zurück und während sie schweigend gingen, überkam Anna ein schrecklicher Verdacht, als sie über den gefährlichen Augenblick nachdachte.

Sie hatte nicht nur Angst bei dem Gedanken empfunden, den Pfarrer von Avebury zu küssen und sich auf einen Weg zu begeben, der so sehr im Gegensatz zu allem stand, was ihr lieb und teuer war – die Erinnerung an seinen Duft, der Anblick seines Gesichtes, das sich ihr näherte, die Wärme seiner Hände, die ihre Arme umfassten und sie gefangen hielten –, sehr zu ihrer Verwirrung und Bestürzung war der Gedanke, Mr. Aston zu küssen auch aufregend gewesen.

KAPITEL 12

Harry dachte in den folgenden zwei Tagen an nichts anderes als an Anna Tunstall. Noch nie – noch nie – war er im Begriff gewesen, etwas zu tun, das so sehr über die Grenzen des Anstands hinausging, etwas derart *Unschickliches*, wie eine Frau in aller Öffentlichkeit zu küssen – und eine, mit der er nicht einmal verlobt war! Es war jenseits aller Grenzen, und Harry konnte fast nicht glauben, dass er so etwas tun würde. *Nur,* dachte er ironisch, *hast du genau in diesen Stiefeln gesteckt, als es geschah.* Vielleicht würde er das nächste Mal nicht so rasch moralisieren, wenn einem seiner Gemeindemitglieder wieder etwas Ähnliches geschah.

Die Anziehungskraft war jedoch zu stark. Da war nichts zu machen. Er musste Anna Tunstall schlicht und ergreifend davon überzeugen, dass sie beide zueinander gehörten und heiraten sollten. Harry wusste zweifelsfrei, dass sie den gleichen Zug des Schicksals gespürt hatte, auch wenn er diesen ketzerischen Begriff nicht gerne benutzte.

Dann erinnerte er sich an ihre Worte. *Ich glaube, Sie waren nicht lange genug in der Gesellschaft, um das Gute in den Menschen der hohen Gesellschaft zu sehen, und sind deshalb entschlossen, Ihr Leben in Abgeschiedenheit zu leben.* Obwohl ihre Aussage zeigte, wie wenig sie von ihm wusste, hatte Miss Tunstall einen Nerv getroffen. Er sah das Gute in den Menschen der hohen Gesellschaft nicht ohne Weiteres und zog es vor, sein Leben in der Abgeschiedenheit zu verbringen.

Harry starrte ausdruckslos auf das aufgeschlagene Buch über die frühen Schriften des Clemens von Alexandria, das er eigentlich studieren wollte, und klappte es schließlich zu. Er würde sich heute nicht so konzentrieren können, wie er es sollte, und beschloss, sich auf den Weg zum Bach zu machen, der an das Grundstück der Leathams grenzte. Er könnte ein paar Augenblicke des stillen Nachdenkens gebrauchen.

Es dauerte nicht lange, bis Harry den schattigen Wald betreten und die Holzbrücke gefunden hatte, die die beiden Seiten des Baches miteinander verband. Sie war leer. Er war einigermaßen schockiert, dass Lewis und Jules sich an sein Diktum gehalten hatten, seine Identität nicht preiszugeben, doch er war froh, dass sie es getan hatten. Vielleicht nahmen sie an, dass es bereits jeder wusste. Wahrscheinlicher war, dass sie es für einen guten Scherz hielten. Der Vorteil, dass Miss Tunstall seine Herkunft nicht kannte, bestand darin, dass jeder Ausdruck von Zuneigung oder geteilter Freude bedeutete, dass sie sie wegen seiner Person empfand und nicht wegen seiner Rolle in der Gesellschaft.

Wie seine Eltern ihm schon so früh eine solche Abneigung gegen den Adel vermittelt hatten, konnte er nicht sagen. Er wusste nur, dass er nicht wie seine Familie war. Er war nie wie sie gewesen. Vielleicht war es der Einfluss seines Kindermädchens, das sich um ihn kümmerte, nachdem Hugh nach Harrow gegangen war. Maggie war so ganz anders als seine Mutter gewesen – sanft und fürsorglich und alles, was gut war. Sie war es, die ihm von Gottes großer Liebe und seinem persönlichen Interesse an dem jungen Harry erzählt hatte.

Er hält das Leben eines jeden Menschen, ob groß oder klein, hatte sie stets gesagt. Maggie hatte nie versucht, über ihren Stand hinauszuwachsen, aber ihr Stand konnte sie nicht halten. Sie war zu würdig für ihre Position gewesen, und als sie starb, ehe er die Schule beendet hatte, hatte Harry ihren Verlust schmerzlich gespürt. Vielleicht war es die Entschlossenheit, ihr Andenken zu ehren, doch Harry war durch ihren Einfluss in seinem Leben für immer verändert worden und er konnte dafür nur dankbar sein. Je mehr er von der Gesellschaft sah, desto weniger war er daran interessiert, Teil davon zu werden.

Trotz Miss Tunstalls Worten, die darauf abgezielt hatten, eine gewisse Distanz zwischen ihnen zu wahren – so schien es jedenfalls –, war er sich sicher, dass sie etwas spürte, wenn sie Arm in Arm liefen. Hatte er es sich nur eingebildet, oder war sie ihm nähergekommen, als sie die gemeinsame Straße zwischen ihren Häusern entlanggingen, einen inzwischen vertrauten Weg? Harry sah auf und holte tief Luft. *Wie es wohl wäre, sie hier an einem meiner Lieblingsplätze zu sehen!*

Miss Tunstall war sicherlich lebhaft in ihren Debatten, doch es fehlte ihr nicht an Verstand oder Herz. Sie war vielleicht nicht bereit, so weit zu gehen die Weisheit eines anderen Standpunkts zuzugeben, aber er sah die Intelligenz in ihren Augen und wusste, dass sie seinen Ideen gegenüber nicht verschlossen war. Wenn er nur ein Zeichen dafür sehen könnte, dass sie an mehr interessiert war, als nur in der Gesellschaft umherzuziehen, wie beruhigt wäre er dann – wie froh. Es war vielleicht zu viel verlangt, zu erfahren, wo ihr Herz bei Gott stand. Wenn ihr Herz weich war gegenüber den Benachteiligten und sie die Niedrigen und Bescheidenen nicht verachtete, dann gab es noch Hoffnung für sie. Der Rest würde sich von selbst ergeben.

Es war an der Zeit, dass er zum Pfarrhaus zurückkehrte, um sich um seine Angelegenheiten zu kümmern, obwohl er alles andere als beruhigt war, was Miss Tunstall betraf. Er verließ die grüne Stille des Waldes und bog in die öffentliche Straße ein, die zu seinem Tor führte, während seine Gedanken noch immer durcheinanderwirbelten. Bislang hatte es keinen konkreten Beweis dafür gegeben, dass sein Vertrauen in Miss Tunstall gerechtfertigt war. Da war nur eine Neigung seines Herzens und die feste Überzeugung, dass sich in ihr etwas auf der Seite der Wahrheit und des Guten regte – dass die Absichten ihres Herzens tiefgründig waren. Er würde an diesem Glauben festhalten, bis ihm das Gegenteil bewiesen würde. *Und ich werde sie weiterhin aufsuchen und sehen, ob ihr Herz gewonnen werden kann.*

Harry trat durch das Tor und erreichte das Grundstück, auf dem der treue Tom gerade den Zaun um den Gemüsegarten reparierte. Er hatte sich an diesem Morgen bereits um das Vieh gekümmert. Harry bereute es keinen Augenblick, Tom eingestellt zu haben. Er war sich sicher, dass sein Grundstück noch nie so gut ausgesehen hatte.

Harry wandte sich dem Haus zu. Kaum war er eingetreten, kam ihm Mrs. Foucher entgegen. „Sir, isch 'abe nachgedacht."

Im Allgemeinen war der Akzent von Mrs. Foucher kaum wahrnehmbar, und Harry vergaß oft, dass sie Französin war. Nur das gelegentliche Auslassen des *h*, wenn sie nervös war, oder der weiche Klang bei Wörtern, die ein *ch* beinhalteten, verrieten ihre Herkunft. Es schien, dass, was immer sie auch sagen wollte, sie nervös machte.

„Was gibt es denn, Mrs. Foucher?"

„Isch würde gerne Mrs. Leatham besuchen, wenn Sie erlauben", sagte sie. „Isch 'abe das Essen schon vorbereitet und werde es mit Ihrer Erlaubnis reschtzeitig auf den Tisch bringen."

„Natürlich." Harry runzelte die Stirn. „Ich hoffe, ich habe Ihnen nie den Eindruck vermittelt, ein solcher Unhold zu sein, dass Sie sich nicht ein paar Stunden frei nehmen dürfen, um eine Nachbarin zu besuchen, vor allem eine, die in Not ist."

Mrs. Foucher schenkte ihm nicht einmal ein flüchtiges Lächeln, und ihr Akzent wurde weniger ausgeprägt, je sicherer sie wurde. „Ich glaube, ich kann Mrs. Leatham etwas Trost spenden, denn ich war in der gleichen Situation. Ich möchte sie ermuntern, den Glauben zu bewahren und ihren Mut nicht zu verlieren. Ich möchte ihr auch sagen, dass ich bereit bin, ihr zu helfen, wenn es an der Zeit für ihre Niederkunft ist, falls sie es benötigt. Dr. Carson ist manchmal unterwegs, um andere Städte zu besuchen, und ich möchte nicht, dass sie sich allein fühlt."

Harry hatte angedeutet, dass er die Geburtshilfe für eine zu heikle Aufgabe hielt, als dass sie von einem Mann der Kirche übernommen werden könnte, obwohl er eine solche Ausbildung genossen hatte. Das Wissen von Mrs. Foucher war wertvoll, auch wenn sie noch jung war, und er war froh, dass sie ihre Hilfe anbot.

„Wunderbar", gab Harry zurück. „Ich muss sagen, ich bin froh, dass ich Sie empfohlen bekommen habe, so dass ich niemanden suchen musste, der Ihre Stelle übernimmt. Ich kann mir niemanden vorstellen, den ich lieber als Köchin in meinem Haushalt hätte. Und das geht über die köstlichen Mahlzeiten hinaus, die Sie zubereiten. Ihre Sorge um die Menschen in Avebury ist für jeden im Dorf erfrischend."

Seine Ermutigung führte zu einem seltenen Lächeln und einem freudigen Erröten, das eine Narbe auf einer ihrer Wangen hervorhob. Sie hatte ihm einmal erzählt, die Narbe stamme von einem Unfall in der Küche in ihrer Kindheit, doch hatte keine weiteren Details genannt. Er fragte sich, ob sie schon immer ein Küchenmädchen gewesen war, aber sie war so verschlossen, dass er nicht gerne nachfragen wollte. Und sein Instinkt sagte ihm, dass sie eine gute Ausbildung genossen hatte, auch wenn es schwer zu erkennen war, wenn sie Englisch sprach. Sie hatte eine gewisse Kultiviertheit an sich.

„Sie sind sehr gütig, Sir." Mrs. Foucher wrang ihre Hände vor sich. „Ich möchte Sie etwas fragen, wenn ich darf. Würden Sie mich zu Mrs. Leatham begleiten?"

„Ja, wenn Sie es wünschen. Aber Sie benötigen mich nicht, um empfangen zu werden. Mrs. Leatham ist keineswegs hochnäsig und sie wird Ihre Gesellschaft begrüßen. Dessen bin ich gewiss."

„Es ist vielleicht unüblich", antwortete Mrs. Foucher. Sie hielt inne und begegnete Harrys Blick, ehe sie zur Eingangstür blickte, wo die Sonne durch die schmalen Glasscheiben zu beiden Seiten der Eingangstür schien. „Ich möchte, dass Sie hören, was ich zu sagen habe. Ich habe noch nie mit jemandem darüber gesprochen, und es ist schmerzhaft für mich, die Geschichte zu erzählen."

Wieder war da dieser flüchtige Blick, der seinem nicht ganz begegnete. „Ich möchte die Geschichte nicht zweimal erzählen, aber ich möchte, dass Sie sie als mein Pfarrer hören. Vielleicht können Sie es als eine Art Beichte auffassen, auch wenn es nicht Ihre Vorgehensweise ist."

Harry fühlte sich geehrt, ihre Beichte entgegenzunehmen, da er außer ihrem Herkunftsland praktisch nichts über Mrs. Foucher wusste. Er ging zum Beistelltisch und nahm die Handschuhe auf, die er dort hingelegt hatte.

„Sie brauchen nichts weiter zu sagen. Ich verstehe sehr gut. Erlauben Sie mir nur, meinen Mantel zu wechseln, und ich werde mit Ihnen kommen."

Mrs. Foucher knickste, zog sich zurück und ließ Harry mit

gemischten Gefühlen zurück. Er wünschte sich nichts sehnlicher, als Miss Tunstall zu sehen, und seine Köchin hatte ihm die perfekte Ausrede geliefert. Obwohl er befürchtete, Miss Tunstall durch zu häufige Besuche zu verärgern, war es eine Qual, tagelang zu warten, bis er es für richtig hielt, sie wieder zu besuchen. Mit einem Gefühl, das an schlechtes Gewissen grenzte, rannte Harry die Treppe hinauf und wechselte rasch seinen Mantel.

Als sie am Haus der Leathams ankamen, fühlte er sich verpflichtet, Miss Tunstall seine Anwesenheit zu erklären, als sie ihnen in der Eingangshalle entgegenkam.

„Mrs. Foucher hat beschlossen, ihre Geschichte mit Mrs. Leatham zu teilen, wenn wir nicht stören." Im gleichen Atemzug fügte er hinzu: „Sie bat mich, sie zu begleiten, um ihre Geschichte ebenfalls zu hören, denn ich kenne nur die kleinsten Details."

Miss Tunstalls Augen blitzten ihn mit einer Erleichterung an, die sein Herz erwärmte. *Sie ist froh, mich zu sehen!*

„Ihr Besuch kommt zur rechten Zeit, denn Emilys Stimmung ist wieder recht düster geworden. Ich war nicht in der Lage, sie aus eigener Kraft aufzumuntern, und ich glaube, Ihre Anwesenheit wird genau das richtige sein."

Ihr Lächeln war aufrichtig, und es jagte Harry einen Schauer über den Rücken. Wie schön war es doch, sie lächeln zu sehen, anstatt wie üblich ironisch die Augenbraue hochzuziehen. Miss Tunstall war noch nie so direkt in ihrer Ermutigung gewesen, und das gab ihm Anlass zur Hoffnung.

„Ich bin sicher, dass Emily Sie empfangen wird", sagte Miss Tunstall. „Lassen Sie mich erst mit ihr sprechen, um sicher zu sein."

Harry beobachtete Anna, die auf das Wohnzimmer zuging. Sie schien eher zu gleiten als zu gehen, aber ihre Schritte waren von einer gewissen Energie geprägt. Obwohl sie nie einen anderen Eindruck als den von Müßiggang vermittelte, war Harry sicher, dass sie dies absichtlich tat. Er war sich ebenso sicher, dass sie – wenn es etwas zu erledigen gäbe – nicht zögern würde, es zu tun. Er wandte seinen Blick von der geschlossenen Tür zum Morgenzimmer ab, wohin Miss Tunstall verschwunden war, und drehte sich zu Mrs. Foucher um, die ihn beobachtete. Er spürte, wie er bei ihrer Beobachtung rot wurde. Seine

Gedanken waren wahrscheinlich nur zu offensichtlich, und er war erleichtert, als Miss Tunstall zurückkehrte.

„Bitte folgen Sie mir. Emily wird Sie empfangen."

Mrs. Leatham war noch immer blass, als sie das Zimmer betraten. Harry begrüßte sie und fragte dann: „Kam der Arzt zu Ihnen?"

„Das tat er. Alles ist gut", antwortete Mrs. Leatham mit ruhiger Stimme. Das schien alles zu sein, was sie über ihren Zustand sagen würde, doch es stellte ihn zufrieden.

„Sie kennen Mrs. Foucher, glaube ich", sagte Harry und wartete, bis Miss Tunstall Platz genommen hatte, ehe er selbst Platz nahm. „Sie bat um eine Audienz bei Ihnen, weil sie etwas Wichtiges mitzuteilen hat. Sie bat auch darum, dass ich im Zimmer bleibe, wenn Sie nichts dagegen haben." Er suchte die Bestätigung von Mrs. Foucher, die nickte.

Mrs. Leatham schien noch schwächer geworden zu sein, seit Harry sie zuletzt gesehen hatte, und er fragte sich, ob sie aß. Obwohl sie nur mit großer Mühe sprechen konnte, sagte sie: „Es ist nett von Ihnen, dass Sie uns besuchen, Mrs. Foucher. Könnte Anna auch bei uns bleiben? Ich fürchte, ich erdrücke ihre Sensibilität zu oft mit meinen eigenen düsteren Gedanken, und ich möchte ihr keinen Besuch vorenthalten. Doch wenn Sie meinen, dass das, was Sie zu sagen haben, zu privat ist, wird sie das sicher verstehen."

Mrs. Foucher musterte Miss Tunstall, die ihren Blick ruhig erwiderte. Seine Köchin musste entschieden haben, dass sie etwas Vertrauenswürdiges an sich hatte – ein Gefühl, dem er sehr zustimmte –, denn sie nickte.

„Sie kann bleiben."

Mrs. Foucher sprach, als wäre sie es gewohnt, selbst Befehle zu erteilen, was Harry innehalten ließ. Wie sah ihre Vergangenheit aus, und warum hatte er dies nie zuvor an ihr bemerkt? Er war es nicht gewohnt, sie in einer anderen Rolle als der einer Bediensteten zu sehen. *Andererseits*, schimpfte er mit sich selbst, *muss ein Pfarrer über solche Gedanken erhaben sein.* Da Mrs. Foucher während des kurzen Friedens von Amiens nach England geflohen war, kam ihm nun der Gedanke, dass sie vielleicht von adliger Abstammung war und daher aus dem Land hatte fliehen wollen.

„Ich danke Ihnen, dass Sie mich heute empfangen haben, Mrs. Leatham. Ich bin nur gekommen, um Ihnen zu sagen, dass ich ein gewisses Verständnis für Ihre Situation habe und ich wollte Sie ermuntern, stark zu sein.“

Mrs. Foucher saß ganz aufrecht, die Hände im Schoß gefaltet, und nur die Starrheit ihrer Haltung ließ Harry ahnen, wie aufgewühlt ihre Gedanken waren. Harry hatte in einigem Abstand Platz genommen – nah genug, um zu hören, was gesagt wurde, aber weit genug, um Mrs. Foucher den Anschein von Privatsphäre zu geben. Anna saß auf dem Sofa neben Mrs. Leatham, und ihr Blick, der auf Mrs. Foucher gerichtet war, war schwer zu deuten, obwohl Harry sicher war, dass er Mitgefühl gemischt mit Neugierde wahrgenommen hatte.

„Ich stamme aus einer alten französischen Familie“, begann Mrs. Foucher. „Mein Name ist Marie-Madeleine Catherine Anne de Vieuxchamps. Mein Vater war ein Vicomte in der Region Burgund. Als Napoléon 1802 begann, seine Macht zurückzuerobern, beschloss mein Vater, es sei an der Zeit, zu fliehen, da es bald zu schwierig und zu gefährlich sein würde, zu bleiben. Er nahm meine Mutter, meine Schwester, mich und ... *et bien*, mein Mann begleitete uns ebenfalls. Antoine war der Sohn von Joseph Foucher, einem wohlhabenden Kaufmann, und es war eine Liebesheirat.“

Das Lächeln, das ihre Lippen umspielte, ließ Mrs. Foucher eher wie ein Schulmädchen als wie eine Dreißigjährige aussehen. „Dass mein Vater es erlaubte, schockierte alle außer mir. Mein Vater war nur daran interessiert, dass mein Mann mich liebt, dass er mein Herz beschützt und ... wie ihr Engländer sagt, ‚mir Stil bietet‘.“

„Antoine begleitete uns bis zur Grenze in Calais. Er kannte genug Leute an den Docks, um uns sicher auf ein Schiff nach England zu bringen. Vorsichtshalber ließ er uns jedoch an Bord einer von Schmugglern betriebenen Schaluppe gehen, die von den englischen oder französischen Behörden nicht entdeckt werden würde. Mein Mann wollte eine Lieferung für seinen Vater überprüfen, ehe er rechtzeitig zu uns stoßen wollte, um in See zu stechen. Als er nicht sofort kam, hätte ich es wissen sollen.“

Mrs. Leathams Augen füllten sich mit Tränen des Mitgefühls, doch

Miss Tunstall blieb nahezu stoisch. Harry konnte nur an der Falte zwischen ihren Brauen Anzeichen von Emotionen erkennen.

Bei den nächsten Worten brach Mrs. Foucher die Stimme. „Er sagte mir, ich müsse gehen, es bestünde die Möglichkeit, dass er aufgehalten werde und nicht rechtzeitig vor der Abfahrt ankomme, und dass ich mit meiner Familie gehen müsse, auch wenn er nicht da sei. Er würde nachkommen, und ich solle in London auf ihn warten.

„Wie Sie sicher schon erraten haben, kam Antoine in dieser Nacht nicht. Also gehorchte ich ihm, blieb mit meiner Familie auf dem Schiff und wir stachen in See. Wir nahmen nicht die direkte Route, denn wir mussten an einem versteckten Ort an der Küste Englands an Land gehen, anstatt den kürzesten Weg nach Dover zu nehmen. Wir waren bis in die frühen Morgenstunden mit den Matrosen zusammen auf dem Schiff und ich bemerkte, dass einige der Matrosen von einem Fieber geschüttelt wurden, von dem ich später erfuhr, dass es die Pocken waren." Die Worte schienen ihr im Halse stecken zu bleiben, und sie presste die Lippen zusammen, ehe sie fortfuhr.

„Als wir an der Küste ankamen, suchten wir Unterschlupf, doch es wurde uns keiner gewährt. Auf unserem Weg nach London schlichen meine Familie und ich uns nachts in Scheunen, um zu schlafen. Innerhalb von zwei Wochen wurden auch meine Schwester und meine Eltern vom Fieber gepackt, und kurz darauf kamen die gefürchteten Flecke. Ich weiß nicht, warum ich verschont geblieben bin. Der einzige Trost war wohl, dass wir inzwischen eine Scheune gefunden hatten, die nicht genutzt wurde und wir so nicht aus ihr vertrieben wurden, wie es an anderen Orten geschah."

Die Stimme von Mrs. Foucher war hart, als wolle sie den Kummer abwehren. „Zwei Wochen später waren sie alle tot. Ich habe sie allein auf einem verlassenen Feld begraben. Die Gräber hob ich mit einer kaputten Sichel aus, die in der Scheune gelegen hatte."

Mrs. Foucher legte bei ihrer Erzählung keine Pause ein. Es war, als ob sie, nachdem sie einmal die Schwäche der Tränen gezeigt hatte, dies nicht wieder tun würde. „Wir hatten keine Vorkehrungen getroffen, was wir tun wollten, wenn wir auf englischem Boden ankamen, und wir hatten keine Verbindungen. Wir hatten wir diesbezüglich auf Antoine gezählt. Die Schmuggler waren Antoine und unserer Sache gegenüber nicht so loyal, wie er glaubte, denn sie hatten uns mit vorgehaltenem Messer um das Geld und die Juwelen gebracht, die wir bei uns hatten, ehe sie uns an der Küste absetzten. Allein wanderte ich von Dorf zu Dorf, bis ich eine Familie fand, die so freundlich war, mich bei sich aufzunehmen. Ich hatte, als ich aufwuchs, kein Englisch gelernt, aber diese Familie hieß mich willkommen."

Der Blick von Mrs. Foucher ruhte einen Moment auf Harry. „Zu meinem Glück hatte ich zu Hause Zeit in der Küche verbracht, denn der Koch machte immer *Petits-fours* und andere Süßigkeiten, um mich zu versuchen. Ich hatte Zeit, sein Können zu beobachten, und die gute Engländerin brachte mir alles bei, was sie wusste. Ich lernte von ihr zu kochen und wurde von ihrer Dienerin sogar zur Hebamme ausgebildet. Ich konnte nicht bei ihr in Stockwell bleiben. Ich musste nach London gehen, wo Antoine mich würde finden können."

Sie schaute auf ihre Hände im Schoß. „Ich wartete sechs Jahre lang in London."

Harry nahm die Einzelheiten ihrer Geschichte schweigend auf. Er fragte sich, ob dies für Mrs. Leatham hilfreich war. War es nicht nur eine weitere traurige Geschichte, die jede verbleibende Hoffnung zunichtemachen würde? Bald hatte er seine Antwort, denn die Geschichte von Mrs. Foucher ging noch weiter.

„Als ich Frankreich verließ, trug ich ein Kind unter dem Herzen. Ich wurde nie krank, und ich weiß nicht, ob die Pocken das Kind erreicht hatten, ohne dass ich erkrankte, oder ob es einfach die Last meines Kummers war, aber im vierten Monat meiner Schwangerschaft – eine Woche nachdem ich meine Familie begraben hatte – brachte ich zu früh einen Sohn zur Welt."

Bei diesen Worten ließ Mrs. Foucher endlich ihren Gefühlen freien Lauf, schlug die Hände vors Gesicht und weinte. Miss Tunstall setzte sich neben Mrs. Foucher und legte den Arm um sie.

Nachdem sich Mrs. Foucher mit dem Taschentuch, das Harry ihr gereicht hatte, die Augen getrocknet hatte, wandte sie sich mit flehendem Blick an Mrs. Leatham. „Ich flehe Sie an, seien Sie stark, um Ihres Babys willen. Ich habe meinen Mann verloren und ich werde keinen anderen haben. Ich werde keinen anderen *nehmen*. Doch wie sehr habe ich mir all die Jahre gewünscht, dass ich meinen Sohn hätte.

Sie wissen noch nicht, was aus Ihrem Mann geworden ist. Es gibt noch Hoffnung. Bei mir sind zehn Jahre vergangen und ich kann sagen, dass es keine Hoffnung mehr gibt. Und so bitte ich Sie, stark zu sein für das Baby, das in Ihnen heranwächst, damit es Ihnen ein Trost ist, ganz gleich was auch immer noch kommen mag."

Mrs. Leatham weinte mit Mrs. Foucher und als die Geschichte zu Ende war, trocknete Mrs. Leatham ihre eigenen Tränen.

„Ich werde mir Ihre Worte zu Herzen nehmen", sagte sie, und ihre Stimme war voller Emotionen. „Danke, dass Sie sie mit mir teilen." Dieses gemeinsame Band war alles, was die beiden Frauen brauchten, um einander vollkommen zu verstehen.

Mrs. Foucher erhob sich und Harry tat es ihr gleich. „Ich werde Mrs. Foucher nach Hause begleiten", verkündete er. Er war der Meinung, dass sie vielleicht noch weiter über das, was sie offenbart hatte, sprechen musste. Es hatte sicherlich ein anderes Licht auf ihre Situation geworfen. Natürlich würde das bedeuten, dass er gehen müsste, ohne auch nur ein einziges privates Wort mit Miss Tunstall gewechselt zu haben, doch nun musste seine Aufmerksamkeit Mrs. Foucher gelten.

„Ich werde allein nach Hause gehen", sagte Mrs. Foucher, als hätte sie die Richtung seiner Gedanken verfolgt. „Sie können bleiben, wenn Sie möchten."

Und da war es wieder – dieses Selbstvertrauen, das er noch nie an ihr gesehen hatte, das ihm nun jedoch nie mehr entgehen würde. Er fragte sich, ob ihr hoher Stand etwas war, das er ansprechen sollte und suchte nach den richtigen Worten dafür.

„In diesem Fall, wenn Sie gestatten", sagte Harry und wandte sich stattdessen an die beiden anderen Frauen, „werde ich Mrs. Foucher zur Tür begleiten und für einen kurzen Besuch zurückkehren." Miss Tunstall hob ihren Blick zu ihm und nickte.

Als er seine Köchin, die einer langen Reihe französischer Adliger entstammte, zum Haupteingang begleitete, sagte Harry mit dem Anflug eines Lächelns: „Vielleicht sollten Sie nicht für mich arbeiten. Vielleicht sollte ich für Sie arbeiten."

Mrs. Foucher schüttelte den Kopf. „Ich glaube, ich weiß besser als die meisten, wer Sie sind", sagte sie, und ihre Worte überraschten ihn. Wie viel wusste sie?

Als Mrs. Foucher hinausgehen wollte, konnte Harry nicht umhin, die Frage zu stellen, die ihm seit ihrer „Beichte" im Kopf herumging.

„Ich würde gerne wissen, warum Sie um meine Anwesenheit gebeten haben, als Sie Mrs. Leatham Ihre Geschichte erzählt haben. Am Ende war nicht viel von einer Beichte dabei. So froh ich auch bin, Ihre Geschichte zu kennen, hatte ich fast das Gefühl, in Ihre persönlichen Gedanken einzudringen, denn es war kein Sündenbekenntnis nötig."

„Oh, aber es war eine Beichte", sagte Mrs. Foucher mit einem Zucken ihrer Lippen, ihr fester Blick traf den seinen. „Ich bekenne die Sünde des Stolzes, weil ich möchte, dass Sie wissen, dass ich zwar für Sie arbeite und dies auch weiterhin dankbar tun werde, es aber in einem anderen Leben nicht so gewesen wäre."

Mit diesen Worten drehte sich Mrs. Foucher um und ging den Weg zum Pfarrhaus hinunter.

KAPITEL 13

Anna, die erleichtert war, dass Mr. Aston zurückkehren und ihrem Tag eine Pause gewähren würde, betrachtete Emilys verkniffenes Gesicht. „Was für eine Geschichte", sagte Anna und hoffte, Emily würde mit ihr teilen, was sie auf dem Herzen hatte.

Emily begegnete ihrem Blick und wandte sich dann nach vorne, ohne zu antworten. Annas Herz sank. Hatte die Geschichte von Mrs. Foucher Emily nicht im Geringsten berührt?

Als Mr. Aston wieder zu ihnen stieß, sprach er über belanglose Dinge, doch Anna hatte den Eindruck, dass er Emily genauer beobachtete, als er es sich anmerken ließ. Und hin und wieder spürte Anna das Gewicht seines Blicks auf *sich*.

Schließlich stand er auf. „Ich möchte nicht zu lange bleiben, wenn Sie Ruhe brauchen, Mrs. Leatham."

Anna hatte darauf gewartet, von ihrem Stuhl aufzuspringen. „Ich begleite Sie hinaus."

Sie und Mr. Aston sprachen nicht, als ihre Schritte durch den Korridor hallten und sie durch den Sonnenschein und über den Kiesweg vor dem Haus entlang gingen. Anna war versucht, nicht nur mit ihm durch die Gärten zu spazieren, wie sie es sich zur Gewohnheit gemacht zu haben schienen, sondern weiterzugehen und nicht in diesen melancholischen Haushalt zurückzukehren, dem sie sich, zumindest für einige Wochen, verpflichtet hatte. Es überraschte sie, dass sie die Gesellschaft eines Mannes suchte, der ihr im Grunde noch immer fremd war, obwohl sie in der Vergangenheit nie auch nur den geringsten Wunsch danach verspürt hatte. Doch abgesehen davon, dass es unmöglich war, was sollte sie denn tun? Ihm nach Hause folgen? Sie hatte Emily ihr Wort gegeben.

Anna blieb kurz stehen, als der Weg auf den grünen Rasen traf, und wandte sich an Mr. Aston. Wenigstens konnte sie ihr Herz ausschütten. „Es war, als hätte Emily nichts von dem gehört, was Mrs. Foucher sagte."

Er drehte sich um und wieder war der aufmerksame Blick seiner gold-gesprenkelten Augen auf ihre gerichtet.

„Man sollte meinen, dass Emily etwas *tun* würde, dass sie sich aufraffen würde", fuhr Anna fort, obwohl sie wusste, dass sie ungerecht war. Dennoch fühlte sie sich erdrückt von der unmöglichen Aufgabe, Emilys Stimmung heben zu müssen, wenn es wenig Hoffnung gab. Trotzdem konnte Anna die Spannung, das Warten und die Untätigkeit nicht ertragen.

„Immerhin hat *Emily* nicht ihre ganze Familie verloren, und es besteht immer noch die Möglichkeit, dass ihr Mann lebt. Dr. Carson sagte, ihr Baby scheint völlig gesund zu sein. Und doch sitzt sie einfach nur da." Annas letzte Worte kamen in einem Schluchzen der Frustration heraus.

Mr. Aston nahm ihre Hand in die seine, seine suchenden Augen waren voller Verständnis. Er verurteilte sie nicht, obwohl sie es verdiente. Die Tage, in denen sie versucht hatte, für Emily stark zu sein, hatten an Annas Mitgefühl gezerrt, bis die Saiten zum Zerreißen gespannt waren.

„Jedes Herz hat seine eigene Bitterkeit." Mr. Aston drückte ihre Hand, und Anna hätte es für eine Anmaßung gehalten, wenn es ihr nicht solchen Trost gespendet hätte. Sie wartete auf seine nächsten Worte.

„Ich glaube, Sie hatten in letzter Zeit viel zu ertragen, Miss Tunstall, und es ist nicht leicht, in solchen Fällen geduldig zu sein. Kein Mensch reagiert auf Sorgen, Kummer oder sogar Freude auf die gleiche Weise wie ein anderer. Wir können das nicht von anderen verlangen. Wir sind nur Herr über unser eigenes Herz."

Er hielt ihre Hand länger fest, als er es hätte tun sollen, und sah aus, als ob er noch mehr sagen wollte. Doch schließlich ließ er sie los und trat einen Schritt zurück. „Die Rigbys geben morgen wieder eine Party, und ich nehme an, Sie haben die Einladung erhalten. Da ihre letzte Party ein Erfolg war." Er lächelte schief und murmelte: „Oder sie sind sehr entschlossen..."

Anna musste selbst herausfinden, was er meinte. Waren sie entschlossen, einen der Londoner Gentlemen für ihre Töchter zu gewinnen – und Sir Lewis war nicht weniger als ein Baron – oder ging es darum, den örtlichen Pfarrer zu gewinnen?

„Ist Avebury so arm an Menschen, dass niemand außer den Rigbys einladen kann?", fragte sie und achtete darauf, dass ihre Stimme nicht die Kritik enthielt, die sie versucht war, in ihre Frage einfließen zu lassen.

„Es gibt nicht viele Familien. Die Maynes könnten es, nehme ich an, aber Mrs. Mayne hat keinerlei Ambition und lädt nicht oft ein, weil sie befürchtet, dass die Leute ihre einfachen Mahlzeiten verachten würden. Die Leathams haben so viele Gäste eingeladen, wie es Johns Zeitplan zuließ, bis er wieder zur See fuhr. Die Allinthridges werden in einer Woche ein Abendessen ausrichten. Sie tragen zur Gesellschaft bei, ziehen es aber vor die Last des Gastgebers einer jüngeren Gruppe zu überlassen. Wir können uns also glücklich schätzen, dass die Rigbys diese Aufgabe übernommen haben."

Anna erkannte den Sinn seiner Worte und fragte sich gerade, ob Mrs. Mayne *sie* für eine Person hielt, die die einfachen Mahlzeiten des Gutsherrn verachten würde, als Mr. Aston fortfuhr. „Ich hoffe, Sie können kommen. Ich würde Sie sehr gerne dort treffen."

Anna hob ihren Blick zu ihm. „Ich weiß es nicht. Ich kann Emily nicht allein lassen." Mr. Aston dachte darüber nach, als ein Leuchten in seine Augen trat. „Es ist zwar höchst ungewöhnlich, doch ich kann Mrs. Foucher fragen, ob sie bereit wäre, sich zu Mrs. Leatham zu setzen. Wenn beide Parteien einverstanden sind, könnte *ich* Sie vielleicht begleiten."

Er musste doch wissen, dass es zu viele Spekulationen geben würde, wenn er sie allein begleitete. Es würde so aussehen, als wären sie verlobt. Anna erstarrte. *Hatte er vor, sie...*

Ohne ihre Antwort abzuwarten, schüttelte Mr. Aston den Kopf und lächelte. „Es wäre zu ungewöhnlich", gab er zu. „Doch ich werde nicht aufhören zu hoffen, Sie dort zu sehen."

Anna musste versuchen, ihre Gefühle angesichts seiner anhaltenden Aufmerksamkeit zu ordnen. Das Einzige, was sie feststellen konnte, war, dass sie sich nicht ganz sicher war, ob sie etwas dagegen hatte.

EMILY VERBLÜFFTE Anna am nächsten Tag, indem sie ihr Frühstück unten einnahm und dann ankündigte, dass sie am Nachmittag Mrs. Mayne besuchen wolle.

„Emily", antwortete Anna mit großen Augen. „Ich bin bereit, dich bei allem zu unterstützen, was dir hilft, deine Lebensgeister wiederzuerlangen, doch du hast mehrere Tage lang sehr wenig gegessen. Sollen wir nicht erst einmal einen kleinen Spaziergang durch den Park machen?"

„Ich muss Durstead verlassen", sagte Emily in einem Tonfall, der so sehr nach ihrem alten Selbst klang, dass Anna nicht wusste, ob sie sich freuen oder sorgen sollte, dass Emily einer Wahnvorstellung verfallen war. „Wir sind genug durch die Gärten hier gewandert, und es ist an der Zeit, John zu zeigen, was für eine Frau er hat. Denn wenn du in Zeiten der Not schwankst, wie gering ist dann deine Kraft?"

Anna schloss ihren Mund, der aufgeklappt war. „Dann bin ich bereit, dich zu begleiten." Sie zögerte, ehe sie den Tisch verließ. „Der Arzt sagt, er ist sicher, dass du Kutsche fahren darfst?"

„Dr. Carson sagte, das Wichtigste sei, mich mit allen Mitteln bei guter Stimmung zu halten. Er gab seine Zustimmung zu kurzen Kutschfahrten, wenn ich nicht selbst fahre. Zuerst hatte er vom Schröpfen gesprochen, doch als ich erwähnte, dass Mr. Aston es für nötig hielt, änderte er seine Meinung, kannst du dir das vorstellen? Ein Arzt, der auf einen Pfarrer hört."

Anna unterhielt sich weiter, obwohl sie sich nach vierzehn Tagen, in denen sie sich nur mit sich selbst unterhalten hatte, wie in einem Traum fühlte. „Ich muss dankbar dafür sein. Schröpfen, in der Tat. Ich kann mir nicht vorstellen, dass es dir guttut, dich weiter zu schwächen. Und es könnte dir schaden."

„Du musst es natürlich am besten wissen", erwiderte Emily mit falscher Sanftmut. „Wenn die Ärzte nur auf dich hören würden."

„Gesunder Menschenverstand ist eine Gabe, die man nicht erlernt." Anna ging zu Emily hinüber und gab ihr einen liebevollen Kuss auf die Wange. Solange ihre Freundin zu ihrem alten Selbst zurückzukehren schien, würde Anna nichts tun, um sie daran zu hindern. „Und wie ich sehe, strotzt du vor gesundem Menschenverstand, also lass uns aufbrechen, ehe er flieht."

Emily hatte nicht daran gedacht, Anna über den Zweck ihres Besuchs zu informieren, bis sie fast angekommen waren, aber das Treffen wurde anberaumt, um die Arbeit an den gemeinsamen Projekten fortzusetzen, die für die Schule, die in der armen Gemeinde von Avebury eingerichtet werden sollte, notwendig waren. Als sie im Haus der Maynes ankamen, befanden sich Hester und zu Annas Überraschung auch Marianne bereits mit Mrs. Mayne im Wohnzimmer und nähten Schürzen für ihre zukünftigen Zofen in Ausbildung. Anna hatte Marianne seit der letzten Feier nicht mehr gesehen, da sie sich entschieden hatte, den Sonntagsgottesdienst auszulassen, um bei Emily bleiben zu können. Noch ehe sie und Emily Platz genommen hatten, wurde der Grund für Mariannes Anwesenheit deutlich.

„Sir Lewis. Mr. Cranfield", verkündete der tüchtige Diener der Maynes. Anna war ratlos, was sie dazu bringen könnte, die Frau eines örtlichen Gutsherrn zu besuchen, als Hesters Augen aufleuchteten und sie aufstand, um sie zu begrüßen, als wäre es ihr eigenes Wohnzimmer, ehe sie ziemlich abrupt wieder Platz nahm. Da dämmerte das Verständnis in ihr. Anna warf einen Blick auf Sir Lewis und glaubte, eine gewisse Erwiderung von Hesters Wertschätzung zu sehen.

Ich habe etwas verpasst, überlegte Anna.

Mrs. Mayne lud die beiden Herren ein, Platz zu nehmen, und sagte, sie würden gleich Tee trinken, doch sie würde ihnen auch etwas Stärkeres bringen, wenn sie dies wünschten. Sir Lewis erwiderte, Tee wäre ihm sehr recht, und Mr. Cranfield verbeugte sich leicht, als er neben Marianne Platz nahm.

Die Tür öffnete sich erneut, und dieses Mal kündigte der Diener Mr. Aston an. Anna hob ihren Blick, um zu sehen, wie er die Gastgeberin begrüßte, und dann schaute sie schnell weg, ehe er sie beim Starren erwischen konnte. Ihr Herz schlug seltsam heftig. Würde er sich zu ihr setzen? Sie glättete die Schürze auf ihrem Schoß, und ihre Finger zitterten leicht, als sie einen Faden in die Nadel einfädelte.

Emily hatte es sich bequem gemacht und ein Gespräch mit Hester begonnen, während Sir Lewis einen freien Platz einnahm. Als Mrs. Mayne wieder Platz genommen hatte, unterhielt sich Sir Lewis weiter mit seiner Gastgeberin und warf dabei verstohlene Blicke auf Hester. Anna wollte in ihrer eigenen Wertschätzung für Mr. Aston nicht derart auffallen, also neigte sie den Kopf und konzentrierte sich auf das Projekt, obwohl sie Nähen überhaupt nicht mochte.

Marianne sprach mit leiser Stimme, die von liebevoller Sorge erfüllt war und die Anna nicht im Geringsten täuschte, zu Mr. Cranfield. „Es ist ein Wunder, Mrs. Leatham endlich hier zu sehen", sagte Marianne. „Wie ich höre, hat es Probleme mit ihrem Mann gegeben."

„Was Captain Leatham betrifft, ist nichts sicher, und wir müssen das Beste hoffen." Anna verabscheute Plattitüden, doch sie zog es vor, sie vorzutragen, als in gemischter Gesellschaft über das Privatleben ihrer Freundin zu sprechen.

Marianne unternahm einen weiteren Versuch. „Heute Abend findet unsere Dinnerparty statt. Wir haben Ihre Zusage noch nicht erhalten, doch es ist noch nicht zu spät, wenn Sie kommen möchten. Jeder in Avebury wird kommen. Ist es nicht so, Mr. Cranfield?"

Nachdem er zugestimmt hatte, wandte sich Marianne wieder an Anna und flüsterte: „Ich hörte, Sie gehen nicht mehr aus, seit Emily unpässlich ist, doch vielleicht können Sie heute Abend dabei sein."

Anna riskierte einen Blick auf Mr. Aston und stellte fest, dass er sie ansah. Er zwinkerte ihr heimlich zu, was sie für über die Maße kühn hielt, obwohl sie versucht war, mit einem Lächeln zu antworten. Mr. Aston nahm sich ständig Freiheiten heraus und sie sollte ihnen ein Ende setzen, doch bei ihm fühlte es sich nicht nach Freiheiten an.

„Ich denke noch darüber nach", sagte sie zu Marianne. „Ich muss noch sehen, wie ich einen Weg finden kann. Möglicherweise komme ich mit einer Dienerin."

Sie machte keine weiteren Versprechungen. Zu ihrer Erleichterung rief Mrs. Mayne alle zur Aufmerksamkeit auf. „Wir sind alle aus einem bestimmten Grund hier, doch inwieweit Sie sich beteiligen wollen, liegt ganz bei Ihnen. Die Frauen haben Nähprojekte für die Schürzen der Mädchen, die sie zu Hause fertigstellen können. Und die Männer werden, wenn es Ihnen nichts ausmacht, ein wenig rustikal zu werden, diese Papierbündel zusammenbinden und Stapel aus den Vorräten machen, die wir für jedes Kind besorgt haben. Ich danke Ihnen für Ihre Hilfe, und da der Teil der Männer nicht allzu lange dauern sollte, werde ich damit warten, Erfrischungen zu reichen, bis wir fertig sind."

Die Konversation wurde zu einem leisen Summen müßiger Gespräche und jeder konzentrierte sich auf die anstehenden Projekte. Mr. Cranfield erregte Mariannes Aufmerksamkeit, wie Anna sich sicher war, dass sie es gewünscht hatte. Dies bedeutete, dass Mr. Aston sich auf einen Platz nicht weit von Anna entfernt setzen konnte und mit einem neckischen Lächeln sagte: „Gut, dass Sie diejenige sind, die mit dem Nähen beauftragt wurde, denn ich würde es sicher verpfuschen."

„Ich bin mir nicht sicher, ob meine Arbeit viel besser sein wird. Meine Nähte haben noch nie auch nur das leiseste Lob hervorgerufen." Anna konzentrierte sich auf die Naht, die sie zu nähen versuchte, aber sie spürte das Gewicht seines Blickes.

„Sie könnten mir helfen, diese Papiere zu stapeln und sie mit Schnüren zubinden." Sie konnte die Neckerei in Mr. Astons Stimme hören und schürzte ihre Lippen.

„Ich wage es nicht, den Tadel zu riskieren", antwortete sie schüchtern. „Da die Frauen alle nähen, muss ich mein Scherflein beitragen, so dürftig es auch sein mag."

Marianne plauderte ununterbrochen zu Annas Linken, und Emily unterhielt sich leise mit Hester. Anna war froh darüber, denn Emily brauchte andere Gesellschaft als sie. Anna war nicht immer die Geduldigste, wenn es um das Leiden ihrer Freundin ging, insbesondere, wenn sie frustriert war, weil sie nichts tun konnte, um es zu lindern, doch sie liebte Emily wirklich. Nach dieser ersten Reaktion auf Sir Lewis'

Ankunft sprach Hester nicht mehr mit ihm, doch Anna sah, wie er ihr mehr als einmal diskrete Blicke zuwarf.

„Haben Sie noch weiter darüber nachgedacht, ob Sie heute Abend kommen?" Mr. Astons Stimme, leiser als sonst, drang an ihr Ohr. „Ich bin sicher, dass es zu viel für Mrs. Leatham sein wird, doch Mrs. Foucher hat sich bereit erklärt, sich zu ihr zu setzen, damit Sie kommen können." Seine Ohren wurden rot. „Sie dachte, Sie könnten Ablenkung benötigen, nachdem Sie die ganze Woche bei Emily waren."

Anna zog es vor, die Andeutung zu ignorieren, dass Mr. Aston und Mrs. Foucher ihre Situation besprochen hatten. „Emily hat mich gedrängt zu gehen, als wir heute Morgen vorbeigefahren sind. Ich dachte nicht einmal, dass sie ihre Einladungen durchgelesen hatte." Sie begegnete seinem Blick und fügte hinzu: „Ich denke, ich werde kommen und eines von Emilys Dienstmädchen mitnehmen."

Als Anna sah, dass ihm die Nachricht gefiel, beugte sie den Kopf wieder über ihren Stoff und ihr Herzschlag beschleunigte sich. Es schien, als könne sie es nicht ertragen, seinem Blick zu begegnen, ohne dass das Tempo ihres Herzschlags in die Höhe schoss, und das störte sie in ihrem Seelenfrieden.

Um Himmels willen, ich bin ja albern wie ein Schulmädchen, dachte sie und ärgerte sich über sich selbst.

KAPITEL 14

An diesem Abend widmete Anna ihrer Toilette besondere Aufmerksamkeit und war mit dem Ergebnis ihrer Frisur zufrieden. Normalerweise hielt sie sich von den kurzen Locken fern, die ihr Gesicht umrahmten und die in London so in Mode waren, und zog ein strengeres Äußeres vor, das besser zu einer Frau passte, die sich gerne prätentiös gab. Für diesen Anlass erlaubte sie Emilys Zofe, ihr Haar in eine weichere Form zu bringen. Die Sommerluft war kühl, und sie trug ihren Jonquil Spencer, der ihren Hals bedeckte und sie warmhielt.

Es war seltsam, nur mit einem Dienstmädchen in die Kutsche zu steigen, mit dem man natürlich nicht über die Abendunterhaltung spekulieren konnte. Peggy war kultiviert und gut ausgebildet, im Gegensatz zu Beatrice, doch Anna konnte mit einem Dienstmädchen nicht mehr als die einfachsten Gegebenheiten austauschen. Sie fragte sich erneut, was aus der Frau geworden war, die sie auf ihrer Fahrt aus London begleitet hatte. Niemand verdiente eine solch schlechte Behandlung, wie sie Beatrice offenbar widerfahren war, und Anna hoffte, dass sie irgendwie entkommen war.

Anna vermisste auch Phoebes Anwesenheit und lernte, dass nicht einmal eine Freundin sie ersetzen konnte. Als Zwillinge war es nur natürlich, dass sie unzertrennlich waren, und Anna hatte angenommen, dass ein Aufenthalt mit Emily ähnlich sein würde. Sie würden herumtollen, Klatsch und Tratsch austauschen und über ihre Mitmenschen lachen. Wie sehr hatte sie sich doch geirrt.

Anna starrte mit leerem Blick auf den unbesetzten Sitz vor ihr in der Kutsche. Trotz ihrer Gefühle musste sie sich eingestehen, dass nichts sie davon abgehalten hätte, sich die Gelegenheit entgehen zu lassen, Mr. Aston wiederzusehen. *Bin ich tatsächlich dabei, mich zu verlieben?* Sie kannte die Antwort und es erschreckte sie, dass es ihr nichts ausmachte. Vielleicht hatte es etwas für sich, in die Anonymität zu schlüpfen und Teil einer kleinen dörflichen Gesellschaft zu werden, in der man nur ein ruhiges Leben führen und jeden Tag in so offene, lächelnde Augen wie die seinen blicken musste.

Als sie ankamen, übergab Anna ihren Spencer einem wartenden Diener, und das Dienstmädchen ging nach unten zu den anderen. Peggy war glücklich, denn das bedeutete auch für sie einen Abend voller Unterhaltung. Anna ging direkt zu den Rigbys, um sie zu begrüßen, ehe sie sich auf den Weg zu den Allinthridges und Maynes machte, die ebenfalls eingeladen worden waren. Mrs. Mayne fühlte sich vielleicht nicht in der Lage, als Gastgeberin zu fungieren, doch die Familie war sicherlich vornehm genug, um eingeladen zu werden.

George Mayne, den Anna bei ihren beiden Begegnungen mit anderen Herren seines Alters lachend und scherzend gesehen hatte, stand mit verschränkten Armen in der Ecke und sah Mr. Cranfield finster an. Das Bild konnte Anna nur amüsieren, auch wenn sie es nicht zeigte. George würde schnell genug über seine Jugendliebe hinwegkommen und hoffentlich eine Frau finden, die seiner würdiger war. Je mehr Anna von Marianne sah, desto mehr war sie davon überzeugt, dass die Frau eine entschlossene Kokette war. Es musste eine Qual sein, sie zur Schwester zu haben, dachte Anna und warf einen Blick auf Hester, die, nachdem sie George beobachtet hatte, einen Schritt in seine Richtung machte.

„Da sind Sie ja."

Anna drehte sich mit einem Lächeln zu der Stimme um. Mr. Aston war gekommen, gekleidet mit jener schlichten Eleganz, die man nur bewundern konnte. Wie konnte ein Landpfarrer einen solch ausgezeichneten Schneider haben? Kein Mann in London konnte es ihm gleichtun, was den Schnitt seines Mantels und die Art und Weise, wie seine Kleidung seinen Körper modellierte, anging. Sein steifes weißes Halstuch, das mit schlichter Eleganz gebunden war, unterstrich nur noch die markante Kieferpartie, die weißen Zähne und die strahlenden Augen.

„Da bin ich", sagte Anna und verzog den Mund. „Ich glaube, Peggy war froh über einen Vorwand, mich zu begleiten, damit sie sich zu den anderen Bediensteten gesellen konnte. Sie ließ mich wissen, dass ihre Cousine unter den Bediensteten sein würde und sie den anderen vorstellen würde."

Sie standen in der Nähe einer der Nischen im hinteren Bereich. Frische Luft strömte durch ein offenes Fenster herein und der leichte Abstand zur Menge verlieh ihrem Gespräch einen Hauch von Intimität.

Obwohl nicht viele Leute in der Nähe waren, stellte sich Mr. Aston dicht neben sie und beugte sich vor, um sie zu fragen: „Würden Sie mir die Ehre erweisen, den nächsten Tanz mit mir zu tanzen? Und auch den letzten für mich zu reservieren?"

Anna wusste, dass ihr Herz in Gefahr war. Noch nie hatte eine Aufforderung zum Tanz eine so große Bedeutung für sie gehabt. Noch nie hatte sie in einem überfüllten Ballsaal einen Blick auf einen bestimmten Herrn erhaschen wollen, nur um dann Aufregung zu empfinden, wenn er plötzlich an ihrer Seite erschien. Ihr gegenseitiges Verständnis war gewachsen und es schien sie zu einer Art Verpflichtung zu drängen, ohne dass sie ihrer Schwester überhaupt geschrieben hätte, was sie empfand. Im ersten Brief an sie hatte sie ihn nur kurz erwähnt. Vielleicht würde ihr zweiter Brief mehr verraten.

„Sie dürfen die beiden haben", sagte Anna und erwiderte sein Lächeln. Wie untypisch für sie das alles war.

Während sie darauf warteten, dass der erste Satz begann, fragte Mr. Aston: „Wie haben Sie Mrs. Leatham zurückgelassen?"

„Die Anstrengung des morgendlichen Besuchs hat sie erschöpft, wie ich mir dachte", antwortete Anna, den Blick auf die Menschenpaare gerichtet, die sich vor ihr bewegten. „Doch ich glaube nicht, dass es ihrer Seele geschadet hat. Ich glaube sogar, dass es ihr viel besser geht, als es ihr seit dem Erhalt des Briefes ergangen ist.“

Mr. Aston nickte zufrieden. „Wie versprochen, habe ich einen Brief nach London geschickt, um zu sehen, was ich über Leathams Aufenthaltsort herausfinden kann.“ Bei einem so direkten Hinweis darauf musste Anna ihre Neugierde befriedigen. „Wen kennen Sie in der Royal Navy so gut, dass Sie sich in einer solch heiklen Lage an ihn wenden können? Es kommt nicht oft vor, dass jemand, der so weit von der Gesellschaft entfernt ist, diese Art von Verbindung hat.“

„Sie finden mich derart weit von der Gesellschaft entfernt?“ Mr. Aston warf ihr einen Blick zu, der sie überraschte und ihn hitziger erscheinen ließ, als sie es gewohnt war. Ihr Herz klopfte langsam. Auch diese Seite an ihm gefiel ihr. „Ich habe in Harrow und Oxford studiert“, sagte er.

Anna spürte, dass sie ihn verärgert hatte oder dass sie vielleicht seinen Stolz verletzt hatte. „Ich meinte nicht weit unter der Gesellschaft“, korrigierte sie. „Ich meinte nur weit weg. In den meisten Fällen muss man in London sein, um am Puls des Geschehens zu sein. Deshalb möchte ich auch immer dort sein. Ich kann es nicht ertragen, wenn es etwas Neues gibt, von dem ich nichts weiß.“

Mr. Aston äußerte sich nicht zu ihrem letzten Gedanken, den sie nicht laut auszusprechen beabsichtigt hatte. Später würde sie sich fragen, ob er wusste, wie schwer es für sie war, eine Verbindung mit ihm auch nur in Betracht zu ziehen.

Er beantwortete nur ihre Frage. „Es ist eine Verbindung meines Vaters.“ Damit musste Anna annehmen, dass sein Vater in London ansässig war und vielleicht jemanden kannte, der Kontakte zur Marine hatte. Mein Gott, was war er doch für ein verschlossener Mann, trotz seiner offenen und entspannten Art.

Sie nahmen ihre Plätze ein und der Tanz mit ihm brachte ihr Herz auf eine Weise zum Singen, wie sie es noch nie erlebt hatte. Seine Bewegungen waren anmutig und leicht, doch es war die Art und Weise, wie er sie hielt, auf diese starke, bewusste Art, die ihre Seele berührte. Mr. Aston wusste, was er wollte, und obwohl er mitfühlend war, war er nicht verweichlicht. Anna war noch nie jemandem wie ihm begegnet, und es schien, als könne ihr Herz dieser machtvollen Kombination nicht widerstehen.

Der Abend verging schnell und Anna war darauf bedacht, Mr. Aston nicht zu sehr zu bevorzugen, um das Getratsche nicht in Schwung zu bringen, aber das war nicht leicht. Nachdem sie eine Runde mit ihm getanzt hatte, bemühte sie sich, den anderen, die sie zum Tanzen aufforderten, ein ebenso großzügiges Lächeln zu schenken, sogar dem jungen George Mayne.

Am Ende des Tanzes trat George vor lauter Nervosität auf den Saum ihres Kleides, was einen kleinen Riss verursachte. Da er es nicht bemerkte und sie ihn nicht kränken wollte, knickste Anna, bedankte sich bei ihm für den Tanz und sagte, sie habe versprochen, mit Miss Rigby zu sprechen, also müsse er sie nicht zu den Erfrischungen bringen. Das war die einzige Ausrede, die ihr einfiel. Glücklicherweise war Hester in diesem Moment nicht in Sichtweite, so dass Anna vorgeben konnte, sie zu suchen.

Anna schlüpfte in ein dunkles, ruhiges Zimmer am Rande des Korridors. Sie ging zu der Fensternische, durch die dank Mond und Laternen, die im Garten angezündet worden waren, genügend Licht einfiel. Auf der Fensterbank befand sich ein gepolsterter Sitz, und sie konnte sowohl die Ruhe als auch die Möglichkeit, die Füße hochzulegen, genießen. Mit dem winzigen Nähzeug, das sie in ihrem Täschchen verstaut hatte, flickte Anna den Saum.

Sie hätte den Riss wohl auch so lassen können, ohne dass es jemand bemerkt hätte, doch sie zog es vor, in keiner Weise nachlässig zu sein. Außerdem bestand immer die Gefahr, dass der Riss schlimmer und damit sichtbar werden könnte. Als Anna mit dem Säumen fertig war und alles zu ihrer Zufriedenheit aussah, steckte sie das Nähzeug zurück in ihr Täschchen und kehrte zur Tür zurück. Sie wollte gerade die Klinke ergreifen, um hinauszugehen, als sie die Stimme von Marianne Rigby auf der anderen Seite der Tür hörte.

„Wie ist Miss Tunstall denn in London?"

Anna machte einen raschen Schritt zurück. Sie hatte nichts Falsches getan, aber sie wollte nicht allein in einem Zimmer erwischt werden, das für Gäste nicht zugänglich war. Nun war sie so lange darin gefangen, wie Marianne – mit wem auch immer – beschloss, zu bleiben.

Mr. Cranfields frivole Stimme drang zu ihr vor. „An ihrer Kleidung kann man nichts aussetzen. Natürlich ist sie nicht so lebhaft und charmant wie Sie, Miss Marianne."

Es gab eine Pause, und Anna konnte sich nur vorstellen, welche Taktiken des Flirtens er in diesem Moment einsetzte. Ihr Fuß tippte in seinem Pantoffel und wollte das Paar Kraft ihrer Gedanken dazu bringen weiterzuziehen. Sie würde ihren Zufluchtsort nicht verlassen können, wenn die beiden vor der Tür ihr Lager aufgeschlagen hatten.

„Nun, ich kann nicht erkennen, dass sie besonders hübsch ist. Hester erzählte mir, dass Miss Tunstall von der Gesellschaft für recht geistreich gehalten wird, doch ich weiß nicht, wie das sein kann. Ich bin sicher, dass ich in der ganzen Zeit, die wir zusammen verbracht haben, kein einziges kluges Wort von ihr gehört habe."

„Oh, ich nehme an, einige behaupten, sie sei eine Schönheit – Sie dürfen bitte nicht derart an meinem Mantelärmel ziehen; mein Kammerdiener hat ihn genauso gebügelt, wie ich es mag – doch Miss Tunstall ist überhaupt nicht nach meinem Geschmack. Ich bevorzuge Brünette."

Wieder herrschte Schweigen. Anna ertappte sich dabei, dass sie genauer hinhörte und hoffte, dass ihr *Tête-à-Tête* nicht zu einer Indiskretion in dem Zimmer führen würde, in dem sie sich versteckte.

„Und wenn sie geistreich ist", fuhr Mr. Cranfield fort, „dann entgeht mir das, denn ich verstehe nicht die Hälfte von dem, was sie sagt. Ich glaube, Miss Tunstall gehört zu denen, die eine Zeit lang in Mode sind, doch nicht die Art von Qualität besitzen, die von Dauer ist. Ihre Schwester, Phoebe, ist bereits verblasst. Sie hatten beide zwei Saisons ohne ein einziges Angebot, soweit ich sehen kann. *Sie* werden hingegen wahrscheinlich für Furore sorgen, wenn Sie nach London gehen."

Marianne kicherte. „Da bin ich mir sicher. Und Sie werden wahnsinnig vor Eifersucht sein, wenn Sie all die Verehrer sehen, die ich mir zugelegt habe."

„Ich werde zweifellos ganz grün werden."

Die Stimmen wurden leiser, als die beiden auf den Ballsaal zusteuerten. Anna war erleichtert, dass sie unbemerkt entkommen konnte. Die Worte hatten wehgetan, was sie überraschte. Normalerweise war es ihr egal, was die Leute dachten, doch obwohl sie es von Leuten wie Marianne Rigby erwartete, hatte sie gedacht, dass zumindest Mr. Cranfield nichts an ihr auszusetzen hatte – auch wenn sie viel an ihm auszusetzen hatte. Trotzdem hatte sie gedacht, dass er einen positiveren Eindruck von ihr hatte.

Sie beschloss, dass man Männern nicht trauen konnte, die Wahrheit zu sagen. Noch während sie das dachte, schwebte eine Vision von Mr. Astons vertrauenswürdigem Gesicht vor ihrem inneren Auge. *Wenigstens gibt es einen Mann, der sein wahres Wesen nicht verbirgt. Ich werde immer wissen, woran ich bei ihm bin.*

Anna betrat wieder den Ballsaal, und Mr. Aston suchte ihren Blick auf der anderen Seite des Raumes, als hätte er einen Blick auf sie erhaschen wollen. Er war nicht so indiskret, sie anzulächeln, doch sie sah die Wärme in seinen Augen, als wolle er ihre gute Meinung von ihm bestätigen. Wie versprochen, beanspruchte er den letzten Tanz des Abends für sich und sie konnte nicht länger leugnen, dass er der angenehmste Partner war, den sie je gehabt hatte. Es gab keine peinlichen Pausen oder langweilige Gespräche und die Berührung seiner Hand begeisterte sie. Mr. Aston hatte sie für andere Tanzpartner verdorben.

Als der Tanz endete und es Zeit war, sich auf den Heimweg zu machen, holte Mr. Aston ihren Mantel, ließ die Kutsche kommen und ließ nach Peggy in dem Bedienstetenquartier schicken, damit sie kam, um sie zu begleiten. All dies geschah mit Diskretion. Er bemühte sich, so dachte sie, seine wachsende Zuneigung zu ihr vor den Augen der anderen Anwesenden zu verbergen. Als er ihr eine gute Nacht wünschte, war er konzentriert.

„Ich werde Sie morgen aufsuchen", sagte er, „und ich hoffe, dass ich eine Privataudienz bei Ihnen haben kann." Er ergriff ihre Hand und drückte sie ganz bewusst.

Anna lächelte und erwiderte die Geste, ehe sie in die Kutsche stieg. „Ich werde zu Hause sein."

Auf der Heimfahrt in der Kutsche war Peggy zum Glück schweigsam, was Anna sehr recht war. Es gab zu viele Emotionen – zu viele Ängste, die sie verarbeiten musste, zusammen mit einem leichten Gefühl des Schocks. Doch es schien, als sei das Glück auf der Tagesordnung. Morgen würde es einen Heiratsantrag geben. Dessen war sie sich sicher.

Ich sollte besser Phoebe schreiben.

Der Gedanke ernüchterte sie sogleich. Ihre Gefühle in Worte zu fassen, würde sie wahr machen. Doch was sollte sie ihrer Schwester sagen? Dass sie den Antrag eines örtlichen Landpfarrers angenommen hatte? Oder dass ihn abgelehnt hatte?

KAPITEL 15

Harrys allgemeine Stimmung war trotz der beunruhigenden Nachrichten, die er an diesem Morgen in Bezug auf Captain Leatham erhalten hatte, äußerst erfreulich. Er konnte den Mann nicht wirklich als Freund bezeichnen, denn sie kannten sich erst drei Monate, als Leatham wieder zur See gefahren war, doch die beiden teilten ähnliche Interessen, insbesondere was ihre Sorge um die Ärmeren im Dorf anging. Harry hatte bei seiner Ankunft gedacht, dass sie mit der Zeit gute Freunde werden könnten.

Er ließ den Brief auf seinen Schreibtisch fallen und beschloss, einen ausgiebigen Spaziergang zu unternehmen. Es war noch zu früh, um Anna zu besuchen, so sehr er sich das auch wünschte, und er hatte noch andere Besuche im Dorf zu machen. Ein Spaziergang musste es sein, trotz der Entfernung. Er war zu aufgewühlt von Sorge und Aufregung – wie ungerecht, zwei solch gegensätzliche Gefühle gleichzeitig zu empfinden –, um sich vorstellen zu können zu reiten.

Harry zog es vor, jene Gemeindemitglieder aufzusuchen, die ihn nicht mit einem tiefgründigen Gespräch belasten würden, das er im Moment nicht bewältigen konnte. Er wollte die Welt erobern, oder zumindest das Herz einer Frau, und nicht dasitzen und müßig plaudern. Was natürlich nicht hieß, dass seine Gespräche als Pfarrer keine Substanz hatten, rief er sich streng in Erinnerung.

Schließlich war er jedoch zu beschwingt, um sich bei diesen Besuchen auf längere Diskussionen einzulassen und begnügte sich bald mit den kürzesten Gesprächen, wobei er jedes Angebot einer Erfrischung zurückwies. Nachdem die Besuche erledigt waren, schritt Harry den Weg entlang, schwang seinen Gehstock und war weitaus zufriedener mit sich selbst, als es ein geistlicher Mann sein durfte. Gestern hatte Anna ihre Vorliebe für ihn geradezu offenbart, als sie seine Bitte um ein privates Treffen akzeptierte. Jetzt musste er nur noch die Worte aussprechen.

Anna, wollen Sie...

„Guten Tag, Herr Pfarrer." Eine schwarze Kutsche, deren würdevolle Annäherung von hinten ihm entgangen war, hielt neben Harry. Lady Allinthridge beugte sich zum Fenster und sprach ihn an. „Möchten Sie mitgenommen werden, Mr. Aston? Sie haben keine Kutsche, und es sieht nach Regen aus."

So angenehm Lady Allinthridges Gesellschaft im Allgemeinen auch war, Harry könnte es nicht ertragen, an eine Kutsche und eine Unterhaltung gebunden zu sein, die beide in einem gemächlichen Tempo abliefen.

„Ich danke Ihnen, Lady Allinthridge, doch ich genieße dieses schöne Wetter zu sehr, um mich mit einer Kutschfahrt zufrieden zu geben." Er lächelte zu ihr hinauf.

Sie schaute zweifelnd gen Himmel und wandte ihm dann wieder ihren Blick zu. „Ich kann nicht behaupten, dass ich dies verstehe, denn ich finde die Luft zu schwül und ein Regenschauer steht unmittelbar bevor. Doch Sie sind ein erwachsener Mann, und ich werde nicht darauf bestehen. Es ist ziemlich sinnlos, mit Männern zu streiten, wie ich feststellte."

Harry lachte. „Es ist zutiefst ungerecht, nicht wahr? Wenn Frauen so viel Verstand haben und wir uns weigern, ihn zu berücksichtigen?"

„Wenn es eine Mrs. Aston gibt, werden Sie zumindest die Meinung einer Frau für wichtig halten. Doch ich werde Sie nicht damit aufziehen. Guten Tag, Mr. Aston."

Ein Lächeln umspielte Harrys Lippen, als er sich verbeugte und seinen Weg fortsetzte. Er war froh, dass Lady Allinthridge ihn nicht aufziehen wollte, doch er ahnte, dass ihr nichts von seinen Gefühlen für Anna entgangen war.

Der Himmel konnte den Regen nicht länger zurückhalten, und als seinen Weg fortsetzte, gab es einen Donnerschlag. Als ob er sein Stichwort erhalten hätte, begann der Regen auf die Erde zu prasseln. Harry stapfte weiter und ließ sich von dem peitschenden Regen nicht die Stimmung verderben. Das Donnern begann ihn erst ein wenig zu beunruhigen, als es einen zischenden Blitz auslöste, der ihm viel zu nahekam. Er befand sich in der Nähe des Waldrandes und suchte Schutz zwischen den Bäumen, da er wusste, dass er dort sicherer war als auf einer Wiese, wo er das größte Ziel für den nächsten Blitz abgab.

In dem Waldstück war Harry besser geschützt, doch der Regen war so stark, dass nicht einmal die Äste ihm viel Schutz boten. Sein Halstuch begann zu erschlaffen und Feuchtigkeit sickerte durch seinen Hut. Seine cremefarbene Hose waren mit Schlammspritzern überzogen und selbst sein Mantel war durchnässt. Er nahm seinen Hut ab, schlug ihn gegen seinen Arm, um die Regentropfen abzuschütteln, und setzte ihn wieder auf. Als Harry das Waldstück auf der anderen Seite verließ und sein Haus in Sichtweite kam, begann er zu pfeifen. O ja, er gab ein trauriges Bild ab, doch es gab niemanden, der Zeuge seines Unbehagens wurde, und Mrs. Foucher würde darauf bestehen, dass er vor dem Feuer einen heißen Tee zu sich nahm.

Vielleicht würde Harry heute zulassen, dass sie ihn verhätschelte. Er könnte eine Zeit des stillen Nachdenkens gebrauchen, um sich zu überlegen, wie er Miss Tunstall am besten davon überzeugen könnte, ihn zu heiraten. Sie war keine leichte Eroberung, sie, die glitzernde Bälle und die Londoner Gesellschaft liebte und einen scharfen Verstand besaß. Doch Harry konnte Charaktere gut lesen, wenn er das zugeben durfte, ohne sich der Sünde des Stolzes schuldig zu machen, und er wusste, dass hinter Miss Tunstalls schlagfertiger Rede etwas Aufrichtiges steckte. Er wusste nun, dass er ihr nicht völlig gleichgültig war. Trotz des Regens und seines zerzausten Zustands grinste Harry.

Niemand begrüßte ihn, als er seine Residenz betrat, was nicht ungewöhnlich war. Die Lakaien verrichteten ihre Arbeit, wie er es ihnen aufgetragen hatte, und Harry lehnte seinen Gehstock an die

Wand. Zu seiner Überraschung hörte er eine Stimme, die aus der Bibliothek kam. Kein Mitglied seines kleinen Personals hätte jemandem erlaubt, die Bibliothek zu betreten, wenn ihr Herr nicht zu Hause war, und so waren die Geräusche höchst merkwürdig. Harry ging zügig voran und öffnete die Tür zur Bibliothek. Dort saß sein Bruder Hugh in Harrys eigenem Sessel vor einem lodernden Feuer und nippte an einem wärmenden Getränk. Ein verspäteter Windstoß wehte hinter Harry herein und ihn fröstelte. Wenn er die Kälte nicht schon vorher gespürt hatte, durch und durch nass wie er war, so spürte er sie jetzt.

„Hallo, Henry." Hugh schwenkte träge seinen Drink. „Komm doch herein und schließ die Tür, ja? Ich habe mich gerade erst von meiner Reise aufgewärmt und möchte mich nicht durch einen verirrten Windzug erkälten."

Harry schloss mechanisch die Tür und versuchte, seine Sprachlosigkeit zu überwinden. „Ich wusste nicht, dass du kommst."

„Ich habe keine Nachricht geschickt. Mutter und Vater übten Druck aus – zweifellos in guter Absicht –, damit ich sie nach Bath begleite, wo sie hofften, mich der Tochter von Sir Jillard vorstellen zu können. Ich glaube, sie haben die Hoffnung aufgegeben, dass ich selbst einen Vorstoß wagen werde." Hugh schlug die Beine übereinander und legte eine Hand auf die andere. „Ich hatte Besseres mit meiner Zeit vor, als die vergeblichen Hoffnungen einer Debütantin zu nähren und beschloss stattdessen, meinen jüngeren Bruder zu besuchen."

„Wie nett von dir", sagte Harry und versuchte vergeblich, die Bitterkeit aus seinem Tonfall herauszuhalten. Der Anblick von Hugh, der in seinem Lieblingssessel saß, ließ ihn nicht mehr los. Ein vertrautes Gefühl hilfloser Wut stieg in ihm auf, ein Gefühl, das er jahrelang zu verdrängen versucht hatte, indem er sich dem Studium erhabener geistiger Dinge gewidmet hatte.

„Möchtest du etwas trinken, Henry?" Hugh deutete auf die Schüssel mit dem Punsch, die noch dampfte. Die Wärme würde ihm guttun, aber Harry war sich nicht sicher, ob er ihn hinunterwürgen könnte oder ob er in der Zeit, die er brauchte, um ihn zu trinken, das Gespräch mit seinem Bruder überstehen würde.

„Ich werde dir Gesellschaft leisten, nachdem ich ein heißes Bad genommen habe. Jasper!" Harry öffnete die Tür zur Bibliothek und rief seinem Lakaien mit schärferer Stimme, als beabsichtigt zu: „Lass ein Bad für mich vorbereiten." Jasper nickte und eilte rasch davon, um die Vorbereitungen zu treffen. Harry würde sich später für seinen Tonfall entschuldigen müssen.

„Ja, du brauchst ein Bad, lieber Bruder." Hugh schenkte ihm ein zynisches Lächeln. „Du siehst aus wie der durchnässte Welpe von dir, den wir aus dem Teich in Aldgate fischten. Ich begreife nicht, wie du so unvorsichtig sein konntest, in einen solchen Sturm zu geraten. Ich kam gerade an, als er losbrach, doch in meiner Kutsche wäre ich natürlich gut geschützt gewesen."

Harry warf seinen Hut auf einen Stuhl, ging zur Schüssel und schenkte sich ein kleines Glas ein. Durchgekühlt stellte er fest, dass er ohne dieses Glas nicht einmal den Bruchteil eines Gesprächs mit seinem Bruder überstehen könnte. Er nippte mit dem Rücken zu Hugh an seinem Getränk und starrte durch das Fenster, an dem immer noch Rinnsale hinabflossen. Die Ankunft seines Bruders bedeutete, dass er seinen Besuch bei Miss Tunstall heute verschieben musste, und er würde ihr eine Nachricht schicken müssen, um sie über seine Plan-änderung zu informieren. Harry würde den Grund dafür nicht nennen. Sie würde früh genug von seinem Bruder erfahren. War ihre Zuneigung schon so weit gefestigt, dass sie dem Rang seines Bruders widerstehen konnte? Sein Herz, das zuvor so leicht gewesen war, war nun schwer wie Blei.

HARRY ERFUHR, dass Hugh, nachdem er Mrs. Foucher in ihrer eigenen Sprache nach Informationen über die derzeit in Avebury lebenden Personen ausgefragt hatte, ein besonderes Interesse daran hatte, Harry bei seinen Besuchen am nächsten Tag zu begleiten – insbesondere, um Miss Tunstall zu sehen, deren Namen er aus London kannte. Es wäre unmöglich, die Begleitung seines Bruders abzulehnen. Harry würde versuchen müssen, Hughs Aufmerksamkeit von Miss Tunstall abzu-lenken und einen Weg zu finden, mit Mrs. Leatham eine private Unter-haltung über die Neuigkeiten zu führen, die er erfahren hatte.

Er hatte nur wenig Hoffnung, ein privates Gespräch mit Miss Tunstall führen zu können. Harry verließ das Haus und machte sich auf den Weg zum Stall, wo er Einsamkeit suchte, in welch kurzen Momenten sie sich ihm auch bot.

Neben Hugh hatte er nie gut abgeschnitten. Es war nicht nur Hughs Titel, obwohl das allein schon viel getan hätte, um die Leute auf seine Seite zu ziehen. Es war auch sein gutes Aussehen, sein lässiges Auftreten und sein geübter Charme, der ihn für die Frauen so anziehend machte. Wenn es nur die oberflächlichen Frauen wären, die sich zu ihm hingezogen fühlten, könnte Harry es ertragen. Doch so war es nicht. Die allererste Frau, die Harry liebte, Rose Sutherlin, war in Hughs Bann geraten. Als sie merkte, dass Hugh nicht an mehr als einem Flirt interessiert war, war es für Harry zu spät, sie zurückzunehmen. Rose hatte ihre Wahl getroffen, und es war nicht Harry. Das konnte er nicht einfach vergessen.

Rose war ihre Nachbarin und obwohl sie zu einer Schönheit herangewachsen war, waren es die Eleganz ihres Geistes und ihre Liebe zu den Armen, die Harry zu ihr hingezogen hatten. Zu diesem Zeitpunkt war er noch nicht auf die Idee gekommen, sich dem Glauben zuzuwenden, doch er dachte, dass ihm ein Leben gefallen würde, in dem er und seine Frau gemeinsam Gott und den Menschen dienen würden. Trotz all ihrer erhabenen Ideale hatte Rose sich nicht für Harry, sondern für den Marquess entschieden.

Rose war von der Welt in Versuchung geführt worden, und wenn sie verführt werden konnte, konnte das jeder – insbesondere eine Frau von Miss Tunstalls Format, die diese Welt tatsächlich hofierte. Harry erstarrte bei diesem Gedanken. *Er* konnte nicht leugnen, dass Anna die adlige Gesellschaft und das Londoner Leben liebte, denn sie hatte es ihm selbst gesagt. Sicherlich würde sie den ältesten Sohn eines Dukes, den Marquess of Brookdale, einem zweiten Sohn vorziehen, der im Grunde nahezu offiziell auf seine Ansprüche auf den Adelstitel verzichtet hatte.

Diese Gedanken quälten Harry, während er sich nach dem Stallknecht umsah und schließlich selbst die Pferde vor die Carrick spannte, während sein Bruder untätig dastand und gebieterisch die Politur seiner Stiefel studierte, als er auf dem trockenen Weg weit weg von den Ställen wartete. Harry musste herausfinden, wie es Mrs. Leatham ging, und dann entscheiden, wie er seine Nachricht am besten übermitteln konnte. Das war der erste Punkt auf der Tagesordnung, doch er freute sich darauf, Anna wiederzusehen. Er hatte sich damit abgefunden, dass es heute kein privates Treffen mit ihr geben würde, doch vielleicht konnte er erfahren, ob sie sich in ihrer Rolle als Trösterin und Unterstützerin in einem kleinen Dorf weit weg von London wohler fühlte. Er hoffte inständig, dass ihr das Dorfleben ans Herz wachsen würde.

Als sie das Pfarrhaus verließen, hob Tom Wardle die Hand, um Harrys Aufmerksamkeit zu erregen. „Pfarrer, die Sau bekommt heute ihre Jungen. Ich werde die Hilfe von Mr. Moore in Anspruch nehmen. Vielleicht wird er gebraucht, wenn die Geburt schwierig wird."

„Frag ihn, ob er Zeit hat, doch wenn nicht, ist es auch recht", gab Harry zurück. „Ich glaube, ich werde alles Nötige erledigen können." Mit einem Nicken schnalzte er mit den Zügeln und ritt los, wohl wissend, dass er nicht so freundlich gewesen war, wie er es sonst zu Tom war.

„Meine Güte, welch aufregendes Leben du führst." Hugh verschränkte die Arme und lehnte sich auf dem Sitz zurück, offenbar zufrieden mit sich selbst, weil er seinen unbedeutenden jüngeren Bruder in die Schranken gewiesen hatte. Harry begann zu bedauern, dass er sich für die Carrick und nicht für den alten Wagen entschieden hatte, was Hugh nur recht geschehen wäre.

Harry gelang es, seine Stimme sanft klingen zu lassen, als er antwortete. „Das ist nicht wichtig. Ich habe niemanden zu beeindrucken."

„Ein Glücksfall, denn du beeindruckst niemanden." Hughs Stimme war genauso mild, enthielt jedoch einen Hauch von Bosheit, einen subtilen Unterton in seinen Worten. Harry hatte sich immer gewundert, warum alle so auf seinen Bruder hereinfielen, ungeachtet des Titels.

„Ich habe nie verstanden, warum du mich so sehr verachtest." Die Worte sprudelten nur so aus Harrys Mund, als hätten sie ein Eigenleben. Er biss die Zähne zusammen und trotz der Flut von Ärger und Schmerz, die durch seine Adern strömte, achtete er darauf, seine

Haltung entspannt und die Zügel locker zu halten. Nicht aus dem edlen Grund, dass Harry ein Mann der Geistlichkeit war, hielt er seine Wut im Zaum, sondern weil er wusste, dass sein Bruder sie erkennen und ihn dafür verachten würde.

„Wir haben kein brüderliches Verhältnis", fuhr Harry fort, „aber wir könnten wenigstens höflich sein. Du wirst erben und ich bin sehr froh darüber. Ich habe kein Interesse an dem Titel."

„Du verstehst mich falsch. Es ist keine Eifersucht. Es ist nur so, dass du meine Aufmerksamkeit nicht erregst." Das war die stachelnde, spöttische Stimme, die Harry verfolgte, seit er denken konnte.

„Und doch bist du hier", erwiderte Harry trocken. Auch er war von einem Duke großgezogen worden.

Hugh blickte müßig über die weite Wiese, die Durstead Manor umgab. „Ich bin gekommen, lieber Bruder, weil ich unserer Mutter versprochen habe, dir bei deinen Bemühungen zu helfen, eine Frau zu finden."

Harrys Mund blieb offenstehen und er wandte sich Hugh zu. „Ich bin durchaus in der Lage, meine Frau selbst zu finden, herzlichen Dank. Was ist mit deiner eigenen, Hugh? Solltest du dich nicht darum bemühen, ein Kind zu zeugen?"

„Wer sagt denn, dass ich nicht mehrere habe?" erwiderte Hugh fragend. Er zuckte mit den Schultern. „Eines Tages werde ich sesshaft werden und einen Erben zeugen, doch da unsere Mutter zumindest eines ihrer Kinder verheiratet sehen möchte, und zwar unverzüglich, werden wir mit dir beginnen."

„Da bist du bei mir falsch." Harry traute sich nicht, mehr zu sagen, denn seine Frustration kroch mit jedem Wort mehr und mehr hervor. Er wusste, dass seine Wangen vor Wut gerötet waren, ganz gleich wie sehr er sich bemühte, seine Gefühle zu beherrschen. Deshalb war er nicht gerade in bester Verfassung, als seine Carrick vor Durstead Manor vorfuhr.

KAPITEL 16

Der Butler führte Harry und seinen Bruder direkt in das Morgenzimmer, wo Mrs. Leatham und Miss Tunstall saßen. Miss Tunstalls Blick war zuerst erfreut, als sie Harry sah, und er beobachtete mit Unbehagen, wie ihr Gesichtsausdruck in Neugier umschlug, als sie seinen Bruder entdeckte. Er hatte vorgehabt, es ihr zu sagen. Er hatte nicht genau überlegt, ob dieses Gespräch vor oder nach dem Antrag stattfinden sollte, doch er hätte es ihr gesagt. Auf jeden Fall würde es nun herauskommen und nicht auf die Weise, die er sich gewünscht hätte.

„Mr. Aston, schön, dass Sie gekommen sind." Mrs. Leatham klang mehr nach ihrem normalen Selbst, doch ihre Augen huschten von ihm zu seinem Bruder, als ob der Anblick eines weiteren Gastes sie ermüdete. „Bitte verzeihen Sie mir, wenn ich nicht aufstehe. Ich bin in meinem Zustand ziemlich müde."

Harry ging zu ihr und verbeugte sich über ihre Hand, dann tat er dasselbe bei Miss Tunstall. Sein Herz pochte bei ihrem Anblick, doch als er daran dachte, was er gleich enthüllen würde, begann sich sein Halstuch zu eng anzufühlen. „Mein Bruder..."

Zwei Worte und er wäre fast von der Klippe gestürzt. Nur Lord und Lady Allinthridge kannten seine wahre Identität und hatten

142

seinen Wunsch respektiert, schlicht *Mr. Harry Aston, Pfarrer von Avebury,* zu sein, auch wenn sie es nicht verstehen konnten. Nun würde bald das ganze Dorf Bescheid wissen und so gab er auf.

„Bitte erlauben Sie mir, Ihnen den höchst ehrenwerten Marquess von Brookdale vorzustellen, den Sohn Seiner Gnaden, des Dukes of Kirby. Dies sind Mrs. Leatham und Miss Tunstall."

Einen Augenblick, der sich ewig anfühlte, starrte Miss Tunstall Harry mit hochgezogenen Augenbrauen an, ehe ihr Blick zu seinem Bruder huschte. War sie wütend auf ihn, weil er ihr dies vorenthalten hatte? Vielleicht war es ein Pluspunkt für ihn, dass er zum Adel gehörte, und sie würde seinen Antrag wohlwollender betrachten. *Nein.* Harry runzelte die Stirn. *Wenn das der einzige Grund ist, warum sie mich will, dann ist es besser, wenn ich mich nicht täuschen lasse, ehe ich einen unwiderruflichen Schritt mache.* Dennoch wusste Harry, dass er neben der Größe, den exquisiten Manieren und der Pracht seines Bruders verblasste.

Endlich holte Miss Tunstall Luft, und es schien, als würde sich ihre gute Erziehung durchsetzen, denn sie wandte sich an Hugh und knickste. „Ich habe schon viel von Ihnen gehört, Mylord. Wie seltsam, Sie außerhalb Londons zu treffen."

Harry war durch ihre Worte nicht beruhigt. Natürlich hatte sie von seinem Bruder gehört. Würde sie wegen dieser Verbindung weniger von Harry halten? Oder schlimmer noch, würde sie ihn gegenüber seinem Bruder als benachteiligt ansehen?

Mrs. Leatham deutete auf die Stühle neben sich. „Wollen Sie sich nicht setzen?"

Dann bemerkte Harry die Anspannung um ihre Augen und vergaß seine eigenen Sorgen. „Wie geht es Ihnen?", fragte er Mrs. Leatham, nahm Platz und musterte seinen Bruder, der den Platz neben Miss Tunstall wählte.

„Es scheint, als hätte ich einige Tage voller Mut und einige Tage, an denen..." Mrs. Leatham hielt kurz inne. Sie wandte sich schweigend dem Fenster zu und blickte hinaus. In einem heroischen Versuch der Höflichkeit, so dachte Harry, wandte sich Mrs. Leatham an Hugh und sagte: „Entschuldigen Sie, dass ich über so uninteressante Dinge wie meine persönlichen Angelegenheiten spreche, doch Ihr Bruder ist ein großer Trost für mich."

„So hoffe ich", versicherte Harry ihr schnell. Er warf einen Blick auf Miss Tunstall, als er das Gewicht ihres Blickes spürte, aber seit er ihre Bekanntschaft gemacht hatte, hatte er ihren Gesichtsausdruck noch nie so verschlossen gesehen.

„In jedem Fall, Mr. Aston", fuhr Mrs. Leatham fort, „scheint es so, als wären dies die Tage des geringeren Mutes." Sie sprach leise, als ob sie eine Privataudienz bei Harry suchte.

Hugh sagte mit der Freiheit, die jemandem mit seiner gesellschaftlichen Stellung zustand, und ganz im Sinne seiner üblichen Leichtfertigkeit: „Sie brauchen nicht zu befürchten, dass ich Sie lange stören werde. Ich begleite meinen Bruder auf seinen Besuchen, doch ich werde Ihre Gastfreundschaft nicht missbrauchen."

Er erhob sich und verbeugte sich vor Miss Tunstall. „Würden Sie mit mir eine Runde im Freien drehen, Miss Tunstall? Wir könnten Ihre Freundin und meinen Bruder auf diese Weise vertraulich miteinander sprechen lassen."

Bei dem Gedanken, dass sein Bruder einen Spaziergang mit Miss Tunstall machen würde, bei dem sie sich unter vier Augen unterhalten würden und Hugh ihr wahrscheinlich seinen Arm zur Unterstützung anbieten würde, stieg ein besitzergreifendes Gefühl in Harry auf. Doch was konnte Harry tun? Sein Platz war drinnen bei Mrs. Leatham, wo er ihr als Pfarrer zur Seite stand, während sein Bruder versuchte, bei der – wie *er* fand – begehrtesten Frau des Dorfes Boden zu gewinnen. Ganz zu schweigen davon, dass er vermutlich wusste, wo Harrys Interessen lagen, und dass er Miss Tunstall aus keinem anderen Grund als diesem zu seinem Ziel gemacht hatte.

Miss Tunstall stand auf. „Ein sehr kurzer Spaziergang dann, Mylord. Ich möchte Emily nicht lange allein lassen, auch nicht in den fähigen Händen Ihres Bruders."

Sie trug eine Maske. Oder vielleicht war es ihre Stimme, die nichts von der Wärme verriet, die sie zuvor in Harrys Gegenwart gezeigt hatte. Er wünschte sich nichts sehnlicher, als Miss Tunstall beiseitezunehmen und ihr zu erklären, warum er seinen Familiennamen nicht hatte nennen wollen, einen Namen, den er dank des unwillkommenen Besuchs seines Bruders hatte preisgeben müssen.

Die Tür fiel hinter ihm zu und Harry grübelte noch immer über diese Dinge nach, als Mrs. Leatham sagte: „Sie brauchen nicht zu befürchten, dass sich meine Achtung vor Ihnen wegen Ihrer Familie ändert, Mr. Aston. Darf ich Sie weiterhin so nennen? Ich glaube, ich verstehe sehr gut, warum Sie es geheim halten wollten. Es mag einige geben, die sich nun bei Ihnen einschmeicheln werden wollen, doch ich habe Vertrauen in die Bewohner von Avebury." Ihr Lächeln war schwach, aber Harry war gerührt, dass sie ihn trotz ihrer eigenen Sorgen unterstützen wollte.

„Ich danke Ihnen für Ihre Beruhigung. Es stimmt, dass mich die Ankunft meines Bruders beschäftigt, dennoch wollte heute mit Ihnen sprechen." Harry verdrängte den Gedanken an seinen Bruder und Miss Tunstall und konzentrierte sich auf die Nachricht, die er überbringen musste.

„Nun, da mein Geheimnis gelüftet ist, wird es Sie nicht mehr überraschen, wie ich an die Informationen über die Fregatte Ihres Mannes gekommen bin." Beinahe hätte er „Schicksal" gesagt und fing sich rechtzeitig. „Der Freund meines Vaters ist der Erste Lord of the Admiralty und daher in der besten Position, um die allerneuesten Nachrichten zu erhalten. Gestern erhielt ich einen Brief von ihm mit den ersten Erkenntnissen über die HMS *Cornwallis*."

Mrs. Leatham war bis an Rand ihres Sitzes hervorgerutscht und ihre Worte kamen atemlos heraus. „Ich bin Ihnen sehr dankbar. Bitte fahren Sie fort."

Harry hatte zu viel Mitleid mit ihr, um Worte aufzuschieben, die ihr wahrscheinlich mehr schaden als nützen würden. „Das Schiff Ihres Mannes sollte in Gibraltar eintreffen. Die Admiralty hat noch keine Nachricht über seinen Verbleib erhalten. Ich erfuhr jedoch, dass das Schiff Ihres Mannes einen früheren Treffpunkt in Marokko verpasste, wo sie über ein Geschwader feindlicher Schiffe auf ihrer direkten Route informiert worden wären, mit der Anweisung, den Kurs zu ändern."

Mrs. Leatham atmete scharf ein.

Harry fuhr fort und hoffte, dass seine nächsten Worte ihr nicht alle

Hoffnung rauben würden. „Dass sie das erste Treffen verpassten, ist nicht besorgniserregend, wie mir gesagt wurde, denn ungünstige Winde könnten der Grund dafür gewesen sein, dass sie nicht andocken konnten. Die Küste ist bekanntermaßen schwierig zu befahren. Ich würde also nicht unbedingt davon ausgehen, dass diese Nachrichten ein sicheres Zeichen für ein Unglück sind, das ihm widerfahren ist."

„Doch wenn sie es verpassten, bestand die Wahrscheinlichkeit, dass sie auf ihrem Weg auf feindliche Schiffe trafen, was die Ursache für das Verschwinden des Schiffes sein könnte." Mrs. Leatham verstand den Kern des Problems umgehend und Harry nickte düster.

„Das ist wahr", erwiderte er, „doch es ist nur eine Information. Wir dürfen nicht verzweifeln, solange die Ermittlungen noch nicht abgeschlossen sind. Wir dürfen die Hoffnung nicht fahren lassen, bis wir etwas Definitives haben."

„Das Warten auf Neuigkeiten ist mir unendlich lang", sagte Mrs. Leatham. Sie schluckte und umklammerte den Schal, der über ihrem Schoß lag, bis ihre Knöchel weiß wurden. „Ich weiß, dass ich stark sein muss für mein Baby, für Johns Erben. Das ist es, was mich dazu bringt, aufzustehen und etwas zu finden, was mich beschäftigt, sogar um Besucher zu empfangen. Natürlich nicht alle, aber einige."

Ihr Blick ruhte wieder auf der ländlichen Szene im Fenster, und er war sich sicher, dass das Grün sie beruhigen musste, ob sie sich dessen bewusst war oder nicht. „Ich werde also aufstehen und tun, was richtig ist, doch ich glaube, ich habe nur noch wenig Hoffnung."

Das Elend ihrer Situation lastete auf Harry wie eine schwere Bürde. Er konnte keine Worte finden, um sie zu trösten.

ANNA GING voran und führte Mr. Astons gutaussehenden und angesehenen Bruder – *ein Marquess!* – nach draußen. Sie hob das Kinn und beschloss, dass es vielleicht klug wäre, ihm ihre ganze Aufmerksamkeit zu schenken und die Gedanken an Mr. Aston beiseitezuschieben. Schließlich hatte *er* sich nicht als so offen und ehrlich erwiesen, wie er zunächst schien. Warum sonst sollte er seine Identität verbergen und sie wie eine Närrin dastehen lassen, wenn sie sie erfuhr?

Ihr Fuß schwankte, als sie die steinernen Stufen verließ und auf den Kieselsteinen zu laufen begann und sie richtete sich mit einem ungeduldigen Ruck auf. Sie blieb stehen, um sowohl ihr emotionales als auch ihr physisches Gleichgewicht wiederherzustellen.

Mit einer weltmännischen Anmut, die er wie einen Mantel trug, streckte Lord Brookdale seinen Arm aus. „Erlauben Sie mir."

Anna legte ihre Hand in seine Armbeuge und verglich den Marquess mit seinem Bruder. Lord Brookdale war größer und, obwohl gut gebaut, nicht annähernd so kräftig wie Mr. Aston. Lord Brookdale hatte einen ähnlichen Teint wie sein Bruder, war jedoch objektiv betrachtet der besser aussehende von beiden. Seine Gesichtszüge waren ebenmäßiger, seine Augen grün statt braun, und sein Lächeln hatte einen Hauch von Verführungskraft. Obwohl die Anziehung, die Lord Brookdale auf sie ausübte, eher oberflächlicher Natur war, wäre es töricht, ihm nicht ihre Aufmerksamkeit zu schenken.

„Mylord, ich muss mein Erstaunen darüber gestehen, dass Mr. Aston der Sohn eines Dukes ist. Ich hätte mir auch nie vorstellen können, dass Sie sein Bruder sind. Nach allem, was ich über Sie hörte, führen Sie ein ausschweifendes Leben und es gibt keine gesellschaftliche Veranstaltung in London, zu der Sie nicht eingeladen werden. Ob Sie die Veranstaltung mit Ihrer Anwesenheit beehren, hängt von der Gesellschaft ab, nehme ich an. Ich kann Ihre Familie in keiner Weise mit einem einfachen Landpfarrer in Verbindung bringen." Sie achtete darauf, ihre Stimme ruhig zu halten und nicht zu verraten, dass sie mehr als das flüchtigste Interesse an Mr. Aston hatte.

Lord Brookdale hob seinen Blick, um die Bäume zu betrachten, und antwortete mit einer Stimme, die auf Missbilligung hindeutete. „Henry lässt unsere Eltern verzweifeln. Er will nichts mit dem Familienbesitz zu tun haben, und mein Vater ist gezwungen, das Anwesen, das ihm eigentlich gehören sollte, durch bezahlte Helfer zu verwalten. Unsere geschätzten Eltern schickten mich hierher, damit ich versuche, ihn zur Vernunft zu bringen, ihn zu drängen, gut zu heiraten und das Leben zu beanspruchen, das für ihn bestimmt war."

Sie gingen langsam, anders als das flotte Tempo, das sie mit Mr. Aston pflegte, und sie verspürte den Drang, seinen Arm loszulassen und in ihrem eigenen Rhythmus zu gehen. Sie fragte sich, ob er ihr folgen würde. Letztendlich ging sie jedoch in dem Tempo, das er vorgab.

„Glauben Sie, dass Ihre Eltern Erfolg haben werden? Ich habe den Eindruck, dass Mr. Aston seinen eigenen Kopf hat und nicht heiraten wird, um jemand anderem als sich selbst einen Gefallen zu tun."

Anna fielen mehrere Beispiele ein, in denen Mr. Aston seinen eigenen Kopf durchgesetzt hatte, insbesondere, wenn es darum ging, junge Frauen zu tragen, die durchaus in der Lage waren, aus eigener Kraft von einem Wagen herunterzusteigen. Anna presste die Lippen zusammen. An solche Dinge würde sie nicht denken. Offensichtlich bedeutete sie ihm sehr wenig, da er es nicht für nötig gehalten hatte, sie über etwas so Grundlegendes wie seine wahre Identität ins Vertrauen zu ziehen.

„Henry ist stur, doch er wird nachgeben", sagte Lord Brookdale. „Er weiß, was er seiner Familie schuldig ist. Ich glaube, dass er seinen jetzigen Beruf aus Trotz ergriffen hat und dass es nichts weiter als ein Trick ist, um Aufmerksamkeit zu erregen. So war er schon immer – immer auf der Suche nach Möglichkeiten, sich vom Rest der Familie abzuheben."

Ehe Anna die Ablehnung von Mr. Astons Wünschen und seiner Leidenschaft registrieren konnte, klopfte der Marquess mit seinem Gehstock auf den Kiesboden und drehte sich um, als wollte er die Landschaft bewundern oder eine andere Richtung für ihren Spaziergang wählen. Er machte den Eindruck, als habe er nichts anderes im Sinn, als den Nachmittag spazierengehend mit ihr zu verbringen, doch sie wusste es besser, als dies zu glauben. Sie kannte seinen Ruf.

Wie um ihre Befürchtungen zu bestätigen, wandte er sich Anna mit der ganzen Wucht seines durchdringenden Blicks zu. „Aber lassen Sie uns über interessantere Themen sprechen. Was führt Sie an diesen abgelegenen Ort? Sie, meine Liebe, sind eindeutig ein Diamant erster Güte und passen nicht in ein solch rückständiges Dorf wie Avebury." Diese Worte wurden von einem attraktiven Lächeln begleitet, das Anna mehr in seinen Bann zog, als sie zugeben wollte.

Sie wappnete sich. „Wenn ich ein Diamant erster Güte wäre, Mylord, hätten Sie sicher einen Weg gefunden, meine Bekanntschaft in London zu machen, wo selbst die Crème de la Crème der Gesellschaft weniger gelten muss. Doch um Ihre Frage zu beantworten: Ich besuche Emily Leatham, die eine langjährige Freundin ist. Es sollte ein kurzer Besuch sein, um die Zeit bis zur Ankunft ihrer Mutter zu überbrücken, doch ich kann sie nicht verlassen, solange sie sich in einer solch schwierigen Situation befindet."

„Sie nehmen zu viel auf sich, Miss Tunstall. Sie müssen wissen, dass Mrs. Leatham sehr gut auf sich selbst aufpassen kann. Sie ist schließlich eine erwachsene Frau. Ich nehme an, Sie werden nicht lange hierbleiben?" Er war wieder weiter gegangen und Anna folgte ihm blindlings.

Sie spürte gleichzeitig die Richtigkeit seiner Worte und die Irritation, die sie auslösten. Es stimmte, dass obwohl Emily eine solch gute Freundin war, das Opfer, das Anna für sie brachte, im Allgemeinen nur für die Familie erbracht wurde. Lord Brookdales Ton war angenehm und gemäßigt, doch er stand in blankem Gegensatz zu Mr. Astons leidenschaftlicher Güte. Niemals hätte Anna sich vorstellen können, dass sie die Konversation eines örtlichen Landpfarrers der seines angeseheneren Bruders vorziehen würde. Der Gedanke ließ sie erschaudern und sie begann, um ihren Verstand zu fürchten.

Nicht auszudenken! Ich wartete gestern nahezu auf einen Antrag. Gott sei Dank ist er nicht gekommen. Diese neue Entwicklung kann nur ein Eingreifen des Schicksals sein, um mich vor einem verhängnisvollen Schritt zu bewahren.

Anna änderte den Verlauf des Gesprächs. „Sie sagen, es sei die Sorge um Mr. Aston, die Sie hierhergeführt habe – die Sorge um die Situation Ihres Bruders. Doch ich glaube nicht, dass dies allein der Grund für Ihren Besuch ist. Sie kommen mir vor wie ein Mann, der genau das tut, was er will, ohne viel Rücksicht auf Pflichtgefühl den Eltern gegenüber oder die feineren Gefühle eines anderen, selbst eines geliebten Bruders." Anna sprach die letzten Worte mit einem ironischen Anheben der Augenbraue, denn sie *glaubte*, ihn ganz und gar durchschaut zu haben. Sie hatte zudem das Gefühl, mit dem Feuer zu spielen.

Wenn er die Ironie bemerkte, ließ er es sich nicht anmerken. „Sie haben mich durchschaut. Es ist wahr, ich wäre nicht gekommen, wenn die Reise nicht mit meinen eigenen Absichten übereinstimmen würde, einem Heiratsplan meiner Eltern zu entkommen. Doch wenn ich schon einmal hier bin, kann ich mich auch gleich amüsieren. Ich habe erfahren, dass Cranfield und Faure in der Nähe sind, und nun erfahre ich, dass auch Sie hier sind. Vielleicht wird mein Aufenthalt doch nicht so beschwerlich, wie ich es mir ursprünglich vorstellte."

Lord Brookdale hatte seinen Blick nach vorn gerichtet, doch nun drehte er sich um und warf ihr einen beredten Blick zu. Das weckte in ihr den Wunsch, die Herausforderung anzunehmen, obwohl sie gut daran tat, vorsichtig vorzugehen. Der Marquess hatte etwas Anziehendes an sich, obwohl er eindeutig selbstsüchtig war. Vielleicht konnte man ihn zähmen. Vielleicht könnte *sie* sich auch amüsieren, während sie in Avebury war, anstatt darauf zu warten, dass ein braunäugiger Landpfarrer sich bei ihr meldete. Ein Versuch konnte in jedem Fall nicht schaden.

„Nun, Sie kommen gerade rechtzeitig für die Allinthridge-Party, die am Freitagabend stattfindet. Sie wird ähnlich sein wie die Gesellschaft, die Sie in London pflegen, abgesehen vielleicht von der Abwesenheit all der Korinther und Wüstlinge, mit denen Sie normalerweise zu tun haben." Sie schenkte ihm ein heiteres Lächeln und er lachte auf so natürliche Weise, dass es fast menschlich klang.

„Mein Ruf eilt mir voraus", sagte Lord Brookdale. „Aber glauben Sie nicht, dass Sie mich nach Belieben provozieren können, ohne im Gegenzug feststellen zu müssen, dass mein Biss ebenso wild ist." Er sagte es freundlich, sogar lachend, doch sie zweifelte nicht einen Augenblick am Wahrheitsgehalt.

Vielleicht konnte Anna mit diesem Mann nicht so leicht spielen, wie sie dachte. Es gelang ihr, noch einmal eine fragende Augenbraue zu heben und eine milde Antwort zu geben, die das leichte Beben in ihrem Inneren verbarg. „Ich denke überhaupt nicht an ein Spiel, Mylord. Ich bin nur hier, um meiner Freundin Gesellschaft zu leisten. Wollen wir nicht wieder umkehren? Ich denke, Emily wird sich über meine Rückkehr freuen und ich bin mir ziemlich sicher, dass es Ihrem Bruder angesichts seines erstaunlichen Talents als Pfarrer von Avebury bereits gelungen ist, ihr die Worte der Stärke und des Trostes zu vermitteln, die sie benötigte."

„Zweifelsohne." Lord Brookdale lächelte sie an, als er erneut ihren Arm nahm, und sie spürte die ganze Wucht seiner Verführungskraft.

Kein Wunder, dass er eine Spur von gebrochenen Herzen hinterließ. Zu ihrer Erleichterung folgte er Annas Beispiel und drehte sich um, um mit ihr zurück zum Haus zu gehen.

Sie erzählte von den Bewohnern von Avebury, was es ihr ermöglichte, ihre ungeordneten Gedanken zu sortieren. Während des belanglosen Geplauders kreisten ihre Gedanken um das Rätsel, das die beiden Söhne des Dukes of Kirby darstellten. Sie erreichten das Haus, als Mr. Aston gerade herauskam. „Ich hatte recht", sagte sie mit leiser Stimme. „Ihr Bruder ist ziemlich effektiv."

Lord Brookdale beugte sich vor und murmelte: „Ich bezweifle nicht, dass Sie in vielen Dingen recht haben." Es war nicht, was er sagte, das war nicht von Bedeutung. Es war die besitzergreifende Art und Weise, in der er es sagte, die sie in einer Weise ansprach, die ihr nicht gefiel und der sie nicht widerstehen konnte.

Mr. Aston zeigte nicht sein übliches Lächeln und sein freundliches Auftreten, doch das tat Anna auch nicht.

„Nun, Hugh", sagte er, „begleitest du mich zum Gutsherrn, oder gehst du zu Fuß zurück?"

„Ich glaube, ich bin bereits mit der besten Gesellschaft beehrt worden, die Avebury zu bieten hat, und ich werde nicht versuchen, diese zu übertreffen. Ich werde also zurückkehren. Darf ich jedoch vorschlagen, lieber Bruder, dass du Lord Allinthridge in meinem Beisein besuchst. Sie werden wünschen, dass ich ihnen meine Aufwartung mache, zumal du ihnen deinen Unterhalt verdankst."

Anna sah, wie sich ein Muskel in Mr. Astons Kiefer anspannte. Obgleich sie ihm im Moment nicht wohlgesonnen war, konnte sie es ihm nicht verdenken. Die Art und Weise, wie sein Bruder sprach, hatte etwas Anstachelndes an sich, das völlig fehlte, wenn Lord Brookdale sie ansprach. Es fehlte ihm an Respekt und er stellte sich seinem jüngeren Bruder gegenüber als unendlich überlegen dar. Anna wusste nicht, wie Mr. Aston das ertrug. Trotz alledem musste sie zugeben, dass Lord Brookdale einen gewissen Charme besaß. Zumindest würde das Leben in Avebury mit ihm hier amüsanter sein.

KAPITEL 17

Als Harry von seiner morgendlichen Runde zurückkehrte, überlegte er, ob er Hugh zur Rede stellen und seinen Standpunkt bezüglich Miss Tunstall deutlich machen sollte. Sie war für seinen Bruder nicht zu haben. Dass sein Bruder jedoch bereits wusste, in welche Richtung Harrys Herz tendierte, schien angesichts von Hughs offensichtlicher Unterhaltung mit Mrs. Foucher und Harrys zu beredetem Gesicht wahrscheinlich. Hugh spielte bei Miss Tunstall vermutlich nur deshalb den Galan, weil er gewinnen wollte.

Harry hatte gerade seine Bibliothek betreten, wo Hugh wieder bequem in Harrys Stuhl saß, als sein Lakai einen Besuch der Bow Street Runners ankündigte. Der Gutsherr hatte Harry am Morgen gewarnt, dass die Runner aus einer benachbarten Stadt zu Besuch kommen würden, obwohl der Gutsherr Harry sagte, sie hätten dringendere Angelegenheiten in Calne.

„Hugh, könntest du uns bitte einen Augenblick allein lassen?" Harry wusste, dass sein Bruder es vorzog, in Anwesenheit anderer mit Brookdale angesprochen zu werden, aber Harry hatte kein Interesse daran, Hughs Wünschen nachzukommen. Er konnte nicht umhin, sich über den verärgerten Blick zu freuen, den Hugh ihm zuwarf, ehe er langsam zur Tür ging. Sein Bruder würde gut daran tun, sich daran zu erinnern, dass dies weder sein Haus noch seine Bibliothek war. Vielleicht würde er dann umso rascher wieder verschwinden.

„Bitte setzen Sie sich", sagte Harry zu seinen Gästen, als sie allein waren. „Ich nehme an, Sie haben Neuigkeiten, sonst wären Sie nicht hier."

„Man könnte sagen, wir haben Neuigkeiten", entgegnete Mr. Meade. „Oder man könnte sagen, wir haben Fragen."

Harry konnte sich nicht erklären, worauf sie hinauswollten, denn er fand, dass ihr erstes Gespräch gründlich gewesen war. Er lehnte sich in dem bequemen Sessel zurück, den sein Bruder erst kürzlich verlassen hatte. „Nun, sind es Fragen oder sind es Neuigkeiten?", fragte er. „Das ist nicht dasselbe."

Mr. Howe, der Klügere der beiden, ergriff das Wort. „Als wir die Gegend, in der Miss Tunstall überfallen wurde, ein zweites Mal absuchten, fanden wir ein rotes Halstuch, das in einem Busch hing." Er hielt den zerrissenen und verschmutzten Gegenstand für Harrys Betrachtung hoch. „Wissen Sie, wem das gehören könnte?"

Harry betrachtete es. Es ähnelte dem, das Tom Wardle trug, obwohl er es in letzter Zeit nicht mehr an Tom gesehen hatte, wenn er darüber nachdachte. Aber es war auch ein so gewöhnliches Kleidungsstück, dass es jedem gehören könnte. „Ich sah schon viele, die so etwas tragen", legte er dar. „Das ist ein ganz gewöhnlicher Gegenstand, wissen Sie."

„Ich will nicht respektlos sein, Mr. Aston, aber können Sie sich eine bestimmte Person vorstellen, der dieses Kleidungsstück gehört?" Mr. Meade beugte sich vor.

„Wie kommen Sie darauf, dass der Artikel einem Dorfbewohner gehört und nicht den Räubern?" entgegnete Harry, wobei in seiner Brust ein Verteidigungssinn für die Ärmsten seiner Gemeinde aufkam.

„Wir können nicht mit Sicherheit sagen", so Howe, „dass dies nicht ein und dasselbe ist."

Die Frage war noch nicht beantwortet und Harry war versucht, zu lügen. Es schien lächerlich, Tom den Wölfen vorzuwerfen, nur weil er eine Vergangenheit hatte, insbesondere, da Harry von seiner Unschuld überzeugt war. Doch jede Form der Lüge war ihm zuwider und er musste so sehr auf Toms Unschuld vertrauen, dass er das Risiko eingehen konnte.

„Mein eigener Heuerling besitzt so etwas", antwortete er. „Wie vielleicht jeder männliche Pächter in der Umgebung. Wenn Sie mich fragen, hat es keinen Sinn, dies als glaubwürdigen Beweis zu verfolgen."

„Ich will nicht respektlos sein, aber Sie sollten uns unsere Arbeit so machen lassen, wie wir es können." Mr. Meade steckte das Beweisstück zurück in seine Manteltasche.

Mr. Howe hatte Harry genau beobachtet und musste die Verärgerung gesehen haben, die Harry nicht verbergen konnte. „Nun, Walt", sagte er. „Es geht nicht an, den Sohn eines Dukes zu beleidigen."

Harry blickte überrascht auf. Mr. Howe sagte: „Ja, Mylord. Wir haben vom Londoner Büro Antworten auf unsere Anfragen zu allen Dorfbewohnern erhalten, einschließlich des Pfarrers von Avebury. Ihre Ehrlichkeit in Bezug auf Tom Wardle wissen wir zu schätzen, ebenso wie Ihr Vertrauen in seine Unschuld. Aber wie mein Kollege schon sagte, müssen wir die Ermittlungen so fortsetzen, wie wir es für richtig halten."

Harry war nicht erfreut über den Bezug auf seine Familie aus unerwarteter Richtung, aber es würde nicht der letzte sein. Bald würde das ganze Dorf über seine Verbindung zum Adel sprechen, und die Leute würden ihn mit einer falschen Ehrfurcht betrachten, die er nicht verdient hatte. In diesem Fall jedoch, wenn es seinem Freund Tom helfen könnte, würde Harry sich auf seine gesellschaftliche Stellung stützen.

„Ich vertraue voll und ganz auf Toms Unschuld. Wir kennen uns noch nicht lange, aber er war immer ein ausgezeichneter Diener. Haben Sie sonst noch irgendwelche Neuigkeiten über mögliche Verdächtige?"

„Nein. Wir wissen nur, dass es wahrscheinlich weitere Raubüberfälle geben wird, bis wir die Schuldigen gefasst haben. Seit Miss Tunstalls Kutsche auf der Straße überfallen wurde, hat es bereits mehrere Überfälle gegeben, von denen zwei, wie ich leider sagen muss, gewalttätiger waren als ihrer. Wir sind immer noch auf der Suche nach Beatrice Slyfeel, dem Dienstmädchen, das mit Miss Tunstall reiste und das scheinbar spurlos verschwunden ist."

Mr. Howe klappte sein Notizbuch zu, in dem er alle Beobachtungen notierte, die er sammeln konnte, und signalisierte Harry damit, dass sie hatten, weswegen sie gekommen waren. Er hoffte, dass sie, was Tom betraf, zufrieden waren.

Harry stand auf. „Wenn das alles ist, begleite ich Sie hinaus.“

Während Harry den Runnern dabei zusah, wie sie durch das kleine Holztor traten, das die Vorderseite seines Grundstücks umschloss, dachte er darüber nach, Tom auf den Überfall anzusprechen. Es war jedoch schwierig, und er wusste nicht, wie er es angehen sollte, ohne Tom den Eindruck zu vermitteln, dass er ihm nicht vertraute. Er vertraute ihm aber sehr *wohl*. Das mochte Harry naiv erscheinen lassen − sein Bruder würde das sicher denken −, doch wenn er seinen eigenen Prinzipien treu bleiben wollte, verdiente jeder eine zweite Chance.

Nach einigem Nachdenken beschloss er, Tom nicht zu belästigen, indem er den Besuch erwähnte. Schließlich war es auch nicht nötig. Tom kam um das Pfarrhaus herum und stellte sich neben Harry an die Tür. „Das waren wieder die Runner.“ Er starrte eher auf die abreisenden Gäste als auf Harry, und seine Haltung war geduckt, als hätte er Angst vor einem Schlag. „Haben sie was gefunden?“

Harry schüttelte den Kopf. „Sie haben ein rotes Halstuch entdeckt, das sich in den Zweigen eines Busches in der Nähe verfangen hat, aber es könnte jedem gehören. Du selbst besitzt ein solches Tuch“, fügte er hinzu.

Toms Blick fiel auf seine Füße und ließ ihn schuldbewusst aussehen. „Ich hoffe, sie finden sie. Aber ich hoffe genauso sehr, dass sie, wer auch immer sie sind, wie ich die Chance auf ‘n neues Leben bekommen.“

Mit diesen leisen Worten verbeugte sich Tom und ging in Richtung der Ställe. Harry war wieder einmal von seiner Unschuld überzeugt und dachte, dass sein ständiges Drängen, dass Tom Gnade erlangte, vielleicht doch das Herz seines Dieners erreicht hatte.

AM FOLGENDEN TAG wusste ganz Avebury über Harrys Titel Bescheid. Zu ihrer Ehre änderten viele Familien ihr Verhalten ihm gegenüber nicht, wie Mrs. Leatham vorausgesagt hatte. Doch bei einigen, unter ihnen die Familie Rigby, war die Aufmerksamkeit noch ausgeprägter. Harry spürte es, sobald er die Party von Lord und Lady Allinthridge am Freitagabend betrat, und Mrs. Rigby das Gespräch beendete, das sie gerade führte, um ihn zu begrüßen, als er zur Tür hereinkam.

„Mr. Aston, Sie schlaue Kreatur", sagte Mrs. Rigby. „Und wir dachten, Sie wären nur ein Gentleman. Aber nein – ein Adliger. Avebury kann sich glücklich schätzen, Sie als Pfarrer zu haben."

Harry musste sich beherrschen, um nicht so zu reagieren, wie er es sich wünschte – auf eine nicht sehr christliche Weise.

„Ich habe mir immer gewünscht, dass ich dafür bekannt bin, wer ich bin", antwortete er in einem angenehmen Ton, „und nicht dafür, wer meine Familie ist. Ich hoffe, dass sich das bei meinen Gemeindemitgliedern nicht ändern wird."

Mrs. Rigby schien das nicht gehört zu haben. „Und wird Ihr Bruder uns beehren? Ah! Da! Ich glaube, ich habe ihn gerade entdeckt. Ich nehme an, Sie werden ihn vorstellen, damit er sich unter unsere besten Familien mischen kann." Sie stellte sich auf die Zehenspitzen, wobei die Feder ihres Hutes Harrys Gesicht streifte, während sie über die Menge spähte und den Weg seines Bruders verfolgte.

„Gewiss. Vielleicht fange ich mit Ihnen und Ihren Töchtern an", sagte Harry in einem Anflug von Schalk. Er wusste, dass Mrs. Rigby sich das am meisten wünschte, und er dachte, er könnte auch seinem Bruder einen Gefallen tun. Miss Marianne flirtete leidenschaftlich gern.

„O ja", sagte Miss Marianne und trat bei seinen Worten vor. „Ich bin sicher, wir sind alle dankbar, seine Bekanntschaft zu machen."

Kein besserer Zeitpunkt als der jetzige, dachte Harry. Er gab seinem Bruder ein Zeichen, der sich in aller Ruhe auf den Weg machte und stellte sie einander vor. Wie zu erwarten war, verschwendete Hugh, der sah, dass Marianne Rigby hübsch und reif für einen Flirt war, keine Zeit damit, einen zu beginnen. *Gut!* dachte Harry. Vielleicht würde er Miss Tunstall nun in Ruhe lassen.

Apropos, wo war sie denn? Es war längst überfällig, mit ihr zu sprechen. Er musste wissen, was sie von der offensichtlichen Veränderung seines Standes hielt. Er wusste nicht, ob Mrs. Leatham sie heute Abend begleiten würde, und er hatte es nicht gewagt, Miss Tunstall aufzusuchen, um zu sehen, ob sie allein kommen würde. Nun, er hätte es getan, doch er hatte keine Gelegenheit gehabt, ehe sein Bruder dazwischenkam und ihre ganze Aufmerksamkeit in Anspruch nahm.

Daher war er sehr erfreut, als er zehn Minuten später sowohl Miss Tunstall als auch Mrs. Leatham auf der Party entdeckte. Er verschwendete keine Zeit und ging rasch auf sie zu. Er verbeugte sich vor beiden und sprach zuerst Mrs. Leatham an.

„Sie sind gekommen. Ich bewundere Ihre Tapferkeit und hoffe, dass es ein erholsamer Abend wird und dass die Menschenmassen nicht noch mehr Kummer verursachen werden. Wie geht es Ihnen, Miss Tunstall?"

Miss Tunstall antwortete nicht und sah in der Tat auch nicht besonders zufrieden mit ihm aus. Es war Mrs. Leatham, die antwortete.

„Lady Allinthridge versprach mir ein ruhiges Zimmer, in dem wir nur eine kleine Gruppe sein werden. Miss Tunstall drängte mich zu kommen, und ich denke, sie hat recht. Bis es mehr Neuigkeiten gibt, muss ich mich bei Laune halten, damit ich für das Kind stark sein kann".

„Ihr Mann wird stolz auf Sie sein." Harry sprach reflexartig, den Blick auf Mrs. Leatham gerichtet, doch seine Gedanken waren bei Miss Tunstalls kühlem Empfang. Ein Ausdruck der Hoffnung, gefolgt von Verzweiflung, huschte über Mrs. Leathams Gesicht, und Harry erkannte, dass er der Urheber einer solchen fehlgeleiteten Hoffnung war. Wie konnte ihr Mann stolz auf sie sein, wenn er tot war? Das hatte Harry davon, dass er den selbstsüchtigen Neigungen seines eigenen Herzens gefolgt war. Er war wütend auf sich selbst, beschloss jedoch nach einem kurzen Augenblick, seinen Fehler nicht zu korrigieren.

„Oh, da ist Mrs. Mayne", sagte Mrs. Leatham, als sich eine unangenehme Stille über die Gruppe legte. „Genau die, die ich zu sehen wünschte. Ich bitte Sie, mich zu entschuldigen." Mit einem gezwungen wirkenden Lächeln ging sie, und Harry war mit Miss Tunstall allein.

Er trat einen Schritt näher und fing ihren Blick auf, doch was er sah, ermutigte ihn nicht. „Ich hatte nicht zu hoffen gewagt, Sie hier zu sehen, doch es scheint, dass es Mrs. Leatham besser geht."

„War das einer dieser Streiche, von denen Sie sprachen, Mylord?" Miss Tunstalls Gesicht hatte einen freundlichen Ausdruck, doch ihr Tonfall war unterkühlt. Sie war direkt auf den Punkt gekommen. Das musste er ihr lassen.

„Bitte", sagte Harry. „Sprechen Sie mich nicht mit ,Mylord' an. Ich habe diesen Beruf ergriffen und mich sogar entschieden, die Londoner Gesellschaft zu verlassen, um solche Prätentionen zu vermeiden."

„Aber es ist keine Prätention." Miss Tunstalls Stimme klang härter, als er je gehört hatte. Selbst als er noch ein Fremder war, hatte sie ihm mehr Wärme in ihrem Blick und mehr Neckerei in ihrer Stimme entgegengebracht. „Es ist ein Teil von Ihnen. Ich bin überrascht, dass Sie es vor allen im Dorf geheim gehalten haben und dass selbst Sir Lewis und Mr. Cranfield es nicht erwähnten. Emily sagte mir, sie hätte es nicht gewusst."

„Nicht vor allen. Lord Allinthridge wusste es natürlich, da er mir meinen Lebensunterhalt ermöglichte und obgleich er nicht glaubte, dass das Geheimnis lange Bestand haben würde, war er bereit, es auf meine Bitte hin zu wahren. Ich glaube, Lewis und Cranfield wären mit der Nachricht herausgeplatzt, doch ich bat sie, es nicht zu tun. Zu meinem Erstaunen hörten sie auf mich. Wahrscheinlich hielten sie es nur für einen weiteren meiner Streiche."

„Es *ist* also ein Streich." Miss Tunstall hob eine Augenbraue.

Harry schüttelte den Kopf und stieß einen Seufzer der Frustration aus. Sie sollte froh sein, dass es ihm nicht um Positionen ging. Jeder, der sich auch nur ein bisschen um Authentizität scherte, würde froh sein.

„Diese Zeiten sind vorbei. Ich stand immer unter dem Druck meiner Eltern, einen Platz in der Gesellschaft einzunehmen, der mich wenig interessierte. Ich bin unterscheide mich so sehr von meiner Familie wie nur möglich und wenn es keine physische Ähnlichkeit gäbe, würde ich bezweifeln, dass ich überhaupt zu ihnen gehöre."

Er konnte nicht widerstehen, hinzuzufügen, was ihn beschäftigte.

„Sie sollten sich über die Entdeckung freuen. Besser eine Person, die ihren Adel versteckt, als ein Hochstapler, der vorgibt, jemand zu sein."

„Ich mag es nicht, wenn man mich zum Narren hält, Mr. Aston. Wenn Sie mich für würdig erachtet hätten, mich als Bekannte in Betracht zu ziehen, hätten Sie es mir erzählt."

Bekannte? War das alles? Ihr kurzes Zwischenspiel wurde von Lord Allinthridge unterbrochen, der die Begrüßung der letzten Gäste beendet hatte. „Nun, Mr. Aston, Ihr Geheimnis ist gelüftet, wie ich es Ihnen sagte. Ich bin nur überrascht, dass es bis jetzt gedauert hat."

„Ja, Sie warnten mich." Harry ließ seinen Blick noch einen Moment auf Miss Tunstall gerichtet, doch sie hatte ihr Gesicht abgewandt. Er kämpfte darum, die Entmutigung in Schach zu halten. Diese Runde hatte er ganz sicher nicht gewonnen.

Hugh machte Anzeichen, sich von Miss Marianne zu lösen, und Harry brauchte das Gespräch nicht zu belauschen, um zu wissen, dass er es auf solche Art tat, dass sie sich nicht gekränkt fühlen würde. Er wusste auch, dass dies bedeutete, dass sein Bruder wahrscheinlich auf dem Weg war, um stattdessen Miss Tunstalls Aufmerksamkeit zu erlangen.

Daher fügte Harry einigermaßen abgelenkt hinzu: „Ich hätte jedoch nicht erwartet, dass mein Bruder sich erniedrigt, nach Avebury zu kommen, nur um mich zu besuchen." Er blickte auf und sah die leichte Überraschung in Lord Allinthridges Gesicht darüber, dass Harry seine Feindseligkeiten mit seinem Bruder öffentlich geäußert hatte.

Er korrigierte sich hastig. „Natürlich ist es immer eine Freude, Besuch von seiner Familie zu bekommen." *Ach, du meine Güte. Das wird ja immer schlimmer. Ich werde meine Stellung bald aufgeben müssen, wenn der wahre Zustand meines Herzens bekannt wird.* Und er hatte gedacht, er sei der Unterdrückung durch seine Familienbande entkommen, indem er nach Avebury geflohen war.

Miss Tunstall war geblieben, während er sich mit Allinthridge unterhielt, und als Hugh sich zu ihnen gesellte, hob sie ihr Gesicht und lächelte ihn an. Harrys Laune wurde weiter gedrückt.

„Miss Tunstall, Sie sind hinreißend." Sein Bruder beugte sich vor, um ihre Hand in die seine zu nehmen und sich über sie zu beugen, als wären sie die einzigen Anwesenden im Raum. *Verflucht sei er!* „Sie sind bei weitem die bezauberndste Frau auf dieser Soirée."

Harry verspürte ein wenig Dankbarkeit, als Miss Tunstall in dämpfendem Ton antwortete. Es gab zu viele Leute, die bereit waren, den Willen seines Bruders zu erfüllen.

„Wie schmeichelhaft Sie sind, Mylord, und wie erfreulich es ist, die Worte zu hören, die Ihnen über die Lippen kommen – Worte, von denen ich sicher bin, dass sie nur je an mich gerichtet wurden."

Ohne zu zögern, antwortete sein Bruder: „Ich mag einstudiert flirten, doch ich sehe, dass das bei Ihnen nicht geht. Ich darf nur Worte anbieten, die aufrichtig sind."

Harry beobachtete sie und sagte mit trockener Stimme: „Ich applaudiere dir, Bruder. Wenn du aufrichtig bist, wird es das erste Mal sein."

Nun war es an Miss Tunstall, Harry überrascht anzusehen. Er spürte, wie ihm Röte über den Hals kroch. Sein Bruder brachte nicht das Beste in ihm zum Vorschein. Vor ihren Augen benahm er sich wie ein schmollendes Kind. Welch hoffnungslose Angelegenheit dieser Abend doch war.

Als er der Menge zum Abendessen folgte und gegenüber von Miss Tunstall und Hugh Platz nahm, wo er ihre Köpfe in ein Gespräch vertieft sah, hielt er dies für die Krönung eines katastrophalen Abends.

KAPITEL 18

Drei Tage später saß Hugh am gedeckten Tisch und frühstückte in aller Ruhe. Harry war auf dem Weg zu seinen morgendlichen Besuchen. Danach würde er sich Zeit für die Sonntagsbotschaften nehmen und mit Tom im Garten und in den Ställen arbeiten. Er liebte seine einfache tägliche Routine, die eine gesunde Mischung aus geistlicher und weltlicher Arbeit war. Die Freude wurde etwas gedämpft, als er mit dem Müßiggang seines Bruders konfrontiert wurde.

Harry griff nach dem frisch gebackenen Brot, das Mrs. Foucher auf der Anrichte für ihn hinterlassen hatte, und stellte sich vor seinen Bruder. „Wie lange hast du vor zu bleiben?"

Die Anwesenheit seines Bruders brachte ihn aus dem Gleichgewicht. Ihm gefiel der Gedanke nicht, dass Hugh, der Marquess, der den Ruf hatte, eine Spur von gebrochenen Herzen hinter sich her zu ziehen, mit den Bewohnern von Avebury spielte. Das hatte Harry schon immer geärgert, doch nun hatte Hughs zielgerichtetes Flirten eine noch größere Konsequenz. Nicht nur, dass Harry die Überreste irgendeiner jungen Dame würde aufsammeln müssen, die von seinem Bruder verletzt worden war, sondern das Verhalten seines Bruders könnte auch ein negatives Licht auf Harry werfen. Wie hatte er sich nur in dem Glauben wiegen können, er könne den Sünden seiner Familie entkommen?

„Ich habe mich noch nicht entschieden, lieber Bruder." Hugh lehnte sich mit einem selbstzufriedenen Lächeln zurück und hob die Kaffeekanne, um sich eine zweite Tasse einzuschenken. Harry war erstaunt, dass er auch nur dafür die Energie aufbrachte. „Fragst du, weil du meine Gesellschaft genießt und dir wünschst, dass ich noch eine Weile bleibe? Das kann ich tun, weißt du."

Harrys Lippen verzogen sich zu einer geraden Linie. „Du weißt ganz genau, dass zwischen uns keine große Liebe besteht und je eher du dich auf den Weg machst, desto besser für uns beide."

„Ts ts. Solch harte Worte aus dem Munde eines Geistlichen. Wissen deine Gemeindemitglieder, dass du diesen bitteren Kern in dir trägst?" Hughs amüsiert-zynischer Tonfall ärgerte Harry auf eine Weise, wie es nur wenige Dinge vermochten.

„Es gab nie einen Grund, ihn meinen Gemeindemitgliedern zu offenbaren, *sollte* es tatsächlich einen solchen bitteren Kern geben." Er wusste, dass er existierte. „Nur du bist in der Lage, diese dunklen Eigenschaften in den Menschen, deren Leben du berührst, zum Vorschein zu bringen."

Harry hatte jedoch eine Frage gestellt und er zwang sich, nicht nachzugeben. Er würde nicht gehen, ehe er eine Antwort hatte.

„Nun, das ist eine große Ehre." Hugh trank einen Schluck Kaffee und machte den Eindruck, als gäbe es keinen Ort, an dem er lieber wäre. Harry wusste, dass er sein Temperament in den Griff bekommen musste. Es gab nur einen einzigen Menschen auf der Welt, der ihn dazu bringen konnte, seine Fassung zu verlieren, und das war sein Bruder. In ihrer gemeinsamen Geschichte hatte es zu viele Hänseleien, zu viele brutale Worte gegeben. Mit einem stillen Gebet schob er die Frustration beiseite und wartete ab.

„Ich werde vielleicht eine Weile bleiben. Avebury ist ein malerisches kleines Dorf, und ich habe vor, heute seine Geschäfte mit meinem Besuch zu beehren. Was seine Bewohner – oder seine Besucher, sollte ich sagen – betrifft, so sind sie ebenso reizend. Da in London derzeit nichts geschieht, warum sollte ich mich nicht hier amüsieren?" Hugh hob seine Augen, um Harrys Blick zu begegnen, und Harry sah einen Schalk, der an Bosheit grenzte.

„Ich wünsche, dass du mit niemandem hier unter meinem Schutz tändelst." Harry wusste es besser, als Miss Tunstall hervorzuheben. „Doch du warst noch nie jemand, der meinen Wünschen gefolgt ist. Also bitte, bleib, so lange du möchtest."

Er wandte sich zum Gehen, und die Worte von Hugh folgten ihm. „Wie gut die Ironie dir steht. Du wirkst fast menschlich, wie ein Mitglied der Familie."

Harry würdigte ihn keiner Antwort, sondern machte sich auf den Weg, um Tom zu suchen, von dem er wusste, dass er im Garten sein würde. „Tom, wirst du heute nach Haggle End gehen?"

Tom stützte sich auf seine Mistgabel und rieb sich das Kinn, ehe er in seinem eigenen Tempo antwortete, so wie er es immer tat. „Ich könnte, wenn Se wollen."

Harry nickte. „Ich sollte eigentlich die Vorgaben des Gutsherrn, wie die Räume in der Schule eingerichtet werden sollten, weitergeben, da er nach Calne gegangen ist. Doch der Aufenthalt meines Bruders hat die Dinge kompliziert gemacht. Ich möchte nicht, dass er alles erfährt, in das ich verwickelt bin, denn das würde meinen Eltern zu Ohren kommen und mir nichts als Kopfschmerzen bereiten." Er zögerte, ehe er hinzufügte: „Ich habe auch das Gefühl, dass ich den Dorfbewohnern mehr Aufmerksamkeit schenken muss, solange er hier ist."

Tom blickte mit zusammengekniffenen Augen in Richtung des Hauses. „Es heißt, Ihr Bruder is' nich' wie Sie. Er is' eher 'n Wolf unter Schafen." Harry schüttelte nur müde den Kopf. Wie nahe Tom doch an der Wahrheit war.

Harry hatte die Ställe fast erreicht, als er Schritte auf der festen Erde hörte. Er drehte sich um und sah, dass Sir Lewis gekommen war. Zu Harrys großer Erleichterung war Sir Lewis ausnahmsweise nicht in Begleitung von Jules. Seine aufgefrischte Bekanntschaft mit Julian Cranfield bestärkte ihn nur in seinem Gefühl, dass die Dummheit und der Leichtsinn, die man bei einem Schulkameraden akzeptierte, der Freundschaft erwachsener Männer, die an Jahren nüchterner sein sollten, nicht standhalten konnten. Er wusste nicht, wie Lewis seine Anwesenheit länger als einen Tag ertragen konnte.

Sir Lewis schüttelte Harry die Hand. „Hallo, Harry. Ich bin froh, dass ich dich noch antreffe, ehe du gehst. Ich bin gekommen, um mehr über die Schule zu erfahren, die du zu bauen begonnen hast. Ich würde das Vorhaben gerne unterstützen."

Harry hob die Augenbrauen. „Die Schule, die *ich* baue? Die Maynes, genauer gesagt, und in gewissem Maße auch Leatham. Es war von Anfang an ihre Idee und sie waren mehr daran beteiligt als ich es je war."

„Allerdings mit deiner Hilfe, wenn ich nicht irre, und ich kenne sie nicht gut genug, um selbst auf sie zuzugehen. Es wäre ein zu großes Projekt für die Maynes, und Leatham ging zu früh, nachdem es begonnen wurde." Lewis' Stimme war sanft, doch es war klar, dass er sich nicht abspeisen lassen würde.

„Ich hatte gehofft, die Einzelheiten meiner Beteiligung vor der Gemeinde verbergen zu können. Woher wusstest du, dass ich etwas damit zu tun habe? Vor allem, wenn du es bis vor ein paar Wochen nicht geschafft hattest, einen Fuß nach Avebury zu setzen?" Harry warf ihm einen amüsierten Blick zu.

„Ich war in Avebury, jedoch nicht mehr, seit du hier wohnst. Miss Rigby erzählte mir, wie die Schule entstanden ist, und ich nehme an, sie hat es von Mrs. Mayne, denn die beiden sind ziemlich eng miteinander befreundet." Lewis zuckte mit den Schultern. „Es spricht sich herum, weißt du. Es reicht, wenn du die Schule einmal besuchst, und die Leute fangen an, zu tratschen."

Harry nahm an, dass Dorfklatsch nicht schlimmer war als der der adligen Gesellschaft. Zumindest war er nicht generell bösartig. Es gefiel ihm nur nicht, dass die Leute wussten, dass er seine Finanzen einbrachte. Seine rechte Hand sollte nicht wissen, was seine linke Hand tat.

Lewis fuhr fort. „Miss Rigby möchte die Schule selbst besuchen, aber eine Dame darf sich nicht ohne Begleitung in diese Gegend begeben. Wie ich schon sagte, habe auch ich zunehmendes Interesse an diesem Projekt, da ich plane, mehr Zeit in Wiltshire zu verbringen."

Harry vermutete, dass es zärtliche Gefühle für Miss Rigby geben könnte, doch er fragte nicht danach. Lewis würde seine Neigungen in diese Richtung mitteilen, wenn er dazu bereit war.

„Ich bat Tom, heute an meiner Stelle zu gehen und die Anweisungen von Mayne bezüglich der Größe der Zimmer auszuführen", sagte er. „Möchtest du ihn begleiten, damit du einen Blick darauf werfen kannst? Vielleicht kannst du deine Meinung zu den Zimmern beisteuern, die sie bauen, und sehen, ob die Männer, die wir ausgewählt haben, sorgfältig arbeiten."

Lewis sah auf, als Tom den Rest der Werkzeuge an ihnen vorbei zum Gartenschuppen trug. „Warum nicht? Ich wollte nicht gehen, ohne mich irgendwie vorstellen zu können, daher kommt dein Vorschlag gerade recht. Ich glaube nicht, dass die Bewohner von Haggle End mich mit Wohlwollen aufnehmen werden, wenn ich unangemeldet auftauche. Ich kann dann auch abschätzen, wie leicht ich Miss Rigby dorthin bringen kann, ohne ihre Sicherheit in irgendeiner Weise zu gefährden. Sie besucht Pächter in den Außenbezirken, doch ihre Eltern haben ihr verboten, bis zur Schule zu gehen."

Sir Lewis runzelte die Stirn und fügte hinzu: „Etwas, dem ich voll und ganz zustimme. Doch es wäre gut, wenn sie in Begleitung gehen könnte. Schließlich gibt es in Haggle End nicht nur Männer, die versorgt werden müssen, sondern auch Frauen und Kinder."

„Sehr richtig. Wie ich Mrs. Mayne kenne, hat sie sicher schon darüber nachgedacht, wie sie das bewerkstelligen kann. Wir sollten diese Woche mit Mayne und sogar mit Lord Allinthridge sprechen. Vielleicht kennen sie andere im Dorf, die bereit sind, ihre Dienste in Haggle End anzubieten, um das Projekt schneller voranzutreiben. Ich wünsche mir nichts sehnlicher, als dass jeder in Avebury Arbeit findet und unter besseren Bedingungen lebt. Das war es auch, was Leatham zum Ausdruck brachte, bevor er ging."

Lewis sah ihn spekulierend an. „Wirst du heute dorthin fahren? Nach Durstead Manor, meine ich?"

„Das war meine Absicht." Harry fragte sich, was das mit dem Projekt zu tun hatte. „Ich versprach Miss Tunstall, so oft wie möglich nach Mrs. Leatham zu sehen. Es scheint, dass es ihr zeitweise besser geht, doch es ist nicht verwunderlich, dass ihre Laune oft gedrückt ist. Manche Umstände sind überwältigender als unser stärkster Wille."

„Wenn ich dich und dein Leben nicht besser kennen würde“, sagte Sir Lewis, „würde ich glauben, dass du aus Erfahrung sprichst.“

„Du weißt nur zu gut, dass ich ein verwöhntes Leben führte“, erwiderte Harry mit schiefem Blick. „Doch das bedeutet nicht, dass mich der Zustand des Herzens und das Leben der anderen nicht berühren.“

„Du bist gut für deinen Beruf geeignet“, meinte Lewis.

Ihre Aufmerksamkeit wurde abgelenkt, als Hugh durch die Vordertür trat und seinen Gehstock schwingend zu den Ställen ging. *Meine Güte, er ist heute aber ambitioniert,* dachte Harry.

Lewis sah ihm nach. „Dein Geheimnis ist also gelüftet. Wie hat Miss Tunstall die Nachricht aufgenommen?“

Harry löste den Blick von seinem Bruder und sah Lewis an. „Warum sprichst du von Miss Tunstall?“

„Ich habe Augen im Kopf“, erwiderte Sir Lewis, wobei sich ein Grinsen auf seine Züge legte. „Ich kenne dich, seit du zehn Jahre alt warst und habe dich noch nie so erlebt. Ich wünsche dir alles Gute.“

Vielleicht hätte Harry Lewis doch wegen Miss Rigby necken sollen, denn offenbar wurde alle Diskretion in den Wind geschlagen. Er antwortete jedoch aufrichtig. „Ich würde gerne sagen, dass du recht hast, doch der Erfolg ist noch lange nicht sicher. Vielleicht kannst du mir einfach Glück wünschen.“

„Dann viel Glück.“

Sir Lewis drehte sich um, als Tom das Zugpferd aus den Ställen führte. Harry gab ihm die Anweisung, Sir Lewis nach Haggle End zu begleiten, und ging dann, um seinen Hut und seinen Gehstock zu holen. Es war tatsächlich an der Zeit, Mrs. Leatham einen Besuch abzustatten und herauszufinden, wie es um Miss Tunstalls Herz bestellt war.

Als Harry in Durstead Manor vorsprach, erfuhr er, dass Mrs. Leatham ins Dorfzentrum gegangen war und dass Miss Tunstall sie begleitet hatte. Er verließ das Haus und ging in diese Richtung.

Da er wusste, dass Hugh dorthin zu gehen beabsichtigt hatte, war Harry sicher, dass sein Bruder auch Miss Tunstall und Mrs. Leatham überredet haben musste, die Geschäfte des Dorfes aufzusuchen und diese Vorstellung ärgerte ihn zutiefst. Er selbst hatte nicht genug Zeit gehabt, Miss Tunstall anständig den Hof zu machen. Es hatte eine solche Komplizenschaft zwischen ihnen gegeben, ehe sein Bruder aufgetaucht war, und ehe – das musste Harry zugeben – das Dorf über seine Blutlinie *au courant* war.

Harry bereute es nicht, dass er seine Abstammung vor den Dorfbewohnern verheimlicht hatte, denn die Anonymität war für seinen Lebensunterhalt unerlässlich. Sie mussten sehen, dass er ansprechbar war. Sie durften ihn nicht auf ein Podest stellen, wovon er wusste, dass sie das wahrscheinlich tun würden, sobald sie es herausfänden. Er fragte sich jedoch, ob es falsch gewesen war, Miss Tunstall nicht ins Vertrauen zu ziehen. Wenn sie jemand war, den er zu heiraten gedachte, hätte er ihr sagen müssen, wer er wirklich war. Ihre kühle Art zeigte ihm, was sie von seiner Fehleinschätzung hielt.

Doch wie konnte er nun dagegen ankämpfen? Sie hatte sich ihm gegenüber verschlossen und die beiden Mal, die sie einander seither begegnet waren, war es Harry nicht gelungen, wieder Fuß zu fassen. Er war gerade mit diesen wenig erfreulichen Überlegungen beschäftigt, als er den Gutsherrn aus dem Büro seines Beauftragten kommen sah.

„Squire, ich war auf der Suche nach Ihnen." Ein Landwagen fuhr vorbei, und Harry überquerte hinter ihm die Straße. „Sie wissen wahrscheinlich, dass die Runner wieder einmal mit einem fadenscheinigen Beweisstück vorbeigekommen sind. Ich bin sicher, sie haben es Ihnen zuerst gezeigt."

„Das haben sie, und ich sagte ihnen, dass Tom Wardle ein ebensolches hat." Er sah Harrys meuternden Blick und wechselte schnell das Thema.

„Ich habe jedoch dringendere Nachrichten für Sie. Ich habe erfahren, dass auf der Bath Road, näher bei Avebury als bei Calne, ein weiterer Raubüberfall verübt wurde, und zwar ein Diebstahl von nicht geringer Höhe. Die Opfer waren in einer einfachen schwarzen Kutsche unterwegs, die keinen Verdacht erregen sollte, doch ihr Ziel war es, eine kleine Truhe mit dem Gold des Königs zu transportieren. Die Highway Patrol glaubt, dass die Wegelagerer wussten, wann diese Kutsche fahren würde, da sie zu einer ungewöhnlichen Stunde kam, die Räuber jedoch darauf vorbereitet waren. Diese Männer werden dafür hängen, wenn sie gefasst werden, und sie *werden* gefasst werden."

Harry dachte an das, was Miss Tunstall durch die Hände der

Räuber erlitten hatte, und verspürte ein untypisches Verlangen, jemanden zu verprügeln. „Als die Runner vor ein paar Tagen kamen, äußerten sie den Verdacht, dass jemand von hier in diese Sache verwickelt sei. Ich kann das nicht glauben. Und Sie?"

Der Gutsherr rieb sich das Kinn und sagte nach kurzem Nachdenken: „Ich glaube, die Möglichkeit besteht."

Er warf einen berechnenden Blick in Harrys Richtung. „Bitte fassen Sie es nicht falsch auf. Ich weiß, dass Ihnen die Erlösung dieser Nachbarschaft in der Nähe von Haggle End am Herzen liegt. Doch ich kenne hartgesottene Verbrecher. Ich bin hier seit mehr als achtzehn Jahren Friedensrichter. Ich habe noch keinen Kriminellen gesehen, der wirklich ein neues Kapitel aufgeschlagen hat, mit Ausnahme Ihres Tom. Doch selbst bei Tom habe ich leider meine Zweifel. Man kann eine Sau dressieren, doch sie bleibt ein Schwein. Nicht, dass Tom ein schlechtes Geschöpf wäre", ergänzte er hastig.

Der Gedanke, seine Entscheidung und seine Überzeugungen bezüglich der Wiedergutmachung von Menschen mit einer kriminellen Vergangenheit verteidigen zu müssen, ermüdete Harry, doch mit unverdrossener Geduld antwortete er: „Ich verstehe Ihre Gedanken. Sie ähneln denen vieler Menschen im Dorf. Was mich betrifft, so hoffe ich, dass ich Ihnen allen das Gegenteil beweisen kann. Tom wird nie mehr als ein Arbeiter sein. Er ist nicht mit dem Wissen aufgewachsen, und er ist zu alt, um nun mit dem Lernen aus Büchern zu beginnen. Doch er ist ein ehrlicher Mann, und das reicht mir. Diese Kinder in Haggle End und in der näheren Umgebung jedoch..."

Harry hielt inne und begegnete dem Blick von Mr. Mayne. „Trotz Ihres Widerwillens muss ich Ihnen für Ihr Geschenk und Ihren Beitrag zum Bau dieses Schulhauses danken. Sie haben vielleicht keinen großen Glauben an die Möglichkeit ihrer Wiedergutmachung, aber Sie haben zumindest ein wenig Glauben, da Sie etwas deswegen unternehmen. Das genügt mir und es genügt dem Herrn. Diese Kinder ... wenn wir sie nur jung genug erreichen, gibt es keine Grenzen für das, was sie schaffen könnten."

„Da möchte ich Ihnen nicht widersprechen, Mr. Aston. Meine Frau drängte auf dasselbe und nur ihr zuliebe habe ich sie unterstützt."

Das Geräusch einer Kutsche, die die Straße entlang rumpelte, bewirkte, dass sie beide den Kopf drehten. Harry sah, dass die Kutsche mit dem Wappen seines Bruders gekennzeichnet war. Zu seinem Entsetzen, doch nicht sehr überrascht, sah er, dass Hugh sowohl Anna als auch Mrs. Leatham begleitete. Sein Verdacht war richtig gewesen.

Der Gutsherr runzelte die Stirn, als er die Kutsche entdeckte. „Ich hätte ‚Mylord‘ sagen sollen, nehme ich an. Ich habe mir gerade angewöhnt, Sie Aston zu nennen und muss die neue Art und Weise lernen.“

„Ich bitte Sie, das nicht zu tun“, bat Harry. „Können Sie sich vorstellen, dass die Gemeinde mich mit ‚Mylord‘ anredet? Sie werden immer das Gefühl haben, dass eine große Distanz zwischen uns besteht, obwohl es gar keine Distanz gibt. Und es gibt nur einen Herrn. Wir sind alle Geschöpfe, die der gleichen Autorität unterstehen. Nennen Sie mich also bitte weiterhin Aston, wie Sie es taten.“

Der Gutsherr nickte und wandte seinen Blick wieder dem Wagen zu, der vor ihnen angehalten hatte.

„Nun, Henry, ich sehe, du tust deine Pflicht gegenüber deinen Gemeindemitgliedern.“ Mit einem strahlenden Lächeln fügte Hugh hinzu: „Ich habe dir zwei der bezaubernden abgenommen, du musst dir also keine Sorgen um sie machen.“

Harry ignorierte ihn und ging zum Wagen hinüber. „Miss Tunstall, darf ich Ihnen beim Aussteigen helfen?“ Er hob seine Hand und sie warf ihm einen gleichgültigen Blick zu, ehe sie ihre Hand in seine legte und ihm erlaubte, ihr zu helfen. Es war kein vielversprechender Anfang.

Dann wandte er sich an Mrs. Leatham. „Bitte erlauben Sie mir, Ihnen ebenfalls zu helfen. Es war klug von Ihnen, Ihre Reise in der gut gefederten Kutsche meines Bruders anzutreten. Darin sollten Sie nicht allzu sehr durchgerüttelt worden sein.“

„Danke, Mr. Aston. Es ist wahr. Ich habe die Unebenheiten auf der Straße kaum gespürt. Und ich muss sagen, die frische Luft tut mir sehr gut. Ihr Bruder hat uns überredet, ihn bei seinem Einkaufsbummel zu begleiten, das war sehr zuvorkommend von ihm.“ Mrs. Leatham lächelte Hugh an.

„James, kümmere dich um die Kutsche, denn wir haben einige Einkäufe zu tätigen. Meine Damen, ich habe nur noch eine Besorgung zu machen, ehe ich Ihnen gehöre. Henry wird dafür sorgen, dass Sie bis zu meiner Rückkehr versorgt sind." Hugh spielte wieder den Kavalier, und wenn man ihn nicht sehr gut kannte, war es schwer, die fehlende Aufrichtigkeit in seinen Worten zu bemerken.

„Wie herablassend", sagte Harry leise, als Hugh ging. Sein Bruder war nie jemand gewesen, der Dienste leistete, ohne eine Gegenleistung zu erwarten, und Harry fragte sich, was diese Gegenleistung war. Er vermutete, dass es etwas mit Miss Tunstall zu tun hatte.

„Haben Sie denn auch Einkäufe zu erledigen?" fragte Harry sie. Er verging in der Hitze und Miss Tunstall sah aus, als hätte ihr die Hitze des Tages nicht das Geringste anhaben können. Ein Hauch von Flieder wehte in seine Richtung.

„Nur ein paar. Ich hatte nicht geplant, so lange in Avebury zu verweilen, und ich möchte nicht, dass mir die Mittel ausgehen. Doch vor allem bin ich hier, um Emily bei der Auswahl dessen zu helfen, was sie braucht." Miss Tunstall klang noch immer steif. Obwohl sie ihm geantwortet hatte, konnte er die Mauer, die sie errichtet hatte, nicht überwinden.

„Ein sehr guter Plan." Harry ließ sich nicht entmutigen und bot beiden Damen seinen Arm an, wobei er sich wünschte, mit Miss Tunstall allein spazieren gehen zu können. Nur wenn sie Zeit miteinander verbrachten, konnte er die Ader der Wärme erreichen, von der er wusste, dass sie in ihr verborgen war. Aber natürlich konnte er Mrs. Leatham nicht zurücklassen.

Sie waren nicht weiter als bis zur anderen Straßenseite gegangen, als sein Bruder mit diesem gemessenen Schritt ankam, der der Welt zeigte, dass sie auf ihn warten konnte.

„Du hast die Hände voll. Erlaube mir, Miss Tunstall zu begleiten, und du kannst Mrs. Leatham helfen."

Harry beobachtete das Manöver ohne Überraschung, doch es ärgerte ihn nicht weniger. Er nahm all seine Reserven zusammen, um Mrs. Leatham die Gnade zu erweisen, die sie verdiente.

„Ich bin dankbar für diesen Moment, um zu erfahren, wie es Ihnen geht. Ich sehe, dass es Ihnen nicht an Mut mangelt, denn Sie haben sich bereit erklärt, auszugehen."

Sein Bruder hatte begonnen, Miss Tunstall Dinge zuzuraunen, näher als angemessen war, und Harry presste seine Lippen fest zusammen. Er konnte nicht hören, was Hugh sagte. Als er wieder zu Mrs. Leatham blickte, bemerkte er, dass ihr die Tränen in die Augen gestiegen waren.

„Ich bleibe stark für ihn – für meinen Mann", sagte Mrs. Leatham. „Ich tue es auch für mein Baby. Ich möchte nicht, dass mein Kind in Tränen geboren wird, sondern in Hoffnung. Und darauf richte ich meine Aufmerksamkeit. Ich bete, dass diese Hoffnung keine Illusion oder etwas Schwaches und Zerbrechliches ist, sondern etwas, an dem man sich festhalten kann."

Jetzt hatte sie Harrys volle Aufmerksamkeit und er drehte sich zu ihr um und sah sie bewundernd an. „Mrs. Leatham, Sie sind ein Vorbild dafür, wie man eine Prüfung übersteht. Obwohl ich weder Ihnen noch sonst jemandem dieses Leiden wünschen würde, hoffe ich, dass Sie sich dadurch trösten können, dass Sie eine Inspiration sind."

Mrs. Leatham drückte seinen Arm, antwortete aber nicht. Die vier hatten den Kurzwarenladen erreicht, wo Miss Tunstall Harry kühl zunickte, ehe sie das Geschäft betrat.

Die Tür schloss sich hinter ihr, und Hugh kehrte zurück, um Mrs. Leatham zu helfen. „Henry, ich bin sicher, du hast einen dringenden Besuch zu machen, der nicht aufgeschoben werden kann. Du brauchst dich hier nicht mehr zu bemühen."

„Guten Tag, Mrs. Leatham", sagte Harry.

Natürlich könnte er bleiben und Miss Tunstall seine Aufmerksamkeit aufzwingen, doch er war nicht so töricht zu glauben, dass er diesen Kampf gewinnen könnte. Er zog es vor, sich zurückzuziehen und seine Taktik an einem anderen Tag zu versuchen.

KAPITEL 19

Anna hatte sich an das Alleinsein in Avebury gewöhnt. Seit ihrer frühesten Erinnerung hatte sie selten Zeit allein verbracht und selbst wenn sie Freunde in London besucht hatte, war Phoebe nie weit entfernt gewesen. Zum ersten Mal wusste sie, was es bedeutete, allein zu sein – niemanden zu haben, mit dem sie die kleinen Vergnügungen des Lebens teilen oder Sorgen aus dem Weg räumen konnte, indem sie einfach etwas fand, worüber sie lachen konnte.

Mr. Aston bereitete ihr zunehmend Sorgen, doch sie fand nichts zu lachen. Warum hatte er seine wahre Identität verborgen und warum hatte er sich seitdem von ihr ferngehalten? Vielleicht betrachtete er sie nun, da er an seinen Adelstitel erinnert wurde, als unter seiner Würde. Doch wie ließe sich dann die beständige Aufmerksamkeit von Lord Brookdale erklären?

Sie musste Lord Brookdale ein außergewöhnliches Feingefühl zugestehen, als er Emily überredet hatte, sich ihnen anzuschließen. Er sprach in genau dem richtigen Maß an Überzeugungskraft die Notwendigkeit an, dass sie Anna aus Gründen des Anstands begleiten sollte, und über das perfekte Wetter, das die Reise nicht zu anstrengend werden lassen würde. Er hatte erwähnt, dass es ihm Freude bereiten würde, mehr über Captain Leathams Projekte im Dorf und seinen

Aufstieg in der Navy zu erfahren. Seine Ansprache war derart vollkommen gewesen, dass Anna fast glauben konnte, er sei wirklich interessiert. Und der sicherste Weg, Emilys Herz zu berühren, war natürlich, sie zu bitten, die Tugenden ihres Mannes zu erläutern.

Das Wetter war auch an diesem Tage wieder schön, und Anna, die sich zum Reiten angekleidet hatte, war schon fast an der Haustür, als Emily nach ihr rief. Sie drehte sich um und betrat das Morgenzimmer, in dem Emily saß, die Hände auf dem Schoß gefaltet, mit entschlossenem Gesicht.

„Anna, ich wollte dir etwas sagen." Sie hielt inne. „Wie ich sehe, bist du zum Reiten gekleidet. Hast du ein wenig Zeit für mich?"

„Natürlich." Anna zog ihre Handschuhe aus und setzte sich neben Emily. „Ich wusste gar nicht, dass du hier bist. Du ruhst jetzt nachmittags häufig. Ich versichere dir, du hast meine volle Aufmerksamkeit."

„Du bist solch eine gute Freundin für mich." Emily drückte Annas Hand, während sich ihre Augen mit Tränen füllten. Es vergingen ein paar Minuten, ehe sie fortfahren konnte. „Ich wollte dir sagen, dass ich mir ziemlich sicher bin, dass John nicht zurückkommen wird..."

Anna konnte sie nicht ausreden lassen. „Emily, das kannst du nicht wissen. Es ist zu früh, die Hoffnung aufzugeben."

Emily schüttelte den Kopf und drückte erneut Annas Hand, hieß sie schweigen. „In diesem Fall hilft es mir nicht, zu hoffen. Ich weiß, das mag dir seltsam vorkommen, doch das *Hoffen* hält mich in einem Zustand der Angst gefangen. Jeden Moment könnte ich erfahren, dass mein Mann in einem kalten nassen Grab liegt und meine Hoffnungen für immer zerstört sind. Ich muss diesen Zustand der Ungewissheit überwinden, damit Angst und Trauer nicht die Kontrolle über meine Zukunft übernehmen. Ich muss das für mein Baby und für mich selbst tun."

Anna öffnete den Mund, um zu sprechen, schloss ihn dann jedoch wieder. Es gab nichts, was sie sagen konnte. Emily hatte Recht. Am wahrscheinlichsten war, dass John tot war. Die Erkenntnis raubte ihr fast den Atem. Wie konnte Emily das ertragen? Wie konnte sie es ertragen, zu wissen, dass ihr Mann niemals zurückkehren würde? Auch Annas Augen füllten sich mit Tränen und in ihrem Hals bildete sich ein Kloß.

„Wie kann ich dir helfen?", fragte sie leise.

„Reise nicht ab, bis meine Mutter kommt." Emily blickte Anna flehend an. „Das ist alles, worum ich bitte. Ich werde mich darauf konzentrieren, nicht in eine tiefe Melancholie zu verfallen." Sie brach mit einem Lachen ab, das sich in ein Schluchzen verwandelte und Anna hatte Mühe, gegen die Traurigkeit anzukämpfen, die sie zu verschlingen drohte, als sie den Schmerz ihrer Freundin sah. Sie nahm beide Hände von Emily in die ihren.

„Ich werde dich nicht verlassen", versprach Anna.

Strahlend weiße Wolken füllten den Himmel und Anna spürte eine stetige Brise, als sie schließlich Durstead Manor verließ und sich auf den Weg zu den Ställen machte. Nach ihrem Gespräch mit Emily brauchte sie diesen Ausritt noch mehr, um ihr seelisches Gleichgewicht wiederherzustellen. Wenn Emily mutig genug war, sich dem Verfall zu verweigern, durfte Anna nicht weniger mutig sein.

Sie machte sich in zügigem Tempo auf den Weg über die Wiese in Richtung der Straße, die sie nach Avebury geführt hatte. Begleitet wurde sie von Emilys Pferdeknecht, einem ruhigen Mann. Trotz seines fortgeschrittenen Alters war er so schüchtern, dass er in ihrer Gegenwart kaum zwei Worte zusammensetzen konnte. Anna war durch ihr Gespräch mit Emily so abgelenkt, dass sie auf den Ort des Überfalls zu ritt, ohne sich dessen bewusst zu sein und ohne vom Pferdeknecht aufgehalten zu werden. Vielleicht war er zu schüchtern, um sie darauf aufmerksam zu machen, aber sicher war der Ort nicht sehr wünschenswert.

Der Anblick der Lichtung überraschte sie, und sie wusste sofort, wo sie war. Das Gebüsch war niedergetrampelt worden, und Anna sah die Gruppe von Birken, in die der angeheuerte Kutscher verschwunden war. Ein untrügliches Gefühl der Angst machte sich in ihrem Magen breit. Was, wenn die Räuber regelmäßig an diesem Ort ihr Unwesen trieben? Sie war überfallen worden, doch es hätte noch viel schlimmer kommen können. Anna zügelte ihr Pferd, während der Pferdeknecht sein Reittier in respektvollem Abstand anhielt, und sie versuchte, tiefere Atemzüge in ihre Lungen zu zwingen.

„Miss Tunstall, heute scheint mein Glückstag zu sein."

Anna wandte beim Klang von Lord Brookdales Stimme den Kopf

und erschlaffte vor Erleichterung. Sie würde nicht jedem Wegelagerer ausgeliefert sein, der ihr zufällig begegnete, und nur einen Pferdeknecht haben, der zu alt war, um sie zu verteidigen, falls es nötig werden sollte. Auf die Erleichterung folgte rasch die Erkenntnis, dass der Pferdeknecht keine große Hilfe sein würde, wenn Lord Brookdale ihr seine Aufmerksamkeit aufzwingen wollte. Aber Lord Brookdale war doch sicherlich ein Gentleman.

Anna zwang sich zu einem Lächeln und beschloss, nichts von dem, was hier geschehen war, preiszugeben. Der Angriff war zu persönlich, um mit jemandem darüber zu sprechen, den sie nicht gut kannte. Zudem kannte Mr. Aston bereits alle Einzelheiten, und das war ausreichend.

„Was führt Sie in diese Gegend, Lord Brookdale?"

„Ich hatte zuerst in Durstead Manor Halt gemacht, aber da Sie nicht da waren, machte ich einen Ausritt, weil ich dachte, dass ich Sie vielleicht noch antreffen würde. Stellen Sie sich vor, wie überrascht ich war, Sie *hier* zu finden. Auf der Straße, die zurück nach London führt."

Ihre Pferde liefen im Schritt nebeneinanderher und er fügte mit neckischer Stimme hinzu: „Führt sie Sie in Versuchung?"

Es dauerte eine Minute, bis sie seine Frage begriff. *Oh! Die Straße nach London.* Anna fragte sich, ob er recht hatte. Hatte sie deshalb diese Straße gewählt? Weil sie nach London führte? In jedem Fall vermisste sie die Gespräche in London. Vielleicht war ihre Sehnsucht, zu gehen, doch nicht so groß, wie sie vermutet hatte, denn ihr nächster Gedanke war, dass sie die Konversationen mit Mr. Aston vermisste.

„Das könnte ich Sie ebenfalls fragen", gab sie leichthin zurück. „Ich bin tatsächlich erstaunt, dass Sie nach einer Woche immer noch hier sind."

Lord Brookdale blickte nach vorn und sie bewunderte sein Profil. Er war wirklich ein attraktiver Mann und seine Selbstsicherheit gefiel ihr. Jede geeignete Frau in London hatte ein Auge auf ihn geworfen, seit er in der Gesellschaft aufgetaucht war, hatte man ihr gesagt. Was für ein Triumph, wenn er Interesse an ihr hätte. *Gütiger Himmel! Was dachte sie sich nur, nachdem ihr soeben aufgegangen war, die Konversationen mit Mr. Aston zu vermissen? Hatte es jemals eine unentschlossenere Frau auf Erden gegeben?*

Sie nahm es an. *Frauen sind notorisch unentschlossen*, dachte Anna lieblos und war recht pikiert, in diese Kategorie zu fallen.

„Sagen wir einfach" – Lord Brookdale wandte sich kurz in ihre Richtung, um ihrem Blick zu begegnen – „ich habe einen Grund gefunden, eine Zeit lang zu bleiben."

Sein Blick war bedeutungsvoll genug, um zu zeigen, dass er bewusst gewesen war, und sie spürte den Siegesrausch. Oder zog er sie lediglich auf? In jedem Fall wusste Anna in dieser Angelegenheit wenig über ihr eigenes Herz, und es war das Beste, wenn sie schwieg.

Als sie nichts erwiderte, warf er ihr einen Seitenblick zu und flötete: „Ich möchte Ihnen dazu gratulieren, dass es Ihnen gelungen ist, die Gerüchte über Miss Daventry zu vertreiben."

Anna drehte sich in ihrem Sattel um und sah ihn an. „Woher wissen Sie, dass ich in irgendeiner Weise mit den Gerüchten über Miss Daventry zu tun hatte?"

Lord Brookdale zuckte mit den Achseln und wirkte zufrieden mit sich selbst. „Wenn ein großer Skandal ausbricht, beeilt sich eine Person aus meinem Freundeskreis, mich mit allen *on-dits* zu verwöhnen, insbesondere wenn es sich um eine Rivalin handelt."

„Eine Freundin also", überlegte Anna mit hochgezogener Augenbraue. „Mit Rivalin kann ich mir nur vorstellen, dass Sie Miss Broadmore meinen. Harriet Price hat noch nicht einmal eine vollständige Saison hinter sich."

Er nickte. „Sie haben die richtige Überlegung angestellt, Miss Tunstall."

Die Bewegung der Pferde auf dem ebenen Weg war beruhigend und Anna ließ sich davon einlullen, bis ihr eine Frage in den Sinn kam. „Und wie gelang es Ihrer Freundin, das Widerlegen des Gerüchts zu mir zu verfolgen?"

„Sie brauchte nur den Verlauf Ihrer Besuche an diesem Morgen mit allen Geschichten, die ihr zuflogen zu beobachten und zu sehen, welchem Weg die Gespräche von dort aus folgten." Lord Brookdale betrachtete sie nun interessiert, um zu sehen, wie sie diese Neuigkeit aufnahm.

„Ich bin überrascht, dass sie dazu in der Lage war", gab Anna schroff zurück, „denn die Art von Freundin, von der Sie sprechen, ist in der Regel in der *Haut Ton* nicht willkommen." Sobald die Worte ihren Mund verlassen hatten, bereute sie sie.

„*Touché*, meine Liebe." Lord Brookdale schien durch ihre Unterstellung nicht beunruhigt zu sein und lachte nur. „Ich habe noch andere weibliche Freunde."

„*Verheiratete*, höchstwahrscheinlich." Anna wusste, dass sie sich mit der Richtung ihres Gesprächs auf gefährliches Terrain begab, denn es zeigte eine wenig schmeichelhafte Kenntnis der Schattenseiten der Gesellschaft. Und vermutlich hatte sie unrecht. Lord Brookdale würde niemandes Cicisbeo sein. Er lachte nur erneut und klang menschlicher – und attraktiver. Es war Zeit für Anna, das Thema zu wechseln.

„Es war sehr nett von Ihnen, uns einzuladen, mit Ihnen ins Dorf zu gehen. Es hat Emily sehr gutgetan."

Sie hatten den Schutz des Waldes verlassen und befanden sich nun auf der offenen Straße, während der schweigsame Pferdeknecht hinter ihnen her ritt. Anna konnte nicht umhin, ihren Kopf nach links zu wenden, wo die Straße zum Pfarrhaus führte. Sie hätte gerne einen Blick auf Mr. Aston erhaschen können, der aus dieser Richtung kommen würde, war sich aber nicht sicher, ob es ihr zum Vorteil gereichen würde, mit dem Marquess zu reiten. Mr. Aston würde denken, dass ihr Aufeinandertreffen beabsichtigt gewesen wäre.

„Ich war gerne behilflich", antwortete Lord Brookdale. „Sie können jederzeit eine Nachricht an das Pfarrhaus schicken, wenn Sie etwas brauchen, selbst so etwas Einfaches wie Mrs. Leatham herauszulocken. Henry ist mit seinen Pflichten beschäftigt und kann solche kleinen Dienste nicht immer leisten. Das Leben mit ihm ist ziemlich ermüdend."

Es stimmte. Lord Brookdale war zweimal nach Durstead gekommen und Mr. Aston nicht ein einziges Mal, seit er seinen Bruder vorgestellt hatte. Sicherlich verdiente Emily seine Zeit als eines seiner Gemeindemitglieder in großer Not. Anna furchte ihre Augenbrauen. *Würde* das Leben mit ihm ermüdend sein?

„Ich weiß Ihr Angebot zu schätzen und werde nicht zögern, wenn sich die Notwendigkeit ergibt", sagte sie.

Am nächsten Tag kündigte der Butler Lord Brookdale erneut an, als Anna und Emily im Morgenzimmer saßen. Anna konnte nicht verstehen, warum der Marquess so eifrig bei der Sache war und Mr. Aston sich zurückgezogen zu haben schien. Nur ihr Stolz hielt sie davon ab, zu fragen. Vielleicht hatte sie sich das Interesse von Mr. Aston nur eingebildet.

Dann erinnerte sie sich daran, wie es sich anfühlte, ihm nahe zu sein, von ihm gehalten zu werden, selbst wenn er ihr nur beim Aussteigen half. Ihre Erinnerung überflutete sie mit Bildern, wie sie sich auf der öffentlichen Straße gegenüberstanden, wie sie näher bei ihm stand, als je bei einem Mann und wie die Luft von der Kraft ihrer gegenseitigen Anziehung vibrierte.

„Miss Tunstall?“

Lord Brookdales Blick war auf sie gerichtet und sie errötete bei dem Wissen, wohin ihre Gedanken geführt hatten. Anna lächelte schwach und blickte zu Emily, die sich nach der Begrüßung von ihnen zurückzuziehen schien.

„Ich habe Ihnen etwas mitgebracht, das Sie interessieren könnte.“ Lord Brookdale reichte ihr die Seiten der *London Gazette* und sah amüsiert aus, als sie nach Luft schnappte und sie begierig ergriff.

Anna überflog die Spalten mit den Nachrichten. „Wie sehr habe ich mich nach einer aktuellen Ausgabe gesehnt. Wie haben Sie eine bekommen? *Hm!* Na, was sagt man dazu? Lord Liverpool hat einen weiteren Gesetzesentwurf ins Parlament eingebracht, der für Ordnung sorgen wird und ihm sicherlich viele *Freunde* einbringen wird ... oh, ich sehe, der Duke of Clarins wird heiraten. Aber wer *ist* sie? Wer hat schon von einer Kathryn Martin gehört? Welch gewöhnlicher Name. Und hier...“

Das Geräusch des Klopfers unterbrach ihr Studieren der Zeitung, doch sie blickte erst auf, als der Butler ankündigte: „Mr. Aston.“

ES SCHIEN, als hätte Harry nie eine arbeitsreichere Phase erlebt. Glücklicherweise gab es keine weiteren Todesfälle, doch es gab Taufen und Eheschließungen unter den einfachsten Mitgliedern seiner Herde zu vollziehen. Er konnte es nicht übers Herz bringen, sie abzuweisen oder das Honorar zu verlangen, das sie ihm für diese Dienste schuldeten. Er missgönnte ihnen das Honorar nicht, wohl aber die Zeit, die er benötigte, um die Riten und Sakramente zu vollziehen. Er beichtete Gott seine Zerrissenheit, doch das Wissen darum, dass Miss Tunstall ihre gesamte Zeit mit Hugh verbrachte, während Harry mit der Arbeit für den Herrn beschäftigt war, war eine bittere Pille, die er schlucken musste.

Der Anblick, wie sie an Hughs Seite saß, als er das Morgenzimmer von Durstead Manor betrat, half nicht, obwohl er glaubte, das leiseste Zittern in ihren Händen zu erkennen, als sie sich erhob. Hatte sie ihn vermisst? Sein Blick huschte vom Gesicht seines Bruders zu dem ihren, und er nahm ihre Hand in die seine und führte sie an seine Lippen.

„Henry, endlich bist du wach und auf den Beinen." Lord Brookdale war sitzen geblieben und drehte ein Monokel zwischen seinen weißen Fingern.

„Du weißt recht gut, dass ich vor dir aufstehe und seit dem Morgengrauen unterwegs bin. Wie geht es Ihnen, Miss Tunstall? Sie sehen sehr gut aus." Seine Augen suchten die ihren, doch sie erwiderte seinen Blick nur auf das Flüchtigste, ehe sie sich setzte.

Harry verbeugte sich vor Mrs. Leatham, die seinen Gruß in einem gedämpften Ton erwiderte. Als er Platz nahm, bemerkte er die Zeitung, die Miss Tunstall auf das Sofa hatte fallen lassen. Sie nahm die Zeitung wieder auf, öffnete sie aber nicht.

„Die Gesellschaftsseiten?", fragte er.

Er wusste, dass in seinem Ton ein Tadel lag, und Miss Tunstall hob ihr Kinn mit einem herausfordernden Blick. „Wie Sie sehen."

„Ich nehme an, das war dann der Zweck deines Besuchs, Hugh, denn deine Zeitung kam mit der Morgenpost." Harry bemühte sich um einen neutralen Tonfall, doch sein Bruder sah ihn scharf an, und seinen Augen entging nichts.

„Das war nicht der einzige Grund für meinen Besuch", gab Hugh zurück. Er nahm Miss Tunstall die Zeitung aus der Hand und schlug sie auf. Er beugte sich zu ihr, deutete auf einen Artikel in der Zeitung und murmelte: „Und hier ist er."

Harry rutschte angesichts des intimen Bildes, das sich ihm bot, auf seinem Sitz hin und her, und war nicht erfreut, als Miss Tunstalls

Gesichtsausdruck sich aufhellte angesichts dessen, was Hugh ihr zeigte.

„Und da ist es also. Miss Judith Broadmore verheiratet mit Mr. Samuel Ponsonberry." Sie schüttelte den Kopf.

Harry holte tief Luft und wandte sich entschlossen an Mrs. Leatham. „War Dr. Carson wieder bei Ihnen?"

„Erst gestern", antwortete sie. „Er sagte, alles gehe weiterhin so gut wie man erwarten könne." Mrs. Leatham sah aus, als wollte sie noch mehr sagen, doch sie blickte seinen Bruder an und schloss die Lippen.

Miss Tunstall sah plötzlich auf und wandte sich mit zusammengekniffenen Augen an Hugh. „Was könnte wohl Judith Broadmore zur Rivalin von jemandem machen und warum hat sie sich in diese übereilte Heirat gestürzt? Sicherlich war es nicht wegen etwas, das ich tat, denn ich wollte sie nur dazu bringen, ihre Äußerungen über Eleanor zurückzunehmen."

„Nein, nicht einmal eine Person mit Ihrem Einfluss hätte Judith Broadmore dazu bringen können, mit jemandem von Ponsonberrys Sorte vor den Altar zu treten. Ich werde Ihnen antworten. Judith wurde einmal zu oft in Begleitung von Sir Delacroix, dem Franzosen, gesehen, der nach Frankreich fliehen musste. Kennen Sie ihn?"

Harry glaubte, dass sich Miss Tunstalls Gesichtsfarbe bei der Erwähnung des Namens vertiefte und er spürte ein vages Gefühl der Beunruhigung. Welche Verbindung konnte sie zu einem Mann haben, der gezwungen gewesen war, das Land zu verlassen?

Hugh fuhr fort. „Ich glaube, meine Freundin teilte die Aufmerksamkeit des Herrn, weigerte sich jedoch, mit ihm zu fliehen. Delacroix verließ Judith ohne Vorankündigung, in großer Eile und in einer heiklen Situation." Miss Tunstall schnappte nach Luft.

Harry konnte es nicht länger ertragen, und er konnte nicht umhin, Miss Tunstall in seinen vorwurfsvollen Blick einzuschließen, als er sagte: „Hugh, hast du nichts Besseres zu tun, als mit den Namen anderer Leute um dich zu werfen?"

Hugh wandte sich ihm höhnisch grinsend zu. „Sie bekommen nur, was sie verdienen. *Le remords est la seule vertu qui reste au coupable.*"

Mrs. Leatham begegnete Miss Tunstalls fragendem Blick und tauchte aus ihrer stillen Betrachtung auf, um zu erklären: „Reue ist die einzige Tugend, die dem Schuldigen bleibt.' Es war Voltaire, der das sagte."

„Das kommt davon, wenn man von der Gesellschaft abhängig ist." Mit Gewalt beherrschte Harry seine Stimme, doch er ballte die Fäuste in seinem Schoß. „Stück für Stück geben wir Teile unserer Seele auf und wofür? Ein paar erlesene Häppchen, die so lange gut schmecken, bis wir an der Reihe sind, von der Gesellschaft verspeist zu werden."

Miss Tunstalls Augen funkelten gefährlich. „Was geht es Sie an, Mr. Aston, dass ich die *Gazette* lesen möchte? Habe ich nicht das Recht zu erfahren, welchen Vorschlag das Parlament gemacht hat, genauso wie jemand, der noch in London ist? Und wenn ich mich über die Neuigkeiten von Freunden freuen will, die geheiratet haben oder mich über den Sturz von jemandem freuen will, der meinem Bruder und seiner Verlobten Unrecht getan hat, dann ist das mein gutes Recht."

„Es ist das ‚sich über den Sturz von jemandem freuen', mit dem ich nicht einverstanden bin. Das ist es, was passiert, wenn man die Gesellschaft hofiert. Es führt zum moralischen Ruin", erwiderte Harry verbittert.

Hugh hatte das Spiel mit einigem Amüsement beobachtet und sicherlich die Spannung um Harrys Mund und die leuchtenden Farbtupfer auf Miss Tunstalls Wangen bemerkt. Er lehnte sich zurück. „Ich kann mich voll und ganz in Ihre Gefühle hineinversetzen, Miss Tunstall. Sie können sicher sein, dass ich den Sturz derjenigen genieße, die ihn verdienen und zu einfältig sind, um ihn zu vermeiden." Er hob sein Monokel und betrachtete Harry dadurch.

Anna richtete ihren Blick auf Harry und reckte ihr Kinn herausfordernd. „Halte dich nicht zu streng an das Gesetz und sei nicht maßlos im Erwerb von Wissen! Warum solltest du dich selbst ruinieren?"

Harry sah sie erstaunt an, pikiert über ihre falsche Anwendung der Schrift, doch erfreut über ihre Kenntnis darüber. „Miss Tunstall, Sie wissen doch sicher, was als Nächstes kommt, wenn wir das zitieren wollen."

Sie verschränkte die Arme und blickte weg, doch er war klug genug, nicht fortzufahren. *Entfern dich nicht zu weit vom Gesetz und verharre nicht im Unwissen: Warum solltest du vor der Zeit sterben?*

Eine Stille legte sich über sie, und Hugh schien die Anspannung zu genießen. „Nun, Miss Tunstall, ich freue mich schon sehr auf die nächste Saison, in der wir hoffentlich viel Zeit miteinander verbringen werden. Henry wird in Avebury bleiben, wo er sich nach Herzenslust ‚zu streng an das Gesetz' halten kann."

Anna schenkte Hugh ein höfliches Lächeln, und Harry, der spürte, dass er erneut eine Begegnung verloren hatte, entschuldigte sich und ging.

KAPITEL 20

Anna musste fort, doch es war ihr unmöglich, sich physisch von Avebury zu entfernen. Sie konnte nicht einmal ihren widersprüchlichen Gefühlen entkommen, indem sie sich einer guten Dosis an seichter Gesellschaft hingab. Auch konnte sie niemanden der es verdiente, necken und provozieren, was ihre eigene Stimmung stets aufhellte. Es gab niemanden, mit dem sie scherzen konnte. Stattdessen wurde sie mit ihren Gedanken allein gelassen und musste sich der unangenehmen Tatsache stellen, dass diese nicht sehr erbaulich waren, wenn sie sich in ihrem Kopf abspielten. Emily hatte gesagt, sie sei müde, daher beschloss Anna, einen Spaziergang zu machen, und machte sich auf zum kühlen Blätterdach des Waldes.

Anna ließ das helle Sonnenlicht auf dem Weg hinter sich zurück und schritt nun über die weiche Lauberde. Es war gut, mit ihren Gedanken allein zu sein. Lord Brookdale behandelte sie bevorzugt und sie wusste nicht, was sie davon halten sollte. Möglicherweise fand er sie bezaubernd, doch konnte sie sich des Eindrucks nicht erwehren, dass er sie nur zum Objekt seiner Aufmerksamkeit machte, um seinen Bruder zu verärgern. Dennoch hatte seine Art genug Charme, um sie in Versuchung zu führen, insbesondere wenn Mr. Aston so provozierend nüchtern war. Erwartete er von ihr, dass sie auf ihre Vergnügungen verzichtete, nur weil sie eine Verbindung zueinander aufgebaut hatten?

Sie hielt kurz inne und schnappte nach Luft. Das war es also, nicht wahr? Sie hatten eine Beziehung zueinander aufgebaut, auch wenn es nicht zu einer Erklärung gekommen war.

Vielleicht war das auch besser so. Anna machte sich wieder auf den Weg, den Kiefer vorgeschoben. Falls Mr. Aston ewig moralisierend sein wollte, war es besser, wenn sie das jetzt wusste. Mit Lord Brookdale würde sie etwas Derartiges sicher nicht ertragen müssen.

Zwar empfand sie für den Marquess nicht dasselbe wie für Mr. Aston – nicht einmal annähernd –, doch sie konnte nicht anders, als sich von dem Einfluss, den sie als Duchess haben würde, verlockt zu fühlen. *Mein Leben wäre recht angenehm, wenn ich ganz ehrlich mit mir selbst bin. Ich würde nur an das Vergnügen denken und hätte die Garderobe meiner Träume. Ich wäre eine Anführerin der Gesellschaft, wie es mir bestimmt ist. Und ich müsste mich nicht mit meinem Gewissen herumschlagen.*

Selbst als die Gedanken an ihr vorbeizogen, wie die Auswahl an Kleidern bei der Modistin, wusste Anna, dass sie sie nicht billigen konnte. Das war nicht sie. Sie war niemand, der sein Herz um des reinen Status willen so gänzlich ignorierte. Lord Brookdale entfachte keine Flamme der Begierde in ihr. Und dann war da noch der verflixte Bruder von Lord Brookdale, der ebendies tat.

Anna seufzte. Sie ging weiter, vorbei an einem Bach, den sie schon früh bei ihren Spaziergängen um Durstead Manor entdeckt hatte. Emily hatte ihr die Spaziergänge nie missgönnt, vielleicht weil sie wusste, wie sehr sie die Flucht brauchte. Selbst in Momenten der tiefsten Trauer und des Zweifels hatte Emily Anna zu diesen Spaziergängen gedrängt. Doch es war schon einige Zeit her, dass Anna so weit gegangen war, und sie war entschlossen, bei der Hitze des Tages kühle Erleichterung im Geräusch des gurgelnden Wassers zu finden, das über die Steine plätscherte.

Anna näherte sich einer Brücke, die den Bach überquerte. Sie brauchte nicht auf die andere Seite zu gelangen und wusste nicht einmal, ob diese noch zu den Leathams gehörte, doch die bogenförmige Brücke war malerisch. Sie war der perfekte Ort für innere Einkehr. Anna betrat sie, ihre

Füße ein hohles Echo auf dem Holz erzeugend. In der Mitte lehnte sie sich über das Geländer und ließ eines der Blätter fallen, die sie auf ihrem Weg durch den Wald ziellos gesammelt hatte. Ein Blatt nach dem anderen ließ sie in das rauschende Wasser fallen, und mit ihnen ihre Verwirrung.

Ein Blatt flatterte hinab für ein Leben als Mrs. Aston in einem ruhigen Heim, wo es Liebe geben könnte. Ein Blatt fiel hinab für ein Leben mit all der Fröhlichkeit und Pracht, die sie sich erhoffen konnte – Partys und Soiréen und Reisen auf den Kontinent, die sicher kommen würden, wenn diese Angelegenheit mit dem Krieg zu Ende ging und wenn sie Lord Brookdale heiratete. Ein Blatt trudelte hinab für ein Leben, in dem sie von Mr. Astons zuverlässiger Anwesenheit getragen wurde, in dem man ihr zuhörte und sie küsste.

Anna schüttelte den Kopf. Sie wusste, in welche Richtung ihr Herz tendierte, doch es war zu schwer, es ganz zuzulassen. Sie konnte es einfach nicht. *Und er sagte mir nicht die Wahrheit darüber, wer er ist*, rief sie sich in Erinnerung, um ihr Herz gegen ihn zu wappnen.

„Miss Tunstall!"

Auf den ersten Anflug von Freude, als sie Mr. Astons Stimme hörte, folgte ein Funken von Ärger. War er hierhergekommen, um sie weiter zu beschimpfen? Anna wandte sich von ihm ab, den Blick auf das Wasser gerichtet, das unter der Brücke hindurchrauschte, und bot nur ein kühles Nicken in seine Richtung, als das Geräusch seiner Stiefel auf der Holzbrücke ihre Ohren erreichte.

Mr. Aston durchbrach die schwache Barriere ihres kühlen Empfangs, indem er Annas rechte Hand ergriff, sie an seine Lippen führte und sie zu sich heranzog. „Miss Tunstall, ich stehe in Ihren schwarzen Büchern, und Sie sind völlig im Recht."

Er begegnete Annas Blick mit einem solch ernsten, reumütigen Ausdruck, dass ihre Abwehr nicht standhalten konnte.

„Welches Recht habe ich, Ihnen eine Predigt zu halten, wo ich doch reichlich Zeit hatte, Ihre Großherzigkeit zu beobachten, als Sie Mrs. Mayne bei ihrem Projekt halfen, und Ihre unermüdliche Unterstützung für Mrs. Leatham in ihrer Not. Ich bin ein Schurke."

Anna schniefte. „Nun, ich nehme an, man erwartet von einem Pfarrer, dass er predigt und alle Arten von Vergnügen einschränkt."

„Die Einschränkung des Lasters vielleicht, aber des Vergnügens?"
Mr. Aston schüttelte den Kopf. „Das will ich nicht hoffen."

Anna riss ihre Hände los, da sie nicht bereit war, sich so einfach geschlagen zu geben. „Woher kennen Sie diesen Ort?"

Mr. Aston ließ ihre Hand los und lehnte sich neben sie auf das Geländer. „Unsere Ländereien grenzen aneinander. Dies ist nicht mein Besitz. Er gehört Leatham, doch er hat ihn mir für die Jagd und ruhige Spaziergänge zur Verfügung gestellt. Ich komme oft an den Bach. Er ist eine Quelle der Besinnung, nicht wahr?"

„Ihr Bruder war ein häufiger Besucher in unserem Haus", bemerkte Anna. Sie wollte nicht hinzufügen, dass Mr. Aston weniger häufig gekommen war, da sie befürchtete, er könnte denken, dass sie seine Abwesenheit bemerkt hatte oder sich daran störte. Es musste auch erwähnt werden, dass sein letzter Besuch nicht gut geendet hatte.

Mr. Aston schien mit sich zu ringen, ehe er antwortete. „Ich will Ihnen nicht verheimlichen, dass mein Bruder und ich nicht gut miteinander auskommen. Hugh kann provozierend sein und ich nehme an, dass ich dann in den alten Rhythmus aus unserer Kindheit verfalle. Wenn ich ganz ehrlich sein soll, mag ich mich selbst nicht besonders, wenn er in der Nähe ist."

Anna biss sich auf die Lippe, als sie über seine Worte nachdachte. „Das kann ich wohl verstehen. Es gibt immer Menschen, die das Schlimmste in uns hervorbringen und andere, die das Beste in uns hervorbringen."

Es herrschte Stille, bis auf das Rauschen des Wassers unter ihren Füßen und Anna wurde klar, dass sie seine Freundschaft vermisst hatte. Sie blickte auf die Bäume zu beiden Seiten des Baches, statt ihn anzusehen. „Ich beginne zu befürchten, dass Captain Leatham nicht zurückkehren wird, und ich vermag nicht, mir vorzustellen, was Emily tun wird, wenn er nicht zurückkehrt. Ich kann hier nicht bleiben", fügte sie schnell hinzu. „Mein Bruder kann mich nicht ewig entbehren, da seine Hochzeit noch in diesem Monat stattfindet." Mr. Aston richtete sich neben ihr auf und antwortete nicht sofort.

Ist er enttäuscht? fragte sich Anna.

„Die Nachrichten, die wir erhalten haben, waren nicht gerade beruhigend, das ist wahr. Aber ich werde die Hoffnung nicht ganz aufgeben, bis wir eine definitive Nachricht über sein Schicksal erhalten."

Anna spürte seinen Blick auf sich und fragte: „Das ist es also, was Sie tun? Sie bleiben hoffnungsvoll, obwohl Sie wenig Anlass dazu haben?" Sie warf einen Blick in seine Richtung. Er sah sie *tatsächlich* an.

„Ganz genau. Welcher Mann ließe die Hoffnung so einfach fahren?"

Seine Worte begannen, eine persönlichere Bedeutung anzunehmen, und Annas Herz flatterte ob seiner Nähe, ob seines aufmerksamen, konzentrierten Blicks. Sie fragte sich, ob sie gehen sollte, ob sie die Flucht ergreifen sollte, solange sie noch konnte. Sie hatte das Gefühl, wenn sie bliebe, würde sie sich unwiderruflich binden.

Als ob er ihre Gedanken gelesen hätte, sagte Mr. Aston: „Anna."

Sie atmete scharf ein und wandte sich ihm zu, wobei ihr die Hitze in die Wangen stieg. Er hatte ihren Vornamen benutzt.

Er hob seine Hand und strich ihr mit der leichtesten Berührung über die Wange. „Anna, sagen Sie mir, dass ich zu hoffen wagen darf."

Anna war wie hypnotisiert von der Intimität seiner Liebkosung und dem Anblick, wie er sich ihr näherte. Seine Hand noch immer auf ihrer Wange, beugte sich Mr. Aston vor und streifte ihre Lippen mit seinen, dann zog er sich zurück, während er sie studierte.

„Ich ... ich..." Annas Stimme war nicht mehr als der Hauch eines Flüsterns, und sie schüttelte kaum merklich den Kopf. Als das Geräusch des rauschenden Baches die Stille erfüllte, hob sie ihren Blick zu ihm. Sie sah, wie sich eine Falte zwischen seinen Augen bildete und erkannte den Schmerz darin. „Harry, ich kann nicht."

Harry machte einen abrupten Schritt nach hinten und Anna wäre beinahe gestürzt, als Luft die Stelle eroberte, an der er gestanden hatte. Sie sah, wie er schluckte, sah, wie sich sein Kiefer anspannte, und wollte ihm etwas zurufen. Sie wollte es ihm erklären, doch sie brachte kein Wort hervor. Er verbeugte sich kurz und drehte sich um, um über die Holzbrücke zu gehen, ohne noch etwas zu sagen.

Anna hatte das Richtige getan. Natürlich konnte sie nicht in Avebury bleiben und einen Pfarrer heiraten. Die Vorstellung war undenkbar. Man musste nur schauen, was sie erwarten würde, wenn sie es täte! Nichts als langweilige Konversation und strengster Anstand. Sie hatte Mr. Aston in seine Schranken gewiesen.

Anna. Der Gedanke an ihren Namen auf seinen Lippen kam ihr wieder in den Sinn, und sie fragte sich, wie es wohl wäre, derart vertraut mit ihm zu sein – seinen Kuss zu erwidern, anstatt sich mit der kurzen Berührung seiner Lippen auf ihren zu begnügen. Anna verließ die Brücke und machte sich auf den Weg zurück nach Durstead Manor. Wenn sie das Richtige getan hatte, warum war ihr dann nach Weinen zumute?

Erst als sie sich dem Ende des Waldes näherte und ihre Gedanken zu dem Kuss zurückkehrten – die leichteste Berührung seiner Lippen –, keuchte sie auf, als ihr die Erkenntnis dämmerte.

Sie hatte ihn Harry genannt.

KAPITEL 21

Harry erreichte den Waldrand, ehe es ihm auffiel. Anna an einem seiner Lieblingsplätze zu begegnen, war eine unerwartete Freude gewesen. Von Zeit zu Zeit hatte er sich gefragt, ob sie je so weit ging, und heute, als das Schicksal ihm seine Chance bot, schien der Zeitpunkt richtig, um ihr seine Gefühle zu gestehen.

Das war nicht gut gelaufen. Harry ging in zügigem Tempo weiter und versuchte, seine Gefühle unter Kontrolle zu bringen, ehe er seinem Bruder wieder gegenübertrat. Er sollte einfach langsamer gehen, damit er nicht im Pfarrhaus ankam, ehe er so weit war, doch sein Herz schmerzte zu stark, und er musste sich bewegen. Er erinnerte sich an die Sanftheit ihrer Lippen und die Süße ihres Gesichts, ehe der Schmerz ihn wieder überflutete.

Ich kann nicht.

Er sollte aufgeben. Es war klar, dass Anna nur an London und allem, was die Gesellschaft dort zu bieten hatte, interessiert war, und Harry hatte sich vorgenommen, sich niemals mit einer solchen Frau zufrieden zu geben. Seine Frau würde sich nicht von der Welt verführen lassen, sondern von bestem moralischen Verhalten sein.

Doch trotz Harrys bester Vorsätze und Annas nicht ganz vollkommenem Charakter konnte er nicht anders, als sie weiterhin zu lieben.

Hatte sie nicht auf ihn reagiert, als er ihr Gesicht hielt und sie küsste? Hatte sie nicht innerlich mit sich gerungen, ehe sie ihn abwies? Er glaubte, sie hätte es getan. Und sie hatte ihn Harry genannt. Obwohl er vielleicht der törichteste Sterbliche auf Erden war, konnte er sein Ansinnen nicht aufgeben, ehe er nicht sicher war, wie es um Annas Herz bestellt war.

Harry hatte schon fast sein Tor erreicht, als das Geräusch einer Kutsche seine Aufmerksamkeit erregte. Er drehte sich um und sah den Gutsherrn. Obwohl Harry im Moment nicht daran interessiert war, jemanden zu sehen, wusste er aus Erfahrung, dass Mr. Mayne gleich zur Sache kommen würde.

„Hallo, Aston." Der Gutsherr lüpfte seinen Hut und lächelte freundlich, als er anhielt. „Wie ich sehe, sind Sie gerade erst zurückgekehrt. Ich hoffe, mein Besuch bereitet Ihnen keine Unannehmlichkeiten."

Harry griff nach dem Zaumzeug des führenden Pferdes des Gutsherrn. „Keineswegs", gab er höflich zurück. „Wollen Sie nicht hineinkommen? Ich bin sicher, mein Stallknecht ist hier irgendwo."

„Sehr freundlich von Ihnen. Nein, ich werde Sie nicht lange stören. Ich komme mit dem Stück Speck, das mein Verwalter versprochen hat, und einer Erinnerung an Mrs. Maynes Dinnerparty. Ich bin mir sicher, dass die Einladung verlegt wurde, wie Sie so durch ganz Avebury eilen, um sich um die Gemeindemitglieder zu kümmern."

„Gütiger Himmel, habe ich vergessen zu antworten?" erwiderte Harry bestürzt. Mrs. Mayne hatte endlich eine kleine Dinnerparty organisiert und Harry hatte Anna fragen wollen, ob sie teilnehmen würde, als er sie im Dorf mit seinem Bruder und Mrs. Leatham traf. Er hatte keine Gelegenheit dazu bekommen. „Ich werde in jedem Fall kommen. Bitte richten Sie Mrs. Mayne meine Entschuldigung aus. Ich hatte immer die Absicht zu kommen, doch die Ankunft meines Bruders hat mich wohl aus dem Gleichgewicht gebracht."

„Sie wissen ja, welch empfindsame Geschöpfe Frauen sind", sagte Mr. Mayne beschwichtigend. „Ich war mir sicher, dass es nichts weiter als das war, und habe ihr das auch gesagt. Mrs. Mayne pflegt keine Dinner zu veranstalten und sie hat ihre Zweifel, wenn ich das sagen darf. Es ist ihr Schulprojekt in Haggle End, das sie zu diesem Schritt veranlasst. Sie möchte sich persönlich bei allen bedanken, die ihr geholfen haben."

Der Gutsherr schaute sich um, um zu sehen, ob sie allein waren, und fügte dann mit leiser Stimme hinzu: „Ihr Bruder ist selbstverständlich auch eingeladen. Ich hoffe, er wird ein etwas einfacheres Abendessen nicht verachten."

Vermutlich, doch wird er es nicht zugeben, dachte Harry bei sich. Sagte jedoch: „Ich bin sicher, Lord Brookdale wird sich freuen zu kommen."

„Gut, gut." Mr. Mayne holte tief Luft. „Ich kam auch, um Ihnen eine kleine Neuigkeit mitzuteilen. Sie sollten wissen, dass sich die Bow Street Runners vorläufig im Dorfgasthaus niedergelassen haben. Sie haben beschlossen, dass es sich lohnt, unsere Einwohner genauer unter die Lupe zu nehmen, nachdem die Pistole eines örtlichen Lords gestohlen wurde. Und nun wollen sie mit dem gefundenen Halstuch auch noch den Besitzer ausfindig machen. Sie glauben, dass sie die beiden Beweise zusammenfügen können."

„Die Pistole verstehe ich, doch finde ich es seltsam, dass sie ihre Aufmerksamkeit auf das Stück Stoff richten wollen. Jeder Arbeiter in Avebury muss so etwas haben. Wie auch immer, ich werde ihre Methoden nicht in Frage stellen." Harry konnte es kaum erwarten, ins Haus zu kommen, und trat von den Pferden weg.

„Ja." Der Gutsherr sah Harry genau an. „Ich muss schon sagen, Aston, Sie sehen ein wenig erschöpft aus. Ich hoffe, die Pflichten unserer Gemeinde hier führen nicht dazu, dass Sie überarbeitet sind. Ich würde Sie nur ungern verlieren."

Harry lächelte schwach und schüttelte den Kopf, als Mr. Mayne fortfuhr. „Und wenn ich das so sagen darf, eine Ehefrau ist genau das, was sie brauchen. Eine Mrs. Aston würde dafür sorgen, dass die Einladungen beantwortet werden und dass Sie genug zu essen und Ruhe bekommen. Ich bin mir sicher, dass Mrs. Mayne etwas dagegen hätte, dass ich so direkt rede, aber Sie wissen ja, dass ich schon immer so war. Ich nehme an, ich sollte einem erwachsenen Mann nicht sagen, was er zu tun hat."

„Nein, das sollten Sie nicht." Als die Worte ausgesprochen waren, merkte Harry, dass er schärfer gewesen war, als ihm recht war, doch der

Gutsherr nahm die Zurechtweisung nicht übel. Er führte nur seine Hand zu seinem Hut und hob ihn an.

„Nun, ich werde Sie dann verlassen. Wir würden uns freuen, Sie in zwei Tagen bei uns zum Abendessen begrüßen zu dürfen. Wir haben auch Ihre Freunde aus London eingeladen, Sir Lewis und Cranfield."

„Ich bin sicher, es wird ein vollkommener Abend. Bitte grüßen Sie Ihre Frau von mir und richten Sie ihr meine Entschuldigung aus."

Harry sah zu, wie der Gutsherr abfuhr, ehe er in die Bibliothek ging, wo Hugh in Harrys Sessel saß. Das war keine Überraschung, wenn man bedachte, wie gut sein Tag bisher verlaufen war. Harry ließ sich nicht aus seiner eigenen Bibliothek vertreiben und ging zu seinem Schreibtisch, wo er sich hinsetzte und sein Hauptbuch herauszog.

„Ich soll dir bestellen, dass du in zwei Tagen zu einem einfachen Dinner im Haus des Gutsherrn eingeladen bist. Lass mich wissen, wenn ich deine Absage ausrichten soll."

Hugh sah von der Zeitung auf, in der er las. „Das würde dir gefallen, nicht wahr? Doch ich denke, ich werde gehen. Ich stelle fest, dass es hier in Avebury interessantere Leute gibt, als ich erwartet habe, als ich hierherfuhr."

Harry war zu müde, um den Köder zu schlucken und konzentrierte sich auf die Abrechnung seiner Konten. Er hatte von mehr als einem Gemeindemitglied den Zehnten erhalten, doch keine Zeit gehabt, ihn zu verbuchen. Eine trockene Aufgabe wie diese wäre genau das Richtige für ihn.

Hugh faltete seine Zeitung zusammen und sah Harry an. „Ich nehme an, ich werde Miss Tunstall einen Besuch abstatten."

Annas Name auf den Lippen seines Bruders war wie ein Stich ins Herz, doch Harry ließ es sich nicht anmerken. „Wie du wünschst."

Hugh verließ den Raum nicht sofort, daher nahm Harry an, dass es sich entweder um eine leere Drohung handelte, um ihn zu provozieren, oder dass sein Bruder sich nicht so sicher war, ob er auf Durstead Manor willkommen war – nicht, dass ihn solcherlei für gewöhnlich kümmerte. Harry wünschte sich fast, Hugh würde gehen, selbst wenn das bedeutete, dass er Anna sehen würde.

Er brauchte Zeit, um seine Gefühle nach dem letzten Treffen zu verarbeiten und das konnte er nicht tun, wenn sein Bruder ihm an den

Fersen klebte. Harry zwang sich, seine Nase in die Bücher zu stecken und seine Konten zu führen. Jedes Mal, wenn seine Gedanken abschweiften, was oft der Fall war, zwang er sich, zu den Zahlenreihen zurückzukehren.

„Wie wütend du aussiehst, Henry. Beunruhigt dich etwas?" Hugh hatte die Beine übereinandergeschlagen und betrachtete Harry müßig.

„Ich kann mir nicht vorstellen, was du meinst." Harry achtete auf ein ausdrucksloses Gesicht, doch die Anstrengung fiel ihm schwer. Zu seiner Erleichterung schien Hugh es leid zu sein, ihn zu provozieren, und ging bald darauf. Endlich war Harry allein.

ZWEI TAGE später fuhr Harry in Begleitung seines Bruders zum Haus des Gutsherrn, wo sie von den Lichtern, die durch die Fenster schienen, empfangen wurden. Mit etwas Glück würden er und Hugh am Eingang getrennter Wege gehen und für die Dauer der Feier getrennt bleiben. Er würde sich auf seine Rolle als Pfarrer konzentrieren müssen, um die höfliche Konversation zu überstehen und nicht den Eindruck zu erwecken, als sei etwas nicht in Ordnung. Er hatte Anna seit jenem Tag auf der Brücke nicht mehr gesehen und er wollte nicht dabei sein und zusehen, wie sein Bruder mit ihr flirtete. Gleichzeitig fragte sich Harry, ob Anna ihn vermisst hatte und ob sie ihre Entscheidung bedauerte.

Sir Lewis und Julian kamen gemeinsam herein und begrüßten ihn, ehe sie von Mrs. Rigby beiseitegeschoben wurden. Miss Rigby schenkte Harry ein freundliches Lächeln, kam aber nicht zu ihm herüber, da sie in ein Gespräch vertieft war. Ihre Schwester schien sich im Unklaren zu sein, ob sie Hugh oder Jules zuerst ansprechen sollte. Harry stellte fest, dass ihm egal war, mit welchem von beiden sie redete.

Als Anna endlich den Raum betrat, fiel es Harry schwer, sein Herz im Zaum zu halten. Sie war in Wirklichkeit so anmutig wie vor seinem inneren Auge und ging ganz natürlich von einem Gespräch zum nächsten über. Sie warf ihm nur einen flüchtigen Blick zu – vielleicht war es ein sehnsüchtiger Gedanke seinerseits –, doch der kurze Blick war nicht unfreundlich gewesen. Es schien fast so, als ob sie etwas bedauerte oder Sehnsucht hatte. Vielleicht hatte sie ihre Meinung geändert, seit sie sich am Bach begegnet waren. Zumindest konnte er noch hoffen.

ANNA WAR mit einem Ziel zu der Party gekommen: Sie wollte herausfinden, was sie für Harry empfand, nachdem sie ihn zurückgewiesen hatte. Sie wollte sehen, was ihr Herz tun würde. Würde es ihr Ärger machen und sich vorstellen, in Harry verliebt zu sein? Oder würde es verlässlich und klug bleiben? Mehr als einmal waren ihre Gedanken zu der Erinnerung an seine Lippen, die die ihren berührten, geflüchtet.

Anna schritt durch den Salon und begrüßte ihre Bekannten. Als sie das Ende des Raumes erreichte, drehte sie sich um und sah Harrys Blick auf sich gerichtet, worauf sie schnell wieder wegschaute. *Oje.* Sie hatte ihre Antwort. Ihr Herz brachte ihren Seelenfrieden mehr durcheinander, als sie es sich hätte vorstellen können.

„Nun, Miss Tunstall." Mr. Cranfield verbeugte sich vor ihr. „Es ist einige Zeit her, dass wir uns begegneten."

Anna setzte ein höfliches Lächeln auf. Nachdem sie ihn mit Marianne Rigby belauscht hatte, ließ sich von seiner Art nicht täuschen, doch sie konnte ihn nicht wissen lassen, dass sie ihn gehört hatte, so sehr es ihr auch Freude bereitet hätte. „Wie schön, Sie zu sehen, Mr. Cranfield. Wie lange werden Sie in Avebury bleiben?"

„Das könnte ich Sie auch fragen. Wie ich sehe, sind Sie ohne Mrs. Leatham hier", gab Mr. Cranfield zurück.

„Mrs. Leatham fühlt sich heute Abend unwohl. Ich habe nicht vor, sofort abzureisen, doch bis Mitte September muss ich es tun, da mein Bruder heiraten wird." Anna drehte sich um, als Lord Brookdale vor sie trat.

„Cranfield. Guten Abend, Miss Tunstall. Sie sehen wie immer blendend aus." Lord Brookdale nahm ihre Finger in seine und küsste sie, als er sich über ihre Hand beugte.

„Guten Abend, Mylord. Ist dies nicht eine zu kleine Party für Sie, um daran teilzunehmen? Ich hätte nicht gedacht, Sie hier zu sehen."

Annas Gedanken überschlugen sich, als sie abwesend diese Worte sprach. Sie hatte ihr Herz nur darauf vorbereitet, Harry hier zu treffen, nicht seinen Bruder. Hatte Harry mit Lord Brookdale über ihre Begegnung gesprochen? Anna glaubte das nicht. Sie spürte eine zu große Rivalität zwischen ihnen, als dass Harry seinen Bruder ins Vertrauen gezogen hätte.

„Da heute Abend keine anderen Partys geplant sind – Avebury ist schließlich nur ein Dorf – kann ich sehr wohl an dieser teilnehmen, insbesondere, wenn es Personen gibt, die ich besonders gerne sehen möchte." Lord Brookdales Blick war vielsagend, und Anna sah ihn überrascht an. Seine Aufmerksamkeit, angesichts dessen, dass er sie in der Öffentlichkeit zeigte, waren für einen harmlosen Flirt ziemlich auffällig.

Der Marquess löste seinen Blick von ihr und wandte sich an den Herrn an ihrer Seite. „Cranfield, Faure, genau die Männer, die ich zu sehen wünschte. Was halten Sie davon, wenn wir eine Reitgruppe nach Barbury Castle bei Wroughton bilden?"

Mr. Cranfield warf einen Blick auf Sir Lewis, der sich zu ihrer Gruppe gesellt hatte. „Wir hatten über einen Besuch in Stonehenge gesprochen, doch das ist vielleicht zu weit für eine Reitergruppe. Sollen wir es versuchen, Lewis?"

Sir Lewis verbeugte sich vor Anna. „Gewiss. Wir könnten ein Picknick an der frischen Luft daraus machen."

Als Lord Brookdale seinen Charme auf Anna richtete, fragte sie sich, welches Spiel er spielte. Wenn sie es nicht besser wüsste, würde sie denken, dass er dies ihretwegen organisierte.

„Miss Tunstall, ich hoffe, dass Sie mit von der Partie sein werden, wenn wir ein paar der anderen jungen Damen überreden können."

„Ich bin mir recht sicher, dass Miss Rigby der Idee gegenüber aufgeschlossen wäre", murmelte Sir Lewis.

Anna lächelte in seine Richtung. „Das würde mir sehr gefallen, vor allem, wenn Miss Rigby sich uns anschließen kann."

Ihr Gespräch verstummte, als Harry herüberkam. Anna konnte nicht widerstehen, ihm ein rosiges Lächeln zu schenken, das Lord

Brookdale nicht zu entgehen schien. Anna hoffte, dass er nach ihrem letzten Gespräch nicht allzu steif sein würde; es würde ihr das Herz brechen, wenn die Wärme aus seinem Blick verschwände.

„Miss Tunstall, wie ist es Ihnen ergangen?" Harry verbeugte sich vor ihr und als er seine Augen zu den ihren hob, war sie gerührt von der Aufrichtigkeit, die sie darin sah. Er hatte sie nicht ausgeschlossen.

„Sehr gut, danke", antwortete Anna. „Ihr Bruder schlug gerade einen Ausritt nach Barbury Castle vor. Werden Sie auch mitkommen?"

Anna wusste, dass sie Harry mit ihrer Einladung Hoffnungen machte, doch sie konnte nicht anders. Sie *wünschte* sich, er würde mitkommen. Ein Blick auf Lord Brookdales irritierte Miene genügte, um zu verstehen, dass *er* nicht geplant hatte, seinen Bruder einzuladen. Sie war froh, dass sie es getan hatte. So sehr sie sich auch von Lord Brookdales Aufmerksamkeit geschmeichelt fühlte, in seiner Gegenwart fühlte sie sich nicht wohl wie in Harrys.

Harrys Blick glitt über seinen Bruder und blieb auf ihr haften. „Ich würde es nicht verpassen wollen. Wann?"

„Freitag", lautete Lord Brookdales knappe Antwort. „Ich hätte gedacht, dass deine Gemeindepflichten zu zahlreich sind, um solch eine Ausflug zu unternehmen."

Harry lächelte nur freundlich. „Nein."

Bald wurden sie zum Essen gerufen, und Anna saß zwischen Mr. Cranfield und Lord Brookdale. Eigentlich hätte sie sich freuen sollen, zwischen den beiden begehrtesten Londoner Junggesellen zu sitzen, doch sie war nicht mit dem Herzen dabei. Von den beiden zog sie das Gespräch mit Lord Brookdale vor, denn ihn hatte sie zumindest nicht gehört, wie er sich negativ über sie äußerte. Marianne lachte laut auf der anderen Seite des Marquess, um dessen Aufmerksamkeit auf sich zu ziehen.

Hester saß auf der anderen Seite von Mr. Cranfield, der mehr als einmal versuchte, Annas Aufmerksamkeit auf sich zu ziehen, obwohl er sich eigentlich an Hester hätte wenden müssen. Anna bewunderte Hesters Nachsicht, denn selbst wenn sie ignoriert wurde, blieb sie liebenswürdig. Anna beschloss, Zeit mit Hester zu verbringen, wenn die Männer und Frauen sich trennten und sie bekam die Gelegenheit, als die Damen im Salon zusammenkamen.

Hester trat näher an Anna heran. „Wie ich höre, sind Sie nach Barbury Castle eingeladen. Sir Lewis erzählte mir vor dem Abendessen davon und ich versprach, mitzukommen."

„Oh, das freut mich sehr." Annas Aufmerksamkeit wurde von Marianne abgelenkt, die ihr Gespräch mit hellem Lachen untermalte. Sie versuchte, angesichts des Geräuschs nicht die Stirn zu runzeln. „Ich war mir nicht sicher, wer noch eingeladen wird."

Hester schien Annas Gedankengang zu verstehen und lachte leise, ehe sie antwortete. „Mr. Cranfield lud meine Schwester ein und Sir Lewis war so freundlich, mich einzuladen. Wir sagten zu, mit unserer Köchin zu sprechen, um die Erfrischungen bereitzustellen. Für uns ist dies einfacher, da wir kein Junggesellenhaushalt sind."

„Obwohl Mr. Aston wirklich gut mit Mrs. Foucher auszukommen scheint", erwiderte Anna.

„Ich denke ja." Hester zog die Augenbrauen zusammen. „Wie geht es Emily?"

„Es gibt Zeiten, in denen es ihr viel besser zu gehen scheint – in denen sie die Belastung aushält. Ich glaube aber, dass sie sich nun immer mehr der Niederkunft nähert, und das muss ihr zusätzliche Sorgen bereiten."

Anna warf einen Blick auf Lady Allinthridge, die mit Mrs. Mayne zusammensaß und ein ruhiges Gespräch führte. „Glauben Sie, ich könnte Lady Allinthridge überreden, Emily Gesellschaft zu leisten, während wir unser Picknick haben? Sie scheint sie sehr zu mögen."

„Ich bin sicher, dass sie es nur zu gern tun wird. Wir können sie fragen, sobald sie frei ist", meinte Hester.

Lady Allinthridge stimmte dem Plan zu, als die Männer gerade den Raum betraten. Sie entschuldigte sich, um sich um ihren Mann zu kümmern, da er einen leichten Husten bekommen hatte, wie sie sagte, und sie ihn dazu bringen wollte, früher zu gehen. Lord Brookdale sah, dass Anna allein war und stellte sich neben sie.

„Es scheint, unser Ausflug wird erfolgreich sein."

„*Mm.*" Anna beobachtete Harry, der in ein Gespräch mit Lord Allinthridge verwickelt war, während Lady Allinthridge geduldig an der Seite ihres Mannes stand.

„Was vermissen Sie am meisten an London?"

Lord Brookdales Frage überraschte Anna und sie blickte ihn an. „Gesellschaft zu finden, wo immer ich möchte, nehme ich an. Die neuesten *on-dits zu* kennen. Bälle, die bis in die frühen Morgenstunden andauern. Die mondäne Stunde im Hyde Park. Gunters Zitroneneis." Anna lachte. „Ich könnte leicht fortfahren. Die Liste ist recht lang."

„Ganz genau." Lord Brookdale lächelte träge, doch sein Blick war durchdringend. „Sie tun gut daran, den Preis im Auge zu behalten, mein liebes Mädchen." Er brauchte keinen Blick auf seinen Bruder zu werfen, um klarzumachen, was er damit meinte: Harry würde ihr nicht den Weg zu Londons Vergnügungen ebnen.

Anna schniefte. Sie würde nicht so tun, als ob sie seine Andeutungen nicht verstanden hätte, obwohl es ihn selbstverständlich nichts anging. Doch sie musste zugeben, dass etwas Wahres an seinen Worten war.

KAPITEL 22

Lady Allinthridge traf ein, nachdem Emily und Anna ihr Frühstück beendet hatten, und begab sich in das Morgenzimmer. Sie legte ihren Sonnenschirm ab, ehe sie sich neben Emily auf das Sofa setzte.

„Sie sehen ein wenig geknickt aus, was manchmal geschieht, wenn Frauen sich der Niederkunft nähern. Ich befürworte, dass Sie sich jeden Tag zum Aufstehen zwingen, denn dies wird Sie nur stärken." Lady Allinthridge öffnete die Tasche, die sie mitgebracht hatte, und begann, Gegenstände herauszuholen. „Ich habe ein Buch zum Vorlesen mitgebracht und einige Materialien für Papierarbeit, wenn Sie das möchten. Ich habe eine halbfertige Blume, an der wir arbeiten könnten, da ich weiß, dass Sie in solchen Dingen geschickt sind."

„Ich bin sicher, wir werden einen sehr angenehmen Nachmittag verbringen", antwortete Emily mit gedämpfter Stimme.

Lady Allinthridge gab dem Diener, der ein Kissen hinter Emilys Rücken legte, ein Zeichen. „Lass den kleinen Tisch zu uns herüberbringen, damit wir leichter arbeiten können. Sie werden doch nichts dagegen haben, wenn ich Ihre Diener anweise", sprach sie zu Emily. „Schließlich werden wir es so bequemer haben. Miss Tunstall, Sie können es sicher kaum erwarten, aufzubrechen."

Anna war tatsächlich angezogen und bereit. Sie konnte sich nicht daran erinnern, wann der Gedanke an einen Ausflug reizvoller für sie gewesen war. Sie brauchte die Freiheit, die sie spüren würde, wenn sie Durstead Manor für einen ganzen Tag verließ, etwas, das sie seit ihrer Ankunft nicht mehr erlebt hatte. Sie freute sich auch auf die Gesellschaft von Mr. Aston. Vielleicht würden sie Zeit zum Reden haben.

„Ich werde nur meine Haube holen." Sie gab Emily einen liebevollen Kuss auf die Wange. „Ich bin froh, dich in so guten Händen zu sehen. Nun habe ich keine Sorge, dich zu verlassen."

„Anna, du bist eine gute Freundin für mich." Die Worte kamen erstickt heraus und Anna konnte nicht widerstehen, zurückzukommen und ihre Arme um Emilys Schultern zu legen.

„Du bist leicht zu lieben, meine Liebe. Ich danke Ihnen, Lady Allinthridge."

Anna musste sich davon abhalten, zu ihrer Haube zu rennen und nicht damenhaft zu wirken. Mit einem Lächeln und leichten Schrittes zog sie ihre Handschuhe an und trat in den Sonnenschein hinaus.

Als der Stallknecht Anna aus Emilys gut bestücktem Stall auf ihr Lieblingspferd geholfen hatte, hatte sich die Gesellschaft bereits auf dem Weg versammelt, der vom Herrenhaus zur Hauptstraße führte. Mr. Cranfield und Sir Lewis waren anwesend, ebenso wie Hester und Marianne Rigby. Auch George Mayne war gekommen, begleitet von einer Jugendfreundin, die kürzlich von einem Besuch bei ihrer Tante in Cornwall zurückgekehrt war. Die Zahl der Gäste war ungleich, doch dies ließ sich nicht vermeiden, da eine andere junge Dame in letzter Minute erkrankt war. Sie waren sich alle einig, ihren Ausflug nicht zu verschieben.

Annas Herz schlug schneller, sobald Mr. Aston und Lord Brookdale in Sichtweite waren. Sie wandte den Blick ab und zwang sich zu mehr Natürlichkeit. Obwohl sie um die Abneigung der beiden füreinander wusste, konnte Anna nicht umhin, ihre Eleganz zu bewundern. Wie hatte sie nur je glauben können, Mr. Aston wäre nichts weiter als ein einfacher Landpfarrer?

Beide Männer hatten ihren Blick auf sie gerichtet, als sie ankamen, und Anna nickte zur Begrüßung erst in Richtung Lord Brookdale. *Es ist nur richtig, dass ich ihm den Vorzug gebe. Er ist höheren Ranges.* Doch sie wusste, der wahre Grund war es, ihre wachsende Zuneigung zu Mr. Aston zu verbergen. Sie konnte nicht jeden wissen lassen, wem sie wirklich den Vorzug gab.

Ihr wurde immer klarer, dass es Lord Brookdale trotz des höflichen Auftretens und der kühlen Gelassenheit des Marquess − trotz seines Reichtums, seines Titels und seiner Fähigkeit, flüssig zu sprechen − an der Tiefe und Charakterstärke fehlte, die Mr. Aston zuhauf besaß. Lord Brookdale brachte es nicht einmal übers Herz, seinen eigenen Bruder zu schätzen. Wie könnte er da für jemand anderen Zuneigung empfinden?

Nein, Lord Brookdale war der Geringere der beiden − zumindest in ihren Augen.

„Wollen wir also los?" Seinem Rang entsprechend führte Lord Brookdale sie an. Die Gruppe bewegte sich ganz natürlich vorwärts, verteilte sich auf der breiten Straße, und jeder ritt in gemächlichem Tempo. Lord Brookdale führte sein Pferd neben Annas und ließ seinen Bruder hinter sich. Sie fühlte einen Anflug von Verärgerung, doch sie wollte weder auf sich noch auf ihn aufmerksam machen, indem sie Einspruch erhob.

„Miss Tunstall, Sie sind endlich frei. Freuen Sie sich auch so sehr auf diesen Ausritt wie ich?"

Es fiel ihr schwer, sich vorzustellen, dass Lord Brookdale irgendetwas genoss, wenn er immer ein solch gelangweiltes Auftreten pflegte. Bei diesem Gedanken musste Anna lächeln und als er sie nach der Quelle ihres Vergnügens fragte, sagte sie es ihm.

„Es ist nicht modisch, Dinge zu genießen. Das wissen Sie doch sicher, Miss Tunstall, denn Sie sind süchtig nach Mode."

„Dennoch tue ich es. Um Ihre Frage zu beantworten: Ich habe mir schon lange einen Tagesausflug wie diesen gewünscht. Ich hatte mehr solcher Ausflüge erwartet, als ich aufs Land kam, doch mein Leben nahm eine unerwartete Wendung."

Oder besser gesagt, Emilys Leben hatte eine böse Wendung genommen und Annas war hinterhergeschlittert.

Lord Brookdale nickte. „Das Leben tut das häufig, wie ich finde und daher arrangiere ich alle Dinge zu meiner Zufriedenheit."

„Eine Haltung, die ich nachvollziehen kann", gab Anna zurück.

Einige der Reiter waren nun vor ihnen und sie konnte das Gemurmel ihrer Gespräche nach hinten wabern hören. Sie konnte Mr. Aston nicht sehen, der immer noch hinter ihnen her ritt, doch gelegentlich hörte sie, wie er in das Gespräch einstimmte und dachte, dass er vielleicht mit George Mayne sprach.

„Doch ich glaube nicht, dass wir unser Leben nach Belieben wählen können. Es gibt Dinge, die außerhalb unserer Macht liegen und unsere Lebensumstände beeinflussen."

„Es ist viel einfacher, wenn man beschließt, sich für nichts zu interessieren", antwortete Lord Brookdale. „Deshalb bereite ich mir das Leben, wie ich es führen möchte. Ich werde nicht zu jenen gehören, die sich vom Strom der Leidenschaften und Qualen des Lebens mitreißen lassen. Es ist viel vernünftiger, schlicht desinteressiert zu sein."

Es war ein nüchterner Standpunkt und normalerweise hätte Anna ihm zugestimmt. Doch ihre Gefühle hatten angefangen, sich zu ändern. Vielleicht hatte sie ein behütetes Leben geführt. Wenn sie sich nicht darum kümmerte, was andere von ihr dachten, so lag das möglicherweise nur daran, dass ihre Familie so gut von ihr dachte, dass sie nie an ihrem Wert hatte zweifeln müssen. Sie war zwar nicht auf die Anerkennung anderer angewiesen, doch das bedeutete nicht, dass es nicht wertvoll war, sich deren gute Meinung zu verdienen.

Außerhalb des Einflusses von Heim und Familie entdeckte Anna, dass ihr eigenes Gewissen sie zu denselben Werten führte, die ihre Familie immer vertreten hatte. Es war richtig, auf die Bedürfnisse anderer Rücksicht zu nehmen, auch wenn es unangenehm war, dies zu tun.

„Nun", meinte sie und drehte sich um, um die Aussicht durch die wippenden Ohren ihres Pferdes hindurch zu betrachten. „Ich werde Ihnen nicht widersprechen, aber ich bin mir nicht sicher, ob Ihr Weg der beste Weg zum Glück ist."

Die Straße öffnete sich vor ihnen und Harry trieb sein Pferd an ihrem vorbei und galoppierte vorwärts, um neben Sir Lewis und Hester Rigby zu reiten.

Sie sah ihm nach und wünschte sich, er wäre an ihre Seite gekommen. Glaubte er etwa, sie würde seinen Bruder bevorzugen? Vielleicht sah Harry ihr *Tête-à-Tête* als ein Zeichen dafür, dass ihr Herz ihm gegenüber gleichgültig war, doch sie war es nicht, die Lord Brookdales Aufmerksamkeiten ermutigte. Sie musste einen Weg finden, um Harry zu zeigen, dass sich ihre Zuneigung änderte.

Um Himmels willen! Der Gedanke ließ sie zusammenzucken. Sie durfte nicht zu offensichtlich sein. Was, wenn andere es sahen? Anna könnte es nicht ertragen, wenn ihre Herzensangelegenheiten für jedermann sichtbar ausgebreitet wurden.

Sie konzentrierte sich wieder auf den Marquess, doch Lord Brookdale war zu scharfsinnig. Er verwirrte sie mit den Worten: „Wie ich sehe, hat mein Bruder Ihren Blick auf sich gezogen. Ist Ihre Bindung von langer Dauer?"

Anna spürte, wie ihre Wangen erröteten und schenkte ihm ein mildes Lächeln. „Ich weiß nicht, wovon Sie sprechen. Es gibt keine Bindung zwischen uns."

Aus dem Augenwinkel sah sie Lord Brookdales zynischen Blick. „In der Tat, das will ich nicht hoffen. Sie sind zu verführerisch, um sich derart rasch und früh niederzulassen."

Anna fühlte sich geschmeichelt, war jedoch auch irritiert und versuchte, beides aus ihrer Stimme herauszuhalten. Sie musste auf der Hut sein, wenn sie mit Lord Brookdale scherzte.

„Und doch, Mylord, hatte ich zwei Saisons. Die meisten würden argumentieren, dass ich bereits eine alte Jungfer bin und das erste Angebot annehmen sollte, das mir unterbreitet wird."

„Sie wissen sehr gut, dass sie sich irren würden. Ich bitte Sie dringend..." Anna blickte ihn an, als er nicht fortfuhr, und war überrascht, das Zögern in seinem Gesicht zu sehen. Als er endlich sprach, trug er wieder seine übliche gelangweilte Miene. „Ich bitte Sie dringend, sich nicht zu schnell zu verloben."

„Verloben?" Annas Lachen klang in ihren eigenen Ohren falsch. „Ich versichere Ihnen, ich habe keine solche Absicht."

Der Ritt war nicht übermäßig lang, wenn auch Anna den Sommer über nicht genug geritten war, dass es nicht schmerzte. Schließlich näherten sie sich dem berühmten Hügel mit seinen alten Gräben und Wällen

„Die Pferde müssen dies in einem leichten Tempo erklimmen", verkündete Harry, als sie eine Schlange bildeten.

Anna reihte sich hinter Harry ein und Lord Brookdale bildete das Schlusslicht, als sie den Kammweg hinaufritten. Anna war ruhig, als ihre Stute dem gemächlichen Tempo von Harrys Pferd folgte, und Annas Augen genossen den Anblick der weiten Landschaft vor ihr.

Auf dem Gipfel angekommen, zeigte George Mayne nach Westen. „Das dort sind die Cotswolds." Er drehte sich um. „Und dort drüben ist der Severn."

Anna schirmte ihre Augen ab und konnte in der Ferne das Wasser in der Sonne glitzern sehen. Die anderen um sie herum stiegen ab und begannen, das für das Picknick mitgebrachte Geschirr bereitzustellen. Anna blieb auf ihrem Pferd sitzen, um die bemerkenswerte Aussicht vor ihr besser genießen zu können.

Harry, der sie im Blick hatte, war abgestiegen und streckte Anna seine Arme entgegen, um ihr vom Pferd zu helfen. Ein Anflug von Verärgerung überzog das Gesicht seines Bruders. Sie war dankbar, wieder in Harrys Nähe zu sein, und erleichtert, dass er trotz ihrer Abweisung nicht böse auf sie zu sein schien. Es gab also doch noch Hoffnung.

„Ich danke Ihnen", murmelte sie.

„Mit Vergnügen." Harrys Lächeln erreichte seine Augen und er wandte sich ab, um den anderen zu zeigen, wo sie ihre Sachen abstellen sollten. Er half beim Aufbau des Picknicks auf dem grasbedeckten Hügelrücken und warf anderen Mitgliedern der Gruppe neckische Antworten zu.

Lord Brookdale streckte mit grimmiger Miene seinen Arm auf eine Weise aus, die es Anna unmöglich machte, ihn abzuweisen. Sie legte ihre Hand auf seine und folgte ihm dorthin, wo die anderen Platz genommen hatten. Der Marquess war von großem Wuchs und sie reichte ihm nur bis zur Schulter, so dass sie sich wie ein Zwerg fühlte. Im Vergleich dazu hatte sie bei Harrys Statur immer das Gefühl, dass es ein Leichtes wäre, sich an ihn zu schmiegen und sich von ihm in den Arm nehmen zu lassen.

Wie es sich anfühlen würde, ihren Kopf an seine Schulter zu legen.

Anna erstickte den Drang zu lachen. Das würde ihr wahrscheinlich

Nackenschmerzen bereiten. Sie waren nahezu gleich groß. Lord Brookdale schaute sie verwundert an, fragte aber nicht, was ihr durch den Kopf ging.

Sie setzten sich auf die Decken, die bereits mit Essen gefüllt waren, und Lord Brookdale unterhielt Anna mit fragwürdigen Geschichten über seine Bekanntschaft mit einigen der Schauspielerinnen aus der Drury Lane. Mehr als einmal warf sie verstohlene Blicke auf Harry, der dies mitbekommen haben musste, doch nicht so unvorsichtig war, wie sie annahm, die Missbilligung zu zeigen, die er sicherlich empfand. Nachdem sie gegessen hatten, erhob sich Lord Brookdale, um sein Glas wieder aufzufüllen, und Harry nutzte die Gelegenheit, sich ihr zu nähern.

„Miss Tunstall, möchten Sie mit mir um die Wälle spazieren?"

Lord Brookdale hatte begonnen sich mit Sir Lewis auseinanderzusetzen und sie nahm das als Zeichen, dass sie von ihrer Rolle als vorübergehender Begleiterin entbunden war. Auf ihr Nicken hin half Harry Anna auf die Beine und sie gingen los. Ihre Nase füllte sich mit seinem Moschusduft mit einer Unternote von Zedernholz und sie stellte fest, dass dieser Duft, der ihr nun so vertraut wurde, ihr ein Gefühl der Ruhe vermittelte.

„Der Ritt hat wieder etwas Farbe auf Ihre Wangen gebracht", bemerkte er.

„Ja, ich fürchte, ich bin grundsätzlich in trauriger Verfassung", scherzte sie. „Ich bin sicher, das ist niemandem entgangen."

Harry spielte das Spiel nicht auf ihre Art, denn er gab eine ernste Antwort. „Ich glaube, es fiel mir nur auf, weil ich nicht anders kann, als jedes Mal, wenn ich Sie sehe, Ihr Gesicht zu betrachten. Ich versichere Ihnen, Sie sind die schönste Frau, die ich je gesehen habe, selbst wenn Sie traurig sind. Doch wenn Ihre Augen leuchten und Ihre Wangen erblühen, sind Sie unvergleichlich."

Er drehte sich zu ihr um, nutzte den Moment der Abgeschiedenheit jedoch nicht, um anzuhalten. Sie wünschte beinahe, er würde es tun.

„Sie versuchen, mich sprachlos zu machen", sagte Anna schließlich. „Doch ich bin aus härterem Holz geschnitzt. Ich lasse mich nicht in Verlegenheit bringen. Vergessen Sie nicht, dass ich mir meinen Platz immer an der Seite eines Mannes in der Politik vorgestellt habe. Und jemand, der für ein Leben in der Politik bestimmt ist, muss immer eine schlagfertige Antwort auf den Lippen haben." Es war ihm überlassen, was er von dieser Bemerkung halten würde.

Ihre Bemerkung schien ihn nicht im Geringsten zu beunruhigen. „Sie denken, Sie sind für ein Leben in der Politik bestimmt, doch ich denke, Sie sind für ein Leben voller Liebe bestimmt. Und Sie können so viele schlagfertige Erwiderungen geben, wie Sie wollen. Es wird mir nichts ausmachen."

Sie gingen auf die andere Seite der Wälle, und Anna versuchte, ihr inneres Gleichgewicht wiederzufinden, indem sie eine schelmische Antwort gab. „Sie haben also keine weitere Schelte für mich parat, Mr. Aston?"

Harry ergriff Annas Arm und brachte sie so sanft zum Stehen. Eine Bodenerhebung verbarg sie teilweise vor den anderen und er warf einen Blick in Richtung ihrer Freunde. Mit ihr im Schlepptau ging er noch zwei Schritte weiter, bis das Gelände sie völlig verdeckte. Der Weg war jedoch offen, und jeden Moment konnte eine weitere Person um die Biegung kommen.

„Anna."

Sie sah Harry ins Gesicht und die strengen Linien um seinen Mund verrieten den Ernst dessen, was er sagen wollte.

„Ich werde Sie nicht erneut bedrängen. Nicht jetzt. Und ich werde nicht für eine verlorene Sache kämpfen." Er hob seine behandschuhte Hand, um ihre Wange zu berühren, und ließ sie erstarren. „Doch ich glaube nicht, dass der Gedanke an eine Ehe zwischen uns völlig außer Frage steht."

Harry hielt sie einen gewichtigen Moment lang mit seinem Blick gefangen und wandte sich dann zum Gehen, wobei er Annas Arm ergriff. Ehe sie Zeit hatte zu verdauen, wie sie sich fühlte, erreichten sie den Rest der Gruppe.

Harry brachte sie zu Hester und blieb ein paar Minuten, um auf Hesters Fragen nach einem Gemeindemitglied zu antworten. Dann gesellte er sich zu den Herren, die sich darüber stritten, ob es nicht einen kürzeren Weg über Lord Ramsworths Grundstück geben könnte. Lord Brookdale betrachtete Anna scharfsinnig.

Annas innerer Frieden war in Aufruhr. Sie war es nicht gewohnt, dass ihre Abwehrkräfte so leicht zu durchdringen waren und obwohl sie sich tadelte – *es geht nicht, es geht nicht* –, verrieten ihr Herz und ihr Verstand sie.

Ihre Abwehr schien zu bröckeln.

KAPITEL 23

Anna konnte den spöttischen Blick von Lord Brookdale nicht ertragen. Er musste die wenigen Minuten bemerkt haben, die sie und Harry hinter der Anhöhe verschwunden waren. *Es ist nichts geschehen, das versichere ich Ihnen,* erwiderte sie in Gedanken. Der Weg war in der Tat zu offen, als dass irgendetwas Heimliches hätte geschehen können.

Sie war sich zu unsicher, was sie von Harrys Worten halten sollte, als dass sie den Blicken eines anderen standhalten konnte, vor allem eines so zynischen und wissenden wie Lord Brookdale. Natürlich war es vielleicht auch nur ihre eigene Einbildung, die sie glauben ließ, dass Lord Brookdale überhaupt etwas von der Angelegenheit hielt.

Und dann war da noch die unangenehme Tatsache, dass etwas geschehen *war*. Harry hatte ihr gesagt, dass er noch nicht aufgegeben hatte, ihr im Wesentlichen seine Gefühle für sie versichert und ihr mitgeteilt, dass die Last der Entscheidung nun auf ihr lag, was sie innerlich zusammenzucken ließ. Wie sollte sie sich jemals entscheiden können? Wie konnte er das von ihr erwarten?

Unbehaglich war ein Wort, das sie immer häufiger mit Harry Aston in Verbindung brachte. *Und Liebe sollte nicht unbehaglich sein!*

Anna verbrachte den Rest des Nachmittags im Gespräch mit verschiedenen Mitgliedern der Gruppe, jedoch nicht mit Lord Brookdale oder Harry, die kein Verlangen zu haben schienen, sich mit ihr zu unterhalten. Als es Zeit zum Aufbruch war, half Lord Brookdale ihr auf ihr Pferd. Er tat dies mit seiner üblichen geschliffenen Art und ließ seine Finger auf ihrem Stiefel ruhen, sobald sie im Sattel saß. Schweigend bestieg er sein eigenes Pferd und folgte Anna, die hinter Sir Lewis und Mr. Cranfield ritt, der die Führung übernommen hatte.

So ritten sie beinahe eine Viertelstunde schweigend weiter, und Anna war erleichtert, dass sie sich nicht mehr unterhalten musste. Sie begnügte sich damit, den Gesprächsfetzen um sie herum zu lauschen und zu spüren, wie die frische Luft die kleinen Haarsträhnen, die sich aus ihrem Dutt gelöst hatten, auflockerte. Sie hatten sich den Tag für ihren Ausritt gut ausgesucht.

„Werden Sie am Sonntag am Gottesdienst teilnehmen?"

Anna wurde von Lord Brookdale aus ihren Gedanken gerissen, der noch immer an ihrer Seite ritt und sich von ihrem Mangel an Konversation offenbar nicht beirren ließ.

„Selbstverständlich. Wie können Sie so etwas fragen?" Selbst die gleichgültigsten Mitglieder der Gesellschaft würden nicht den Skandal riskieren, am Sonntag der Kirche fernzubleiben.

Lord Brookdale schniefte. „Ihr Glaube ist Ihnen also wichtig."

Sie verstand nicht, was er meinte, spürte aber seine Kritik und sah sich zu einer Erwiderung veranlasst. „Sie sind recht provokant. Sie wissen doch sicher, dass man den Sonntagsgottesdienst nicht versäumen kann, ohne heftige Kritik zu ernten."

„Und das ist der einzige Grund für Ihre Teilnahme?"

Anna mochte es nicht, in eine Ecke gedrängt zu werden. Es ging um mehr als nur um Pflicht. Sie war berührt von der Reinheit der aufrichtigsten Gläubigen und sehnte sich nach dem, was sie hatten. Doch das würde sie niemals zugeben, schon gar nicht gegenüber einem solch zynischen Mann wie Lord Brookdale.

Sie lächelte knapp und hielt ihren Blick auf den Weg vor ihnen gerichtet. „Führen Sie uns mit einem Ziel durch dieses mäandernde Gespräch?"

Lord Brookdale lachte. „Ich frage mich nur, wie Sie Henrys Vortrag über die Heilige Schrift finden. Vielleicht frage ich mich, wie Sie wach bleiben.“

Sie hätte es nicht sein sollen, doch Anna war von dieser zynischen Bemerkung überrascht. Selbst der größte Skeptiker musste zugeben, dass Mr. Aston für seinen Beruf geboren war. Er erweckte eine verstaubte Religion zum Leben. Vielleicht war Lord Brookdale schlimmer als ein Skeptiker. Vielleicht hatte er kein Herz.

Annas Stute zog das Tempo an, so wie es die anderen vor ihr taten, und sie ließ dem Pferd seinen Willen. Das gab Anna Zeit, ihre Gedanken zu ordnen. Schließlich beschloss sie, es zu wagen, dem Marquess zu sagen, was sie dachte. Immerhin war es nicht das erste Mal, dass sie so etwas tat.

„Die ständigen Verunglimpfungen, die Sie über Ihren Bruder äußern, schaden nicht seinem Ruf, der widerspiegelt, wie er sein Leben lebt. Doch sie tun Ihrem eigenen Charakter nicht gut. Ich würde nie so vermessen sein, Ihnen ein anderes Verhalten zu empfehlen, doch ich werde mich auch nicht daran beteiligen, den Charakter eines Menschen zu verleumden, der Ihnen lieb und teuer sein sollte.“

Der Weg verengte sich und brachte ihre Pferde zusammen, bis ihre Beine fast die seinen berührten. Sie warf einen Blick auf Lord Brookdale und bemerkte, wie ein Muskel in seiner Wange zuckte.

„Es liegt mir fern, Ihnen Gewissensbisse zu verursachen, doch ich frage mich, ob dies nicht nur eine vorübergehende Laune ist, und dass Sie, wenn Sie in vernünftigere Gesellschaft zurückkehren, Anlass haben werden, die Dinge zu überdenken. Sie werden vielleicht noch feststellen, dass ich recht habe. Doch keine Angst, ich werde mich nicht ändern. Wir beide passen gut zueinander, denke ich.“

Jede geistreiche Erwiderung, die ihr hätte einfallen können, versiegte. Lord Brookdales Worte ließen keinen Zweifel daran, was er meinte, doch sie war weit davon entfernt, sie sich zu wünschen. Doch wie konnte sie sagen, dass sie sie sich nicht wünschte, wenn er kein konkreteres Angebot gemacht hatte?

Anna bemühte sich um eine ruhige Stimme. „Gewiss. Genauso gut wie alle anderen Mitglieder der hohen Gesellschaft, die die gleichen Partys besuchen.“

Lord Brookdale lachte wieder und ritt voraus, seiner Eroberung offenbar sicher.

AM NÄCHSTEN TAG verlangte Emily nach Ruhe. Anscheinend hatte sie Schmerzen, obwohl Anna erst davon erfuhr, als sie Emily um Informationen bat. Selbst dann wurde sie noch abgespeist. Emily schien der Meinung zu sein, dass die Schmerzen kein Grund zur Sorge seien, und Anna musste sich damit zufriedengeben.

Allein gelassen, flüchtete sich Anna ins Freie und suchte den Gärtner für ein Schneidewerkzeug auf, da sie beschlossen hatte, einige der verwelkenden Blumen im Haus durch frisch geschnittene zu ersetzen. Sie war gerade damit beschäftigt, als Lord Brookdale dorthin kam, wo sie kniete.

„Kommen Sie, gehen Sie ein paar Schritte mit mir", sagte er, sobald er seine Ankunft verkündet hatte. „Ich habe Ihnen einen Vorschlag zu machen."

Anna übergab die Blumen und die Schere einem wartenden Lakaien, irritiert von der direkten Aufforderung, die auf die gestrige Bemerkung folgte. Lord Brookdale schien sich normalerweise damit zu brüsten, besonnen zu sein. Anna nahm an, dass dieses Gespräch geführt werden musste, und nahm ihren Platz an seiner Seite ein.

„Ich glaube, ich muss mich bei Ihnen für meine Worte entschuldigen", begann er und überraschte sie. „Sie haben Ihnen nicht gefallen. Das merkte ich sofort."

Welche Worte? dachte sie. *Ihre schneidenden Worte über Ihren Bruder oder Ihre Andeutung, wir würden gut zueinander passen?* Sie beschloss, nicht zu fragen.

„Sie sind sehr scharfsinnig, Mylord."

„Also empfinden Sie Zuneigung für meinem Bruder, wenn Sie ihn auf diese Weise verteidigen?" Der letzte Teil war als Frage formuliert, die den Marquess hätte menschlich erscheinen lassen, wenn sie nicht in einem solch eisigen Ton gesprochen worden wäre.

„Ihr Bruder und ich bedeuten einander nichts", erwiderte Anna leise. *Nicht offiziell.*

„Ich bin froh, dass Sie das sagen", sagte Lord Brookdale. „Henry ist ein guter Kerl, aber ... lassen Sie uns einfach sagen, dass ich in diesen kurzen Wochen Ihren Wert zu schätzen gelernt habe. Das Leben einer Pfarrersfrau ist nichts für Sie. Sie gehören in die Art von Gesellschaft, die ich pflege."

Anna ging weiter, ohne zu wissen, wie sie das Thema wechseln konnte, nur, dass sie es musste. Seine Ausdrucksweise zeugte von Intimität, doch er hatte nichts gesagt, was sie widerlegen oder beantworten konnte.

Lord Brookdale schien keine Antwort von ihr zu benötigen, denn er setzte den Spaziergang fort und führte sie, ob bewusst oder ziellos, in Richtung des Pfarrhauses. Bald würden sie auf der öffentlichen Straße sein, die die beiden Häuser miteinander verband.

„Was mich betrifft", sagte er schließlich, „so habe ich nie ernsthaft an eine Heirat gedacht. Ich wusste, dass ich eines Tages darüber würde nachdenken müssen, doch es schien mir nur natürlich, diese Angelegenheit so lange wie möglich aufzuschieben, da ich keine Frau fand, die ich zu schätzen wusste."

Oje. Wenn es vorher irgendeinen Zweifel gab, so gab es nun keinen mehr darüber, in welche Richtung dieses Gespräch führen würde, doch er hatte sie vor dem gestrigen Tage nicht großartig davor gewarnt, dass es bevorstand. Möglicherweise hatte sie jedoch auch absichtlich die Augen vor seinen Andeutungen verschlossen.

Hatte er eine kaltherzige Entscheidung getroffen, die persönliche Gefühle ausschloss, oder gingen seine Gefühle einfach nicht sehr tief? Anna konnte sich nicht vorstellen, wie sie das, wovon sie überzeugt war, dass es sich um einen Antrag handelte, aufhalten sollte, ehe er es aussprach. Es wäre anmaßend, davon auszugehen und demütigend, wenn es sich als falsch herausstellte.

„Ich habe meinem Bruder nie etwas geneidet. Wenn überhaupt, dann eher im Gegenteil, aber wenn ich Henry loben würde; er scheint nicht zur Eifersucht zu neigen. Mir wird das bessere Aussehen nachgesagt."

Es tut mir leid, jemandem zu widersprechen, der derart von sich überzeugt ist, doch ungeachtet dessen, was man Ihnen nachsagt, ist es Harry...

Anna konnte ihren Gedanken nicht zu Ende führen. Es machte ihr immer noch Angst, ihn zuzugeben. Sie war nun davon überzeugt, dass sie Harry liebte, doch sie liebte noch immer nicht alles, was er mit sich brachte. Sie liebte das Leben, das er führte, nicht.

„Und ich werde das Herzogtum erben", fuhr er fort. „Ich habe es nicht nötig, meinen Lebensunterhalt zu verdienen oder das Leben eines einfachen Landpfarrers probeweise zu führen, um das Gefühl zu bekommen, etwas wert zu sein. Hätte Henry mehr Verstand, hätte er das Leben gewählt, das meine Eltern ihm geboten haben. Dann wäre er weitaus bessergestellt als jetzt."

Als jemand, der Männer zu verachten scheint, die viel herumschwafeln, sollten Sie auf den Punkt kommen, Sir, damit ich Sie zurückweisen und mich wieder wohl fühlen kann.

Lord Brookdale schritt voran und drosselte weder sein Tempo noch sein Vorhaben. „Stellen Sie sich meinen Schock vor, als ich herausfand, dass er zum ersten Mal etwas hatte, dass ich ihm neiden könnte." Lord Brookdale blieb stehen und drehte sich zu Anna um, deren Beunruhigung ungeahnte Höhen annahm, und mit ihr offenbar das Unvermögen rational zu denken.

„Ihre Wertschätzung!"

Das hatte sie nicht erwartet. Es war gleichermaßen unmöglich, ihre Wertschätzung für Harry zu bestätigen, wie sie zu leugnen. „Nein ... eher ... ich muss sagen..."

„Sie brauchen nichts mehr zu sagen, Anna. Wie sehr erleichtert es mich, dass er Ihre Zuneigung nicht dauerhaft für sich beansprucht hat. Es bedeutet, dass ich eine Chance habe, sie für mich zu gewinnen."

Ohne ein weiteres Wort zu verlieren, legte der Marquess seinen Arm um sie und zog sie dicht an sich. Er beugte sich in einer fließenden Bewegung zu ihr hinunter, um von ihrem Mund Besitz zu ergreifen. Mit der anderen Hand hielt er ihren Nacken fest umklammert, und Anna blieb wie angewurzelt stehen, zu schockiert, um etwas anderes zu tun, als starr zu bleiben, während seine Lippen die ihren bedeckten und dann über den Rest ihres Gesichts wanderten. Lord Brookdale löste sich gerade so weit von ihr, dass er murmeln konnte: „Wir werden das Eis früh genug brechen, meine Liebe."

Diese Worte genügten Anna, um Luft zu holen, und dass sich der Schock in brennende Wut verwandelte. Schaudernd atmete sie aus und wollte dem Marquess eine Ohrfeige geben, doch er hielt ihre Hand mit einem schraubstockartigen Griff in der Luft fest.

„Was zum Teufel!" Lord Brookdales Gesicht war weiß, als er ihr Handgelenk so fest umklammerte, dass ihr die Tränen in die Augen stiegen. Sie blinzelte sie fort.

„Hätten Sie die Güte..."– Annas Stimme zitterte, und sie beherrschte sie, wie auch ihre Tränen, mit jeder Faser ihres Seins– „... mich freizugeben, Mylord."

Der Marquess lockerte schließlich seinen strafenden Griff und sie ließ ihre Hand zur Seite fallen, weigerte sich, die Stelle zu reiben, an der er sie verletzt hatte, oder ihren Blick von ihm abzuwenden.

„Sind Sie verrückt geworden?", spie er aus.

„Verrückt – ich? Ich habe Ihnen nicht erlaubt, etwas derart Unangemessenes zu tun, wie mich zu küssen, ohne sich auch nur zu vergewissern, ob ich ihre Wertschätzung erwidere. Hätten Sie Ihre Absichten in einer angemesseneren Weise geäußert, hätten Sie in kürzester Zeit klargesehen. Traditionell folgt ein Kuss auf eine Zustimmung und geht ihr nicht voraus."

Lord Brookdales Augen blitzten zornig auf, ehe er seine zynische Maske wieder aufsetzte. Er lachte rau und nahm ihr Kinn zwischen seine Finger, um sie zu zwingen, ihm ins Gesicht zu sehen. Anna konnte ihren aufgebrachten Atem nicht kontrollieren, doch sie gab ihm nicht die Genugtuung, den Blick abzuwenden. Sein Gesicht war nur wenige Zentimeter von ihrem entfernt, während er sie mit einem Glitzern in den Augen musterte.

Endlich ließ er sie los. „Ich habe mich in Ihnen getäuscht. Hat Henry also versucht, mich zu überlisten? In den Minuten, in denen Sie in Barbury nicht zu sehen waren? Glauben Sie nicht, dass ich das nicht bemerkt habe."

Lord Brookdale musterte ihr Gesicht und sein Mund verzog sich zu einer harten Linie. „Ob Sie es später bereuen werden, mich abgewiesen zu haben, oder ob ich es später bereuen werde, abgewiesen worden zu sein, wird sich zeigen. Doch irgendwie glaube ich nicht, dass das Bedauern auf meiner Seite liegen wird", sagte er leise.

Er trat einen Schritt zurück. „Henry hat vielleicht Ihr Interesse geweckt, aber er hat Ihre Leidenschaft nicht entfacht, und das wissen Sie." Mit diesen Worten ging er.

KAPITEL 24

Harry schritt zielstrebig auf Durstead Manor zu. Nachdem er gestern Annas gerötete Wangen gesehen hatte, als sie mit seinem Bruder in Wroughton losgeritten war, beschloss Harry, dass es an der Zeit war, die Dinge klarzustellen. Sein Bruder tändelte mit Anna. Harry konnte das mit eigenen Augen sehen, auch wenn sie es nicht konnte. Er hatte einen solchen Austausch mit einer hoffnungsvollen Frau wieder und wieder miterlebt und hatte es zu einem Antrag geführt? Nein. Eher zu einem Vorschlag.

Harry ging mit ehrbaren Absichten zu Anna. Nein. Er zügelte seine machtvollen Gefühle. Er ging mit dem Herzen in der Hand zu ihr. Selbst wenn Anna nicht bereit war, sich an ihn zu binden, sollte sie wissen, was Hugh war, damit sie nicht von einem Wolf verführt wurde, der sich unter dem Deckmantel seines Titels verbarg. *Sie mag sich nicht für mich entscheiden, doch sie soll Hugh als das erkennen, was er ist.* Harrys Herz schlug schneller, als er sich daran erinnerte, wie sie bei seiner Berührung an den Wällen erstarrt war. *Ich glaube nicht, dass sie sich vollkommen gegen mich entschieden hat.*

Er verließ die Hauptstraße und bog in Richtung von Leathams Anwesen ab. Hinter der Weggabelung stand eine große Platane, dessen Stamm in zwei Teile gespalten war und einen von der Natur geschaffenen Sitzplatz bildete. Harry hielt an, um zu Atem zu kommen und darüber nachzudenken, was er sagen sollte und wie er es sagen sollte, um Anna zu überzeugen. Sie durfte nicht denken, dass er Hintergedanken dabei hatte, schlecht von seinem Bruder zu sprechen.

Harry lehnte sich mit der Hand an den Stamm der Platane. Als er aufblickte, stockte ihm der Atem. Dort, in einiger Entfernung auf dem Weg, der den seinen kreuzte, ging Hugh mit Anna. In einem kurzen Augenblick würden sie ihn sehen können. Harry ballte die Fäuste. *Wann wird Hugh verschwinden? Wie kann ich eine Minute mit ihr allein sein, wenn er hier ist?*

Harry wusste, dass er spionierte, doch er konnte nicht anders, als jede ihrer Bewegungen zu beobachten, als Hugh sich Anna zuwandte. Würde sie auf Hugh genauso reagieren, wie auf ihn? Sie sah nicht gerade erfreut aus, was ihm Mut machte. Doch das Gesicht seines Bruders war beunruhigend. Er hatte Hugh noch nie so entschlossen bei einem seiner Flirts gesehen.

Ohne Vorwarnung schloss Hugh Anna in seine Arme und küsste sie. Harrys gefror das Blut in den Adern. Mit nur einer meisterhaften Bewegung hatte Hugh Anna zur Seinen gemacht. Harry war zu spät gekommen. Er brauchte keinen weiteren Beweis dafür, dass seine Hoffnungen zunichtegemacht wurden, und in diesem Augenblick zerrissen Trauer und Wut seine Seele.

Es gab keinen Zweifel. Anna hatte sich nicht gewehrt. Sie hatte sich nicht abgewandt.

Harry schon.

Ohne eine Pause einzulegen, ging er den gleichen Weg zum Pfarrhaus zurück und schlug mit seinem Gehstock auf das verwelkte Gras, das von zwei Wochen ohne Regen braun war. Harry schob seinen Hut tiefer ins Gesicht und in den Tiefen seines Gehirns formte sich die verzweifelte Hoffnung, dass er niemandem begegnen würde. Er konnte niemandem gegenübertreten, wenn seine Schultern von dem erdrückenden Schlag gekrümmt waren, und es ihn alles kostete, die drohenden Tränen wegzublinzeln. Jeder konnte mit einem Blick erkennen, dass ihm gerade die schwerste Enttäuschung widerfahren war.

Harry versuchte, seinen Atem zu verlangsamen, während er vorwärts marschierte. Anna liebte Hugh, nicht wahr? Natürlich tat sie das. Er hatte mit eigenen Augen gesehen, wie sie wie erstarrt dastand, als sein Bruder sie in eine leidenschaftliche Umarmung gezogen und sie für sich beansprucht hatte. Harry ballte die Fäuste und fühlte das erstickte Schluchzen, das aus seiner Kehle drang, mehr als dass er es hörte. Nun wurde ihm alles klar. Anna hatte wegen Hughs Aufmerksamkeit schon bei ihrer ersten Begegnung gelächelt. Wenigstens war Hugh ehrlich in Bezug darauf, wer er war, und versuchte nicht, seine Abstammung in einem fehlgeleiteten Versuch der Demut zu verbergen. Und Hugh war in seinem Werben hartnäckig gewesen. Harry hatte das mit eigenen Augen gesehen und wer wusste schon, wie oft sie sich getroffen hatten, ohne dass Harry sich dessen bewusst war.

Plötzlich erschien ihr Erröten auf dem Rückweg von Wroughton in einem anderen Licht. Sie hatte sich nicht unwohl wegen der Aufmerksamkeit gefühlt. Sie war hingerissen gewesen.

Er war ein Narr gewesen. Wie könnte sie seinen Bruder *nicht* lieben? Hugh war einen ganzen Kopf größer als er, er tat alles *comme il faut*, und er würde erben. Das war Harry von seiner frühesten Erinnerung an eingebläut worden. Hugh hatte außerdem die Zunge einer Viper und konnte mit einem Satz jeden täuschen. *Wie hatte ihr das nur entgehen können?* Harry schlug nach einem Baum am Wegesrand und spürte, wie sein Gehstock einen Knacks bekam. Er nahm eine Abkürzung über die Wiese und verschwand in der Abgeschiedenheit des Waldes, wo er stehen blieb und nach Luft schnappte. Die Knie wurden ihm schwach und er fiel gegen einen Baum. Er sank stöhnend zu Boden und barg seinen Kopf in den Händen. Er hatte Anna für immer verloren.

EHE SIE DAS HAUS BETRAT, musste sich Anna von dem Schock und dem Ekel, gegen ihren Willen geküsst worden zu sein, erholen. Sie machte sich auf den Weg in die entgegengesetzte Richtung des Hauses und ging den Weg entlang, der den Wintergarten säumte, ihre Gedanken in Aufruhr. Ehe sie realisierte, wohin sie ging, war Anna am Bach – dem Ort, den sie jetzt mit Harry verband. Sie kniete sich an das rauschende Wasser, ohne sich um die Flecken auf ihrem Kleid zu kümmern, und tauchte ihre Hände in das kalte Wasser, um sich das Gesicht zu kühlen. Doch das reichte nicht. Sie schrubbte sich wütend das Gesicht mit dem Wasser, ehe sie aufstand und zur Brücke ging.

Was wäre, wenn Harry herkäme? Würde sie ihm alles gestehen, auch die Gefühle, die sie für ihn hegte und die sie nicht länger leugnen konnte? Wenn irgendetwas das deutlich gemacht hatte, dann waren es die unwillkommenen Annäherungsversuche eines Mannes, den sie nicht begehrte. Anna wusste nicht, ob sie sich getrauen würde, es Harry zu sagen, doch am Ende bot sich ihr die Gelegenheit nicht. Die Brücke war leer, bis auf einen winzigen Spatz, der sich auf dem höchsten Punkt des Brückengeländers niederließ und bei einer plötzlichen Bewegung von ihr die Flucht ergriff. Sie lehnte sich gegen das Holz und lauschte dem Rauschen des Wassers. Die Minuten vergingen, und die Quelle und die Bewegung des Baches beruhigten sie.

Wenn ich Harry sehe, werde ich es wissen. Zumindest denke ich, dass ich wissen werde, wo mein Herz steht und ob ich seinen Antrag begrüße. Ich bin mir nun nur sicher, dass ich Lord Brookdale nicht will.

Anna schaute sich um, in der vagen Hoffnung, Harry zu sehen, doch das Einzige, auf das ihr Blick traf, waren Wasser und Wald und das gelegentliche Blätterrascheln durch irgendein Waldtier.

Nach einer halben Stunde hatte sich Annas Gemüt wieder beruhigt. Sie kehrte nach Durstead Manor zurück, wo Stille sie empfing. Emily schien sich auszuruhen. Anna war auf dem Heimweg zu dem überwältigenden Schluss gekommen, dass sie Harry unverzüglich sehen musste. Dann würde sich alles andere von selbst erledigen. Vielleicht würde er sie ohne seinen Bruder besuchen kommen, damit sie die Dinge zwischen sich besser klären könnten. In Barbury hatte er sein anhaltendes Interesse deutlich gemacht. Nur sie hatte sich damit zurückgehalten, ihre Zuneigung zu offenbaren.

Als ein weiterer Tag verging, wurden Anna ihre Gefühle noch klarer. Sie sehnte sich nach ihm, doch Harry kam noch immer nicht vorbei. In seiner Abwesenheit und in der übermäßigen Einsamkeit, da Emily sich mehr als zuvor ausruhte, blieb Anna nichts anderes übrig, als ihr eigenes Verhalten zu überdenken. Sie musste zugeben, dass es nicht vorbildlich gewesen war. Zu Beginn hatte sie Harry lediglich bestrafen wollen, indem sie sich auf einen harmlosen Flirt mit Lord

Brookdale einließ. Sie hatte mit dem Feuer gespielt und sich daran verbrannt, und nun wurde ihr klar, dass sie einen Fehler gemacht hatte. Anna hoffte, dass es kein unwiderruflicher Fehler war.

Das nächste Mal sah sie Harry zwei Tage später in der Kirche. Emily begleitete sie, obwohl ihre Schmerzen zugenommen hatten, so dass Anna Zweifel hatte, ob es klug war, wenn sie mitkäme. Emily beharrte darauf, dass sie noch keinen Grund zur Sorge hätten, doch ihr gesteigertes Bedürfnis nach Ruhe und Erholung widerlegte ihre Proteste. Anna hatte Emily aus Angst, sie zu beunruhigen, nichts von den Ereignissen erzählt und war zu froh über Emilys tröstende Anwesenheit in der Kirche, um darauf zu bestehen, dass sie zu Hause blieb. Als sie in der Kirchenbank in der Mitte Platz nahmen, konnte Anna sehen, dass Emily verkniffen aussah. *Ich verhalte mich egoistisch, aber ich brauche sie. Ich kann Harry nicht allein gegenübertreten.*

Plötzlich kam er durch die Seitentür an der Vorderseite der Kirche hereingestürmt. Anna fühlte sich der Ohnmacht nahe. Sogar in seiner klerikalen Robe fand sie Harry überwältigend attraktiv, ein Gedanke, den sie schnell verbannte. Dies war nicht der richtige Ort, um solche Gedanken zu hegen. Sie hielt ihren Blick auf ihn gerichtet und wünschte sich, dass er sie ansah, was er in dem Trubel, in dem die Leute ihre Plätze einnahmen, nicht tat. Als er schließlich in die Mitte des Ganges trat, schweifte sein Blick endlich über die Menge und blieb auf ihr haften. Anna wurde das Herz schwer. Es war nur ein kühler Blick, den er rasch wieder von ihr löste, als Mrs. Banbury nach vorne kam, um ihn zu begrüßen.

Anna beobachtete ihn weiterhin, während er sich unterhielt, doch sie fand, dass er sich Mühe gab, interessiert zu wirken. Harry war kein Schauspieler. Er konnte seine Gefühle nicht einfach verbergen, also musste er versuchen, sie aus seinen Gedanken zu verbannen. *Sein Bruder musste ihm irgendeine Unwahrheit erzählt haben.*

Die Gemeinde wurde von den Messdienern zur Ordnung gerufen, die Kerzen nach vorne trugen, um dort die größeren anzuzünden. Wie betäubt saß Anna neben Emily, folgte dem gesamten Gottesdienst und wiederholte die Liturgie mechanisch. Sie wusste nicht, ob sie es sich nur einbildete, aber sie fand es war weniger Leidenschaft in Mr. Astons

Stimme. Sicherlich wurde in der Kirche weniger gelacht, doch es wäre lächerlich anzunehmen, dass *dies* ein wöchentliches Ereignis war.

Emily beugte sich zu ihr und flüsterte: „Unser Pfarrer sieht recht bedrückt aus. Ich nehme nicht an, dass du den Grund dafür kennst." Obwohl ihre Stirn von Sorge umwölkt war, klang Emily wieder mehr nach sich selbst.

Anna blickte weiterhin nach vorne und schüttelte den Kopf. *Ich kann nur annehmen, dass Lord Brookdale ihn angelogen hat. Er sollte es besser wissen, als irgendetwas zu glauben, was sein Bruder ihm erzählt.*

Am Ende des Gottesdienstes gingen sie und Emily nach hinten, und Anna wusste nicht, ob sie sich auf die Begegnung mit Harry freute oder sie fürchtete. Die Schlange kam ihr endlos vor, während Harry jedem die Hand schüttelte und mit jedem Gemeindemitglied ein paar Worte wechselte, wie es sich für einen Pfarrer gehörte. Dann waren sie an der Reihe.

Harry richtete seinen Blick auf Emily. „Ich habe vielleicht ein paar Neuigkeiten für Sie, Mrs. Leatham. Ich hoffe, ich kann Sie morgen aufsuchen. Heute Nachmittag bin ich leider anderweitig verpflichtet." Indem er ihrem Blick sorgfältig auswich, gelang es Harry, Anna das Gefühl zu geben, an ihrem Gespräch nicht beteiligt zu sein.

Bei seinen Worten wurde Emily blass. Sie ergriff Annas Hand und drückte sie. „Das scheinen keine guten Nachrichten zu sein, Mr. Aston. Ich hoffe, mein Mann ... Sie haben noch keine endgültige Nachricht erhalten?"

„Nein, das nicht", beruhigte Harry sie schnell, denn ihm war wohl klargeworden, was seine Worte implizierten.

Emily drückte ihre Hände fest vor sich zusammen. „Dann kommen Sie bitte, sobald es Ihnen möglich ist, damit ich die Spannung nicht länger ertragen muss."

Er nickte. „Ich werde in jedem Fall kommen." Dann nickte er erneut in Annas Richtung.

„Miss Tunstall."

Das war also alles, was sie bekommen sollte. Anna hob den Kopf leicht, dann reckte sie ihr Kinn und drehte sich um, ehe sie etwas von dem Schmerz verriet, der sie durchfuhr. Sie ergriff Emilys Arm, und als sie aus der Kirche hinausgingen, hörte sie hinter sich ein leises Kichern. Jemand hatte bemerkt, dass sie in Ungnade gefallen war.

Sie wusste, dass sie Emily unterstützen musste, denn es schien nicht so, als ob ihre Freundin morgen viel Zuspruch erhalten würde, doch auch Annas Herz war gebrochen. Er gab ihr die Schuld! Er gab Anna die Schuld für das, was sich seiner Meinung nach zwischen ihr und seinem Bruder abgespielt hatte, ohne sich überhaupt die Zeit zu nehmen, herauszufinden, was tatsächlich geschehen war. Das war der Gipfel der Ungerechtigkeit. Selbst wenn sein Bruder sie fälschlicherweise beschuldigt hatte, hätte Harry ihr genug vertrauen müssen, um selbst herauszufinden, was vorgefallen war.

Anna schob ihre verletzten Gefühle beiseite, die viel tiefer saßen, als sie sich je hätte vorstellen können, und spannte ihren Kiefer an. *Nun gut.* Es war ja nicht so, als hätte sie jemals ernsthaft eine Heirat mit einem einfachen Landpfarrer in Erwägung gezogen. Dann überkam sie eine Welle des Kummers und sie musste sich eingestehen, dass das nicht stimmte. Doch wenn tiefere Gefühle derart weh taten, wäre sie besser dran gewesen, wenn sie sie nie empfunden hätte.

Bald saßen sie in der Kutsche, wo Emily zu sehr von Harrys Mitteilung abgelenkt war, um zu bemerken, dass etwas mit Anna nicht stimmte.

„Was könnte es sein?" fragte Emily in einem atemlosen Flüsterton. Sie bemerkte Annas Tränen, die zu fließen drohten, und ergriff ihre Hände. „Du hast also genauso viel Angst wie ich? Es muss eine schreckliche Nachricht sein."

Anna schluckte, blinzelte die Tränen fort und bekam ihre Gefühle mit schierer Gewalt in den Griff. „Nein, geh nicht vom Schlimmsten aus, ehe du weißt, was es ist. Ich versichere dir, das tue ich auch nicht." Sie versuchte zu lächeln. „Immerhin sagte Mr. Aston, es gäbe keine endgültigen Neuigkeiten, also ist noch nicht alle Hoffnung verloren. Wir werden es morgen erfahren und heute sollten wir uns gut beschäftigen, damit wir nicht von Sorgen übermannt werden. Vielleicht schreibe ich Phoebe, und du kannst deiner Mutter von der außergewöhnlichen Pflaumenernte erzählen. Dann werden wir Backgammon spielen. Ich glaube, es war Mr. Aston" – Anna schluckte – „Mr. Aston, der sagte: ‚Borge dir keine Sorgen von morgen. Jeder Tag hat genug eigene Probleme‘.“

Das nachmittägliche Mahl diente nur der Form, da jede in ihre eigenen Gedanken versunken war. Ihre Freundschaft bestand lange genug, dass sie sich nicht genötigt fühlen mussten, müßige Gespräche zu führen. Und als Anna endlich allein in ihrem Zimmer war, setzte sie sich an den Schreibtisch in der Ecke und zog ein cremefarbenes Blatt Papier hervor.

Liebe Phoebe,

oh, wie ich dich vermisse. Ich brauche dich und habe deine Abwesenheit nie stärker gespürt. Du wirst bemerken, dass ich ausnahmsweise nicht scherze. Ich kann nicht, denn du wirst nicht glauben, was mir widerfahren ist. Mr. Aston, von dem ich schrieb – der Pfarrer von Avebury – ist kein anderer als der Bruder des Marquess von Brookdale und der Sohn des Dukes von Kirby. Du kannst dir meine Überraschung vorstellen, als ich das entdeckte, denn er ist kein einfacher Landpfarrer. In all der Zeit, die ich ihn kannte, hat er mir nicht einen einzigen Hinweis darauf gegeben, wer er ist. Ich gebe zu, es gefiel mir nicht, getäuscht zu werden, und ich öffnete mein Herz nicht mehr so bereitwillig wie zuvor, was Mr. Aston dazu veranlasste, sich bis zu einem gewissen Grad zurückzuziehen. Ich wusste nicht, wie ich das auffassen sollte, denn ich hatte mich ihm sehr verbunden gefühlt.

Die Weisheit und ich gingen offenbar getrennter Wege, denn Lord Brookdale war bereit, das zu tun, was Mr. Aston nicht getan hat. Du kannst dir denken, was dann geschah. In meiner üblichen Torheit ermutigte ich Brookdale in seinen Annäherungsversuchen, obgleich ich nicht mit dem Herzen dabei war. Ich war in der Tat töricht, meine liebe Phoebe, denn es führte zu einem Heiratsantrag, den ich nicht wollte – das heißt, zumindest glaube ich, dass es als Antrag gedacht war. Ich glaube nicht, dass er so tief gesunken ist, mir eine Carte Blanche *zu geben.*

Und anstatt mich wie ein Gentleman zu fragen, damit ich ihn abweisen kann, nahm er mich in seine Arme und küsste mich mit Gewalt. Das war das Unangenehmste, was ich je erlebte. Sage Stratford nichts davon, ich flehe dich an. Ich möchte nicht, dass er sich gezwungen sieht, Lord Brookdale herauszufordern und Eleanor möglicherweise zur Witwe macht, noch ehe sie seine Frau ist. Du wirst mir natürlich sagen, dass etwas Derartiges unmöglich ist, doch wenn man jemanden liebt, stellt man sich sein Leben mit ihm vor. Es ist also sinnlos zu sagen, dass Eleanor nicht verwitwet sein würde, auch wenn sie es nicht im eigentlichen Sinne wäre. Ich schweife ab, und es wird dir schwerfallen, meinen Brief zu verstehen, aber sprich nicht mit Stratford darüber, denn ich bin durchaus in der Lage, die Angelegenheit selbst zu regeln.

Und nun werde ich mir selbst widersprechen. Ich fühle mich befleckt, meine liebe Phoebe, und ich wünschte, du wärst hier, um mich mit deinem ruhigen, gesunden Menschenverstand zu trösten. Du warst immer ein Fels in der Brandung für mich. Und du siehst ja, was geschieht, wenn wir getrennt sind. Ich verliere jeden gesunden Menschenverstand. Ich sah Mr. Aston in der Kirche und er muss es gewusst haben. Oh, Phoebe, du kannst dir nicht vorstellen, wie er mich angesehen hat. Ich hätte nicht gedacht, dass so warme braune Augen einen derart winterlichen Blick haben können. Ich bin verzweifelt. Und ich fürchte, du wirst das Porto für einen Brief bezahlen müssen, der wegen der Tränen unleserlich ist. Ich weiß nicht, wie ich das in Ordnung bringen kann, und ich wünschte nur, ich könnte nach Hause zurückkehren. Doch selbst wenn Tante Shae gesund wäre, könnte ich Emily nicht verlassen, da das Scharlachfieber im Haushalt von Emilys Schwester weiter um sich greift und ihre Mutter von den Kranken gefangen gehalten wird. Ich muss also bleiben und mich dem stellen, was ich getan habe.

Du würdest mich sicher ermutigen, tapferen Herzens zu sein. Ich werde mich bemühen, das zu tun. Doch das Herz ist ein zerbrechliches, schwaches Ding, und ich glaube nicht, dass meines jemals so sehr wehgetan hat. Da ich anfing zu glauben, ich hätte kein Herz, ist es wohl eine gute Nachricht, dass ich doch eins habe. Ich werde dir nur dieses kurze Schreiben zukommen lassen, denn ich habe nicht die Kraft, über die Torheiten der Dorfbewohner von Avebury zu lachen oder irgendeine andere sinnlose Nachricht zu schreiben. Emilys Zustand hat sich nicht viel verändert. Sie bewegt sich und ist entschlossen, stark zu sein, doch es liegt eine melancholische Stimmung über dem Haus, die einen erdrückt. Ich bin mir nicht sicher, ob ich mich jemals davon erholen werde.

Ich glaube, ich muss wieder in die Gesellschaft, um mein Gleichgewicht wiederzuerlangen.

Deine elende

Anna

KAPITEL 25

Harry hatte Hugh seit dem unglücklichen Moment, als er ihn beim Küssen von Anna ertappt hatte, nicht mehr gesehen. Am ersten Tag schätzte er sich glücklich, denn er war nicht darauf vorbereitet, seinen Bruder zu sehen. Der Schmerz war noch zu frisch, seine Wut würde unkontrolliert sein, und er würde eine Zielscheibe für Spott abgeben, vor allem, wenn sein Bruder seine Verlobung bekannt gab.

Am zweiten Tag war er verwirrt. Er fragte sich, ob sein Bruder seine Zurückhaltung aufgegeben hatte und für ein Wochenende der Ausschweifung zu den Jagdhütten eines seiner Kumpane geritten war. War es eine Feier zu seiner Verlobung? Harry hielt inne, als ihm der Atem stockte. War es, um sich nach einer Zurückweisung zu trösten?

Am dritten Tag war er beunruhigt. Würde Hugh nach London fahren, um die Verlobung in der *Gazette* bekannt zu geben, ohne seinem Bruder auch nur ein Wort zu sagen? Natürlich würde er das tun. Harry wusste nicht, ob es ihm lieber war, das hämische Gesicht seines Bruders nicht sehen zu müssen oder ob er lieber die Chance hätte, es stilecht auszutragen. *Nicht, dass ich Genugtuung oder dergleichen verlangen könnte,* dachte Harry mürrisch. Man könnte seinen eigenen

Bruder nicht einfach zum Pistolenschießen im Morgengrauen herausfordern. Schon gar nicht, wenn man Pfarrer war.

Schließlich betrat Harry am Morgen des vierten Tages den Frühstücksraum und fand Hugh am Tisch sitzend vor. Er sah sehr mitgenommen aus.

Es war also die Ausschweifung gewesen.

„Wo bist du gewesen?", fragte er. *Und warum bist du zurückgekommen?*

Hugh trank seinen Kaffee aus, seine Augen auf Harry gerichtet, und stellte die Tasse auf die Untertasse. Er antwortete mit einer Stimme, die vor Erschöpfung müde klang. „Im Bromley's. Ich bin eben erst zurückgekehrt, doch ich werde abreisen, sobald ich ein heißes Bad und dieses Frühstück hatte. Ich war ohnehin schon zu lange fort von London."

„Du hättest jederzeit dorthin zurückkehren können. Es hat dich nichts daran gehindert." Harrys düsterer Blick und Ironie prallten an der desinteressierten Miene seines Bruders ab.

Hugh sagte nichts weiter, und Harry wartete. Sein Bruder teilte ein Brötchen und bestrich es mit einem großzügigen Stück Butter, ehe er auf den Stuhl gegenüber von sich deutete. „Setz dich ruhig."

Harry ließ sich nicht beirren − oder ablenken. „Hast du eine Ankündigung zu machen?"

Hugh hielt inne, das Essen auf halbem Weg zu seinem Mund, und hob eine Augenbraue. „Bist du vielleicht besser über einen Grund zum Feiern informiert als ich?"

Seine Verwirrung schien echt zu sein, was Harry wahnsinnig machte, und er verlor jede Lust, zu streiten. „Ich spreche von Miss Tunstall. Ich nehme an, du bist nicht derart verdorben, eine Dame zu küssen und etwas anderes tun, als ihr einen Heiratsantrag zu machen. Du hast nie viel Gewissen gezeigt, doch so tief bist du nicht gesunken, glaube ich. Ich war täglich in Erwartung deiner Neuigkeiten, denn wie es in Bündnisangelegenheiten üblich ist, wird die Familie vor der Gesellschaft informiert."

Ein nicht identifizierbares Aufblitzen von Gefühlen zog über Hughs Gesicht. Ehe Harry sie entschlüsseln konnte, verwandelten sie sich in Belustigung.

„Du hast also den Kuss gesehen, Bruder?" Hugh lachte leise und Harry konnte dem Drang, ihn zu erdrosseln, kaum widerstehen.

„Darf ich dich daran erinnern, dass du meine Frage noch nicht beantwortet hast. Hast du eine Ankündigung zu machen?" Wegen all der unterdrückten Emotionen fiel Harry das Atmen schwer.

„Warum?" schoss Hugh zurück. „Hast du vor, die Zeremonie durchzuführen?" Als darauf keine Reaktion erfolgte, wischte Hugh sich die Krümel von den Händen. „Du irrst dich. Es gibt keine Ankündigung. Es wird keine Hochzeit geben. Wie könnte es das, wenn es keinen Antrag gab?"

Harry schritt um den Tisch herum, nur ein Ziel vor Augen. „Du hast tatsächlich jeden Anstand verloren."

Hugh stand auf und legte eine Hand auf Harrys Brust, um ihm den Weg zu blockieren. Als Harry seine Faust schwang, hob Hugh seine andere Hand, um sie zu ergreifen.

„Tu nichts, was du später bereuen wirst, Henry", murmelte Hugh mit kühlem Unterton, ehe er Harry wegstieß.

Harry riss sich los und hob die Fäuste, doch Hughs nächste Worte ließen ihn innehalten.

„Miss Tunstall hat nicht die Absicht zu heiraten."

„Du hast sie also gegen ihren Willen geküsst", sagte Harry und ließ mit Anstrengung die Arme sinken. „Wenn du wusstest, dass sie nicht heiraten wollte, hast du dir etwas genommen, was dir nicht zustand."

„O nein. Du missverstehst die Situation." Hugh warf Harry einen Blick zu, dann kehrte er auf seinen Platz zurück und ergriff sein Buttermesser. „Setz dich, Henry. Lass uns vor dem Frühstück keine Cheltenham-Tragödie aufführen."

Als Harry stehen blieb, sagte Hugh: „Nun gut. Deine Miss Tunstall hat mir mitgeteilt, dass sie nicht zu heiraten wünscht und über genügend Mittel verfügt, um dies nicht nötig zu haben. Sie wollte nur wissen, wie sich ein Kuss anfühlen würde, da sie eine alte Jungfer bleiben wird und ich erfüllte ihr den Wunsch. Das ist alles. Es wird zwar keine Hochzeit geben, doch daran trage ich keine Schuld, du kannst also aufhören, so hässlich zu sein."

Harrys Gedanken überschlugen sich. *Ist das wahr?* Er dachte an ihre Worte, als er ihr einen Antrag gemacht hatte. Sie hatte gesagt: „Ich kann nicht." Sie hatte nicht Nein gesagt, sondern nur, dass sie nicht konnte. War es, weil sie sich entschlossen hatte, überhaupt nicht zu heiraten? Die Wut verließ ihn, und Harry fühlte nur noch Leere. Er ließ sich in einiger Entfernung zu seinem Bruder auf einen Stuhl gleiten.

„Schon besser", sagte Hugh. „Ich ziehe es vor, wenn meine Frühstücksgesellschaft sitzt. Vielleicht hast du noch nicht gegessen. Darf ich dir etwas anbieten?" Harry schüttelte den Kopf und legte die Arme auf den Tisch.

„Ich rate dir, Mrs. Fouchers Bücklinge zu probieren. Sie bereitet sie auf solch köstliche Weise zu, dass ich sie möglicherweise bitten werde, ihr Geheimnis mit Peterson zu teilen, wenn sie gelehrt genug ist, es aufzuschreiben. Nein? Das macht nichts. Ich werde mich, wie gesagt, zurückziehen und du kannst dich wieder deinem bequemen, langweiligen Dasein widmen."

Etwas in Harry brannte durch und er hob den Kopf, um Hugh direkt in die Augen zu blicken. „Ich werde mich dem gerne wieder widmen, denn es gefällt mir." Er holte tief Luft und richtete sich auf. Er hatte es satt, sich seinem Bruder unterlegen fühlen zu müssen. „Du sollst nur wissen, dass mein ‚bequemes, langweiliges Dasein', wie du es nennst – wenn man es aneinanderreiht, Minute für Minute, Stunde für Stunde und Jahr für Jahr – das reichste, lebendigste Dasein ist, das man sich auf dieser Erde wünschen kann. Und wenn es eine Möglichkeit für dich gäbe, es wirklich selbst zu erleben – wenn du dich nur bescheiden genug zeigen würdest, um die Art und Weise deines eigenen Daseins zu hinterfragen – würdest du dein Leben als das sehen, was es ist: oberflächlich, eitel, einsam und armselig."

Als Harry die letzten vier Worte aussprach, überzog ein Ausdruck des Schmerzes Hughs Gesicht, ehe er ihn verbergen konnte. Er griff nach der Kaffeekanne und goss sich Kaffee ein, wobei er das makellose weiße Tischtuch mit der Flüssigkeit bekleckerte, die über den Rand seiner Tasse schwappte. Die Stille dehnte sich aus, während er den Kaffee trank.

Als Hugh endlich antwortete, war es mit gelangweilter Stimme. „Du rührst mich, lieber Bruder."

Harry hatte keinen Appetit und er verließ das Zimmer. Er hatte versprochen, heute auf Durstead Manor vorbeizuschauen und nach dem, was er erfahren hatte, kostete es ihn alles an Kraft noch hinzugehen. Doch er hatte Mrs. Leatham sein Wort gegeben, also würde er gehen. Als er endlich bereit war, sich auf den Weg zu machen, teilte ihm sein Diener mit, dass der Marquess fort war.

ANNA UND EMILY befanden sich im Salon, als Harry angekündigt wurde. Er verbeugte sich förmlich vor Anna, ehe er Emily gegenüber Platz nahm und für sie etwas mehr Wärme in seinen Blick fließen ließ.

„Ich will meine Nachricht nicht hinauszögern, denn ich weiß, dass Sie darauf gewartet haben. Ich habe einen zweiten Brief von der Admiralty erhalten. Der Kontaktmann meines Vaters schrieb, man habe Teile des Mastes und des Hecks der Fregatte gefunden, auf der Ihr Mann gesegelt war, die sich an den Felsen verfangen hatten und an die Küste gespült wurden. Man fand auch Holzplanken, die in einem Feuer verbrannt waren, vielleicht durch eine Explosion an Bord.“

Emily keuchte auf und Harry zog gut vorbereitet sein Taschentuch hervor und drückte es ihr in die Hand.

„Es wird gemeinhin angenommen“, fuhr er nach einer Pause fort, „dass ein feindliches Schiff die Überreste der HMS *Cornwallis* abgeschleppt hat, um sie für den eigenen Gebrauch zu bergen, weshalb wir nicht mehr als die gebrochenen Masten und einige Planken haben. Die größte Sorge der Admiralty ist jedoch die Tatsache, dass es kein Schreiben der Franzosen gab. Ob es nun ein Kriegsschiff oder ein Freibeuter war, von dem die Fregatte Ihres Mannes gefunden wurde, die Tatsache, dass sie nicht um einen Gefangenenaustausch gebeten haben, ist nicht ermutigend.“

Obwohl das Gesicht von Mr. Aston nichts als Güte zeigte, spürte Anna das volle Grauen der Situation und suchte Emilys Blick. Sie war blass geworden.

Harry beugte sich vor. „Mrs. Leatham, ich überbringe Ihnen eine sehr erschütternde Nachricht. Ich werde alles in meiner Macht Stehende tun, um Ihnen in dieser schweren Zeit beizustehen, doch ich bin auch hier, um Ihnen zu sagen, dass Sie in Avebury sehr beliebt sind. Ich habe volles Vertrauen, dass das Dorf Ihnen beistehen wird. Sie werden nicht allein sein.“

Emilys Augen strahlten vor Tränen, und als sie sprach, war es, als würde man die Worte aus ihr herausreißen. „Ich weiß nicht, wie es weitergehen soll. Ich weiß nicht, wie ich weitermachen soll. Ich weiß nur, dass ich tun muss, was ich kann, damit dieses Baby sicher auf die Welt kommt.“

Emilys Abwehr brach in sich zusammen und sie beendete den Satz mit einem Heulen, während sie sich vor und zurück wiegte.

„Sie müssen nicht wissen, welcher Weg vor Ihnen liegt und wie er endet. Dieses Wissen ist Jemandem vorbehalten, der größer ist. Sie müssen nur Ihre Augen auf den nächsten Schritt vor sich richten.“ Da Harrys Blick ganz auf Emily gerichtet war, fühlte sich Anna wieder wie eine Außenseiterin. Sie wusste nicht, ob sie zu Emily eilen sollte, während Harry in offizieller Funktion anwesend war. Sie blieb, wo sie war.

„Haben Sie jemanden, der sich um Ihre materiellen Belange kümmert?“, fragte er sie. „Ich möchte mich nicht in Ihre Angelegenheiten einmischen, doch ich möchte sicherstellen, dass Ihre materiellen Belange erfüllt werden. Wer kümmert sich um Ihre Interessen, wenn ich so kühn sein darf zu fragen?“

Es dauerte eine Weile, bis Emily antworten konnte, doch sie hatte Mühe, es zu tun. „I... ich habe einen großen Teil mütterlicherseits geerbt und John sagte, dass er reichlich für mich vorgesorgt hat, falls ihm etwas zustoßen sollte.“ Sie holte tief Luft und zwang ihre Stimme, ruhiger zu werden. „Der Anwalt meines Vaters in London kümmert sich weiterhin um meine Angelegenheiten, so dass ich nicht aus meinem Haus vertrieben werde.“

„Ich bin froh, das zu hören.“ Mr. Aston atmete aus, lehnte sich in seinem Sitz zurück und warf Anna einen flüchtigen Blick zu, ehe er sich erhob. „Ich verabschiede mich von Ihnen und verspreche, dass ich wiederkommen werde, um zu sehen, wie es Ihnen geht. Wenn Sie mich jetzt entschuldigen würden...“

Anna stand ebenfalls auf. „Emily, bitte entschuldige auch mich einen Moment. Mr. Aston, ich hoffe, Sie werden mir ein paar Minuten Ihrer Zeit schenken. Wenn ja, werde ich Sie zur Tür begleiten.“

Harry zögerte und Anna erstarrte vor Angst und Verlegenheit, bis er endlich eine Geste nach vorne machte. „Natürlich."

Anna folgte ihm zur Haustür hinaus und begann an seiner Seite zu gehen, was den plötzlichen Wunsch in ihr weckte, zu weinen. Es war genau die angenehme Stimmung, die sie häufig teilten, wenn sie zusammen waren. War das nicht von Anfang an die Grundlage ihrer Freundschaft gewesen – sich immer im Freien zu treffen, immer zusammen spazieren zu gehen und über verschiedene Themen zu sprechen, ob allgemein oder intim? Anna nahm an, dass es nicht gut war, jetzt daran zu denken. *Er* hatte offenbar keine solchen Gedanken im Kopf.

Sie holte tief Luft. „Ich sehe, Sie sind entschlossen, sich streng formell zu verhalten, also lassen Sie uns die Dinge beim Namen nennen, ja? Ich nehme an, Ihr Bruder hat Ihnen etwas über mich erzählt, das Ihre Meinung geändert hat. Ich habe ihn gestern nicht in der Kirche gesehen, also muss ich annehmen, dass er Avebury verlassen hat."

Sie hatten sich nicht weit vom Haus entfernt und waren in Sichtweite aller Fenster, aus denen jederzeit ein Bediensteter schauen konnte. Doch daran dachte Anna nicht, als Harry einen Schritt auf sie zu machte, bis sie nur noch Zentimeter voneinander entfernt waren. Mit kaum unterdrückter Pein stieß er zwischen den Zähnen hervor: „Ja, mein Bruder ist fort, doch er brauchte mir nichts zu sagen. Ich habe es mit eigenen Augen gesehen."

Er war jetzt ganz nah bei ihr und seine Augen bohrten sich in die ihren, seine Lippen waren nur einen Hauch von den ihren entfernt. Sie sah, wie Wut und Verlangen in seinem Blick miteinander kämpften.

Anna hatte weiche Knie und konnte die Worte kaum herausbringen. „Was genau haben Sie gesehen?"

„Ich habe den *Kuss* gesehen." Er ließ die Worte wirken, als sie sich Auge in Auge gegenüberstanden.

Annas Mund klappte auf. „*Und?* Hatte Ihr Bruder nicht noch mehr über *diesen Kuss* zu sagen, bevor er fortging?" Sie war fassungslos. Glaubte Harry, dass sie sich freiwillig auf einen solchen Akt einlassen würde?

„Oh, glauben Sie mir, das hat er, Miss Tunstall. Brookdale sagte mir, Sie hätten kein Interesse daran, in den Stand der Ehe einzutreten und wollten nur wissen, wie es ist, geküsst zu werden, ehe Sie sich auf ein Leben als alte Jungfer einließen. Er war nur zu gerne bereit, Ihnen diesen Gefallen zu tun, wie Sie gewusst haben müssen."

Harrys Worte troffen vor Ironie und der Schmerz, der sich seit seinem kühlen Empfang in der Kirche in ihr aufgestaut hatte, wurde durch eisige Verachtung ersetzt. Lord Brookdales Lüge erklärte sicherlich, warum Harry nichts mit ihr zu tun haben wollte, doch *grundgütiger Himmel* er hätte sie fragen sollen. Er hätte ihr einen Vertrauensvorschuss geben sollen. War es nicht das, was man tat, wenn die eigene Zuneigung so groß war, dass man einen Antrag machte? Anna straffte die Schultern, als ihr die Oberflächlichkeit seines Vertrauens bewusst wurde. Wie konnte er es wagen, ihr solche Vorwürfe zu machen!

Sie hatten sich nicht von der Stelle bewegt, als Harrys Miene weicher wurde. Er untersuchte ihre Augen, vielleicht auf der Suche nach einem Zeichen von ihr, dass er in die Irre geführt worden war. Es vergingen einige Sekunden, in denen ihre Blicke sich begegneten, und es schien Anna, als ob er mit sich selbst rang. Sollte er ihr vertrauen oder nicht? Sollte er versuchen, sie für sich zu gewinnen oder sollte er sie aufgeben?

Anna war zu wütend, um ihm bei seiner Entscheidung zu helfen. „Nun, wenn Sie unseren Kuss gesehen haben, dann wissen Sie wohl alles, was es zu wissen gibt."

Sie sah die Veränderung in seinen Augen – die Verletzung, die ihn durchfuhr, ehe sein Blick wieder zu Eis wurde. Er trat einen Schritt zurück, sein Blick war noch immer auf den ihren gerichtet.

„Ich nehme an, das tue ich."

Harry hatte seinen Hut in der Hand, schob ihn auf seinen Kopf und drehte sich um. Der Anblick seiner stolzen Gestalt, die sich von ihr entfernte, ließ ihre Abwehr fast zusammenbrechen. Beinahe hätte Anna ihm nachgerufen, um ihm zu sagen, dass er sich geirrt hatte. Dass sie nie an seinem Bruder interessiert gewesen war und dass ihr Herz ihm gehörte. Doch Harry hatte zu leicht das Schlimmste von ihr geglaubt, und Anna hatte schließlich auch ihren Stolz.

Ein Diener rief nach Anna, als sie das Haus betrat. „Miss, wenn Sie so freundlich wären. Mrs. Leatham bittet Sie, in den Salon zu kommen, sobald es Ihnen möglich ist."

Anna ließ die Arme sinken und wandte sich mit einem sicherlich bemitleidenswerten Lächeln an den Diener „Sagen Sie ihr, dass ich bald kommen werde. Ich muss erst noch etwas aus meinem Zimmer holen."

Als sie die Treppe hinaufstieg, zwang sie sich, ihre Schritte zu bremsen und ihre hektischen Atemzüge zu beruhigen. Mr. Aston hatte sich ihrer zärtlichen Gefühle als unwürdig erwiesen, und sie hatte gut daran getan, ihn nicht zu akzeptieren.

KAPITEL 26

*N**un, das war es dann wohl*, dachte Harry, als er am Ende des Tages in seiner Bibliothek saß. Trotz des tiefen Schmerzes, von Anna betrogen worden zu sein, fand er Trost in der Tatsache, dass sein Bruder nicht mehr im Pfarrhaus wohnte. Noch nie war er so dankbar dafür gewesen, sein Haus für sich allein zu haben.

Als Harry an jenem Nachmittag von Durstead Manor kam, hatte Tom einen Blick auf ihn geworfen, als er durch das Tor trat, und sich dann abgewandt, als ob der Schmerz, den er dort sah, zu persönlich wäre, um ihn zu betrachten. Mrs. Foucher war gleichermaßen scharfsinnig und brachte ihm wortlos ein heißes Getränk, kurz nachdem er in seinen Lieblingssessel gesunken war. Seitdem hatte er sich nicht mehr von dort fortbewegt.

Er hatte dicht bei Anna gestanden und sich mit ihrer Nähe gequält. Ein seltsamer Zwang hatte ihn in diesem Moment überkommen. Er hatte sehen wollen, ob sie sich ihm zuwenden würde, wie sie es bei Hugh getan hatte. Auch er wollte wissen, wie es war, sie zu halten.

Dann kamen ihm Annas Worte unaufgefordert in Erinnerung, ihr Gesicht entschlossen in ihrer Verachtung. *Dann wissen Sie alles.* Sie hatte sich nicht für Harry entschieden. Selbst wenn sie beschlossen hatte, Jungfer zu bleiben – oder vielleicht war das nur eine höfliche

Weise gewesen, Hugh zurückzuweisen –, hatte sie doch deutlich gemacht, dass sie Harry nicht wollte.

Harry stand auf und begann auf und ab zu gehen. Warum hatte sie so einen verzweifelten Gesichtsausdruck gehabt, als er ihr gegenüberstand? Er hatte ihn gesehen. Ganz gleich, wie schnell sie eine Maske der kalten Unbekümmertheit aufsetzte, er hatte ihr Leid gesehen.

Und es war seinem eigenen sehr ähnlich.

Er konnte fast ihren Fliederduft riechen, ein leichter Duft, der nicht zu einer solch bemerkenswerten Macht wie Anna Tunstall zu passen schien. Man würde erwarten, dass sie etwas Verwegeneres trug. Er sah die kecke Linie ihrer Lippen und die nach oben gerichtete Nase, ihre blauen Augen, die sich mit großer Unschuld öffneten und denen doch ein solch verständnisvoller Blick innewohnte. Diese Augen durchdrangen alles. Sie sahen Torheit und verspotteten sie. Sie sahen Schmerz und ersetzten ihn mit Mitgefühl.

Sie haben mich gesehen und mich dazu gebracht, ein besserer Mensch sein zu wollen. Harry setzte sich wieder hin, bedeckte sein Gesicht mit den Händen und verweilte in dieser Haltung, als könne er damit den Schmerz abhalten. Die Schatten wurden länger und er wusste nicht mehr, wie spät es war.

Endlich stand er auf. Heute Abend würde er nichts mehr erreichen. Es war schon quälend genug gewesen, letzten Sonntag ein Abendmahl vorzubereiten, und er war sich nicht sicher, ob er die Leidenschaft finden würde, es noch einmal auf dieselbe Weise vorzubereiten. Er würde zu einem dieser trockenen Prediger werden, die jeder tolerierte, doch niemand bewunderte. Ohne es zu wollen, lächelte Harry etwas wehmütig bei dem Gedanken, ein alter, zölibatärer Geistlicher zu sein, der seine Gemeinde Woche für Woche langweilte. Doch sein Lächeln verging ebenso rasch wieder.

Jemand klopfte leise an die Tür, und Mrs. Foucher trat ein. Ihr Gesichtsausdruck verriet ohne Worte, dass zumindest sie von seiner Niedergeschlagenheit wusste – wenn nicht gar die gesamte Dienerschaft.

„Ich werde Ihnen Ihr Abendessen bringen, Mr. Aston", sagte sie.

Harry wollte gerade ablehnen, dachte dann jedoch, wie unsinnig das wäre, vor allem, nachdem sie sich wahrscheinlich die Mühe gemacht hatte, etwas für ihn zuzubereiten. „Nur die leichteste Kost, wenn Sie so freundlich wären." Er schenkte ihr ein schwaches Lächeln, und sie kommentierte seinen gedämpften Tonfall nicht.

Er aß schweigend und war entschlossen, seinen Tag früh zu beenden. Schlaf heilte alle möglichen Dinge, hatte er festgestellt, obwohl der Schlaf sein Herz in den vier Tagen, seit es gebrochen worden war, nicht geheilt hatte. Als er in den Korridor hinausging, wurde er von Tom aufgeschreckt, der aus dem Schatten trat.

„Tom." Harry hatte nicht die Kraft, zu fragen, was er wollte.

„Ich bin gekommen, um Ihnen zu sagen, dass ich verschwinde. Ich will nich', dass Se denken, ich käm nich' zurück, denn das werd ich." Toms Hut war ein abgenutzter Klumpen in seinen Händen, als er die Krempe umkrampfte. „Wenn Se mich zurücknehmen wollen, will ich sagen."

Harry war überrascht und das lenkte seine Aufmerksamkeit von seinem eigenen Schmerz ab, wenn auch nur für einen Augenblick. „Du gehst fort? Wohin gehst du?"

„Das kann ich nich' sagen, Sir, ich bitte um Verzeihung. Ich hab zumindest 'ne Pflicht, aber ich komm wieder nach Hause."

Toms Blick war flehend. Harry wusste, dass er als sein Arbeitgeber und als sein Glaubensführer nach mehr Details fragen sollte, doch er konnte sich nicht dazu durchringen, es zu tun.

„In Ordnung, Tom. Dann kannst du gehen. Ich weiß, dass du zurückkommst, sobald du dazu in der Lage bist."

Harry schenkte ihm ein kurzes Lächeln und Tom sah aus, als wäre er hin- und hergerissen zwischen Schuldgefühlen und Erleichterung. Tom wippte mit dem Kopf und verschwand wieder in den Schatten, während Harry seinen Weg fortsetzte und sich fragte, ob er gerade einen seiner Schützlinge der Versuchung ausgesetzt hatte.

Herr, betete er im Stillen, *du musst einfach auf diesen hier aufpassen. Ich habe nicht genug Kraft, um es dieses Mal zu schaffen.*

EINE GUTE NACHTRUHE trug nicht dazu bei, den Schmerz in Harrys Brust zu lindern, doch er wachte mit der Entschlossenheit auf, seine

Rolle als Pfarrer zufriedenstellend zu erfüllen. Zumindest konnte ihm niemand vorwerfen, dass er sich vor diesen Pflichten drückte. Das war alles, was ihm nun noch blieb. Er spannte sein Zugpferd vor den Karren und machte sich auf den Weg zu den Behausungen, die auf der anderen Seite des Dorfes lagen. Er überlegte, ob er beim Gutsherrn vorbeischauen sollte. Sein Haus lag nicht weit jenseits des Steinkreises, doch Harry war sich nicht sicher, ob er für einen Besuch bereit war, der nicht rein kirchlicher Natur war.

Als er in das Dorf hineinfuhr, ging er an einem Paar vorbei, das die Köpfe zusammensteckte. Sie blickten auf, als er sich näherte.

„Aston", rief der Herr und Harry zügelte sein Pferd. Es war Sir Lewis, der mit Hester Rigby unterwegs war. Harry lenkte seinen Wagen an den Straßenrand, um andere Kutschen nicht zu behindern.

Er setzte ein Lächeln auf, von dem er hoffte, es würde seinen Freund täuschen. „Hallo, Lewis. Miss Rigby." Er lüpfte seinen Hut. „Wie geht es euch?"

„Du siehst äußerst düster aus", sagte Sir Lewis leichthin. Es hatte ihn nicht getäuscht. „Steig eine Weile ab. Ich habe dir etwas zu sagen. Hier, du", rief Lewis einem Jungen zu, den Harry von Haggle End her kannte. *Er ist wahrscheinlich hier, um einen der Ladenbesitzer zu bestehlen,* dachte Harry, ehe er vor seinem eigenen Zynismus zurückschreckte. Wann war das denn geschehen? *Ich darf nicht verbittern.*

„Nimm die Zügel und binde sie an den Pfosten", sagte Lewis zu dem Jungen.

Harry übergab die Zügel und schenkte dem Jungen ein Lächeln, um sein unfreundliches Vorurteil wieder gutzumachen. Dann wandte er sich an Lewis. „Nun?"

Sir Lewis zog sich zurück und musterte Harry, der nicht bereit war, genau gemustert zu werden. Als Sir Lewis schließlich sprach, lächelte er verlegen. „Wünsch mir alles Gute, wenn du möchtest."

Harry beobachtete, wie zwei leuchtend rosa Flecke auf Miss Rigbys Gesicht erschienen und verstand sofort.

„Gerne. Ich wünsche dir alles Gute." Sein Lächeln kam ganz natürlich, doch dieses Mal war es nicht ohne Schmerz. Er schüttelte seinem Freund die Hand und verbeugte sich über der von Miss Hester. „Wann findet das freudige Ereignis statt?"

„Hesters Eltern halten es für das Beste, bis Weihnachten zu warten, und das werden wir auch tun." Lewis zog seine Verlobte näher zu sich. Seine Augen auf sie gerichtet, fügte er hinzu: „Ich würde so lange warten, wie es nötig ist, aber Weihnachten wird sehr gut passen. Es soll ein festliches Hochzeitsfrühstück werden."

Harry fand, dass Miss Rigby nie besser ausgesehen hatte. *Das macht wohl die Liebe mit einem.*

Sie und Sir Lewis sahen ihn neugierig an und nach einem Moment bemerkte er, dass er vergessen hatte zu antworten. „Ich freue mich für euch. Und Jules? Wird er bei den Vorbereitungen helfen?" erkundigte sich Harry, der die Antwort bereits ahnte.

Sir Lewis machte ein schiefes Gesicht. „Jules ist fort. Er sagte, nun, da mir die Fußfessel angelegt wird, wäre es zu langweilig, hier zu verweilen, was wohl niemanden überraschen dürfte. Doch das ist ohne Belang. Die Sache ist die..." Sir Lewis warf Miss Hester einen Blick zu, die ihm kurz zunickte. „Wir würden uns sehr freuen, wenn du die Zeremonie durchführen würdest – wenn du so freundlich wärst."

„Oh." Die Bitte hätte nicht unerwartet kommen dürfen, doch das tat sie. Er versuchte seit vergangener Woche, *nicht* an Hochzeiten zu denken.

Harry rüttelte sich innerlich wach. „Ja, natürlich. Ihr könnt euch auf mich verlassen."

Die drei standen einen Moment lang in peinlichem Schweigen da. „Nun..." Harry wollte unbedingt verschwinden und wollte sich gerade entschuldigen, als zwei Herren aus dem Gasthaus kamen und bei seinem Anblick kurz stehen blieben.

„M'lord. Genau der Mann, den wir zu sehen wünschten." Mr. Meade hob seinen Hut in Harrys Richtung.

Harry wandte sich ihnen langsam zu. Er hatte die Bow Street Runners nicht mehr gesehen, seit sie zu seinem Haus gekommen waren. Sie waren die letzten Menschen, mit denen er sprechen wollte, doch es abzulehnen war unmöglich.

„Nun, ich werde dich dann verlassen." Sir Lewis schenkte ihm ein mitfühlendes Lächeln, führte Miss Rigby fort und überließ Harry seinem Schicksal. Zumindest fühlte es sich so an.

„Warum setzen wir uns nicht gleich ins Gasthaus? Das ist nett und gemütlich – genau das Richtige für ein Plauderstündchen." Mr. Meade deutete in einer Art und Weise nach vorne, die Harry sofort missfiel. Es war, als ob er ein Verdächtiger wäre.

Mr. Howe musste seinen unzufriedenen Gesichtsausdruck bemerkt haben, denn er sagte beschwichtigend: „Wir werden nur einen Moment Ihrer Zeit beanspruchen, Mylord."

Harry nickte knapp und führte sie in den Gasthof. Als sie Platz genommen hatten, kam er umgehend zur Sache. „Ich muss noch eine Reihe von Gemeindemitgliedern besuchen, also lassen Sie mich bitte wissen, wie ich Ihnen behilflich sein kann."

Mr. Meade lehnte sich zurück und beäugte Harry mit prüfendem Blick. „Wir haben uns gefragt, wo wir Tom Wardle finden könnten."

„Tom?" Harry verspürte ein flaues Gefühl im Magen. Sie waren hinter Tom her. Das hatte er befürchtet – dass sie Tom wegen seiner Vergangenheit fälschlicherweise beschuldigen würden. Harrys Gefühl der Angst wuchs, als ihn der nächste Gedanke überfiel. *Vielleicht beruhen ihre Anschuldigungen aber auch auf der Wahrheit.*

Mr. Howe nickte. „Wir haben Tom als Person von besonderem Interesse beobachtet, und es könnte für Sie von Bedeutung sein, zu wissen, dass wir Beweise dafür haben, dass er an jenem Tag bei den Straßenräubern war."

„Wenn Sie von dem Halstuch sprechen", unterbrach Harry, „diese Art von Beweis ist nicht haltbar. Es gibt zu viele solcher Stücke, vor allem unter den Arbeitern."

„Es ist nicht nur das", fuhr Mr. Howe fort. „Die Pistole, die wir am Tatort fanden? Die, die Lord Ramsworth gehörte? Sie wurde von Mr. Wardle gestohlen, damals, als er noch keine so ehrliche Stellung hatte. O ja, Mylord. Vielleicht wussten Sie nicht, dass Tom Wardle nicht immer der aufrechte Diener war, der er nun zu sein scheint." Mr. Howe blickte auf die sorgfältigen Notizen, die er gemacht hatte.

„Aber wir wissen das, weil wir ihn dort aufgespürt haben, wo er früher wohnte, über einem alten Pub, drüben bei Bishops Cannings. Wir haben seine Sachen durchsucht, obwohl das Zimmer in letzter Zeit nicht mehr genutzt wurde, und das Gegenstück der besagten Pistole gefunden. Ein Satz Duellpistolen."

Mr. Howe hielt inne, um zu sehen, welche Wirkung dies auf Harry hatte. Ehrlich gesagt, war es ein schwerer Schlag. Er wusste, dass Tom kein vorbildliches Leben geführt hatte, doch welches Übel hatte er mit diesen Pistolen angerichtet? Und die Tatsache, dass eine der Pistolen am Tatort des Raubes gefunden worden war und Tom so nahe gewesen war. War er darin verwickelt?

„Sie deuteten Toms frühere Sünden an. Diese sind mir nicht unbekannt", sagte Harry kurz und zog es vor, so wenig wie möglich zu diesem Thema zu sagen. „Ich habe ihn von ihnen freigesprochen und ihm einen Neuanfang ermöglicht."

Mr. Meade blickte Harry mit großen Augen an, und sein starker Akzent verriet seinen Schock. „Sie 'ätten ihn besser ausliefern sollen, M'lord."

„Sie unterstehen Ihrer Autorität und ich unterstehe meiner", antwortete Harry. „Jeder Mensch verdient einen Neuanfang und Tom hat ihn auch verdient. Seit er bei mir ist, ist sein Verhalten einwandfrei."

„Einwandfrei, bis die Versuchung zu groß war, vielleicht", sagte Mr. Howe. „Er war da. Und seine Absichten waren nicht ehrenhaft."

„*Ts.* Spekulation", sagte Harry mit einem ungeduldigen Kopfschütteln. Er sprach die Worte voller Zuversicht, doch die Wahrheit war, dass Harrys Glaube an die Menschheit noch nie so schwach gewesen war wie nun, da alle Beweise auf Tom hinwiesen. Die nächsten Worte zerstörten ihn völlig.

„Dann können Sie mir vielleicht erklären, was er vorhatte, als er die Pistole aus meinem Zimmer gestohlen hat?" Mr. Meade verschränkte die Arme und hob sein Kinn in einer direkten Herausforderung.

„Was soll das heißen?" fragte Harry, nun ernsthaft beunruhigt. „Welche Beweise haben Sie?"

„Ich habe ihn mit meinen eigenen Augen gesehen." Mr. Meade wechselte einen Blick mit Mr. Howe. „Ich habe geschlafen, als mich ein Geräusch weckte. Ich schaute auf und wer kroch da aus meinem Fenster, wenn nicht Tom Wardle? Ich lief ihm hinterher, aber er war zu schnell. Und ich in meinem Nachtgewand."

Da sah Mr. Meade verlegen aus. Unter anderen Umständen hätte Harry über den Anblick, den er bot, gelacht.

Mr. Howe besiegelte die deprimierende Nachricht. „Und die

Beweise waren verschwunden. Wir gingen heute früh zu seiner Unterkunft, doch er war nicht da. Die Leute in Haggle End waren sehr verschlossen, was Tom angeht, obwohl er aus dieser Gegend stammt. Ich dachte, Sie wüssten vielleicht, wo er hin ist. Oder wären bereit, mit den Leuten zu reden."

Harrys Gedanken rasten durch alle Fakten und er schüttelte den Kopf. Er konnte nicht länger ein Auge zudrücken. Tom war schuldig. Er konnte nicht an allem schuldig sein, weil er zu oft im Pfarrhaus anwesend war, doch sein Verhalten war nicht das eines Unschuldigen. Es hätte Harry traurig machen sollen, doch er fühlte sich nur wie betäubt.

„Ich habe ihn nicht gesehen. Er bat um ein paar Tage frei, um sich um seine Angelegenheiten zu kümmern, und ich habe sie ihm gewährt. Er versprach, zurückzukommen." Die Runner wechselten einen skeptischen Blick.

„Ich werde mit den Leuten von Haggle End sprechen, gleich nachdem ich hier weg bin." Das war das Einzige, was Harry tun konnte. Auch er hatte eine Verantwortung in dieser Sache. „Sie mögen mir genug vertrauen, um sich mir zu öffnen, doch ich werde kein Geheimnis daraus machen, dass ich mit Ihnen gesprochen habe. Und ich werde Tom nicht seinem Schicksal überlassen, ohne zu versuchen, herauszufinden, ob es einen Zwang oder vielleicht einen anderen Grund gab."

„Im Allgemeinen, Mylord", sagte Mr. Howe mit einem an Mitleid grenzenden Ausdruck des Mitgefühls, „ändert ein Mensch seinen Charakter nicht."

Harry hielt Wort und ritt gleich nachdem er seinen Wagen im Pfarrhaus gegen seinen rotbraunen Hengst eingetauscht hatte nach Haggle End. Alle Gedanken an seine anderen morgendlichen Besuche waren verschwunden. Nach einer solchen Nachricht wäre er nicht mehr gesprächsfähig. Als er an der Schule ankam, riefen ihm der Arbeiter und dann der Aufseher zu, doch ein Blick auf Harrys Gesicht genügte, um die Begrüßung kurz ausfallen zu lassen.

„Guten Tag", sagte Harry. „Ich versuche, Tom zu finden. Habt ihr ihn gesehen?"

Sie wechselten einen verstohlenen Blick, fand Harry, und er fragte sich, ob er die Dinge plötzlich in einem besseren Licht sah oder ob er nun abgestumpft war.

„Er ist nicht hier gewesen? Ihr habt ihn nicht gesehen?", versuchte Harry es erneut.

„Nein, Sir", erwiderte der Aufseher. „Ist er in Schwierigkeiten?"

Harry hielt inne, ehe er antwortete, und die Pause war so lang, dass sein Pferd ungeduldig versuchte, sich in Bewegung zu setzen. „Ja, das könnte man so sagen. Wenn ihr ihn seht, sagt ihm bitte, dass ich ihn suche. Aber lasst ihn bitte wissen, dass die Runner mir einen Besuch abgestattet haben, damit er den Zweck meiner Bitte versteht."

Die beiden Männer tauschten einen weiteren Blick aus. Der Aufseher untersuchte seinen Stiefel und kratzte den Schlamm an der Mauerkante ab. „Ja. Wenn ich ihn sehe, werde ich es ihm sagen."

Damit musste Harry sich begnügen, und da ihm der Mut fehlte, die Suche fortzusetzen, lenkte er sein Pferd heimwärts. Anna liebte ihn nicht. Tom war schuldig. Die Gemeindemitglieder sahen in Harry nicht mehr den gutgläubigen Hirten, sondern einen Adligen. Sein Bruder war ein Wüstling der schlimmsten Sorte und würde sich wohl nie ändern.

Harry hielt seinen Blick geradeaus gerichtet, während das Pferd den vertrauten Weg zu seinem bequemen Stall zurücklegte. Er war achtundzwanzig Jahre alt und bereits ein Versager.

KAPITEL 27

Der erste September war gekommen, und Emily wurde immer runder. Ihre Schmerzen hielten an, doch Anna hatte begonnen zu akzeptieren, dass es sich um falsche Wehen handelte, wie Mrs. Foucher Emily versichert hatte und dass es keine unmittelbare Notwendigkeit gab, den Arzt aufzusuchen.

Nach einer weiteren Woche, während derer sie Harry nicht gesehen hatte, obwohl er Emily versprochen hatte, zu kommen, hatte Anna begonnen zu akzeptieren, dass dieses Zwischenspiel – der kurze Zauber dessen, was sie sich als Liebe eingestanden hatte, zumindest von ihrer Seite aus – vorüber war. Vielleicht war es auch besser so. Sie war sich selbst nicht treu gewesen, als sie darüber nachgedacht hatte, das Leben, in das sie hineingeboren worden war, aufzugeben, um sich auf dem Lande zu vergraben. Als sie vor dem Fenster stand und auf die Straße blickte, die zum Pfarrhaus führte, leer wie stets dieser Tage, erfüllte der rohe Schmerz in ihrem Herzen ihr Wesen, bis er ihr den Atem raubte.

Emily kam zur Tür des Morgenzimmers, die Haube gebunden und die Handschuhe in der Hand. „Wollen wir?", fragte sie.

Anna nickte und wandte sich um, um sie nach draußen zu begleiten. *Was für ein Paar wir doch* sind, dachte sie. *Mit unseren langen Gesichtern könnten wir ein Kind auf dem Dreikönigsfest zum Weinen bringen.*

Bei strahlendem Sonnenschein ginge sie langsam über den Weg, der sich durch die Gärten von Durstead Manor schlängelte. Anna atmete tief durch und beschloss, den Schmerz, der ihr Herz und ihre Seele auffraß, zu verdrängen. Was sollte sie tun? Zu Harrys Füßen betteln gehen? Würde sie ihn unter solchen Bedingungen wollen?

Sie umrundeten das Haus schweigend und Anna dachte, dass Emily unter noch düstereren Gedanken litt. Ihr Gesicht war noch verkniffener als sonst und ihre Schritte waren zögerlich. Sie waren fast an der Hecke, die den französischen Garten umgab, als Emily vor Schmerzen aufschrie und sich die Hand auf den Bauch legte.

„Anna", keuchte sie. „Ich glaube nicht, dass dies mit den Schmerzen vergleichbar ist, die ich bisher erlebt habe. Ich glaube, das ist neu."

Es dauerte nur eine Sekunde, bis Anna sich von ihrer Überraschung erholt hatte, doch das Gefühl wurde schnell von Angst abgelöst. Sie sagte in einem, wie sie hoffte, ermutigenden Ton: „Lass uns ins Haus gehen, wo ich dafür sorgen werde, dass du es bequem hast, ehe ich Dr. Carson holen lasse."

Sie legte ihren Arm um Emily. Dann, als Emily Schwierigkeiten beim Gehen hatte, nahm Anna Emilys Arm und legte ihn sich über die Schultern, damit sie ihr Gewicht besser verlagern konnte.

„Ich glaube nicht, dass ich gehen kann", sagte Emily.

„Ich kann dich nicht hierlassen, Liebes, und es gibt keinen Platz zum Sitzen. Komm. Wenn ich zulasse, dass du dich hinlegst, wirst du nie wieder aufstehen können." Anna bemühte sich um Leichtigkeit, doch es gelang nicht recht. „Du siehst, das Haus ist nicht weit. Lass uns einen Schritt nach dem anderen machen, und wir werden es erreichen. Du brauchst nur ein wenig Kraft. Du hast mehr davon, als du denkst."

Emily erwiderte nichts, doch sie gehorchte und begann vorwärtszugehen, einen Schritt nach dem anderen, und wenn die Schmerzen einsetzten, blieb sie stehen. Anna hielt sie fest und trug so viel Gewicht, wie sie konnte. Als sie noch ein Stück weit entfernt waren, kam ein Küchenmädchen aus der Hintertür gestürmt und eine Welle der Erleichterung durchströmte Anna. Die Dienerschaft hatte sie durch das Fenster entdeckt.

Anna rief: „Hol Albin. Nein, warte. Hol auch Forrester. Albin wird stark genug sein, um Mrs. Leatham zu tragen, und Forrester kann nach Dr. Carson schicken."

Das Dienstmädchen eilte zurück ins Haus. Kurz darauf erschien Albin, der so schnell rannte, wie es seine stämmige Statur zuließ, während ein anderer Lakai in Richtung Stall sprintete. Albin nahm Anna Emily ab, hob sie auf seine Arme und ging zügig los, während Anna hinter ihm herlief. Er trug Emily die Treppe hinauf, wobei er schwer atmete, und legte sie sanft in ihr eigenes Bett im Hauptzimmer.

Anna fühlte sich hilflos. Sie wusste absolut nichts über Geburten und als Emily vor Schmerzen schrie, zwang Anna sich dazu, sich an Emilys Seite zu setzen, anstatt ihrem eigenen Verlangen nachzugeben und wegzulaufen. *Du sagtest, du machst Witze, Emily. Aber nun ist es tatsächlich nötig, dass ich deine Hand halte, und hier bin ich und tue es.*

Eine weitere Welle von Wehen überkam Emily und wieder gab sie ein Stöhnen von sich, das wie von einer anderen Welt klang. Anna wurde davon kalt bis ins Mark. Alle Gedanken verließen sie und sie konnte nichts anderes tun, als die Schale mit Lavendelwasser, die das Dienstmädchen unaufgefordert gebracht hatte, entgegenzunehmen und Emilys Stirn zu befeuchten.

Eine Stunde verging, dann zwei und Anna bekam es mit der Angst zu tun. Sie konnte das nicht ohne Hilfe schaffen. Als sie das Knirschen von Rädern auf dem Schotter hörte, eilte sie zum Fenster. Dr. Carson!

Vor Erleichterung war sie der Ohnmacht nahe und wandte sich an Emily. „Dr. Carson ist hier. Du brauchst keine Angst zu haben. Alles wird gut werden." Emilys Augen waren vor Schmerz und Konzentration geschlossen und sie antwortete nicht.

Es schien eine Ewigkeit zu dauern, bis der Arzt die Treppe hinaufgestiegen war und ihr Zimmer betrat. Nachdem er sich vor Anna verbeugt hatte, bat er sie, sich zur Seite zu drehen, während er Emily untersuchte. Anna gehorchte und dachte in diesem Moment daran, wie verletzlich Frauen waren. Was konnte eine Frau nur dazu bringen, sich einen solchen Aufruhr zu wünschen?

Eine Vision überkam sie und mit ihr ein Blitz der Sehnsucht –

Anna, die Harrys Kind an ihre Brust hielt, während er sie mit diesem Blick ansah, der ihre Seele zu durchdringen schien, und das, was er dort fand, wertschätzte und liebte. Das war zu viel, und sie wischte sich die Tränen aus den Augen.

Dr. Carsons Stimme war ruhig, als er sagte: „Miss Tunstall, ich möchte Sie bitten, Mrs. Foucher zu holen. Sie ist eine erfahrene Hebamme, und ich glaube, ich werde ihre Hilfe brauchen." Es dauerte eine Sekunde, bis die Dringlichkeit in Annas Verstand ankam und der Arzt blickte nicht mehr in Annas Richtung.

Rasch ging sie aus dem Zimmer, verließ Durstead Manor und eilte in Richtung Pfarrhaus. Anna hatte ein Drittel des Weges hinter sich gebracht, als ihr auffiel, dass sie vergessen hatte, ihre Haube aufzusetzen. Sie hätte einen Diener schicken oder um eine Kutsche bitten sollen, um das Pfarrhaus schneller zu erreichen. Sie war sich nicht sicher, ob es der Schreck darüber war, dass sie in diesen Stunden bei Emily gewesen war, während sie litt, oder ob es ein tief verborgenes Bedürfnis war, Harry wieder zu sehen, aber sie dachte überhaupt nicht nach. Allen Anstand über Bord werfend, begann Anna zu rennen, weil sie befürchtete, dass ihre Verspätung ihrer Freundin Schaden zufügen könnte.

Sie umrundete das Tor des Pfarrhauses und lief zur Vorderseite, wo sie heftig an die Tür klopfte. Sie öffnete sich schnell, und Harry trat heraus, seine Augen groß vor Sorge. „Anna, was ist los?" Trotz ihrer Panik hörte sie es. Er hatte sie Anna genannt.

Sie hatte wegen ihres wild klopfenden Herzens und ihrer Atemnot Mühe zu sprechen. „Dr. Carson sagt, er braucht Mrs. Fouchers Hilfe. Emilys Baby kommt."

Harry drehte sich sofort um, eilte in die Küche und rief nach Mrs. Foucher. Anna lehnte sich an die Wand, um Luft zu holen, und merkte, dass ihr die Knie weich wurden. Nach wenigen Minuten kam Mrs. Foucher mit Harry durch die Tür, einen Korb im Arm und einen martialischen Blick in den Augen. Sie war bereit, ein Baby auf die Welt zu bringen.

„Ich werde die Carrick anspannen lassen." Harry hielt kurz inne. Obwohl er Anna nicht direkt ansprach, war der harte Blick in seinen

Augen verschwunden. „Nein, ich werde den Wagen anspannen, und dann können wir alle drei gehen."

„Nein, nein. Bringen Sie Mrs. Foucher sofort zu ihr. Ich werde zu Fuß zurückgehen", drängte Anna.

Harry zögerte nur einen Moment und wandte sich dann dem Stallknecht zu, der die Pferde aus dem Stall führte. Mrs. Foucher nahm sich einen Moment, um Annas Hand zu drücken, und die schwesterliche Berührung spendete ihr Trost. Die Carrick wurde angeschirrt, und einen weiteren Augenblick später waren sie fort.

Anna begann zu laufen, diesmal viel langsamer, weil ihre Beine sie nicht schneller tragen wollten. Sie folgte dem Feldweg und kam an die Weggabelung, wo sie schließlich aufgab. Ihre zitternden Beine wollten sie nicht mehr tragen, bis sie sich ausgeruht hatte, und sie setzte sich auf den verformten Stamm einer Platane am Wegesrand. Das Zirpen der Grillen drang an ihre Ohren und übertönte das Klopfen ihres Herzens und das ungewöhnliche Tönen der Turteltaube, die in der Hitze des Tages gurrte.

Sie dachte an Harry. Es war das erste Mal, dass sie sich seit jenem unglückseligen Tag gesehen hatten, und er hatte ihren Vornamen benutzt. Das sollte doch wohl etwas bedeuten, oder nicht? Doch nachdem er sie in der Kirche und auf Durstead Manor so kühl empfangen hatte, musste sie davon ausgehen, dass ihre Verbindung beendet war. Wahrscheinlich hatte er unüberlegt gesprochen, als er gesehen hatte, dass sie verzweifelt war. Harry hatte ihr Herz mehr als jeder andere berührt, doch was bedeutete ihm das? Der Preis, ihre Zuneigung gewonnen zu haben, hatte für ihn offensichtlich nur noch wenig Wert. Was sie am meisten quälte, war die Tatsache, dass *ihre* Torheit – ihre kokette Art – alles ruiniert hatte.

Nachdem einige Zeit vergangen war, stand Anna auf und begann mit etwas mehr Kraft zu gehen. Sie musste zu Emily zurückkehren. *Ich bin ja noch jung. Ich werde jemand Neues finden.*

Sie wischte sich die Tränen aus den Augen, als das Geräusch von Kutschenrädern, die über die Straße fuhren, ihre Ohren erreichte. Beinahe wäre sie in Versuchung geraten, hinter einem Busch in Deckung zu gehen, doch dazu würde Anna sich nicht herablassen, ganz gleich, wie wenig sie sich wünschte, irgendjemandem zu begegnen, schon gar nicht in solch unangemessener Kleidung. Als das Fahrzeug in Sicht kam, brachte der Anblick von Mr. Astons karamellfarbenen Pferden ihre ohnehin schon aufgewühlten Gefühle ins Trudeln.

„Miss Tunstall", rief er ihr zu, als er angehalten hatte. Er stieg von der Kutsche und hielt die Zügel in der Hand, während er ihr mit der anderen Hand beim Aufsteigen half. „Als Sie nicht sofort zurückkamen, dachte ich, der kurze Weg könnte zu viel für Sie sein, und ich habe mich auf die Suche nach Ihnen gemacht."

Sie legte ihre Hand in seine, dankbar für die Hilfe. „Ich glaube, es ist der Schock, aber meine Knie erlaubten es mir nicht, zu gehen." Anna wandte sich nach vorne und erlaubte ihm, sich darauf zu konzentrieren, die Carrick in die andere Richtung zu manövrieren.

„Leathams Baby wird früher als erwartet erscheinen", sagte Harry, der nun die Pferde zum Laufen brachte. „Mrs. Foucher kam nur kurz heraus, um einem der Dienstmädchen einige Anweisungen zu geben, und sagte mir, dass die Ankunft unmittelbar bevorstehe. Danach bin ich nicht geblieben."

Anna war zutiefst dankbar für das langsame Tempo, denn es erlaubte ihr nicht nur, die Rückkehr in ein Haus hinauszuzögern, in dem sie keinen Nutzen hätte und nur unter den Schreien ihrer Freundin leiden würde, sondern sie hoffte auch, dass es ihr eine Chance geben würde, sich zu erklären. Vielleicht würde Harry mehr darüber erfahren wollen, was zwischen ihr und Lord Brookdale vorgefallen war.

„Ich bin froh, wenn ihre Schmerzen bald vorüber sind."

„Der Schmerz muss seinen vollen Lauf nehmen", antwortete Harry mit ernster Stimme. „Das ist die natürliche Ordnung der Dinge."

Das waren beängstigende Worte. Er bezog sich auf ihre Gefühle, dessen war sie sich sicher. Anna spürte, wie ihr das Herz schwer wurde und wünschte sich, er würde das Tempo erhöhen, damit sie das eine Leid gegen das andere austauschen konnte.

WAS SAGE ICH DENN DA? Harry schnalzte mit den Zügeln und trieb seine Pferde zum Trab an. Der Anblick von Annas bezauberndem

Gesicht nach einer Woche Entbehrung hatte eindeutig seine Sinne verwirrt. *Der Schmerz muss seinen vollen Lauf nehmen.* Gütiger Himmel! Er dachte natürlich an die Trauerzeit, die er durchlaufen musste, um sein Herz von allen Gefühlen zu befreien, die er einst für Anna empfunden hatte. *Anna.* Nein, sie musste nun Miss Tunstall sein.

Doch dann zeigte ihm ein Blick auf Annas Gesicht, dass sie keine abgebrühte Flirterin war, die einen Bruder für den anderen fallen lassen wollte. Ein Blick in ihr Gesicht und er sah sein eigenes Leid in dem ihren widergespiegelt. Sie hatte nicht geantwortet, doch wie sollte man auch auf eine derart sinnlose Äußerung antworten?

„Wie lange bleiben Sie noch in Avebury?"

„Emily erhielt gestern einen Brief, dass ihre Mutter sicher in vierzehn Tagen eintreffen wird. Es ist nicht zu früh, denn ich muss so schnell wie möglich zum Anwesen meines Bruders."

Für ein ungeübtes Ohr schien Anna das Gespräch mit Höflichkeit zu führen – nahezu mit Gleichgültigkeit –, aber für Harry klang sie betäubt. Das verwirrte ihn. *Litt* sie Schmerzen?

„Das sind gute Neuigkeiten. Sie werden die Hochzeitsvorbereitungen nicht verpassen wollen. Und dann werden Sie die Saison in London verbringen?"

„Wo sonst?", gab sie mit einem leichten Schulterzucken zurück.

Stille legte sich über sie, als die Räder der Carrick über den Boden knirschten und das Hufklappern der Pferde sie dorthin trug, wo sie sich trennen würden. Ein Hauch von Rebellion überkam Harry. Er *würde* Hughs Namen erwähnen. Sie würde seinen Kummer über ihre Entscheidung zu spüren bekommen.

„Mein Bruder ist diese Woche abgereist. Ich nehme an, Sie haben vor, ihn in London wiederzusehen."

Anna spannte ihren Kiefer an. „Ich kann mir nicht vorstellen, warum Sie das annehmen. Wir haben keine derartigen Pläne gemacht."

Harry drehte sich verblüfft zu ihr um, doch eine Kurve brachte seinen Blick ebenso rasch wieder nach vorne. *Was? Hugh hatte also recht gehabt und sie weigerte sich, zu heiraten. Doch welche Dame küsst schon einen Gentleman und heiratet ihn dann nicht?* Er konnte seine Gedanken nicht ordnen, um sich einen Reim auf das zu machen, was er da hörte. Sie hatten den Eingang von Durstead Manor erreicht und er zog an den

Zügeln, um die Kutsche zum Stehen zu bringen. Er wandte sich ihr zu, um sie ganz anzusehen.

„Keine Pläne, Hugh zu sehen? Hat er Ihnen einen Antrag gemacht? Haben Sie ihn wirklich abgelehnt, nach dem..." *Gütiger Himmel.* Wie sollte er den Satz zu Ende bringen? Anna schien darauf zu warten, dass er eben dies tat, denn sie ergänzte den Satz nicht für ihn. „Kuss?" sagte Harry schließlich, und seine Stimme klang schwach in seinen Ohren.

Annas Gesicht war starr, alle Spuren von Schmerz wurden durch farbige Empörung ersetzt. „Wie Sie mir schon sagten, haben Sie den Kuss gesehen. Was gibt es da noch zu sagen?"

Sie blickten sich weiterhin an, als sich die Tür öffnete und das Dienstmädchen mit einem Lächeln auf dem Gesicht herausstürmte.

„Mr. Aston, Miss Tunstall, die allerbeste Nachricht. Es ist ein Junge!"

KAPITEL 28

Anna war ganz entzückt von Master George Leatham, doch sie konnte keine weitere Minute im Haus bleiben und ließ Emily zurück, die ihr kleines Wunder liebkoste und sanft seine Wange streichelte – und sei es nur, um ihre Tränen aus seinem Gesicht zu wischen. Ihre Freundin hatte keinen leichten Weg vor sich, dachte Anna, als sie den Stallknecht bat, die Carrick anzuspannen und sie zum Haus der Rigbys zu begleiten. Es war eine impulsive Bitte gewesen, und erst als sie sich in Bewegung gesetzt hatten, überlegte sie, was sie bei ihrer Ankunft sagen würde.

Hester kniete vor dem Rosenstrauch, schnitt die vollkommenen Blüten ab und legte sie in einen Korb. Als sie Anna sah, legte sie die Schere auf die Stiele, ihr Gesicht war besorgt.

„Anna, was für eine angenehme Überraschung. Ist mit Emily alles in Ordnung?"

Anna beruhigte sie rasch. „Mit Emily ist alles in Ordnung. Und mit Master George." Sie lächelte, als sie das Verständnis in Hesters Gesicht dämmern sah.

„Sie hat also ihr Kind bekommen." Hester wischte sich die Hände an der Schürze ab, die ihr Morgenkleid bedeckte, und ging auf Anna zu. „Und es ist ein Junge, sagen Sie? Ich werde sie umgehend besuchen, wenn Sie nicht glauben, dass ich nicht störe." Anna schüttelte den Kopf, und Hesters ausdrucksstarkes Gesicht wurde wehmütig. Mit düsterer Stimme fügte sie hinzu: „Ihre Freude wird nicht ohne einen Anflug von Kummer sein."

„Nein." Nach einer Pause sagte Anna: „Ich bin wegen einer ganz anderen Angelegenheit gekommen. Tom Wardle wird verdächtigt, an dem Raubüberfall beteiligt gewesen zu sein, und ich weiß, dass dies ein Schlag für Mr. Aston ist, der ihm vertraute. Mrs. Foucher besuchte uns, um zu sehen, wie es dem Baby geht, und sagte, Mr. Aston habe in letzter Zeit ziemlich gramerfüllt ausgesehen." Anna hielt inne, weil es ihr plötzlich schwerfiel, zu atmen. Mrs. Foucher konnte nicht wissen, dass Tom nicht der einzige Grund für Harrys betrübte Miene war. In Anbetracht ihres unterschiedlichen Standes war es undenkbar, dass er sich ihr anvertraut hatte.

„Ich würde gerne nach Haggle End gehen, wo er herkommt, und sehen, ob ich jemanden finde, der mich zu seinem Aufenthaltsort führen kann. Wissen Sie, wer mich dorthin bringen könnte?"

„Ich hatte durch den Gutsherrn von Toms Verwicklung erfahren – eine höchst überraschende und beunruhigende Entwicklung", teilte Hester Anna mit. „Haggle End gilt nicht als sicher für eine Frau aus gutem Hause, doch das wissen Sie sicherlich. Wir könnten Sir Lewis dazu überreden, uns zu begleiten. Vielleicht bringt ihn der Wunsch, Harry zu helfen, dazu, die Idee in Betracht zu ziehen."

Eine leichte Röte schlich sich über Hesters Gesicht, als sie hinzufügte: „Ich halte es jedoch für das Beste damit zu warten, ihm den Vorschlag zu unterbreiten, bis er mich besucht, was er vermutlich heute oder morgen tun wird. Ich möchte nicht voreilig sein, indem ich ihm eine Nachricht schicke."

Anna musterte Hester und ihre Mundwinkel wanderten nach oben. „Sie scheinen sich gut mit Sir Lewis gut zu verstehen."

„Ich ... das heißt..." Hester wandte ihr Gesicht dem Haus zu. „Wollen Sie nicht hineinkommen und einen Tee trinken?"

Es schien, als sei Hester nicht bereit, sich Anna anzuvertrauen. Vielleicht war das auch gut. So sehr Anna auch bereit war, ihr alles Gute zu wünschen, so wenig war sie an weiteren Gesprächen über Hochzeiten interessiert, zumal sie die letzten zwei Monate vor ihrem

Besuch in Avebury damit verbracht hatte, über Stratfords Hochzeit zu diskutieren.

„Ich möchte Sie nicht stören", sagte sie. „Sind Ihre Mutter und Ihre Schwester da?"

„Sie sind auf Besuch. Wir werden nur zu zweit sein." Hesters Lächeln hatte etwas Schelmisches an sich, als wollte sie damit sagen, dass sie wusste, dass ihre Mutter und ihre Schwester eine Herausforderung sein konnten.

Anna verbarg ihre Gefühle nicht. „Dann würde ich mich freuen. Es kommt nicht oft vor, dass ich Emily allein lassen kann, und nun, da George da ist, hat er ihre ungeteilte Aufmerksamkeit, wie Sie sich vorstellen können."

Hester lachte leise und bat um Tee, als sie das Morgenzimmer betraten. Als der Tee gezogen hatte, schenkte sie zwei Tassen ein und reichte Anna eine davon.

„Sir Lewis und ich haben eine Übereinkunft getroffen." Hester blickte auf, ihre Augen strahlend und glücklich. „Es wird Sie vielleicht überraschen, dass ein solch angesehener Gentleman auch nur einen Gedanken an eine derart schlichte und unbedeutende Person wie mich verschwendet."

„Vielleicht ist die Überraschung nicht so groß, wie Sie glauben", erwiderte Anna, nahm ihren Tee entgegen und trank einen Schluck. „Ich sah, wie er seine Aufmerksamkeit auf Sie gerichtet hat, wenn auch auf subtile Weise. Ich mag Sir Lewis. Er ist ein diskreter Mann. Hatten Sie sich vorher bereits in London kennengelernt?"

„Nein, das hatten wir nicht. Es muss ziemlich plötzlich wirken", erwiderte Hester. „Was ihn betrifft ist er vielleicht schlicht bereit für eine Frau, und das Ansehen meiner Familie ist ausreichend glaubwür-dig. Was mich betrifft, so halte ich ihn für einen sehr verständnisvollen Mann und sein Mitgefühl für die Armen deckt sich mit meinem eigenen. Ich erwarte jede Art von Glück."

Anna verspürte einen kleinen Anflug von Neid, obwohl sie es um nichts in der Welt zugeben würde. Es stimmte, dass Sir Lewis und Hester auf den ersten Blick nicht viel gemeinsam zu haben schienen, doch Hester würde den Mann zweifellos glücklich machen. Sie war vernünftig und ihre Schönheit wuchs einem ans Herz, entschied Anna.

Sie zweifelte nicht daran, dass Sir Lewis seine Wahl bereitwillig getroffen hatte und nicht nur, weil er bereit war, sich eine Frau zu nehmen.

„Ich gehe davon aus, dass Sir Lewis mit seiner Wahl ebenso zufrieden sein wird", versicherte Anna ihr.

Nachdem sie ihren Tee ausgetrunken und darüber gesprochen hatten, wie bestimmte Dorfbewohner Emily behilflich sein könnten, verabschiedete sich Anna von Hester. Sie hatte ihre Hauptaufgabe erfüllt und die Zeit außerhalb von Durstead Manor als erholsam empfunden. Sie hoffte, dass es Hester gelingen würde, Sir Lewis zu überreden, sie zu begleiten.

Anna sollte nicht enttäuscht werden, denn schon am nächsten Tag kam Sir Lewis in einer Kalesche an, begleitet nur von Hester. Sie vermutete, dass es Vorteile hatte, verlobt zu sein, beispielsweise allein auszufahren, ohne Spekulationen zu provozieren.

Sir Lewis übergab die Zügel einem wartenden Lakaien und verbeugte sich vor Anna. „Ich hörte, dass Sie Haggle End besuchen wollen, obwohl ich nicht sehr zuversichtlich bin, was den Erfolg Ihres Vorhabens angeht. Ich glaube jedoch, dass ich mich beruhigen kann, was Ihre Sicherheit betrifft, denn es gibt Männer, die an der neuen Schule arbeiten, und ich habe einige von ihnen kennengelernt. Ich werde sie um Hilfe bitten, um für Hesters und Ihren Schutz zu sorgen. Könnten Sie jetzt mitkommen?"

Anna blickte zurück zum Haus. „Ich denke schon, lassen Sie mich nur meine Haube holen. Emily ruht sich aus und das Kindermädchen kümmert sich um Master George. Ich werde der Dienerschaft Bescheid geben, damit sie sich keine Sorgen macht, wenn sie aufwacht."

Als Anna dies erledigt hatte, kehrte sie zurück und fand Sir Lewis neben der Tür der Kutsche vor.

„Sie haben Mr. Aston nicht von meiner Idee erzählt?" Das war etwas, das sie beunruhigte, denn sie hätte nicht gewollt, dass er von ihren Bemühungen um ihn erfuhr. Er könnte denken, sie wolle seine Gunst zurückgewinnen.

Sir Lewis schüttelte den Kopf. „Hester dachte, Sie würden nicht wollen, dass das Projekt allgemein bekannt wird." Er und Hester tauschten einen Blick voller Zärtlichkeit aus, und Anna spürte einen Kloß im Hals. Sie stieg in die Kutsche und Sir Lewis stieg auf den Fahrersitz und nahm die Zügel in die Hand.

Anna wandte sich mit einem verwirrten Blick an Hester. „Kein Stallknecht?"

Hester lächelte und schüttelte den Kopf. „Eine seiner Stuten fohlt gerade und Sir Lewis zog es vor, dass er zurückblieb."

Sie fuhren fast eine Meile und Sir Lewis erklärte ihr, dass er ihr die im Bau befindliche Schule zeigen würde, ehe er sich weiter erkundigte. Anna konnte die Aufregung in seiner Stimme hören, als er von seiner jüngsten Mitwirkung berichtete.

Auf den ersten Blick war Anna von der Größe und sorgfältigen Ausarbeitung der Schule überrascht. Wenn sie sich dieses Wohltätigkeitsprojekt vorgestellt hätte, hätte sie gedacht, dass es ein einfaches Gebäude mit nur einem Raum sein würde. Doch das war nicht der Fall! Diese Schule hatte mehrere Räume und jeder einzelne war von beachtlicher Größe. Sie war sich nicht sicher, ob es eine solche Schule für Benachteiligte selbst in den wohlhabenderen Gegenden des Landes gab.

Während sie sich ihren Weg durch die Haufen von Baumaterial bahnte, fragte sie: „Wessen Konzept war das alles?"

Ein Arbeiter kam und hob seinen Hut, und Sir Lewis begrüßte ihn, ehe er antwortete. „Es gab mehrere, die Ideen und Geldmittel beigesteuert haben, doch ich glaube, Sie wissen bereits, dass die Maynes die größte Rolle bei der Gründung der Schule gespielt haben, wobei Aston in nicht geringem Maße mitgeholfen hat."

Anna ging über den Steinboden, der verlegt worden war und dessen Innenwände nur kniehoch waren. Der Schulraum würde solide sein und im Winter etwas Wärme spenden, was möglicherweise der beste Weg war, um einige Kinder zum Besuch der Schule zu bewegen. Sie wandte sich an Hester. „Wird es ein Frühstück für die Schulkinder geben?"

„Wir haben darüber nachgedacht und die Maynes überlegen, wie wir das mit Hilfe von Mrs. Foucher und einigen Landwirten und deren Frauen umsetzen können. Hier, in diesem Raum, werden die Mädchen das Nähen lernen."

Hester hatte die Führung übernommen, und Anna stellte mit einiger Überraschung fest, dass sie die Schule nicht zum ersten Mal sah. Offenbar galt ihre Sorge um Annas Sicherheit nicht für sie selbst.

„Hier gibt es mehr Fenster, so dass sie genug Licht haben werden. Und hier haben wir den Raum, in dem die Jungen lernen werden. Wir hoffen, dass sie eines Tages in den Handel werden gehen können."

Anna konnte sehen, dass in Hesters Augen ein großer Stolz lag und sie wusste, dass Hester mehr als nur ein wenig an dem Projekt beteiligt war. Es war ihr eine Herzensangelegenheit. Ein weiterer Anflug von Neid überkam Anna, der nichts mit unerwiderter Liebe zu tun hatte. Das aufkeimende Verlangen war ihr fremd, doch Anna wünschte sich, dass ihr Leben eine ähnliche Bedeutung haben könnte wie das von Hester – dass auch Anna durch ihre guten Taten einen wirklichen Wandel in der Gesellschaft herbeiführen könnte und nicht nur als Gastgeberin politischer Partys.

Anna ging nach draußen und betrachtete die Außenwände, die jetzt brusthoch waren. Einer der Männer nahm seine Mütze ab, als sie vorbeiging.

„Guten Tag, Miss." Sie nickte und überlegte, wie und mit wem sie das Thema von Toms Aufenthaltsort angehen sollte.

Sir Lewis wandte sich an den Vorarbeiter, um die Lieferung weiterer Steine zu besprechen, und Anna ließ ihren Blick über die Lichtung in den Bäumen schweifen, die für die neue Schule gerodet worden war. Eine Menschenmenge hatte sich versammelt, vielleicht aufgrund der Anwesenheit von Besuchern und Anna sah, dass es einige der Ärmsten von Avebury waren, die in Haggle End leben mussten.

Das war ihre Chance, zu entdecken, was in ihr steckte. Würde sie ängstlich sein und sich wünschen, dass sie auf Abstand blieben? Oder würde sie voller philanthropischer Impulse sein? In ihren Gesichtern waren verschiedene Ausdrücke des Misstrauens – der Hoffnung, dachte sie – und in einigen der Spekulation zu sehen. Sie ließ ihren Blick über die Menge schweifen und blieb an einer Frau hängen, deren Profil ihr bekannt vorkam. Als die Frau sich umdrehte, schnappte Anna nach Luft.

„Beatrice!"

Anna rannte ihr hinterher, ohne über die Sinnhaftigkeit ihres

Handelns nachzudenken. Durch die kaum sichtbare Lichtung zwischen den Bäumen behielt Anna Beatrice im Auge und schaffte es, mit ihr Schritt zu halten, obwohl Beatrice sich nicht umdrehte oder auf ihren Ruf reagierte. Anna war fest entschlossen, sie nicht aus den Augen zu lassen, während Beatrice weiter den schmalen Pfad entlangflitzte.

Was war mit Beatrice geschehen? Sie war ein Rätsel geblieben und Annas Gedanken waren so sehr mit anderen Dingen beschäftigt gewesen, dass sie wochenlang nicht einmal an sie gedacht hatte. Sie nahm an, dass es Sinn machte, dass Beatrice in Haggle End war, da sie von hier stammte, doch die Runner hatten gesagt, sie hatten sie nicht finden können. Wie hatte sie es geschafft, unentdeckt zu bleiben?

Ohne einen Gedanken an ihre eigene Sicherheit zu verschwenden, folgte Anna Beatrice im Laufschritt. *Das ist wahrscheinlich das Dümmste, was ich je getan habe,* dachte Anna. Dennoch eilte sie weiter. Sie war sich nicht einmal sicher, ob Sir Lewis und Hester gesehen hatten, wohin sie gegangen war, aber sie wusste, dass niemand unmittelbar hinter ihr war.

Beatrice verließ den Weg und begann, zwischen den Bäumen hindurch zu schlüpfen. Anna folgte ihr, obwohl sie ihre Entscheidung bei jedem Schritt bedauerte. Sie konnte jetzt nicht mehr umkehren. Sie war sich noch nicht einmal sicher, ob sie den Weg zurück finden würde. Anna folgte Beatrice weiter und rief ihr noch einmal nach, bis sie eine kleine Öffnung erreichte, in der sich eine Behausung von äußerster Armut befand. Beatrice verschwand in dem Haus und Anna lief um die Ecke, um ihr zu folgen.

„Miss!" Die erstaunte Stimme gehörte zu Tom Wardle.

„Was machst du denn hier?" Annas Atem ging schnell, und ihre Augen nahmen alles auf einmal wahr – den Holzstapel und den kleinen Gemüsegarten, das geflickte Dach. „Kennst du Beatrice? Aber woher?"

Tom rieb sich den Nacken, sein Blick huschte von Annas Haube zum Boden, überallhin nur nicht zu ihren Augen.

„Ja, Miss. Beatrice is' meine Schwester. Vielleicht setzen Se sich."

Er führte sie ins Haus und Anna erschrak bei ihrem Eintritt. Sie ließ sich in einen grob gehauenen Stuhl fallen, der vor einem einfachen Tisch stand, und versuchte, sich wieder zu orientieren. Der Wald und der Klang dieser Stimme inmitten der Bäume hatten etwas an sich. Vielleicht war es das und der Geruch von holzigem Rauch, gemischt mit Erde und Schweiß, doch es erinnerte sie an ihren Angriff, und sie begann zu zittern.

Anna nahm ihren Mut zusammen und sagte mit leiser Stimme: „Tom, als jemand, der ein Diener und sogar ein Freund von Mr. Aston ist, vertraue ich darauf, dass du mir nichts Böses antun wirst und dass du mich, nachdem ich mit Beatrice gesprochen habe, zu Sir Lewis und Miss Rigby zurückbringst, die sich nun sicherlich Sorgen um mich machen."

„Ich geb Ihnen meinen Eid, Miss." Anna ließ ihren Blick auf den seinen gerichtet, und er begegnete ihm unbeirrt. Trotz ihrer Angst konnte sie etwas Ehrenhaftes in Tom sehen und sie verstand, warum Harry ihn für vertrauenswürdig hielt.

Beatrice hockte in der Ecke am Kamin und schaute trotzig und Anna hatte sie mit einem Blick erfasst. Es gab keine äußeren Anzeichen dafür, dass Beatrice verletzt worden war, doch es war ja auch schon einige Wochen her. Anna erschrak, als sie in der Ecke ein Baby weinen hörte, und als sie kurz in die Wiege blickte, sah sie, das Baby war alt genug, um zu zahnen. „Ist das dein Kind?" Anna wandte sich an Beatrice, doch Beatrice zuckte mit den Schultern und verschränkte die Arme. Noch mehr Trotz.

„Ach, Bea. Am besten du antwortest jetzt." Tom ging zu Beatrice hinüber und stupste sie auf eine feste, brüderliche Art an. „Sie wird dir nichts tun. Werden Se doch nich', Miss?"

„Ich bin nicht hier, um Unheil zu stiften", gab Anna zurück. „Ich bin hier, um Antworten zu bekommen."

Beatrices Gesichtsausdruck blieb verschlossen, also drängte Anna: „Bitte erzähle mir, was bei dem Überfall geschehen ist. Wo bist du hingegangen, Beatrice? Ich nehme an, dass du hierhergekommen bist, da du hier zu wohnen scheinst. Aber warum hast du dich nicht gemeldet?"

Als Beatrice schwieg, schlug Anna die Hände zusammen. „Vielleicht sollte ich fragen, welchen Anteil du an dem Raub hattest und ob du meine Juwelen gestohlen hast?"

Beatrice schaute Anna finster an und warf ihrem Bruder einen

Blick zu. „Du hättest se fortbringen sollen. Sie wird hier nichts als Unheil anrichten.“

„Ich kann den Pfarrer nich' im Stich lassen, Bea. Du tust, was die Miss sagt, und du antwortest ihr.“ Tom verschränkte die Arme und sah aus wie die männliche Version seiner rebellischen Schwester.

„Ich beginne noch einmal von vorn.“ Anna bemühte sich, ihre Stimme neutral zu halten. Es würde nichts nützen, den Zorn des Mädchens zu wecken. „Wusstest du, dass der Raub stattfinden würde?“

„Ich hatte 'nen Verdacht. Ich hab Se gewarnt, Miss.“

„Warst du an dem Raubüberfall beteiligt?“ Anna musterte Beatrice aufmerksam, die ihr Kinn anhob und den Mund verzog.

„Sie werden's mir nich' glauben, aber nein, das war ich nich'.“

„Hast du meinen Beutel mit Münzen und Juwelen genommen?“ Anna verschränkte ebenfalls die Arme. Trotz der Tatsache, dass sie nicht in ihrem Element war und wahrscheinlich in größerer Gefahr schwebte als je zuvor in ihrem Leben, abgesehen von dem Raubüberfall, konnte Anna genauso stur sein wie Beatrice.

„Nur 'n paar Schillinge, Miss“, gestand Beatrice schließlich mit einem rebellischen Blick in Richtung Tom, der sie still zu einem Geständnis drängte. „Ich hatte nichts, um die Amme von meinem Baby zu bezahlen, aber Sie kamen, ehe ich se wieder in den Koffer legen konnte.“

„Und was hast du getan, als du sie nicht zurücklegen konntest?“ fragte Anna, wobei ihr Blick nicht von Beatrices Gesicht wich. „Wie kamen sie in der Nacht des Rigby-Balls in unsere Kutsche?“

„Ich war's, Miss.“ Tom sprach leise. „Ich hab meiner Schwester gesagt, dass wir so was nich' mehr tun werden. Unsere Tage als Diebe sind vorbei, nachdem, was der Pfarrer für mich getan hat.“ Seine Stimme wurde rau und er senkte den Blick zu Boden.

Es gab immer noch einen Teil des Rätsels, der keinen Sinn ergab. „Sag mir die Wahrheit, Tom. Warst du an jenem Tag dort? Ich habe den seltsamen Verdacht, dass du da warst. Ich habe dich nicht gesehen, aber ich ... ich habe *gespürt*, dass du da warst. Warst du dort, um Schaden anzurichten? Und wenn nicht, warum hast du die Pistole von den Runnern gestohlen?“ Anna hielt kurz inne. Zu viele Fragen und sie würde ihn überwältigen.

Tom zögerte einen langen Moment, ehe er antwortete. „Ja. Ich war da, wie Se sagen. Es tut mir leid, dass Se verletzt wurden. Ich wollt meine Schwester retten und Sie auch. Ich wusste, dass es Ambrose war, der Se festhielt, und ich hatte Angst davor, was er und Jerry tun würden."

Er wandte Anna einen flehenden Blick zu. „Es war *sein* Kopf, den ich treffen wollte, aber er drehte sich um, und Sie wurden auch getroffen. Seitdem mache ich mir Gedanken darüber."

„Warum hast du die Runner bestohlen? Das war dumm, denn sie haben dich erwischt, und jetzt wissen sie, dass du da warst, auch wenn es nicht in böser Absicht war." Anna kam eine Idee, und sie holte tief Luft. „Tom, komm und sprich mit ihnen. Ich werde für dich bürgen. Du weißt, wer die Schuldigen sind und du kannst deinen Namen reinwaschen."

Tom schüttelte bereits den Kopf. „Ich kann se nich' verpfeifen. Wir waren doch früher Freunde."

Wie lächerlich, seine Freiheit aus falsch verstandener Loyalität aufzugeben. Anna wollte gerade ihre überzeugendste Argumentation vorbringen, als Toms Kopf bei einem Geräusch draußen hochschoss.

„Anna!"

Von draußen hörten sie Hesters verzweifeltes Flehen und Anna rief: „Ich bin hier drin. Ich bin unversehrt." Sie drehte sich zu Tom um, doch der war verschwunden. Beatrice ging näher an das Baby heran und stellte sich vor die Wiege.

Sir Lewis betrat den Raum als Erster, gefolgt von Hester, die sich die Seite hielt und schwer atmete.

„Sie sind hier", sagte Sir Lewis. „Warum sind Sie überhaupt so davongerannt? Wir hatten die größte Mühe, die Kutsche nahe genug heranzubringen, und ich musste sie bei diesem Smith lassen." Er sah zweifelnd aus. „Nun, ich hoffe, der Mann ist ehrlich. Ich habe ihn geschmiert und ihm noch mehr versprochen. Das war nicht meine beste Idee. Als ich Hester mitnahm, hatte ich wenigstens Julian dabei."

Anna hörte ihm kaum zu. Die Erleichterung darüber, gefunden worden zu sein und ihre Angst nicht mehr verbergen zu müssen, überkam Anna und ließ sie schwach werden. „Ich werde es auf dem Heimweg erklären", sagte sie.

Sie folgte Hester und Sir Lewis aus der Hütte, drehte sich aber an der Tür wieder um und begegnete Beatrices mürrischem Blick. „Ich hege keinen Groll gegen dich, Beatrice, und ich werde deine Last nicht noch vergrößern, indem ich einen Prozess gegen dich anstrenge. Ich hoffe, du gibst dir selbst keine Schuld an diesem Vorfall."

Mit einem letzten Blick auf das Baby folgte Anna Sir Lewis auf den Weg, wo Hester Anna umarmte. „Ich glaube nicht, dass ich jemals solche Angst hatte."

Anna erwiderte die Umarmung. Es fühlte sich seltsam an, denn sie war nicht übermäßig anhänglich veranlagt. Doch in diesem Moment empfand sie es als Trost. „Ich nehme an, ich hätte alles verdient, was mir hätte passieren können, nachdem ich auf diese Weise fortgelaufen bin, doch ich hatte Glück. Wie habt ihr mich gefunden?"

„Eli Smith hat gesehen, dass Sie Beatrice nachgelaufen sind, und er zeigte uns, wo sie wohnt. Er sagte, sie sei Toms Schwester. Warum sind Sie ihr gefolgt?"

Sie hatten die Kalesche an der Straße erreicht, wo Smith treu bei den Köpfen der Pferde stand. Sir Lewis' Schultern entspannten sich sichtlich, als er sah, dass seine Pferde und seine Kutsche unversehrt waren, und er half den Frauen in die Kalesche, ehe er ein paar Worte mit Eli wechseln ging.

„Beatrice war das Dienstmädchen, das mich aus London begleitet hat. Sie ist mit einem von Emilys Küchenmädchen verwandt und wurde angegriffen, als unsere Kutsche überfallen wurde."

„Ach ja", sagte Hester. „Emily hat mir ein wenig davon erzählt, streng vertraulich − und das habe ich auch so gehalten", versicherte sie Anna rasch. „Es war nur, um zu erklären, warum Sie sich zu Beginn Ihres Aufenthalts unwohl fühlten und keine Besucher empfangen konnten."

„Sie wissen also, wer Beatrice ist, und werden verstehen, warum ich ihr gefolgt bin."

Anna war sich nicht sicher, ob sie darüber sprechen sollte, dass sie Tom gesehen hatte. Nachdem sie ihn gefunden hatte, hatte sie nicht daran gedacht, dass es ihre Verantwortung war, Toms Aufenthaltsort zu verraten, doch sie glaubte an seine Unschuld. Sie hatte keine Gelegenheit dazu, denn Sir Lewis kam an die Tür der Kutsche.

„Liebster, deine Hose ist voller Schlamm", sagte Hester.

„Das ist ohne Bedeutung." Sir Lewis legte seine Hand auf die Seite der Kutsche. „Ich weiß nicht, was mich dazu getrieben hat, hierher zu kommen, ohne auch nur einen Stallknecht zu haben, der hinten mitfährt. Ich kann nur froh sein, dass ich diesen Tag nicht bereuen muss." Er wollte gerade vorne aufsteigen, um zu fahren, aber Anna legte ihre Hand auf seinen Arm.

„Danke, Sir Lewis. Alles ist gut ausgegangen. Ich bedaure nichts, denn ich habe einige der Antworten, die ich gesucht habe."

Sie lächelte und ließ seinen Arm los, dankbar, dass sie nach Hause gehen konnte.

KAPITEL 29

Das fordernde Geschrei des neuen Bewohners von Durstead
Manor verstummte, und Anna ließ Emily ihren Sohn stillen. Es
war ein Anblick voll mütterlicher Glückseligkeit, unbeeinflusst von
Angst oder Sorge um die Zukunft, und Anna dachte, dass nur ein Baby
so etwas mit einem Menschen machen konnte. Ein Baby hatte etwas
so Hoffnungsvolles an sich, ein so perfektes Versprechen für die
Zukunft. Es weckte eine unbestreitbare Sehnsucht in Annas Herz,
obwohl sie lange Zeit geglaubt hatte, sie würde nur Mutter werden, um
eine Pflicht zu erfüllen, nicht einen Wunsch.

Draußen angekommen, folgte sie dem Gartenweg in Richtung der
Hauptstraße. Ihre Schritte führten sie häufig in diese Richtung.
Obwohl sie sich einzureden versuchte, dass sie nur an die frische Luft
wollte oder dass die öffentliche Straße die schönste von allen war, weil
sie von Bäumen gesäumt war, wusste sie tief in ihrem Herzen, dass sie
hoffte, Harry zu begegnen. Stratford wollte heiraten, und Emilys
Mutter sollte nun endlich kommen. Anna würde bald abreisen. Es
hatte keine große Verabschiedung gegeben, nur ein klägliches Schei-
tern von Gefühlen, die zu tief für Abschiede waren.

Eine Gestalt näherte sich aus dem Pfarrhaus, doch es war nicht

Harry. Anna ging zu Mrs. Foucher, um sie zu begrüßen, und legte ihre Hände in die von Mrs. Foucher ausgestreckten, als würde sie eine Freundin begrüßen. Nach den vielen Stunden, die sie in letzter Zeit damit verbracht hatten, sich um Emily zu kümmern, fühlte es sich auch so an.

„Ich habe das Gefühl, meine Pflichten gegenüber Mr. Aston zu vernachlässigen, doch ich kann nicht anders, als zu kommen und zu sehen, wie es Mrs. Leatham und auch ihrem Sohn geht", sagte Mrs. Foucher, als sie sich umdrehten, um zum Herrenhaus zu gehen.

„Ich werde Sie selbst zu ihr bringen", antwortete Anna. „Ich wollte eigentlich spazieren gehen, doch ich leiste Ihnen gerne Gesellschaft. Danach kann ich noch immer spazieren gehen." *Sie vielleicht nach Hause begleiten? Aber nein. Ich muss mich von diesem törichten Traum verabschieden. Er wird nicht wahr werden.*

„Mr. Aston hat viel zu tun." Mrs. Foucher riss Anna aus ihren Gedanken, als sie in aller Ruhe weitergingen. „Ich kannte ihn noch nicht viele Monate, ehe Sie kamen, doch ich habe ihn noch nie so beschäftigt gesehen … und so unglücklich."

Anna erwiderte nichts darauf und Mrs. Foucher hielt inne, als wollte sie ihre Worte abwägen. „Ich mische mich nicht in die Angelegenheiten anderer ein. Aber ich dachte, dass es vielleicht nicht verkehrt ist, eine Beobachtung über jemanden zu äußern, dem man besonders zugetan ist und dem man das Beste wünscht."

Anna konnte sich über diese scharfe Beobachtung nicht ärgern. Im Gegenteil, sie wollte unbedingt wissen, wie es Harry ging. Wenn sie Leute aus dem Dorf traf, war das der Name, den sie am liebsten von deren Lippen hören wollte.

„Ich will nicht so tun, als wüsste ich nicht, worauf Sie anspielen. Mr. Aston und ich waren besondere Freunde, doch in letzter Zeit scheint es, als sei unsere Freundschaft nicht von Dauer gewesen." Anna sprach mit leichter Stimme, doch es brach ihr fast das Herz, dies zu sagen.

„Ich glaube, dass eine Freundschaft von kurzer Dauer sein kann, wenn das Herz nicht berührt wird, nicht jedoch, wenn das Herz beteiligt ist. In diesem Fall geht die Bindung tief und ist dauerhaft."

Anna fiel keine passende Antwort ein. Sie hatte Harry ihr Herz geschenkt – vielleicht nicht auf die traditionellste oder eleganteste Art und Weise – aber es war etwas, was sie noch nie zuvor getan hatte. *Er* hatte sich entschieden, es nicht anzunehmen. Es war nicht ihre Schuld, dass er ihr so wenig vertraute oder dass ihr Herz so wenig Wert für ihn hatte.

„Wir müssen leise eintreten", sagte Anna. „Die Dienerschaft schleicht auf Zehenspitzen umher. Ihr einziger Gedanke ist es, sich um die Bedürfnisse des – ich bin sicher, dass er es sehr bald sein wird – Hausherrn zu kümmern. Dennoch werden alle froh sein, diejenige zu sehen, der Master George seine Existenz verdankt. Sie haben Emily sicherlich bei seiner Ankunft geholfen."

Mrs. Foucher folgte ihr in den kühlen Eingangsbereich. „Oh, ich kann mir nur sehr wenig zugutehalten. Die Mutter hat es gut gemacht, das Baby war kräftig und Dr. Carson war da. Ich bin sicher, sie wären auch ohne mich gut zurechtgekommen."

„Ich lasse Sie in diesem Glauben, wenn Sie sich dann wohler fühlen; aber Sie wissen, dass er noch klein und erst in einigen Wochen bereit gewesen wäre. Ihr Instinkt, ihn an den Herzschlag seiner Mutter zu legen, war richtig und selbst Dr. Carson sagte dies." Ihre leisen Schritte waren zu hören, als Anna die Treppe hinaufging.

Emily hatte das Füttern ihres Sohnes beendet und saß nun mit einem bewundernden Blick da, während sie jedes Detail seines Gesichts studierte. Schließlich hob sie den Blick zu ihrer Besucherin und sprach mit leiser Stimme, um ihn nicht zu wecken. „Mrs. Foucher, ich freue mich so, Sie zu sehen. Ist er nicht vollkommen?"

„Ich kann von hier aus sehen, dass er es ist." Mrs. Foucher lachte. „Ich konnte nicht fernbleiben. Ich musste sehen, wie es Ihrem *jeune homme* geht."

Mrs. Foucher setzte sich neben Emily und Anna wurde von dem Geräusch einer Kutsche angezogen, die über die Schotterstraße fuhr. Die beiden anderen Frauen ignorierten das Geräusch, um sich über die Vorzüge des Kindes vor ihnen zu unterhalten, doch Anna schaute neugierig durch das Fenster und hoffte inständig, dass es Harry war.

Es war nicht Harrys Wagen. Aber ... Anna kniff die Augen zusammen. Ihr Herz begann heftig zu klopfen, als die offene Kutsche näher kam. *Das ist nicht möglich*, dachte sie, als sie die Gesichtszüge eines der

Herren erkannte. Doch sie konnte sich nicht vorstellen, dass jemand so ähnlich aussehen konnte. *Wenn ich mich täusche...* Anna zwang sich, ruhig zu bleiben, als sie sich den Damen zuwandte.

„Ich glaube, wir haben einen Besucher. Ich werde hinuntergehen und nachsehen, wer es ist.“

„Du musst sagen, dass ich keine Besucher empfange“, sagte Emily, immer noch in Georges winzige Gesichtszüge vertieft.

„Ich werde es dem Besucher sagen“, murmelte sie, „aber ich bin mir nicht sicher, ob man auf mich hören wird.“ In Annas Ohren dröhnte es, und sie fühlte sich schwach, als sie das Zimmer verließ und den Flur entlangeilte. Sobald sie die Treppe erreicht hatte, rannte Anna hinunter und öffnete die Haustür, ehe ein Diener kommen konnte. Sie eilte die Treppe hinunter.

„Captain Leatham!“

John Leatham, der viel dünner war, als das letzte Mal, dass sie ihn gesehen hatte, und ziemlich braun gebrannt, drehte sich mit einem Lächeln zu ihr um, das etwas schrumpfte, als er sah, dass es nur Anna war.

„Ich weiß“, sagte sie. „Ich bin nicht diejenige, die Sie erwartet haben. Aber wie kann das sein? Wir hatten Sie schon für verloren gehalten.“

Noch ehe sie zu Ende gesprochen hatte, bemerkte Anna die Erschöpfung in seinen Zügen und fügte hinzu: „Aber ich darf Sie nicht um Antworten bitten. Sie müssen Ihre Frau sehen, die sehr getrauert hat und die gerade oben ist. Und außerdem müssen Sie Ihren Sohn in den Arm nehmen.“

Daraufhin schreckte John Leatham zusammen und legte eine zittrige Hand auf die Seite der Kutsche. „Mein Sohn! Es ist doch sicher noch zu früh. Geht es ihm gut?“

„Master George hat sich entschlossen, früher zu erscheinen, doch es geht ihm gut“, beruhigte ihn Anna. „Es geht ihm sehr gut. Sie werden es selbst sehen.“ Das war viel auf einmal und Anna sah, dass der Captain nach seinen Strapazen nicht gerade kräftig aussah. „Ich muss sofort los.“ Captain Leatham sprang die steinernen Stufen hinauf, ehe er innehielt. Er drehte sich um und sagte: „Nein. Ich habe so lange gewartet, und die Pflicht geht vor.“

Anna folgte seinem Blick zu dem zweiten Herrn, den sie in ihrer Aufregung kaum bemerkt hatte. Der Mann stieg mit der Andeutung eines Lächelns aus der Kutsche und übergab die Zügel an einen wartenden Stallknecht. *„Non, allez-y"*, sagte er zu Captain Leatham. „Ich kann warten."

Mit einer Zurückhaltung, die Anna sich nicht vorstellen konnte, schüttelte Captain Leatham den Kopf. „Ich werde dafür sorgen, dass Sie zuerst untergebracht werden, Antoine. Das bin ich Ihnen schuldig, auch wenn ich nur darum bitte, meine Frau zu sehen, ehe ich Sie ins Pfarrhaus bringe."

Anna hatte es eilig, ins Haus zu kommen und zu verhindern, dass ein Diener ihr die Überraschung verdarb, indem er Emily die lebensverändernde Neuigkeit mitteilte, doch vergaß sie das, als John sie einander vorstellte.

„Miss Tunstall, das ist *Monsieur* Antoine Foucher."

„Antoine Foucher?" Anna riss die Augen weit auf. Ein berauschendes Gefühl überkam sie, als stünden sie am Rande von etwas Göttlichem – dem Mahlstrom, der wieder einmal durch ihr Leben fegte. Doch dieses Mal brachte er nicht Trauer und Zerstörung, sondern stieß die Tragödie beiseite und machte Platz für Verheißung und Hoffnung. Der Ehemann von Mrs. Foucher war *hier*?

„À votre service." Der elegant gekleidete Herr mit den dunklen Locken und Backenbart trat vor sie und verbeugte sich.

Oje, oje. Dieses Wiedersehen möchte ich um nichts in der Welt verpassen. Anna wusste auch ohne einen Blick in den Spiegel, dass die Freude, die sich auf ihrem Gesicht ausbreitete, an Unglauben grenzte. Es war einfach zu erstaunlich, um wahr zu sein. Mr. Foucher war die Treppe hinaufgestiegen, um sich zu Captain Leatham zu gesellen, doch Anna hielt sie mit schnellen Schritten auf.

„Erlauben Sie mir, zuerst den Raum zu betreten und Ihre Anwesenheit bekannt zu geben." Sie drehte sich mit einem flehenden Blick um. „Bitte. Es wird ein Schock sein. Erlauben Sie mir, sie vorzubereiten."

Captain Leatham deutete nach vorne und sie stiegen eilig die Treppe hinauf. Sie hörte, wie John Antoine auf Französisch versicherte, dass er trotz der glücklichen Wiedervereinigung keine Zeit verlieren würde, um ihn ins Pfarrhaus zu bringen. Anna hob die Finger an ihre Lippen, ehe sie die Tür öffnete.

„Emily, ich bedaure, dir mitteilen zu müssen, dass ich die Besucher nicht abweisen konnte. Sie waren sehr hartnäckig." Anna blieb im Türrahmen stehen und Captain Leatham trat als Erster ein.

„John!" Emilys Stimme glich eher einem Flüstern, einem erstickten Schrei und Captain Leatham war mit zwei Schritten im Zimmer.

Mrs. Foucher nahm Emily instinktiv das Baby ab, ehe deren Hände durch den Schock schlaff wurden. Captain Leatham zog Emily auf die Beine, schlang seine Arme um sie und legte seine Stirn an ihre. Emily weinte und ihr Mund formte Worte, doch es kam kein Ton heraus. Neben Emily liefen Mrs. Foucher Tränen über das Gesicht, während sie Master George in ihren Armen wiegte. Sie lächelte und weinte, wischte sich mit dem Ärmel über die Augen und flüsterte dem Baby zu, dass sein Vater gekommen sei.

Annas Blick ging zurück zur Tür. Antoine war eingetreten und stand in der Tür, seinen Blick auf Mrs. Foucher gerichtet, ohne ein Wort zu sagen. Mrs. Foucher, die ihre Aufmerksamkeit immer noch auf das Baby richtete, wandte sich zum Fenster, um den Leathams ihre Privatsphäre zu lassen.

Ich sollte ihr auch zu Hilfe kommen, dachte Anna, *obwohl sie nicht weiß, dass sie sie braucht.*

Anna ging hinüber und nahm Mrs. Foucher das Baby aus den Armen, ehe diese protestieren konnte. Sie warf Anna einen verwirrten Blick zu und wirbelte dann erschrocken den Kopf herum, als Antoine einen weiteren Schritt in den Raum machte.

„Marie-Madeleine." Antoine öffnete seine Hände, war jedoch wie erstarrt. Er versuchte, Worte zu formulieren, doch es kam nichts heraus.

„*Mais ... je rêve.*" Die Farbe wich aus Mrs. Fouchers Gesicht, und sie schwankte auf den Beinen.

Antoine wurde aus seiner Benommenheit aufgerüttelt und rannte nach vorne, um seine Frau aufzufangen, ehe sie fiel. „*Non, ma colombe*, du träumst nicht. *C'est moi.*" Den Arm um die Taille seiner Frau gelegt, küsste Antoine sie innig.

Anna war noch nie Zeugin einer solch intimen Szene geworden, und ihr Kuss rührte etwas in ihr. *Ich frage mich, wenn Harry mich wirklich geliebt hätte, ob er mich dann so geküsst hätte.* Sie wandte sich ab.

„Nun, George." Anna lächelte die schlafende Gestalt an und zog ihn näher an sich. „Ich bin froh, dich in meinen Armen zu haben. Sonst hätte ich vielleicht das Gefühl, dass ich ziemlich überflüssig bin." Ihre Wangen schmerzten vom Lächeln, doch sie blinzelte auch Tränen zurück. Es hatte etwas so Bewegendes an sich, wenn Paare sich wiedervereinten, ihr Schmerz ein Ende hatte und ihre Zukunft voller Hoffnung war.

Wie muss es sein, ohne Herzschmerz zu leben.

„Es scheint, als hätte jeder sein Happy End", flüsterte sie. *Außer mir.*

Anna ging mit dem Säugling in die Bibliothek, wo sie mit ihren Schritten den Teppich abnutzte. Das Baby schlief weiter. Am Ende hatte sich alles gefunden, und zwar besser, als sie es sich hätte vorstellen können. Seltsam, dass das einzige Mal in ihrem Leben, dass sie die Hoffnung aufgegeben hatte, sie eines Besseren belehrt werden sollte. Es war, als würde ihr eine Botschaft übermittelt: Es gab immer noch Gutes im Land der Lebenden. Vielleicht sogar für sie.

Ein Diener holte Anna ab und sagte, ihre Anwesenheit sei im Salon erwünscht. Das war auch gut so. Master George war aufgewacht und wurde immer unruhiger. Die beiden Paare saßen, als sie eintrat, und Emily streckte ihre Hände nach ihrem Sohn aus. Anna ließ das Baby sanft in ihre Arme gleiten.

Mrs. Foucher brach das Schweigen zuerst und sagte in ihrer effizienten Art: „Wir müssen die Geschichte erfahren. So sicher, wie die Leathams in Ruhe gelassen werden wollen, und so sicher, wie ich zehn Jahre wieder gutmachen will, halte ich es nur für gerecht, dass auch Miss Tunstall erfährt, wie es hierzu kam."

„Dann lassen Sie mich etwas so Prosaisches tun, wie zum Tee zu läuten." Anna lächelte den Leathams zu, als sie die Glocke läuten ging.

Emily nutzte die Gelegenheit, um das Zimmer zu verlassen und dafür zu sorgen, dass George gefüttert wurde. Und als das Teeservice eintraf, reichte sie ihrem Mann das Baby und begann, den Tee zu verteilen. John betrachtete die Gesichtszüge seines Sohnes mit Stolz.

„Ich kann die Spannung nicht länger ertragen, John. Warum hast du nicht geschrieben?" Emily sah nun Antoine an. „Was ist geschehen und wie habt ihr euch gefunden?"

Die beiden Herren wechselten einen Blick, und es war Captain Leatham, der das Wort ergriff. „Ich war auf meiner Fregatte auf dem Weg zu einem Rendezvous, das wir mit der HMS *Liberty* haben sollten. Wir waren in Richtung Gibraltar unterwegs, als ein feindliches Kriegsschiff mit voller Geschwindigkeit auf uns zukam. Es waren keine anderen freundlichen Schiffe in der Nähe, wir hatten keinen Schutz, und – da wir zu dicht an der Küste waren – konnten wir ihnen nicht entkommen. Sie feuerten auf uns und zerstörten unsere Masten, und ich glaube, sie wollten uns gefangen nehmen und unsere Fregatte beschlagnahmen. Aber durch eine unglückliche Fügung landete eine ihrer Kanonenkugeln auf unseren Waffen und verursachte eine Explosion, die das Heck und einen Teil des Rumpfes zerstörte."

Emily stellte die Teekanne mit einem scharfen Klirren ab, und Captain Leatham legte seinen Arm um sie und zog sie näher heran. „Der Wind und die Unterströmung waren sehr stark, und wir wurden gegen die Felsen geschleudert, ehe wir den Anker lichten konnten. Das Kriegsschiff konnte nicht so nah an die Küste heranfahren und gab uns als verloren auf. Sie schickten keine Rettungsschiffe für unsere Seeleute und ich glaube, das lag an der starken Strömung. Ich gebe zu, es war ein schwieriger Tag und eine schwierige Nacht, mit mehreren Toten und vielen Verletzten und ohne Hoffnung auf Rettung – so schien es jedenfalls."

Captain Leatham lächelte seinen Sohn an, rückte ihn in seinem Arm zurecht und sah dann auf. „Hilfe kam schließlich in Form eines Freibeuters, der klein genug war, um sich uns zu nähern. Sie enterten unser Schiff, um so viel wie möglich an Vorräten und Informationen zu erbeuten, und obwohl unsere Fregatte schwer beschädigt war, gelang es ihnen, das abzuschleppen, was von ihr übrig war."

Er deutete mit seinem Kinn auf Antoine. „Antoine hier war, wie ihr vielleicht schon erraten habt, der Kapitän des Kaperschiffs. Und obwohl er auf der Seite des Feindes stand, war er genauso daran interessiert, uns zu retten, wie seinen Anteil an der Beute zu bekommen." Captain Leatham lächelte daraufhin ironisch.

Antoine hob seine beiden Hände. „Es ist eine Frage der Ehre. Wir sind alle Menschen."

„Wie ich schon sagte", fuhr Captain Leatham fort, „brachte er seine Schaluppe neben die unsere und enterte unser Schiff. Den Verwundeten, denen er helfen konnte, half er und er brachte alle auf sein Schiff, auch wenn er wusste, dass sie nicht mehr lange auf dieser Welt sein würden. Es war ein Akt der Barmherzigkeit, diese Seelen nicht allein dem Tod zu überlassen."

Antoine übernahm die Erzählung, sein französischer Akzent war so stark, dass Anna genau zuhören musste, um ihn zu verstehen. „Die Angelegenheit mit den englischen Gefangenen war keine leichte Last auf meinem Gewissen. Als Franzose muss ich Frankreich gegenüber loyal sein, auch wenn ich keinen Kaperbrief erhielt, der meine Verpflichtung gegenüber dem Kaiser offiziell macht. Und England hatte ein Jahrzehnt zuvor meine geliebte Frau aufgenommen, als ich um ihr Leben fürchtete."

Er nahm sich einen Moment Zeit, um seine Frau auf innige Art und Weise zu küssen, die das englische Empfinden hätte beleidigen können. Anna spürte, wie ihr die Röte in die Wangen stieg, aber sie war nicht beleidigt. Sie wünschte, sie wüsste, wie sich das anfühlte. Antoine löste sich von dem Kuss und fuhr mit seiner Geschichte fort, als ob öffentliche Liebesbekundungen etwas Alltägliches wären.

„Am Ende wurde die Angelegenheit durch Jeans Fähigkeit, Französisch zu sprechen, geregelt. Er erzählte mir von seiner Frau, die ein Kind erwartete." Antoine verbeugte sich in Emilys Richtung. „Und ich, der weiß, wie es ist, eine Frau zurückzulassen und nicht zu ihr gehen zu können, hatte Mitleid mit seiner Situation. Ich bot ihm und den anderen englischen Seeleuten an, ihnen bei der Rückkehr in die Heimat zu helfen."

Captain Leatham unterbrach ihn mit einem Lachen. „Und da er kein offizielles Schreiben geschickt hatte, in dem er ein Kopfgeld für seine Gefangenen forderte, war seine Methode, uns nach Hause zu bringen, kreativ."

Antoine lächelte nur kurz und sagte dann mit einem Blick auf seine Frau, der die jahrelange Trennung widerspiegelte: „Doch wir greifen vor. Nachdem Jean mir offen von seiner Frau erzählt hatte, fing ich an, von meiner zu sprechen, einer lang verlorenen Liebe, von der ich dachte, dass ich sie nie wiedersehen würde."

„Ich schwelgte in Erinnerung an eine Marie-Madeleine, die ich in jedem Winkel Londons gesucht hatte – sie, die hellhäutig war, mit rotem Haar, das man nicht häufig bei einer Französin sieht, und kristallblauen Augen vom hellsten Schimmer der Welt. Und als ich im Laufe der Tage, die wir zusammen verbrachten, von ihrer zierlichen, anmutigen Statur sprach und davon, dass sie die schönste Frau der Welt sei, was nicht einmal die kleine Narbe an der Seite ihrer Wange schmälern könne..."

Antoine beugte sich vor, um Marie-Madeleines Narbe zu küssen.

„... überraschte Jean mich. Er sagte mir, er kenne eine solche Frau im Dorf Avebury und wenn ich ihnen helfen könnte, auf englischen Boden zu gelangen, könnte er mir helfen, zu meiner Frau zu kommen."

„Was war Ihre kreative Methode, Monsieur Foucher?" fragte Anna mit einem lauernden Lächeln. Es war unmöglich, ihn nicht zu mögen.

„Da wir keinen Kaperbrief bekamen – und ein Mann seinen Lebensunterhalt verdienen muss – betrieben wir ein wenig Schmuggel zwischen Saint Malo und Dartmouth. Ich ließ meine Schaluppe in der Obhut meines Bruders zurück und ruderte die englischen Soldaten zu einem ruhigen Platz am Ufer. Jean hier ist pflichtbewusst und meldete sich sofort bei den Marineoffizieren in Portsmouth, die ihm einen kurzen Urlaub gaben, um seine Frau zu besuchen."

„Und obwohl ich es versäumte, ihnen zu sagen, dass Antoine an Land gekommen ist, fühle ich mich dazu nicht verpflichtet, da er derzeit nicht für die Franzosen kämpft. Er ist als Gentleman hier, nicht als Soldat", sagte Captain Leatham.

„Er ist wirklich ein Gentleman", bestätigte Emily.

Antoine schüttelte bescheiden den Kopf. „Ein Gentleman, der Schmuggler ist. Wir haben ein gutes Geschäft gemacht, als wir Ihren Mann nach Hause brachten, und ich glaube nicht, dass mein Bruder sich über die Verzögerung ärgern wird." Er zwinkerte Mrs. Foucher zu. „Das ist die Geschichte in Kurzform. Als Nächstes kommt der Wiederaufbau nach zehn Jahren Abwesenheit, der mehr Zeit in Anspruch nehmen wird."

Captain Leatham hielt sein Baby im Arm und Emily legte ihre Hand auf sein Knie. „Danke, dass Sie meinen Mann gerettet haben."

Antoine verbeugte sich. „Es war nichts weiter, Madame." Und er wechselte einen weiteren Blick mit Mrs. Foucher.

Es wird Jahre dauern, dachte Anna. *Die Geschichte kann man an einem Tag erzählen, doch es wird Jahre dauern, bis die Abwesenheit von John und Antoine für die Ehefrauen, in deren Herzen sie verankert sind, eine ferne Erinnerung ist.*

KAPITEL 30

Harrys Schritte hallten in seinem fast leeren Haus wider. Mrs. Foucher war nur über Nacht geblieben, um die Küche in Ordnung zu bringen. Sie versicherte Harry, dass sie das Küchenmädchen Abigail so gut ausgebildet hatte, dass sie die Aufgaben übernehmen konnte, zumindest bis Harry jemanden gefunden hatte, den er für geeigneter hielt. Ehe Harrys Verstand das plötzliche Auftauchen ihres lang vermissten Ehemanns begreifen konnte, war sie auch schon wieder verschwunden. Nun gab es nur noch die entfernten Geräusche des Dienstmädchens und die Geräusche der Stiefel der Stallburschen, die einige von Toms Aufgaben auf den Feldern übernommen hatten.

Er hatte Tom seit fast einer Woche nicht mehr gesehen und konnte aus dessen Abwesenheit nur einen Schluss ziehen: Er war an *etwas* schuldig, selbst wenn er nicht in die Machenschaften der Straßenräuber verwickelt war. Das war die einzig logische Schlussfolgerung und doch tat Harry sich schwer damit. Es musste einen anderen Grund für Toms Abwesenheit geben. Seine Abwesenheit lastete auf Harry und ließ das Haus noch leerer erscheinen.

Harry war jedoch kein Narr und konnte sich nicht täuschen. Es war der Verlust der Hoffnung in Bezug auf Annas Zuneigung, der ihn am meisten entmutigt hatte. Obwohl er nach dem, was er gesehen hatte, bereit sein sollte, sie aus seinem Herzen zu streichen, gab es genug Zweifel, ob sie seinen Bruder freiwillig geküsst hatte, trotz allem, was Hugh behauptet hatte. Gott allein wusste, wie wahrscheinlich es war, dass sein Bruder etwas für sich beanspruchte, das ihm nicht gehörte, und die Folgen auf sich beruhen ließ.

Das Geräusch eines Besuchers riss ihn aus seiner Träumerei und er öffnete selbst die Tür. Der Gutsherr stand vor der Tür, sein Pferd an einen Pfosten in der Nähe gebunden.

„Wollen Sie nicht hereinkommen?" fragte Harry, mehr aus Höflichkeit als aus vollem Herzen.

„Ich werde Sie nicht aufhalten, Aston. Ich habe George versprochen, mit ihm auf die Jagd zu gehen, und ich halte gerne mein Wort. Ich bin nur gekommen, um Ihnen zu sagen, dass die Runner ihre Männer haben."

Ein Anflug von Angst überkam Harry. *Tom.*

Er versuchte, seine Stimme ruhig zu halten. „Das sind in der Tat gute Nachrichten. Waren sie aus Wiltshire, wie die Runner erwartet hatten? Aus Avebury?"

Der Gutsherr nickte. „Das waren sie, und sie waren leicht als Wegelagerer zu identifizieren, weil sie Lord Ramsworth eine Pistole gestohlen hatten."

„Wie denn, wenn sie sie zurückgelassen hatten?" fragte Harry. „Was hat Lord Ramsworth gesagt? Ich nehme an, die Runner haben ihn befragt."

„Sie haben es versucht, aber Lord Ramsworth ist vor drei Jahren in Indien verstorben. Sein Nachfolger hat kein Interesse an einem heruntergekommenen Anwesen, also war das keine Hilfe. Doch die Verbindung führte dazu, dass sie sich genauer mit den Bewohnern von Haggle End und dem Randgebiet befassten."

Harry dachte erneut an Tom, wurde aber durch die nächsten Worte von Mr. Mayne wieder beruhigt.

„Am Ende hatten sie Glück. Die Highway Patrol stieß auf einen Raubüberfall, und da die Patrol in der Überzahl war, konnten sie die beiden Verbrecher schnell überwältigen. Jerry Madling und Ambrose Bailey waren die Männer. Sie stammen aus Haggle End, wie die Runner vermutet hatten. Sie sagten, sie arbeiteten allein, und Jerry hatte weitere Gegenstände aus Ramsworths Besitz bei sich, was die beiden mit den anderen Raubüberfällen in Verbindung brachte."

Der Gutsherr dachte eine Minute darüber nach. „Nicht, dass sie die Beweise gebraucht hätten, denn sie haben die Männer auf frischer Tat ertappt. Aber es schließt den Fall ab, der uns alle schon seit einiger Zeit beunruhigt hat."

„Ich bin erleichtert", sagte Harry. „Danke, dass Sie gekommen sind, um die Nachricht zu überbringen."

Mr. Mayne blickte in die Ferne, sein Kiefer angespannt. „Sie werden hängen, diese beiden, für das, was sie getan haben, doch ich kann nicht sagen, dass sie es nicht verdienen, nicht, nachdem sie ein unschuldiges Opfer getötet haben und außerdem die Hälfte der Bewohner des Bezirks, aus dem sie stammen, in Angst und Schrecken versetzt haben."

Der Gutsherr ging bald, und Harry blieb zurück, um über die Nachricht nachzudenken. Tom war also unschuldig. Zumindest schien er unschuldig zu sein, obwohl er an allem beteiligt gewesen sein könnte und zufällig nicht erwischt worden war. Harry fragte sich, ob die Runner in der Gegend bleiben würden, in der Hoffnung, ihn zu fangen. Wenn Harry den Mann doch nur selbst befragen könnte.

Er zog sich in die Stille seiner Bibliothek zurück und saß dort, den Blick aus dem Fenster auf den Garten und die Felder gerichtet. So blieb er einige Zeit, ohne sich auf etwas Bestimmtes zu konzentrieren. Gerade als er sich auf den Weg machen wollte, um sich zu beschäftigen, überquerte Tom die Felder vor dem Fenster. Er blieb stehen, um ein paar Worte mit dem Stallburschen zu wechseln, der ihm die Harke überreichte.

Harry sprang von seinem Stuhl auf, ging nach draußen und stieg über die Reihen mit Gemüse, wo Tom bereits mit der Arbeit begonnen hatte. „Du bist wieder da."

Tom nahm seinen Hut ab, den Blick auf den Boden gerichtet. „Ja."

„Sind die Runner fort? Bist du deshalb zurückgekommen?" Als er keine Antwort erhielt, warf Harry eine weitere Frage ein. „Weißt du, dass sie die Verbrecher gefasst haben?" Er musterte Toms Gesicht, auf der Suche nach einem Hinweis darauf, wie Toms Gehirn funktionierte.

Da er selbst kein besonders in sich gekehrter Mensch war, konnte Harry nicht verstehen, was Tom so verschlossen machte.

Tom zog die Stirn in Falten. „Sie wurden erwischt, nich' wahr?" Nervös hantierte er mit der Gartenhacke. „Nein, das wusst ich nich'. Ich bin gekommen, auch wenn's 'n Risiko is', denn ich sah schuldig aus, obwohl ich die Pistole und auch mein Halstuch in das Zimmer des Runners *zurückgelegt* hab. Ich bin gekommen, weil Miss Tunstall recht hatte, als se sagte, ich soll mich nich' davonmachen."

Der Schock, der Harry auf diese Ankündigung durchfuhr, war groß. „Miss *Tunstall*? Wann hast du sie denn gesehen?"

„Sie is' meiner Schwester Beatrice gefolgt, und ich war auch da." Tom hatte seinen Blick vom Boden gehoben und warf Harry einen Seitenblick zu, um zu sehen, wie er diese Nachricht aufnahm. Harry fühlte sich, als ob sich die Welt auf den Kopf gestellt hätte.

„Beatrice ist deine Schwester? Du wusstest die ganze Zeit, wo sie ist?" Harry nahm Tom das Werkzeug aus der Hand und ließ es auf den Boden fallen. „Tom, ich glaube, du fängst besser noch einmal von vorne an."

Und das tat Tom. Als er zu dem Teil kam, in dem er Anna versehentlich auf den Kopf schlug, zuckte Harry zusammen. *Wie sehr ihr zarter Kopf geschmerzt haben musste. Sie hatte Glück, dass sie überlebt hat.* Er erinnerte sich daran, wie benommen sie gewesen war, was die Erinnerung daran zurückbrachte, wie er sie im Arm gehalten hatte und wie weich sie war, als er sie an seine Brust drückte.

Tom rieb sich das Gesicht und hinterließ Schlieren von Schmutz auf einer Wange. „Das tut mir schrecklich leid. Aber Miss Tunstall hat gesagt, dass se Beatrice verziehen hat, dass se ihren Schmuck genommen hat – das hat Bea mir erzählt; da war ich schon verschwunden – und sie hat auch gesagt, dass wir nich' zu unseren alten Gewohnheiten zurückkehren sollen. Also hab ich mir vorgenommen, wieder an die Arbeit zu geh'n."

Anna hatte Tom aufgesucht? Sie hatte Beatrice den Diebstahl ihrer Juwelen vergeben und sie dann gedrängt, auf einem rechtschaffenen Weg zu bleiben? Harry schwirrte der Kopf und sein Herzschlag beschleunigte sich bei dieser neuen Information. Vielleicht hatte er nicht versucht, Anna vollkommen zu verstehen. *Vielleicht gibt es noch Hoffnung.*

„Tom, diese Räuber. Kanntest du sie?“

Daraufhin schaute Tom ihm direkt ins Gesicht. „Ja. Ich kenn‘ se. Wir sind Freunde, seit wir Kinder waren – Jerry, Ambrose und ich. Ich hab versucht, sie zu ändern, nachdem ich Sie kennengelernt hatte, aber sie wollten nich‘ hören. Am Ende trennten sich unsere Wege.“

Toms Blick sagte so viel aus – die Trauer über den Verlust seiner Freunde und die Sorge um ihr Schicksal, das Bedauern darüber, dass er ihnen nicht hatte helfen können, ihr Schicksal zu ändern.

Harry streckte seine Hand aus und legte sie auf Toms Schulter. „Du hast keine Ahnung, wie dankbar ich bin, dass du zurück bist. Ohne einen so fleißigen Diener verfällt das Gelände des Pfarrhauses schneller, als man sich vorstellen kann.“

Ein Lächeln blitzte über Toms Gesicht und war ebenso schnell wieder verschwunden. Harry überließ Tom seiner Arbeit und betrat nachdenklich das Haus, wo er gerade in die Bibliothek zurückkehren wollte. Er hielt in seinen Schritten inne. Hatte er nicht Annas Namen diffamiert, wenn auch nur in Gedanken? Wann würde er es wieder gutmachen?

Was tat er noch hier?

„Jasper“, rief er. Als der Diener von der Hintertreppe in den Korridor eilte, sagte Harry: „Ich muss mich rasieren, und ich brauche einen Stapel Halstücher. Wir haben keine Zeit zu verlieren.“

ALS HARRY sich auf den Weg nach Durstead Manor machte, war er frisch rasiert, trug cremefarbene Beinkleider, frisch polierte Hessische Stiefel und den spanischen blauen Mantel, den Weston für ihn angefertigt hatte. Erst als er sich wieder richtig herausgeputzt hatte, war ihm bewusst geworden, wie sehr er es sich erlaubt hatte, in seiner Kleidung schlampig zu sein, eine Nachlässigkeit, die ihm sein Vater immer als unentschuldbar eingetrichtert hatte. Der Duke hätte ein gebrochenes Herz nicht als Entschuldigung akzeptiert.

Harry fand Anna auf der Bank hinter dem Haus der Leathams

sitzend vor. Sie stützte sich auf ihre Hände, und ihr Blick war auf die Wiese gerichtet, die in der Ferne in den Himmel überging. Der Hügel wurde auf beiden Seiten von einer Reihe von Bäumen flankiert, doch die Rasenfläche in der Mitte schien den Himmel zu berühren, so dass die Wolken am Horizont zu beginnen und nach oben zu steigen schienen. Das war schon immer ein schöner Anblick gewesen.

Sie hatte ihn nicht bemerkt und er stand eine Minute lang da und saugte ihren Anblick in sich auf. Vielleicht hätte er sich die Zeit nehmen sollen, eine Rede vorzubereiten, denn so wie es aussah, wusste er nicht, wo er anfangen sollte. Konnte er sie einfach um Verzeihung bitten und ihr sagen, dass er sie liebte? Dass er sie immer geliebt hatte, von dem Moment an, als sie ihre Augen in seinem Wagen geöffnet und auf ihn gerichtet hatte?

Anna schien das Geräusch seiner Stiefel auf den Kieselsteinen nicht gehört zu haben, als er sich näherte. Oder sie ignorierte ihn. Harry war gezwungen, seine Ankunft anzukündigen.

„Darf ich mich setzen?“

Als Antwort rutschte Anna auf der Bank zur Seite und warf ihm einen flüchtigen Blick zu. Sie hatte ihn also gehört. „Gewiss.“

Die halbherzige Begrüßung ließ Harry das Herz schwer werden. Er dachte schon, er sei zu spät gekommen, bis er sah, wie ihre Finger zitterten, als sie sie auf ihrem Schoß umklammerte. Er setzte sich, starrte vor sich hin und überlegte, wie er anfangen sollte. Die unerwartete Nachricht, von Tom über ihren Besuch in Haggle End, hatte ihm den Mut gegeben, zu kommen, doch das bedeutete nicht, dass er zu hoffen wagte, die Schlacht sei gewonnen. Anna Tunstall, das hatte er herausgefunden, war alles andere als berechenbar.

„Was für eine Wiedervereinigung Sie gestern erlebten“, begann Harry. Sie schenkte ihm ein kurzes Lächeln, ehe sie den Blick wieder abwandte. „Johns Rückkehr ist erstaunlich, und ich bin überglücklich für Mrs. Leatham. Noch schockierender finde ich die Rückkehr von Foucher, muss ich sagen. Wenn man bedenkt, wie lange sie getrennt waren und dass alle Hoffnung vergangen war, dann *ist* es wirklich so, als ob ein Toter ins Leben zurückgekehrt ist.“

„Das ist es“, antwortete Anna mit dem kleinsten Lächeln, diesmal der Erinnerung wegen. „Und dass er mit Captain Leatham zurückkehrte, übertrifft alles. Wie komisch der Zufall doch manchmal ist. Fast könnte man glauben, dass es einen großen Plan gibt."

Harry war so erleichtert, dass Anna sich genug entspannt hatte, zu sprechen, dass er fast den Unterton in ihren Worten überhörte. Dann dämmerte es ihm.

„Sie machen sich über mich lustig, Anna. Sie sind viel frommer, als Sie vorgeben. Es passt einfach nicht zu Ihrer Vorstellung von Würde, Ihr Herz auf der Zunge zu tragen." Sie zuckte nicht mit der Wimper, als Harry ihren Namen so frei benutzte, was ihm den Mut gab, nach vorne zu preschen.

Dennoch musste er Vorsicht walten lassen. Das Missverständnis zwischen ihnen war zu groß und, wie er vermutete, mit ungerechten Vorwürfen seinerseits behaftet. „Der große Plan." Harry seufzte und sagte mit einem kurzen Blick auf ihr Gesicht: „Es gibt in der Tat einen großen Plan, und manchmal ist es ein solcher, der es uns ermöglicht, die tiefsten Wünsche unseres Herzens wahr werden zu lassen."

Anna reckte bei seinen Worten die Nase nach oben. „Genug des Geredes, sonst könnte man uns noch vorwerfen, wir seien gottesfürchtig." Ihm war der Hauch von Stichelei in ihrer Stimme nicht entgangen und auch nicht – und das erfüllte ihn mit Bedauern – der feuchte Schimmer, der sich über ihre Augen legte.

„Ein höchst bedauerlicher Charakterzug für einen Pfarrer", scherzte Harry in dem Versuch, den leichten Austausch aufrechtzuerhalten. Anna blickte starr vor sich hin und schwieg. Das würde nicht funktionieren, nicht auf diese Weise.

„Würden Sie ... würden Sie ein Stück mit mir gehen? Ich kann im Moment nicht stillsitzen und würde mich sehr über Ihre Gesellschaft freuen."

Anna hob ihren Blick zu ihm, als er aufstand und ihr die Hand reichte. Sie ergriff sie und erlaubte ihm, ihr beim Aufstehen zu helfen. Nach einem atemlosen Moment begannen sie zu gehen. Harry nahm ihre Hand und legte sie in seinen Arm, und sie wehrte sich nicht. Ihre Nähe und ihre Vertrautheit, während sie den Gartenweg entlanggingen, ermutigten ihn.

„Ich habe mich nicht dafür entschuldigt, dass ich Ihnen die Stellung meiner Familie verschwiegen habe, als unsere Gefühle füreinander deutlicher wurden", begann er.

Ihre Augen waren nach unten gerichtet und er spürte, wie sie an seiner Seite zitterte. Er wollte seinen Arm um ihre Taille legen, hielt sich jedoch zurück. „Und ich habe mich nicht dafür entschuldigt, dass ich Sie nicht nach Ihrer Version der Ereignisse fragte, als mein Bruder Sie geküsst hat. Ich bin mir bewusst...", er holte tief Luft, als sie weitergingen, „...ich weiß, dass Letzteres besonders ungerecht war, da ich – besser als die meisten – wissen muss, was für ein Schurke mein Bruder sein kann. Ich habe Sie zu Unrecht beschuldigt, nicht wahr, Anna? Sie haben seinen Kuss nicht begehrt?"

Anna verstärkte, wie unbewusst, ihren Griff um Harrys Arm, obwohl sie dabei noch mehr zitterte.

„Ich bin nicht unschuldig, Harry." Die Wucht ihrer Worte, gepaart mit dem Klang seines Namens auf ihren Lippen, ließ ihn fast in die Knie gehen. Ehe er reagieren oder antworten konnte, fuhr sie fort. „Ich habe die Annäherungsversuche von Lord Brookdale mit Vergeltung im Sinne unterstützt, da ich verärgert mit Ihnen war. Doch ich habe die Torheit dieses Handelns sehr, *sehr* bereut, denn meine Gefühle für Ihren Bruder gingen nie tief."

Sie hielt kurz inne und Harry blieb stehen, damit er sich ihr zuwenden konnte. „Ich bin derjenige, der Schuld trägt, Anna, nicht Sie. Lassen Sie mich meine Fehler sofort wieder gutmachen. Ich schwöre Ihnen, dass ich Ihnen in Zukunft *nichts* mehr vorenthalten werde und Ihren Absichten nicht mehr misstrauen werde."

Anna schüttelte den Kopf und ging wieder weiter, wobei ihr Gesichtsausdruck hinter dem Rand ihrer Haube verborgen war. „Solche Versprechen sind schwer zu halten, und Schwüre darf man nicht brechen. Ich werde es Ihnen also nicht übelnehmen, wenn Sie einen Moment zweifeln oder etwas für sich behalten wollen."

Harrys Herz begann in seiner Brust zu hämmern. Anna sprach, als ob sie eine Zukunft hätten. Nachdem er wochenlang seine Sehnsüchte unterdrückt hatte, war es nun so, als wäre Harry zu lange auf einem schmalen Pfad geritten und plötzlich auf eine Lichtung gekommen, auf der er sprinten konnte. *Jetzt* war der Moment gekommen.

Er holte tief Luft. „Männer und Frauen neigen dazu, Geheimnisse zu haben, wenn sie sich nicht gut kennen; das ist ganz natürlich. Aber wenn eine gewisse Vertrautheit hergestellt ist, beginnen ein Mann und seine ... ein Mann und eine Frau, keine Geheimnisse mehr haben zu wollen."

Er warf Anna einen kurzen Blick zu. „*Ich* wünsche mir keine Geheimnisse zwischen uns, und hoffe auf eine Rückkehr zu der Intimität, die wir hatten. Ich hoffe sogar, wenn ich so kühn sein darf, auf eine Vertiefung davon."

Anna hat nicht gesprochen, doch ihre Schritte waren langsamer geworden. *Ich muss die Worte nur aussprechen.* Harry nahm sie am Arm, drehte sie sanft zu sich und wartete, bis sie ihren Blick zu ihm hob.

„Anna, wollen Sie mich heiraten?"

Anna stand völlig regungslos. „Einfach so? Keine blumigen Reden?" Er beobachtete, wie in ihren Augen ein schelmisches Funkeln auftauchte. Sie machte sich über ihn lustig.

Sie war zu ihm zurückgekommen. Seine Anna, die ihn ärgerte und provozierte und sein Leben sowohl zur Hölle als auch zum Himmel auf Erden machte, was, wie er feststellte, gewöhnlich vom Ausmaß seiner eigenen Sünden abhing. Harry schüttelte den Kopf, seine Mundwinkel hoben sich bei der Hoffnung, die zum Greifen nahe war.

„Ich kann keine blumige Rede für etwas halten, das mir so viel bedeutet."

Als sie nicht antwortete, wusste Harry, dass er noch nicht alles gesagt hatte, was er sagen musste. Er war ihr eine Erklärung schuldig. „Ich habe mich Ihnen nicht erklärt, als ich es vorhatte. Sie haben es erwartet, glaube ich, doch dann kam mein Bruder. Und als er hier war, wurde ich daran erinnert, wie sehr Sie die Gesellschaft lieben." Er hielt inne und musterte ihr Gesicht, um zu sehen, was es verraten würde. „Meine Liebste, ich habe mich zurückgehalten, weil ich Angst hatte, dass ich Sie mit meinem Antrag zu einer Entscheidung zwingen würde."

Annas Gesicht verriet nichts, und Harry konnte nur blindlings weiter machen. Er nahm ihre Hand in seine und hielt sie fest. „Sie haben sich immer ein Leben in London gewünscht, nicht wahr? Die edle Gesellschaft zu führen, wie Sie sagten, an der Seite eines Mannes in der Politik – eine Stellung, von der ich keinen Zweifel habe, dass Sie

sie nicht nur erreichen, sondern übertreffen würden. Mein Antrag, so dachte ich, würde Sie zwingen, sich zwischen Ihrem Traum und einem Leben mit mir zu entscheiden. Liebe ist keine egoistische Angelegenheit. Ich konnte Sie nicht zwingen, in Avebury zu bleiben, wo ich durchaus die Absicht habe, zu bleiben, wenn es auf Kosten Ihres Glücks ginge. Also habe ich mich zurückgehalten." Anna schwieg noch immer und er war froh darüber, denn er musste alle Worte herausbekommen. „Aber dann bin ich so unglücklich geworden ohne Sie. Ich dachte ... nun, ich fragte nie, ob sich Ihre Träume geändert haben und ob Ihnen ein Leben mit mir vielleicht mehr zusagen würde als früher."

Harry rückte näher und ließ sie den Blickkontakt nicht unterbrechen, bis er alles gesagt hatte. „Ich habe Sie nie gefragt, ob es Sie glücklicher machen würde, meinen Antrag anzunehmen als jeder ursprüngliche Plan, den Sie sich einmal vorgestellt haben."

„Das würde es", sagte Anna leise.

„Das würde es", wiederholte Harry. Ihm stockte der Atem in der Brust. „*Würde* es?"

Anna nickte, ihre Lippen verzogen sich zu einem Lächeln – dem ersten breiten Lächeln, das er gesehen hatte, seit sein Bruder vor seiner Tür stand, einem Lächeln, das ihre Augen erreichte. Das war zu viel. In aller Eile zog Harry sie zu sich heran und berührte ihre Lippen mit den seinen in einer berauschenden Erfahrung, die sanft und zärtlich war – nun, bis Anna mit einem Eifer antwortete, der ihn verblüffte.

Der Gedanke, dass er es war, der eine solche Leidenschaft in Anna entfacht hatte, ließ Harry den Kuss vertiefen, erstaunt über die verschiedenen Seiten an ihr, die voller Brillanz erstrahlten – erst eine Facette, dann eine andere. Wie hatten die Herren der feinen Gesellschaft diese Frau nur übersehen können? *Gott sei Dank* hatten die Herren von London diese Frau übersehen. Harry küsste ihre Wangen und ihre Nase, dann beanspruchte er erneut ihre Lippen, und Anna erwiderte seine Küsse ebenso eifrig.

Dann dachte er, dass er vielleicht doch lieber aufhören sollte. Widerstrebend zog Harry sich zurück, beschwingt vor Freude und mit einem törichten Grinsen, dessen war er sich sicher. „Miss Tunstall, das war ein Ja', nicht wahr?"

Anna stemmte die Hände in die Hüften. „Mr. Aston, das war ein Ja.“

„Ich nehme an, mein Verhalten vorhin war nicht sehr fromm.“ Harry blickte spöttisch gen Himmel, fühlte aber dennoch einen Stich der Unsicherheit.

„Ich hoffe, wenn wir verheiratet sind, Mr. Aston, wird es nicht immer so sein. Ich hoffe, dass Sie nicht immer ein Pfarrer sein werden, sondern manchmal einfach ein Mann. Das ist es, was Ihre Gemeinde braucht, besonders wenn sie täglich mit den Grenzen ihrer eigenen Menschlichkeit konfrontiert wird.“ Anna lächelte ihn an, und ihre Worte waren im Scherz gesprochen, kamen Harry jedoch besonders wahr vor.

„Dann musst du mich daran erinnern“, sagte er.

Da er nicht widerstehen konnte, küsste er sie erneut, legte diesmal seine Arme um ihre Taille und hob sie hoch, um sie zu drehen.

„Es ist eine Frage des Stolzes“, sagte er. „Ich möchte sicher sein, dass dir nach dem Kuss eines Mannes, der nicht viel Erfahrung hat, aber genug Enthusiasmus, um das auszugleichen, recht schwindelig ist.“

Anna lachte. „Es war nicht nötig, mich herumzuwirbeln. Mir war recht schwindlig.“

„Dann war es nur, um dich wieder in meinen Armen zu haben.“ Harry hielt ihren Blick fest und grinste. Er holte scharf Luft, als ihn ein Gedanke überkam. „Wir sollten es jemandem erzählen“, beschloss er und setzte sich in Bewegung.

Er führte sie zurück in Richtung Durstead Manor, Annas Arm in seinem, und hielt erneut inne, als wolle er sich zum Pfarrhaus wenden. „Doch wem? Ich glaube, die Leathams sind beschäftigt und wir haben keine Familienmitglieder hier, denen wir die Nachricht überbringen könnten.“

„Wenn wir niemanden finden, der sich auch nur im Geringsten darum kümmert, schnappen wir uns vielleicht den nächsten ahnungslosen Passanten und zwingen ihn, uns Glück zu wünschen“, murmelte Anna.

Harry lachte. „Ich glaube, das wird sehr gut funktionieren.“

KAPITEL 31

Anna schwebte an Harrys Seite, obwohl sie nicht genau zu wissen schienen, wohin sie gehen sollten. Ihre Gliedmaßen waren weich und ihr Herz flog hoch über ihr, während Harry zögerte, ob er zum Pfarrhaus oder zu Durstead Manor gehen sollte, und was genau er als Nächstes tun sollte.

Schließlich ging er mit ihr zurück nach Durstead, wo sie anhielten. Harry stand dicht bei ihr und hielt ihre Hand auf eine Weise, die sich sowohl intim als auch richtig anfühlte, als ein fernes Geräusch wie von einer Kavalkade sie beide aufblicken ließ. Der Staub, der von der Straße aufgewirbelt wurde, ließ darauf schließen, dass mehr als eine Kutsche unterwegs war. Instinktiv wich Anna von Harry zurück.

„Lass uns sehen, wer es ist, ehe wir es der Welt verkünden.“

„Nicht den ahnungslosen Fremden anhalten, um uns Glück zu wünschen?“, neckte er, doch Annas Sorge war wohl erkennbar, denn er beruhigte sie rasch wieder. „So glücklich wir auch über die Entdeckung unserer gemeinsamen Gefühle sind, wir wollen es den richtigen Leuten sagen, ehe ein Fremder davon erfährt.“

Anna nickte erleichtert, was sie jedoch nicht davon abhielt, einander recht dümmlich anzugrinsen. Anna war das egal. Sie lernte schnell, dass die Liebe jede sorgfältig aufgebaute Fassade durchbrach.

Sie drehten sich wieder um, um die Kutschen zu beobachten, die auf sie zueilten, und sie kniff die Augen zusammen. *War das nicht...?*

Anna drehte sich überrascht zu Harry um. „Wenn ich mich nicht sehr täusche, ist das mein Bruder Stratford. Harry, welche schockierende Angelegenheit könnte ihn jetzt hierherbringen? Seine Hochzeit ist nur noch zwei Wochen entfernt und wird von einer ausgedehnten Hochzeitsreise gefolgt sein. Er kann sich zu diesem Zeitpunkt nicht von seinem Anwesen entfernen.“

Beide Kutschen gingen in die letzte Kurve und kamen vor Harry und Anna zum Stehen. Der Lakai sprang von der Rückbank der ersten Kutsche und zog die Tür auf, damit ihr Bruder aussteigen konnte. Stratford verbeugte sich förmlich, eine Geste, die sowohl ihr als auch Harry gelten sollte, ehe er sich umdrehte und in die Kutsche griff, um seiner Verlobten, Eleanor Daventry, und ihrer Tante beim Aussteigen zu helfen.

Trotz jahrelanger Schulung in Sachen Anstand blieb Anna der Mund offenstehen, als nicht nur ihre Zwillingsschwester Phoebe aus dem zweiten Wagen stieg, sondern auch ihre träge Tante Shae. Beim Anblick ihrer geliebten Zwillingsschwester blieb Anna nicht länger wie angewurzelt stehen, sondern rannte zu Phoebe hinüber und warf ihre Arme um sie.

„Ich bin so furchtbar froh, dich zu sehen“, rief Anna. Ihre Stimme wurde in der Umarmung gedämpft und sie versuchte, ihre Tränen zu verbergen.

„Was ist das?“ fragte Phoebe mit vor Überraschung sanfter Stimme. „Avebury hat Wunder an meiner Schwester bewirkt. Oder vielleicht ist es der Pfarrer von Avebury.“ Phoebe blickte Stratford schelmisch an und mied Harrys Blick vollkommen. „Ich beziehe mich natürlich auf seine lehrreiche Führung. Was sagst du, Bruder?“

Stratford hatte sowohl Harry als auch Anna beobachtet, vielleicht unsicher, wie viel er annehmen konnte, und ließ sich nicht so leicht zu Leichtsinnsflügen hinreißen. „Anna, ich glaube, wir müssen einander vorgestellt werden.“

Sie wischte sich über die Augen, ehe sie sich umdrehte. „Natürlich, Stratford.“ Und mit dem Maß an Selbstbeherrschung, das ihr zur Verfügung stand, nahm Anna ihren Platz an Harrys Seite ein. „Lord

Henry Aston, zweiter Sohn Seiner Gnaden, des Dukes of Kirby, und im Dorf Avebury einfach als dessen Pfarrer bekannt, Mr. Aston, bitte erlauben Sie mir, Ihnen den ehrenwerten Earl of Worthing vorzustellen – meinen Bruder Stratford."

Die beiden Männer beäugten einander neugierig. Beide neigten ihre Köpfe in einer ähnlich stattlichen Weise und Anna fragte sich, ob es so vor einem Hahnenkampf zuging. Nicht, dass sie von etwas Derartigem wissen sollte. Dann kam ihr ein Gedanke in den Sinn. Woher hatte ihre Familie gewusst, dass sie und Harry eine Übereinkunft getroffen hatten, wenn sie es doch gerade erst selbst entdeckt hatten?

Phoebe beantwortete ihre Frage, ohne dass Anna sie stellen musste. „Ich für meinen Teil war nicht überrascht, die Straße entlangzufahren und dich nahezu händchenhaltend mit Mr. Aston vorzufinden. Ich bin nur froh zu wissen, dass die Angelegenheit glücklich gelöst ist, so dass wir unseren Aufenthalt hier genießen können, ohne gleich gezwungen zu sein, die Dinge in Ordnung zu bringen."

„*Hmpf!*" Anna hatte es bereits satt, ihre Emotionen zur Schau zu stellen, und war bereit, zur bequemeren Art zurückzukehren. „Ich habe dich nie gebraucht, um etwas zu tun. Ich bin immer in der Lage gewesen, meine Angelegenheiten selbst zu regeln."

„Wir erlauben dir, in diesem falschen Glauben zu verharren", sagte Phoebe lächelnd. „Mr. Aston, ich bin Phoebe, Annas Schwester. Ich nehme an, dass wir uns mit dem Vornamen anreden werden?" Sie wartete, bis er nickte. „Dann darf ich Ihnen unsere zukünftige Schwägerin Miss Eleanor Daventry, ihre Tante Mrs. Renly und meine Tante Mrs. Phillips vorstellen."

Harry beugte sich über Eleanors Hand. „Ich freue mich, Ihre Bekanntschaft zu machen, und bin froh, dass Ihre Einführung in die Familie ein Umstand ist, den wir teilen." Dann verbeugte er sich mit der ihm eigenen Eleganz über Mrs. Renlys und dann über Tante Shaes Hände. Harry Aston würde jede Frau stolz machen.

Eleanor, die trotz der Kutschfahrt frisch aussah, strahlte unter Stratfords Zuwendung, und Anna musste zugeben, dass sie sich darin getäuscht hatte, wie viel Eleanor Stratford bieten konnte. Nur Phoebe hatte gesehen, wie vollkommen sie zueinander passten. Wie eine Blume in der Sonne blühte Eleanor auf, einfach dadurch, dass sie geliebt wurde. Nun wusste Anna selbst, wie so etwas zustande kam.

„Wie froh bin ich, von Ihrer Verlobung zu hören“, sagte Eleanor an Harry gewandt. „Wenn ich das sagen darf, obwohl ich nicht ganz zur Familie gehöre, habe ich noch keinen Mann kennengelernt, der die tiefere Strömung von Annas Gefühlen verstehen konnte. Glücklich ist der Gentleman, der sie gewonnen hat.“

Eleanor schickte ein strahlendes Lächeln in Annas Richtung, als wollte sie sagen, dass sie wusste, wie sehr Anna öffentliches Lob verabscheute, sie es aber hören würde, ob sie nun wollte oder nicht.

Anna versuchte, sie abzulenken. „Ich muss aber fragen. Was führt euch alle hierher?“ Sie rief einen von Emilys Lakaien, der aus dem Inneren des Hauses aufgetaucht war und bedeutete ihm mit einer Geste, das Gepäck aus den beiden Kutschen auszuladen. Sie bremste sich, als ihr klar wurde, dass sie Emilys Haushalt nicht mehr für sie führen musste – oder sollte.

„Wir waren um dein Glück besorgt und beschlossen, uns um dein Wohlergehen zu kümmern.“ Phoebe legte ihren Arm um Annas. „Ich habe Emily einen Brief geschickt, in dem ich vorschlug, dass wir sie besuchen und uns selbst ein Bild davon machen, wie es dir geht, und ihr versprochen, dass wir ihr nicht die Schwierigkeiten machen würden, hier zu bleiben. Wir haben Zimmer im Dorf genommen. Da fällt mir ein...“ Phoebe wandte sich an den Lakaien. „...Sie können die Truhe lassen, wo sie ist. Wir werden nicht bleiben.“ Stratford hatte Annas Frage nicht vergessen. „Kurz gesagt, wir sind gekommen, um sicherzugehen, dass du es nicht vermasselst.“

Anna drehte sich um, als sich die Haustür öffnete, und hatte gerade noch Zeit zu sagen: „Danke für dein Vertrauen in mich, Bruder.“

Captain Leatham und Emily kamen zur Haustür, ihr neugeborener Sohn in Emilys Armen. Phoebe eilte die Treppe hinauf.

„Emily!“ Obwohl sie Emily nicht so nahe stand wie Anna, war ihr Verhältnis zu ihr sehr herzlich. „Ich hatte noch keine Nachricht, dass du entbunden hast oder dass dein Mann zu Hause ist. Guten Tag, Captain Leatham. Wir wollten dich unterstützen, Emily, und hätten uns nie träumen lassen, dass wir stattdessen ein solches Glück vorfinden würden. Wir werden euch beiden nicht zur Last fallen, das verspreche ich. Wir haben bereits Zimmer im Dorfgasthof reserviert."

„Aber natürlich müsst ihr hierbleiben", begann Emily.

Anna wandte sich mit einem Stirnrunzeln an Stratford. „Weißt du, so kurz vor eurer Hochzeit halte ich diesen Besuch für unklug. Hättest du mir geschrieben, um mich darüber zu informieren, hätte ich dir sicher gesagt, dass du nicht kommen sollst."

„Vielleicht war es nicht klug, aber du bist Teil meiner Familie, und Familien geben aufeinander acht. Ganz zu schweigen von der Tatsache, dass..." Er warf Harry einen Blick zu. „... wir die Dienste eines Pfarrers benötigen werden, da unser Pfarrer wegen eines Todesfalls in seiner Familie plötzlich abberufen wurde und keine Zeit hatte, einen Ersatz zu finden. Mr. Aston, meinen Sie, Sie könnten das tun?"

Harry grinste. „Wenn Sie mit meinem Antrag einverstanden sind, können wir uns wohl auch über Ihre Zeremonie einigen."

„Einverstanden?" rief Stratford aus. „Ich dachte, bei ihr wäre jede Hoffnung verloren." Anna warf ihm einen bösen Blick zu.

„Willkommen", sagte Captain Leatham, der seine Stimme der Vernunft in das Geschehen einbrachte, das schnell in einen Geschwisterstreit ausartete. „Vielleicht sollten wir uns auf den Weg ins Haus machen, wo wir sicher Erfrischungen herbeischaffen können, nicht wahr, meine Liebste? Dann kann uns Aston, obwohl ich glaube, dass wir die Sache geklärt haben, den Grund für ein so großes Wiedersehen mitteilen." Er begleitete seine Frau nach drinnen und überließ es den anderen, ihm zu folgen.

Stratford begleitete sowohl Eleanor als auch Mrs. Renly hinein und Phoebe kam mit Tante Shae am Arm hinter ihnen her. Harry nahm Annas Hand in seine und hielt sie diskret fest, sein Gesicht strahlend vor stiller Freude.

Vor ihnen kümmerte sich Phoebe um ihre Tante und verlangsamte ihren Schritt, wenn die Anstrengung des Treppensteigens zu viel für sie war. Sie war schon immer die Fürsorgliche gewesen – wunderschön, wenn Anna das sagen durfte – und freundlich. Sie war so viel *gütiger*, als Anna es je zu sein hoffen könnte. Phoebe hatte es verdient, glücklich zu sein, und Anna hoffte, dass sie bald Liebe finden würde, vor allem nun, da sie wusste, was für eine wunderbare Sache das war.

Drinnen angekommen, wurden die Getränke gebracht, wobei Tante Shae und Mrs. Renly als Erste bedient wurden. Emily ließ ihre funkelnden Augen über die versammelte Menge schweifen, ehe ihr Blick auf Anna verweilte. „Nun?"

Harry sprach zur gesamten Gruppe, als er die feierliche Rede hielt, die alle erwartet hatten. „Miss Anna Tunstall hat mir die Ehre erwiesen, meine Frau werden zu wollen."

„*Nein*!" Emily starrte ihn an. „In meinen kühnsten Träumen..."

„Emily, hör auf zu sticheln." Anna konnte das Lachen nicht unterdrücken, das in ihr hochkam. „Das war von Anfang an dein Plan. Wahrscheinlich hast du das Auftauchen der Straßenräuber nur inszeniert, um unser Treffen in einem dramatischeren Rahmen stattfinden zu lassen."

Sowohl Stratford als auch Phoebe drehten sich alarmiert zu ihr um. „Straßenräuber?"

Anna hatte vergessen, dass sie nichts davon wussten. „Ich werde es euch später erzählen", versprach sie leise.

Emily warf ihr einen beredten Blick zu. „Du hast es ihnen noch nicht erzählt, Anna? Doch nein. Damit hatte ich nichts zu tun. Es ist nur so, dass ich, seit ich Mr. Aston kennenlernte, nur daran gedacht habe, dich nach Avebury zu locken, damit auch du ihn kennenlernst."

Harry drehte seinen Kopf zu Emily. „Sie haben meine Dankbarkeit verdient und ich stehe in Ihrer Schuld."

Der Raum war von allen Seiten mit Gesprächen erfüllt und Anna lehnte die Versuche ihrer Geschwister ab, mehr über die Wegelagerer zu erfahren. „Später", murmelte sie. Anna lauschte den Gesprächsfetzen und beteiligte sich, wo sie konnte, doch ihre Augen waren auf Harry gerichtet und ihre Ohren aufmerksam auf das, was er zu Stratford sagte.

„Ich hätte um eine Audienz bei Ihnen gebeten, sobald meine Gefühle für Anna klar geworden sind, doch die Angelegenheit konnte nicht warten. Ich hatte gehofft, dass ich Sie aufsuchen könnte, um die Einzelheiten zu besprechen."

Stratford schenkte ihr ein Lächeln, das mehr Wärme enthielt als früher, dachte Anna. „Ich verstehe das Gefühl, nicht warten zu wollen.

Und ja, wir können die Einzelheiten besprechen, sobald Leatham einen Raum für uns frei hat. Ist Ihr Anwalt in London?"

„Es ist noch immer der Anwalt meiner Familie, aber ja, die Firma hat ihren Hauptsitz dort." Harry strahlte Stratford an. „Ausgezeichnet."

„Abgesehen vom Geschäftlichen möchte ich Sie sowohl willkommen heißen"– Stratford schlug ein Bein über das andere und warf Harry einen ironischen Blick zu – „als auch warnen. Anna ist nicht die einfachste Person, mit der man zusammenleben kann. Sind Sie sicher, dass Sie sich das gut überlegt haben?"

Anna warf ihm einen schiefen Blick zu. „Ich sitze direkt hier, Stratford. Aber Harry täuscht sich nicht über mein wahres Wesen, und er liebt mich."

Harry betrachtete sie mit einem warmen Blick. „Anna hätte es nicht besser sagen können. Ich wusste von dem Moment an, als ich sie traf, dass ich keine andere haben wollte."

Stratford zuckte mit den Schultern und begegnete dem Blick seiner Verlobten, der Anflug eines Lächelns in seinen Augen. „Dann kann man wohl nichts tun. Sie müssen sie heiraten."

Die Leathams machten unmissverständlich klar, dass Annas Familie unter keinen Umständen irgendwo anders als auf Durstead Manor übernachten würde, und die Gäste wurden in kürzester Zeit in ihre Zimmer geführt, um sich frisch zu machen. Emily drängte darauf, Master George zu füttern, der unerbittlich darauf bestand und Anna begleitete Harry zur Tür, trat mit ihm hinaus und ließ sich von ihm die Treppe hinunterführen.

Sie waren ein paar Schritte gegangen, als Harry ihre Hand nahm und seine Finger mit ihren verschränkte. Allein diese Geste enthielt alle Intimität, die Anna sich wünschen konnte – Freundschaft und das Versprechen auf mehr. Sie gingen nur noch ein paar Schritte, ehe Harry stehen blieb.

„Ich muss gehen."

Anna nickte und lächelte, als seine goldgesprenkelten Augen ihr Gesicht mit unverhohlener Sehnsucht abtasteten.

Er beugte sich vor und drückte ihr einen Kuss auf die Lippen. „Aber eines Tages", sagte er, drückte ihre Hand und ließ sie wieder los,

„eines Tages in nicht allzu ferner Zukunft, denn es wird sein, sobald ich es arrangieren kann, wirst du mit mir in *unser* Haus gehen.“

Sie nickte ein zweites Mal, ihr Herz war zu voll für Worte. Harry küsste sie noch einmal, ehe er sich umdrehte und den Weg zum Pfarrhaus entlangging. Anna beobachtete seine breiten Schultern, als er ging, die jungenhaften Locken, die ihm über den Mantelkragen fielen, seine entschlossenen Schritte, die – in *nicht allzu ferner Zukunft, sobald er es arrangieren konnte* – zurückkommen würden, um sie zu holen. Vor Aufregung ballte sie ihre Hände zu kleinen aufgeregten Fäusten, ehe sie die Treppe hinaufspurtete.

Phoebe!

Sie musste Phoebe finden. Es gab so viel zu erzählen.

ÜBER DEN AUTOR

Jennie Goutet ist eine in Amerika geborene Anglophile, die mit ihrem französischen Mann und ihren drei Kindern in einer kleinen Stadt außerhalb von Paris lebt. Ihre Fantasie dreht sich um das England der Regency-Zeit, wo auch ihre authentischen Bestseller-Regency-Romane spielen. Mehr über Jennie und ihre Bücher erfährst Du auf der deutschen Seite ihrer Autoren-Website: jenniegoutet.com. Dort findest Du einen Link zu ihrem Newsletter und wenn Du Dich dafür anmeldest, erhältst Du eine kostenlose Novelle. Sie verschickt nur dann Newsletter, wenn es eine Neuerscheinung gibt oder ein deutsches Buch heruntergesetzt erhältlich ist.

* Photo: Caroline Aoustin